Mary Torjussen a grandi dans le Staffordshire, sans télévision, avec les livres pour seuls compagnons. Diplômée en creative writing de l'université John Moores de Liverpool, elle a enseigné plusieurs années avant de se consacrer à l'écriture.

De la même autrice :

Ne me quitte pas
Tu n'étais pas là

Ce livre est également disponible
au format numérique

www.editions-hauteville.fr

Mary Torjussen

TU N'ÉTAIS PAS LÀ

Traduit de l'anglais (Grande-Bretagne) par Claire Allouch

Hauteville

Hauteville est un label des éditions Bragelonne

Titre original : *The Closer You Get*
Première édition parue chez Penguin Random House LLC

ISBN : 978-2-38122-050-5

Bragelonne – Hauteville
60-62, rue d'Hauteville – 75010 Paris

E-mail : info@editions-hauteville.fr
Site Internet : www.editions-hauteville.fr

Pour Fiona Collins et Caz Finlay,
les meilleures amies dont puisse rêver une auteure.

Et pour Rosie et Louis, que j'aimerai toujours.

Prologue

Elle eut l'impression de descendre l'escalier au ralenti. La moquette était douce et moelleuse sous ses pieds, et elle sentait la texture lisse de la peinture récente sur la rampe, à laquelle elle s'accrochait pour ne pas perdre l'équilibre. Le soleil de la fin d'après-midi brillait à travers les carreaux de la porte, éclairant l'entrée d'un kaléidoscope de couleurs. Jamais elle n'oublierait la fragrance lourde et sucrée des roses dans le vase sur le guéridon.

Elle avait la tête qui bourdonnait de tension, et, sur les dernières marches, elle eut un instant la vision brouillée, comme si elle allait s'évanouir. Mais soudain la lumière du soleil se déplaça, et elle perçut chaque détail avec une acuité nouvelle.

Le corps – à ce moment-là, elle avait conscience que c'était un cadavre – était tordu, gisant dans une position bizarre. Du sang s'écoulait de l'oreille. Ce n'est jamais bon signe, n'est-ce pas ?

Lentement, elle s'agenouilla et posa l'index et le majeur sur la carotide, tout près de la trachée. Elle ne sentait rien d'autre que la peau tiède et humide. Pas de pouls, pas de vie. Elle réitéra l'opération plusieurs fois, sans trop savoir ce qu'elle espérait. Toujours rien.

Les jambes flageolantes, elle se redressa, se demandant que faire, quand la pièce s'assombrit subitement.

Surprise, elle leva les yeux.

Dans le miroir de l'entrée, elle vit le reflet de quelqu'un qui l'observait à travers la vitre.

Quelqu'un avait tout vu.

1

Ruby

Le trajet vers la maison me parut une éternité. Pour une fois, j'avais quitté le bureau de bonne heure, décidée à partir avant les bouchons du soir, mais au bout de quelques minutes, le trafic ralentit et s'arrêta. Rien d'étonnant un vendredi soir, mais d'habitude, c'était un soulagement; c'était la première fois depuis des années que j'étais impatiente d'arriver chez moi.

C'était un après-midi chaud et humide de la fin du mois de juin. Le ciel était couvert, et une averse menaçait. Malgré la climatisation de la voiture, poussée au maximum, la transpiration perlait sur ma peau. La radio était allumée, et je passais des infos à une station musicale en attendant que les véhicules devant moi redémarrent. Je n'arrivais à me concentrer sur rien. Mon téléphone émit une notification, et je jetai un coup d'œil à l'écran. C'était un texto de mon mari, Tom.

Viens de quitter Londres. Arrive à 19 h. Bisou.

Je le lus et répondis « OK », avant d'ajouter « Bisou ». Je mis l'appareil en silencieux et le glissai dans mon sac. Je ne voulais pas être dérangée : j'avais besoin de réfléchir.

Le trafic finit par reprendre, sans qu'on sache ce qui s'était produit. Pas de véhicule en panne, pas de voiture de police ni d'ambulance. Rien qu'un trafic à l'arrêt, puis un retour à la normale. J'appuyai sur l'accélérateur, contente d'avancer, d'être en chemin vers ma nouvelle vie.

***

La gare est située à trois kilomètres de notre maison, et sur un coup de tête, je fis un détour par là au lieu de rentrer directement. Il fallait que je vérifie. J'avais besoin d'en avoir le cœur net.

Une fois dans le parking, j'observai furtivement les voitures stationnées. Il y avait un risque infime que je le croise ; ça ne m'aurait pas étonnée de lui qu'il m'ait annoncé être dans le train alors qu'il était en réalité déjà dans sa voiture, prêt à démarrer.

Je n'avais aucune raison d'être là, et s'il me voyait, il en déduirait que je me rendais quelque part, ou bien que j'en revenais. Le soupçon ne s'effacerait jamais, quoi que je puisse dire. Mais peut-être que ça n'avait plus d'importance. Les dés étaient presque jetés.

Pourtant, lorsque je finis par repérer sa voiture, je poussai un soupir de soulagement. Il s'était garé assez loin de l'entrée de la gare, et je me souvins du matin même, lorsqu'il avait quitté la maison à 6 heures pour prendre le premier train. Il était contrarié, il ne trouvait pas son porte-monnaie, cela allait le mettre en retard. J'étais au lit, faisant semblant de dormir, l'oreille aux aguets, à l'affût de ses faits et gestes. À présent, je voyais qu'il n'avait pas redressé ses roues avant de quitter sa voiture, et je l'imaginais freinant d'un coup brusque, attrapant sa mallette sur la banquette arrière, sortant d'un bond et claquant la portière. Je voyais son expression, devinais qu'il était sorti de sa voiture le visage fermé, la bouche pincée.

Je sentis mon estomac se nouer à cette idée, et me hâtai de quitter le parking. Je devais rentrer.

***

Notre maison semblait sombre, peu accueillante sous le ciel nuageux. Sans réfléchir, je me garai à ma place habituelle dans la rue, à l'extérieur de la propriété, et regardai rapidement autour de moi. Personne en vue. Je m'étais arrangée pour arriver avant que mon voisin Oliver ne soit chez lui. La plupart du temps, nous rentrions du travail juste après 18 heures, et passions un moment à bavarder là, dans l'allée entre nos deux maisons, avant le retour de Tom. J'étais contente qu'il ne soit pas là cet après-midi, mais je m'inquiétais de le voir débarquer d'un moment à l'autre. Je ne voulais aucun témoin.

J'entrai ma voiture en marche arrière dans l'allée du garage, puis je franchis la grille du jardin derrière la maison. J'ouvris la porte de la cuisine et je tendis l'oreille, mais l'air était immobile, et tout était silencieux. Je pris la clé de l'abri de jardin suspendue à son crochet, et ressortis.

Pendant une brève seconde, alors que j'ouvrais la porte de la cabane, je retins mon souffle, l'estomac noué à la pensée de ce que je m'apprêtais à faire.

Deux grosses valises se trouvaient là, juste où je les avais déposées à 8 heures le matin même. Sans plus attendre, je les chargeai dans le coffre de ma voiture, non sans vérifier chaque fois que personne n'allait me surprendre dans l'allée. Un autre sac suivit : le bagage cabine que j'avais acheté pour mon dernier déplacement à l'étranger. À l'époque, je n'avais pas cru l'utiliser pour ce voyage aussi… Puis vinrent d'autres sacs que j'avais rangés dans l'appentis le matin également, des draps, mon sèche-cheveux et des produits de beauté. Mon ordinateur portable. Aucun de mes livres ne se trouvait là : je n'avais pas assez de place dans ma voiture pour les emporter. Je viendrais les chercher un autre jour. Je chargeai enfin dans le coffre une boîte à archives contenant tous mes documents : mon extrait de naissance, notre certificat de mariage, les actes notariés de la maison, le contrat d'assurance, les relevés bancaires, mon passeport. J'avais été surprise de voir tout ce que j'avais dû prendre et tout ce que j'avais réussi à laisser. Chaque fois que je déposais un sac dans le coffre, je reverrouillais la voiture, au cas où. J'étais parano, je le savais. Tom n'arriverait pas tout de suite. J'avais encore une bonne heure devant moi.

Quand tout fut dans ma voiture, je remis l'abri de jardin en ordre et passai rapidement le balai par terre, pour ne pas laisser de traces dans la poussière. Puis je déplaçai ma voiture. Il y avait la place pour deux véhicules dans notre allée, mais il fallait les garer l'un derrière l'autre, et ça pouvait être pénible de sortir le matin. Cela faisait longtemps que je m'étais habituée à ce que Tom ait la priorité. À présent, en retournant me garer dans la rue à l'extérieur de la propriété, je fus frappée par l'ironie de la situation : obéir à la consigne qu'il m'avait donnée allait me permettre de m'éclipser facilement.

De retour dans la maison, je remis la clé de l'appentis sur son crochet, à côté de la porte de derrière, et posai la main dessus pour en arrêter le balancement. Rien ne devait me trahir.

La cuisine était propre et rangée. C'était une vaste pièce dont les portes-fenêtres donnaient sur le jardin. La terrasse, bien orientée, était parée de couleurs éclatantes grâce à toutes les plantes fleuries que j'avais disposées dans des pots et des paniers suspendus. Lorsque nous avions emménagé, cette pièce et le jardin avaient été ma plus grande fierté. À l'époque, je rêvais de déjeuners du dimanche qui s'étireraient paresseusement, d'enfants courant joyeusement dans le jardin, de dîners du samedi entre amis, de petits déjeuners tardifs le week-end, le nez plongé dans le journal, en robe de chambre, à planifier notre journée. Les choses ne s'étaient pas exactement passées comme prévu…

Peu à peu, insidieusement, la cuisine était devenue la seule pièce de la maison qui m'appartienne vraiment. Même mes livres avaient été relégués à la chambre d'amis. Mais là, je pouvais faire ce qui me chantait, décorer selon mes goûts. Au fil des années, toutefois, cuisiner avait cessé d'être une joie pour devenir une corvée, et je n'y prenais plaisir que lorsque Josh, mon beau-fils adolescent, séjournait chez nous.

Debout dans la cuisine pour ce qui était peut-être la dernière fois, je paniquai. Dans un moment d'égarement, je me demandai si je devais cuisiner quelque chose pour le dîner de Tom. Il l'aurait sans doute mangé, en plus. Bien sûr, je n'en fis rien. Ça aurait été trop bizarre. Que préparer, de toute façon ? Un plat comme tous les jours, pour lui rappeler ce à quoi il n'aurait plus droit ? Ou un bon petit plat, pour célébrer cette grande occasion ?

Ce que j'aurais dû cuisiner était écrit sur un calepin aimanté au frigo. Chaque semaine, Tom élaborait une liste de menus. Ce soir, c'était curry thaï. Les mains moites de stress, j'ouvris la porte du réfrigérateur et je vis que tous les ingrédients étaient là, comme s'ils m'attendaient. Ce curry n'avait désormais plus aucune chance de voir le jour. Il y avait beaucoup à manger, cependant : il ne risquait pas de mourir de faim, et l'étagère à vin contenait des dizaines de bouteilles. Il en manquerait quelques-unes le lendemain matin, je le savais.

Je marchai de pièce en pièce, passant en revue la liste que j'avais établie, vérifiant que j'avais pris tout ce dont j'avais besoin. J'avais l'impression de partir d'une maison de vacances, un endroit que j'avais toujours su que je quitterais un jour. Bien que j'aie vécu là pendant près de douze ans, je ne pouvais m'empêcher de remarquer à présent le peu d'espace que j'avais occupé.

Sur le manteau de la cheminée du salon trônait un portrait récent de Josh ; son expression montrait clairement qu'il n'était pas d'accord pour que son père le prenne en photo. Sur une autre, on nous voyait tous les trois, à Disney World, lors de nos premières vacances ensemble, quand Josh avait sept ans. J'étais avec Tom depuis deux ans à l'époque. Josh souriait à l'objectif sur ce cliché plus ancien, et j'avais l'air heureuse, moi aussi. Oui, je l'étais, au début. Je tendis la main pour la toucher. Mon visage sur l'image n'avait pas une ride, libre de tout souci. J'étais incapable de me rappeler la dernière fois que j'avais ressenti une telle quiétude. Deux jours plus tôt, pendant que Tom était sous la douche, j'avais photographié le cliché récent, puis le plus ancien, en zoomant sur Josh. J'avais l'intention de les faire imprimer dès que possible.

Je cherchai mon iPad des yeux. Tom me l'avait offert pour mes trente-six ans, quelques mois auparavant. Mais il était plus récent que le sien, et il s'en servait plus que moi. Je me souvenais qu'il l'avait mis à charger la veille au soir. Il avait dû l'emporter dans le train pour Londres. Qu'importe, il pouvait le garder. Je sentis mon rythme cardiaque s'accélérer. Plus rien de tout ça n'avait d'importance désormais.

Je vérifiai que l'allée était toujours dégagée, et courus à l'étage. La salle de bains avait la même apparence que toujours ; j'avais laissé tout ce dont nous avions tous deux l'usage. Ma brosse à dents et mes produits de toilette avaient disparu de mon armoire. Je savais qu'il remarquerait leur absence. Le placard de linge de maison était toujours plein ; j'avais pris une partie des draps et serviettes de la chambre d'amis, mais j'avais l'intention de repartir de zéro dès que possible.

Notre chambre semblait la même, mais bien sûr, dès que Tom ouvrirait les tiroirs et les armoires, il remarquerait la disparition de mes affaires. Je ne pouvais pas tout emporter, mais on voyait bien qu'il manquait des choses. Mon cœur s'emballa à l'idée de Tom fouillant cette chambre plus tard, ouvrant les portes et les tiroirs pour dresser l'inventaire de tout ce que j'avais pris, furieux que je sois partie, de ne pas avoir compris que je m'apprêtais à prendre la fuite. Ce matin-là, je n'avais eu qu'une heure environ pour préparer mes valises, et bien sûr je ne pouvais pas prendre le risque de faire des listes au cas où elles seraient découvertes. Aussi, les deux dernières semaines, j'avais mémorisé des objets, comme dans un jeu d'enfant. Chaque soir, je restais allongée dans le lit et passais en revue la liste dans ma tête. En conduisant pour aller au travail, je révisais, la récitant à haute voix, m'agaçant lorsqu'il me semblait avoir oublié quelque chose.

Sur le palier devant la chambre d'amis se trouvait un sac plastique que Tom avait rempli plusieurs mois auparavant pour qu'on le donne à une association. Je lui avais acheté des cadeaux pour son anniversaire. Cela faisait un bon moment qu'il y faisait allusion : un livre sur un photographe qu'il aimait, un nouvel étui d'appareil photo, et une chemise Paul Smith qu'il avait mise en favori sur Internet.

— Intéressant, comme choix, avait-il commenté avant de les repousser sur le côté.

J'avais senti mon estomac se contracter. J'aurais dû savoir que je ne devais rien acheter sans son accord. Sa permission, même.

Il m'avait remerciée pour les cadeaux, mais son expression m'avait poussée à demander :

— Quoi ? Qu'est-ce qui ne va pas ?

Il s'était contenté de secouer la tête avant de répondre :

— Rien. Je me disais juste… C'est dommage, quand on est adulte, on ne prend plus plaisir aux anniversaires.

Ce jour-là, j'avais dépensé une fortune pour Tom, avec une dégustation de whisky pour ses amis et lui dans la journée, et un dîner à Liverpool en tête à tête dans la soirée. Je n'en avais pas envie et ne pouvais pas vraiment me le permettre, mais j'avais fait tout ce qui était en mon pouvoir pour lui faire plaisir. Ça ne suffisait pas. Évidemment. À peine quelques jours plus tard, le sac plastique était apparu sur le palier.

— Dépose ça pour moi dans un magasin associatif, veux-tu ? avait-il demandé.

Lorsque j'avais regardé son contenu, mes cadeaux s'y trouvaient, en vrac, et j'avais eu envie de pleurer. Je n'y avais pas touché, et le sac était resté là, symbole de tout ce qui n'allait pas entre nous. À présent, j'aurais voulu l'envoyer valser d'un bon coup de pied, mais je ne voulais pas lui faire ce plaisir, aussi me contentai-je de le contourner pour entrer dans la pièce.

Je la parcourus des yeux. À part les livres, il n'y avait rien là que je voulais. Je reviendrais les chercher plus tard. À côté de la bibliothèque se trouvait une penderie pour nos manteaux d'hiver. Je n'avais pas pris les miens, car je n'en aurais pas besoin avant quelques mois. Mais alors je pris conscience que j'avais oublié d'emballer quelque chose qui figurait sur ma liste. Cela m'arracha une grimace : je croyais m'être souvenue de tout. Il y avait une boîte sur l'étagère dans l'armoire, cachée derrière les oreillers d'appoint. Cela faisait longtemps que je ne l'avais pas ouverte : je ne m'en sentais jamais la force. Comment avais-je pu l'oublier ?

Juste quand je tendais le bras pour la prendre, j'entendis la voiture d'Oliver s'engager dans son allée. La portière claqua, et je repoussai la boîte derrière les oreillers, afin qu'elle soit de nouveau hors de vue. Si Oliver m'apercevait en train de descendre l'allée vers ma voiture, il sortirait peut-être pour me parler. Et s'il voyait ma voiture chargée de toutes mes affaires, il voudrait savoir ce que je faisais, où je me rendais. Je ne pouvais pas courir ce risque. Je reviendrais chercher la boîte un autre jour.

En bas, je fis les cent pas dans le salon en attendant le retour de Tom. J'avais le cœur qui cognait en pensant à ce qui allait se produire, mais je devais le faire. À présent que j'avais trouvé le courage de partir, je voulais en finir au plus vite.

Je consultai l'horloge. Où était-il ? Je sortis mon téléphone de mon sac. Pas de message. J'ouvris la page de la compagnie de chemin de fer ; son train était arrivé à l'heure. Il n'allait plus tarder. Je tentai d'appliquer les techniques de respiration profonde que j'avais apprises, de compter mes inhalations, mais ça ne marchait pas. J'avais le souffle trop court ; je m'entendais haleter.

Et puis il arriva. Je l'entendis remonter la rue, dépasser ma voiture et tourner dans notre allée.

Mes jambes se dérobèrent, et je m'assis brusquement. Toutes mes sensations étaient affûtées par le stress, et j'avais la peau qui picotait alors que j'entendais la porte de derrière claquer, sa voix qui m'appelait, son hésitation lorsqu'il s'aperçut que le dîner n'était pas prêt.

Puis la porte du salon s'ouvrit.

2

Ruby

Tom se tenait sur le seuil, son corps massif emplissant presque l'espace de la porte. Il avait les cheveux humides à cause de la chaleur, sa chemise était froissée après son trajet de retour. À peine me vit-il qu'il sut qu'il se tramait quelque chose. J'étais assise sur le canapé, pétrifiée. Il parcourut la pièce d'un regard rapide, mais tout était à sa place, à part moi.

— Ruby ? Est-ce que tout va bien ?

Il avait une voix teintée d'inquiétude, et malgré moi, je sentis mes yeux piquer.

La gorge nouée, j'étais presque incapable de parler, mais je finis par répondre.

— Oui. Tout va bien.

Il s'avança dans la pièce et, d'instinct, je me recroquevillai. Il me jeta un coup d'œil, et je sus que mon mouvement de recul n'était pas passé inaperçu. Rien ne lui échappait.

— Qu'est-ce que tu fais, assise là dans le noir ? Tu es malade ?

Je secouai la tête.

— Tes parents ? Ils vont bien ?

— Oui.

Je l'espérais, en tout cas. Cela faisait quelques jours que je ne leur avais pas parlé. Je n'arrivais à penser à rien d'autre qu'à ce moment ; et ce n'était pas vraiment un sujet que je pouvais évoquer avec eux.

Il fit lentement le tour de la pièce, sans me quitter des yeux, et s'assit sur le canapé qui me faisait face. Je ne pouvais feindre que tout était normal. À cette heure-ci, en temps normal, un vendredi soir, j'aurais été dans la cuisine, en train de préparer le repas. En cet instant, j'aurais dû être occupée à émincer de la citronnelle, de l'ail, et des piments, pas assise dans une pièce que la pénombre envahissait peu à peu, portant toujours ma veste et mes chaussures, mon sac sur l'épaule.

Je pris mon courage à deux mains.

—Tom.

Ma langue était gonflée et sèche.

—Je ne crois plus en notre relation.

Je ne le regardais pas – j'en étais incapable –, mais je sentais qu'il me dévisageait. Le silence était si pesant que je devais le rompre.

—Je dois partir.

—Partir ? Qu'est-ce que tu veux dire ?

—J'ai besoin de m'en aller. De déménager.

Il ne dit rien, mais il n'avait pas l'air furieux, contrairement à ce que j'avais imaginé lorsque j'avais répété ce dialogue dans ma tête, nuit après nuit, alors qu'il dormait profondément à mes côtés, bras et jambes écartés dans le lit.

Quand il tendit la main vers moi, je dus réprimer un tressaillement. Pourtant, je savais qu'il ne s'en prendrait plus à moi à présent.

—Je me disais bien que quelque chose n'allait pas, ma chérie. Tu n'étais pas toi-même, ces derniers temps.

J'avais la gorge nouée, à la fois à cause du petit surnom affectueux et aussi parce que j'étais surprise qu'il ait remarqué. Il avait été plus gentil que d'habitude, depuis un moment. Depuis plus d'un an. Mais quand certaines paroles ont été dites, elles ne peuvent pas être effacées, et les plus charmantes attentions ne peuvent rien y changer.

— Où vas-tu ? demanda-t-il d'une voix calme et posée, bien différente de ce à quoi je m'étais attendue.

Je ne savais que répondre. Je n'avais pas prévu de lui en révéler davantage que le fait que je partais, mais je voyais que je n'allais pas m'en tirer à si bon compte. Et il se doutait que je ne voudrais pas séjourner dans ma famille. Ma mère en particulier serait horrifiée. Quant aux amis, eh bien, il n'y avait personne chez qui je puisse aller, et il le savait aussi bien que moi.

— Ne t'en fais pas, finis-je par répondre. Je me suis débrouillée.

— Et tes bagages ?

— Ils sont dans la voiture. Je ne pouvais pas tout prendre, évidemment. Ne jette rien : je reviendrai plus tard chercher le reste.

Il continua à me dévisager, et je me sentis me tasser sous son regard.

— Et j'appellerai Josh, dis-je.

— Certainement pas.

Pour la première fois ce soir-là, sa voix était dure, implacable, et je reculai.

— C'est moi qui lui annoncerai, conclut-il.

Je n'avais d'autre choix que d'accepter. J'ignorais ce qu'il lui raconterait. Pour Josh, ce serait la deuxième séparation ; j'espérais seulement qu'à présent, à dix-sept ans, il arriverait à surmonter cela.

Je me levai. Il fallait que je parte. Qu'était-on supposé faire quand on quittait son époux ? Devait-on l'embrasser ? Lui serrer la main ? Se regarder en chiens de faïence ? Crier : « On se verra chez l'avocat » ? Machinalement, je plongeai la main dans mon sac, toujours accroché à mon épaule, et j'en sortis les clés de ma voiture. Le trousseau contenait également mes clés de la maison.

J'hésitai. Devais-je les laisser ? Certes, la maison était aussi à mon nom. En réalité, j'en possédais un pourcentage supérieur au sien, mais comme on était mariés, cela revenait au même. Ma tante était morte peu après que j'ai rencontré Tom. Elle nous avait laissé de l'argent, à ma sœur Fiona et moi, assez pour me fournir un apport initial pour un achat immobilier. Tom et Belinda venaient de divorcer, et elle avait gardé la maison. Il était fauché et n'aurait pas pu acheter seul. L'emprunt était désormais remboursé, et la maison nous appartenait à tous les deux. Plus tard, il faudrait que je lui parle de la vendre, mais pour le moment je voulais seulement m'en aller. Aussi, je gardai mes clés, n'évoquai pas l'idée de les rendre, et me dirigeai vers la porte.

—Alors, c'est tout ?

À présent, il était en colère, et cette panique trop familière m'embrasa le ventre.

—Tu me quittes sans aucune explication ?

Pendant une seconde, j'envisageai de lui dire exactement pourquoi je partais, mais je me ravisai à temps. Je serrais mes clés si fort qu'elles me déchiraient presque la paume.

Je venais d'atteindre la porte quand je me souvins.

—Ah ! m'exclamai-je. Je n'aurai plus besoin de ça.

J'enlevai mon bracelet connecté. La peau de mon poignet semblait pâle et amollie en dessous. Je le déposai sur le guéridon et remarquai l'étui vert de mon iPad qui dépassait de sa mallette.

—Et c'était gentil de ta part de m'offrir l'iPad, mais tu l'utilises plus que moi, alors tu peux le garder.

Je n'osai pas tourner les yeux vers lui en partant. Il ne me suivit pas jusqu'à ma voiture, mais alors que je descendais l'allée, je devinais son regard sur moi. Lorsqu'en démarrant je pivotai furtivement vers la maison, il avait disparu.

3

Ruby

Je roulai le plus vite possible jusqu'à être à plus d'un kilomètre de la maison, puis me garai dans une rue tranquille. J'avais le cœur qui battait si fort que je dus fermer les yeux et respirer profondément en comptant mes inspirations pour retrouver mon calme. J'avais chaud, les joues rouges et les mains moites, mais je n'éprouvais rien d'autre que du soulagement. C'était comme si l'on m'avait enlevé un énorme poids des épaules. Je m'étais attendue à pire que ça. Bien pire. J'avais imaginé une dispute, où je l'aurais supplié, il m'aurait barré le passage et accablée de reproches. Puis serait venue sa spécialité : il aurait pleuré. Il savait combien je détestais ça.

Il m'a laissée partir. Il devait être aussi malheureux que moi, pensai-je.

Soudain, j'avais le visage baigné de larmes. Je sortis des mouchoirs de mon sac et m'essuyai avec vigueur. Je m'étais préparée à ceci. Toutes ces nuits passées à répéter la journée d'aujourd'hui, et à présent que la performance était terminée, j'étais épuisée. Une notification fit sonner mon téléphone, et je le saisis avec un sursaut. C'était un message de Tom.

Je suis désolé si je t'ai froissée. Je ne voulais pas te blesser. Bisou.

Je clignai des yeux. Je ne m'attendais pas à ça. Un autre message suivit :

Je m'inquiète pour toi, Ruby. Où vas-tu dormir ce soir ? Je veux bien prendre la chambre d'amis si tu veux rentrer. Bisou.

Je savais combien écrire ces mots avait dû lui coûter. Il n'était pas du genre à s'excuser en premier, ni même à reconnaître qu'il était en tort. Je ne savais pas si je devais répondre. Je n'avais pas prévu ça dans mes répétitions.

Ne t'en fais pas pour moi. Ça ira. Je te rappellerai plus tard.

J'hésitai, ne sachant si je devais ou non finir par un « bisou ». Je ne lui avais sans doute jamais envoyé de message qui se termine autrement, que ce soit sincère ou non. Ça n'en aurait pas valu la peine. Puis je me dis que non, bien sûr que non, je ne devais pas conclure par « bisou » : je le quittais.

Je regardai ma montre. Il était temps d'y aller. J'eus des frissons d'excitation dans le ventre à l'idée de ce qui m'attendait. Je remis le contact et, au virage suivant, je bifurquai en direction du sud.

***

En approchant de l'hôtel, je jetai un regard dans le rétroviseur. Personne derrière moi. Je tournai vivement et j'entrai dans le parking. Par mesure de précaution, j'observai les véhicules stationnés, mais je n'en reconnus aucun. Je me garai dans le coin, presque hors de vue. Les premières gouttes de pluie commençaient à tomber quand je pris mon sac pour la nuit dans le coffre. Je traversai le parking en toute hâte pour atteindre la porte d'entrée. La réceptionniste leva la tête lorsque je pénétrai dans le hall.

— Bonsoir, salua-t-elle.

— Bonsoir. J'ai une réservation.

— C'est à quel nom ?

— Sheridan, répondis-je après une brève hésitation.

Elle fit défiler son écran d'ordinateur, et je crus d'abord qu'elle n'en trouvait pas trace, puis elle dit :

— Ah oui, voilà.

Elle prit une carte en plastique dans un tiroir et la programma.

— Chambre 201. Nous avons un service en chambre jusqu'à minuit, et le petit déjeuner est servi entre 6 heures et 10 heures tous les matins, annonça-t-elle avec un sourire radieux. Avez-vous besoin d'aide pour vos bagages ?

— Non, non, merci, répondis-je en prenant la carte. Je vais me débrouiller.

J'attendis l'ascenseur en tremblant. C'était l'acte le plus audacieux que j'ai entrepris de toute ma vie, et à présent que l'heure était venue, j'avais l'impression d'assister à la scène en spectatrice. L'ascenseur émit un tintement, et les portes s'ouvrirent. J'entrai, la main serrée sur mon sac. J'appuyai sur le bouton du deuxième étage. L'ascenseur me rendait soudain claustrophobe, et lorsque les portes s'ouvrirent de nouveau, j'avais le vertige. Je tirai mon sac dans le couloir vers la chambre d'hôtel, le cœur battant. Je restai plantée une seconde devant la porte, le souffle coupé. J'y étais. Une fois que je serais entrée, je ne pourrais plus faire machine arrière.

4

Ruby

Ce ne fut qu'une fois en sécurité dans la chambre d'hôtel que je parvins à me détendre. Je me débarrassai de mes chaussures et défis rapidement mon sac. Je suspendis mes vêtements, et alors que je disposais mes produits de toilette d'un côté du lavabo de la salle de bains, je me vis dans le miroir. Mon maquillage avait coulé avec mes larmes, et j'étais rouge de soulagement et d'impatience. Je me mis à sourire et m'aperçus que je n'arrivais plus à m'arrêter.

Je m'empressai de me débarbouiller. J'avais encore les yeux bouffis et les joues empourprées, aussi me remaquillai-je avant de tapoter du parfum sur ma gorge et mes poignets. Cette fragrance douce et familière avait toujours le don de m'apaiser. Je consultai mon téléphone. Pas de message, mais je n'en attendais pas. Mon estomac gronda, et je me rendis compte que j'étais affamée. Comme je n'avais pas le courage de descendre au restaurant, j'appelai le room service pour commander du vin et des sandwichs.

C'était étrange d'être seule dans une chambre d'hôtel, appuyée sur des oreillers, avec la télévision pour toute compagnie. Les émissions habituelles du vendredi soir avaient commencé, celles que je regardais avec Tom. On buvait quelque chose et parfois on bavardait, mais la plupart du temps on regardait en silence. Il en fallait beaucoup pour nous faire rire. S'il était de mauvais poil, j'attendais qu'il rie le premier. Ce soir-là, je ne parvenais pas à me concentrer suffisamment longtemps pour suivre un programme. Je n'arrêtais pas de songer à la conversation que nous venions d'avoir. J'avais anticipé une pluie d'insultes, de récriminations, son visage collé au mien et ses postillons me fouettant la peau. Je pensais qu'il m'accablerait de reproches. Plus je lui tenais tête, plus il y mettait d'énergie. Je finissais d'ordinaire par plier, mais depuis un ou deux ans j'avais commencé à rentrer en moi, à me mettre à distance de ce qu'il disait, comme s'il s'adressait à quelqu'un d'autre. Il s'en était aperçu, évidemment, et avait redoublé d'efforts. Ce n'était pas un jeu. Ça ressemblait davantage à une guerre.

Je m'étais attendue à ce que ce soit difficile de sortir de la maison, non parce qu'il serait violent – jamais il ne levait la main sur moi pendant les disputes, il gardait toujours quelques centimètres entre nous –, mais parce qu'il détestait ne pas avoir le dernier mot. C'était épuisant. Parfois, il remettait sur le tapis une querelle qu'il avait perdue des années auparavant, et essayait de remporter la victoire. J'avais imaginé que cela se produirait ce soir. Je fronçai les sourcils. J'avais pu partir facilement. Comment expliquer cela ? Je ressentis un pincement de culpabilité en repensant aux messages qu'il m'avait envoyés depuis que j'avais quitté la maison. Il n'était pas toujours affreux, je le savais. Il pouvait aussi se montrer gentil, généreux. Ces textos me rappelaient l'homme qu'il était au début de notre relation.

À cet instant, je perçus un bruit dans le couloir et me penchai en avant, l'oreille tendue. J'entendis la porte coupe-feu se refermer lentement, puis un bruit sourd. Je me levai d'un bond et j'ouvris la porte à la volée.

Un employé poussait une desserte vers la chambre voisine.

— Désolé ! Cette porte est un cauchemar. J'espère que je ne vous ai pas dérangée.

— Non, répondis-je, déçue. Pas de problème. Je pensais que vous m'apportiez à manger.

Je retournai devant la télévision et me remis à zapper. Feuilletons. Jeux. Infos. Rien qui soit susceptible de m'intéresser en ce moment. Je n'avais pas pensé à emporter un livre, et regrettai de ne pas avoir pris mon iPad. Par habitude, je me levai et me mis à faire les cent pas, mais cela ne fit qu'augmenter mon anxiété, et je regagnai rapidement le lit. Je sortis mon téléphone pour regarder quelques sites d'information et un forum que j'aimais bien, mais j'étais incapable de me concentrer. Cette conversation avec Tom m'avait épuisée. Désorientée, aussi.

Devant la porte, des plats tintèrent, puis on toqua. Room service.

Dès que l'employé fut reparti, je me versai un grand verre de vin. La pluie tombait dru à présent, frappant la vitre. C'était réconfortant, d'une certaine façon, comme un samedi pluvieux quand on se réveille et qu'on prend conscience qu'on ne doit pas aller au travail. Je passai un long moment à la fenêtre à contempler les phares des voitures, flous à travers le carreau mouillé, alors qu'elles passaient sur la route. Aucune n'entra dans le parking de l'hôtel.

Où était-il ?

***

Il me fallut un moment avant de comprendre que Harry ne viendrait pas ce soir-là. À 22 heures, je pris un bain. J'avais posé mon téléphone sur le lavabo, à côté de la baignoire, avec une serviette en dessous. Ainsi, si un message arrivait, je pourrais aussitôt l'attraper pour le lire. L'appareil resta silencieux. Par chance, pas d'appel de Tom. Aucune nouvelle de mes parents ni de mon amie Sarah, du bureau. Ça nous arrivait souvent de bavarder pendant la soirée si on avait été trop occupées pour discuter au travail. J'étais contente qu'elle ne m'ait pas contactée : je ne voyais pas ce que j'aurais pu lui dire. Et je ne voulais pas courir le risque que Harry m'appelle et doive me laisser un message. Il pouvait avoir besoin de me parler en urgence. Je pianotai sur le rebord de la baignoire. Tout ce que je voulais, c'était le voir.

Je savais où il était. Il était dans la même position où je m'étais trouvée dans la soirée, en train d'annoncer à son épouse, Emma, qu'il la quittait. On avait tout prévu, et synchronisé nos plannings. Il ne me restait plus qu'à l'attendre.

5

Ruby

Harry et moi nous étions rencontrés lorsque j'avais commencé à travailler pour lui, il y a tout juste un peu plus de dix-huit mois. La société qui m'employait avait été délocalisée à Édimbourg, et j'avais été licenciée. Cela faisait un moment que je cherchais un CDI lorsqu'une agence m'avait contactée juste avant Noël pour m'informer qu'un poste était disponible à Sheridan's, dont les locaux se situaient à huit kilomètres de chez moi. L'assistante personnelle du directeur général était partie, et sa remplaçante venait de les planter. Le DG, Harry Sheridan, cherchait quelqu'un pour un CDD d'un mois, renouvelable en CDI. Il trouvait que c'était une façon plus sûre de s'assurer que la personne correspondait bien au profil recherché.

Il avait demandé à l'agence si je pouvais venir deux jours, juste après Noël, quand ce serait plus calme. Ce premier matin, lors de mon arrivée, nous étions les deux seules personnes présentes au bureau. La réceptionniste m'avait envoyée au troisième étage, et Harry m'attendait lorsque je sortis de l'ascenseur. Il était grand, les cheveux blonds coupés court, vêtu de façon décontractée d'un jean et d'un sweat. Il semblait plutôt gentil, assez banal en réalité, jusqu'à ce qu'il me décoche un sourire. Alors tout changea.

— Bonjour, dit-il en me serrant la main. Je suis Harry Sheridan.

— Ruby Dean.

— Merci d'être là. Je pensais que c'était mieux de vous faire venir cette semaine, au calme. Comme ça, vous aurez le temps de vous familiariser avec votre nouveau travail. J'espère que ça ne vous a pas gâché les vacances de Noël.

— Pas du tout.

En vérité, j'étais contente de quitter la maison ; cela faisait des jours que l'atmosphère était toxique. Tom et moi avions eu une dispute, une de celles qui me laissaient couverte de honte. Nous ne nous étions pas adressé la parole depuis plusieurs jours, et quand je me levai pour partir au travail, je vis qu'il brûlait de savoir où j'allais. Mais il ne voulait pas s'abaisser à demander, et je n'allais pas lui faire le plaisir de le lui dire.

Harry m'emmena dans son service, et me fit visiter. Son bureau donnait sur une étendue de verdure, à l'arrière du bâtiment. Il était séparé du bureau d'à côté par une fenêtre. C'était là que je me tiendrais en compagnie d'une dénommée Sarah, qui travaillait pour un autre directeur. On était deux jours après Noël, et la pièce débordait de guirlandes lumineuses et de boîtes de chocolats à moitié vides.

Nous restâmes dans son bureau à boire du café pendant qu'il me parlait de l'entreprise et de la façon dont elle avait démarré.

— Je travaillais dans un bureau dans une grande zone industrielle, un peu comme ici, expliqua-t-il, sans un commerce à des kilomètres à la ronde. Il y avait une cantine pour le personnel, mais on n'y trouvait rien de léger, et les distributeurs ne vendaient que des cochonneries. Au bureau, tout le monde se plaignait de prendre du poids. Ils oubliaient d'apporter leur gamelle, et il n'y avait rien à proximité, donc ils se retrouvaient à manger des saletés. Alors je me suis dit : et si on pouvait se faire livrer des en-cas équilibrés sur son lieu de travail ? Le concept a marché du tonnerre. Il y a des gens qui se font livrer tous les jours, d'autres une fois par semaine, souvent le lundi matin ou le vendredi après-midi. On s'en sort très bien.

Il rit.

— C'est fou ce que les gens sont prêts à acheter, du moment que c'est en petite quantité et joliment emballé.

— Intéressant, répondis-je. Mais, pour juger du bien-fondé de votre projet, il faudra m'offrir une dégustation, évidemment.

Il rit encore.

— Je dois pouvoir arranger ça.

Je lui avais remis mon CV en sortant de l'ascenseur, et il l'avait alors extrait de l'enveloppe.

— Ainsi, vous avez été licenciée par Jackson & Greene ?

— Oui, ils ont fermé leurs bureaux ici pour s'installer à Édimbourg. J'étais l'assistante personnelle du directeur général, Leo Jackson.

— Et vous n'avez pas souhaité les suivre à Édimbourg ? C'est une belle ville.

— Mon mari a un bon poste ici. Il ne voulait pas bouger.

Je n'ajoutai pas que Tom gagnait plus que moi. C'est donc à lui que revenait la décision.

— Et puis son fils est ici également, alors il veut rester dans le coin. Et Édimbourg est une ville beaucoup plus chère.

Nous allions juste verser les dernières traites de notre emprunt immobilier. Comme l'avait dit Tom, ça n'avait pas de sens de se remettre un emprunt sur le dos.

Harry devint silencieux alors qu'il examinait mon curriculum.

— Oh, tu as fait tes études à l'université de Liverpool ? Moi aussi ! Mais c'était quelques années avant toi.

Pendant les deux heures suivantes, je ne crois pas que nous ayons parlé une seule fois du travail. Nous avions découvert que nous avions plein de points communs : nous avions tous les deux vécu dans le quartier de Penny Lane, avions fréquenté les mêmes bars, passé les soirées d'été à Sefton Park.

Pendant ces deux jours, nous fûmes seuls, et lorsque je quittai le bureau le vendredi soir, j'avais l'impression de le connaître depuis des mois. Ce soir-là, nous prîmes l'ascenseur ensemble. Alors que nous tendions tous deux la main vers le bouton du rez-de-chaussée, il y eut un instant où nos doigts se touchèrent.

Chacun ressentit la même étincelle. Pendant une fraction de seconde, je crus que j'avais reçu une décharge électrique en effleurant le tableau sur le mur de l'ascenseur, puis je compris que c'était sa peau que j'avais touchée. Je sursautai et j'enfouis les mains dans les poches de mon manteau. Je n'osai pas le regarder. Figés dans le silence, nous finîmes par nous apercevoir que l'ascenseur n'avait pas bougé. Aucun de nous n'avait appuyé sur le bouton.

Il rit nerveusement et, lorsque je lui jetai un regard furtif, je vis qu'il était écarlate.

— Le bureau ferme pour le Nouvel An, alors on se revoit mercredi, déclara-t-il d'un ton formel tandis que nous quittions le bâtiment.

— D'accord. Bon réveillon.

— Bon réveillon aussi.

Et il y eut encore un moment, alors, où nous restâmes les yeux dans les yeux.

— Espérons que l'année sera bonne.

***

J'étais encore émue au souvenir de ma première rencontre avec Harry. Je pris mon téléphone pour lui envoyer un texto, lui dire que je comprenais qu'il ne puisse pas s'échapper ce soir-là, mais je parvins à me retenir. Nous étions convenus dès le début de ne jamais faire ça. Nous n'utilisions pour communiquer que la messagerie interne, jamais nos téléphones personnels, bien que Harry m'appelle sur la ligne fixe du bureau lorsqu'il était au volant et voulait bavarder, en fin de journée. Le risque d'être surpris était trop grand si nous nous contactions à la maison. Et je savais que s'il était probable que Harry m'enverrait un message dans la soirée, je passerais mon temps à attendre, impatiente. Je serais incapable de poser mon téléphone hors de ma vue. Ce serait pareil pour lui, avait-il dit. Je n'avais même pas son numéro dans mon répertoire : je ne supportais pas l'idée de Tom y découvrant un texto ou un message vocal, pensant – devinant – qu'il se passait quelque chose.

Aussi, pendant tout ce temps, nous n'avions pas échangé nos numéros. Nous nous parlions avec le téléphone du bureau, écrivions des messages internes au cours de la journée, mais surtout nous discutions de vive voix. Son bureau était à côté du mien ; nous pouvions nous voir à travers la vitre. Cet après-midi-là, pourtant, chacun avait enregistré le numéro de l'autre, et il avait insisté pour que nous les apprenions par cœur également, au cas où.

—Au cas où quoi ? avais-je demandé.

—Au cas où je serais tellement pressé d'arriver à l'hôtel que j'aie un accident de la route. Réfléchis : la voiture fichue, le téléphone est détruit. Il faudra que je demande aux ambulanciers de t'appeler.

J'étais retournée à mon bureau pour travailler, et il m'avait appelée plusieurs fois sur le fixe pour me réciter mon numéro. J'en faisais autant de mon côté. Nous étions tous les deux étourdis d'impatience. D'appréhension aussi.

Dans l'après-midi, dès que Sarah avait quitté son poste pour le week-end, j'avais toqué à la porte de son bureau.

—Ce soir ?

Son visage s'était illuminé, et je sus qu'il m'aimait.

— Ce soir, avait-il répondu.
— Tu es certain ? Il n'est pas trop tard pour changer d'avis.
— Je suis absolument certain, acquiesça-t-il. Je te le promets.

Une heure plus tard, j'avais la peau rose et ramollie par l'eau chaude, et je me hissai hors de la baignoire. Je savais qu'il ne viendrait plus ce soir, mais je pensais au matin suivant, à son arrivée à l'hôtel alors que je serais encore endormie. Il entrerait dans la chambre et me réveillerait d'un baiser. Tandis que je m'enduisais de lait hydratant et me brossais les dents, prête à me coucher, je songeais à lui qui était en cet instant à la maison, à eux deux qui se disputaient, à lui qui avouait à sa femme qu'il m'aimait. Sa femme qui pleurait. Je croisai mon regard dans le miroir et détournai les yeux. « C'est lui qui a proposé qu'on vive ensemble, me rappelai-je. Il a dit que tout finirait par rentrer dans l'ordre, qu'Emma et lui étaient malheureux dans leur couple. Qu'il m'aimait et voulait être avec moi. »

Tout de même, en appliquant ma crème, j'évitai de regarder mon reflet dans la glace, et lorsque j'éteignis la lumière pour m'allonger dans le noir, j'avais le visage brûlant de honte.

6

Ruby

Le lendemain, je me réveillai en sursaut à 7 heures. Les rideaux de l'hôtel étaient épais, et la chambre sombre. Pendant un moment, je me crus à la maison avec Tom à mes côtés, mais en étirant la jambe, je ne trouvai rien que les draps froids, et tout me revint en mémoire.

J'étais restée éveillée jusqu'aux petites heures du jour, à imaginer toutes sortes de scénarios possibles : peut-être qu'Emma s'était cramponnée à lui en hurlant, incapable de supporter qu'il la quitte. J'en avais l'estomac noué. Avait-il renoncé à partir ? Peut-être avait-il eu un accident en partant du travail. Je n'avais cessé de consulter les sites d'information régionaux, et il n'y était fait mention d'aucun désastre ; cela dit, on ne publiait un article que si une route était bloquée, ou qu'il y avait des morts à déplorer. En tant que chef d'entreprise, il était suffisamment connu dans le coin pour qu'une telle nouvelle soit relayée. Je soupirai de soulagement : au moins, ce n'était pas le cas.

Puis une autre crainte m'étreignit : peut-être avait-il fait une crise cardiaque. Il avait quarante et un ans. Ce n'était sans doute pas un âge à risque ? Le stress avait-il eu raison de lui ? Mais il semblait en assez bonne santé, comme une publicité vivante pour ses produits, et il ne paraissait pas particulièrement angoissé lorsque j'avais quitté le bureau la veille au soir. Il était nerveux, évidemment, mais heureux. Vibrant d'énergie. Il s'apprêtait à avoir une dernière réunion avec Jane, la sœur d'Emma, qui était comptable en chef à Sheridan's. Jane abandonnait son emploi ce soir-là pour retourner à l'université afin de préparer un MBA. Nous avions décidé de plaquer nos conjoints respectifs à cette date, car ni lui ni moi n'avions envie de continuer à travailler avec Jane une fois qu'elle aurait appris la nouvelle.

J'étais tombée sur elle à côté des ascenseurs alors que j'étais sur le point de rentrer à la maison.

— Désolée d'être tellement en retard pour voir Harry ! s'écria-t-elle. J'ai couru toute la journée. J'ai besoin de transmettre tous mes dossiers... Il est dans son bureau ?

— Il est toujours en rendez-vous avec Rick Brown. Il ne devrait plus tarder.

J'étais terriblement gênée en l'emmenant dans mon bureau pour lui servir un café. Elle me parlait de ses futures études et des opportunités de carrière qu'elle espérait par la suite, et j'avais l'impression d'être la pire des traîtresses, à bavarder avec elle comme si de rien n'était alors que son beau-frère projetait de quitter sa sœur pour vivre avec moi.

— File, Ruby, m'enjoignit-elle après quelques minutes. Désolée de t'avoir retenue.

Elle emporta son café dans le bureau de Harry.

— Je vais l'attendre ici.

Elle sortit son téléphone de son sac, et je compris que j'étais congédiée.

— J'ai quelques coups de fil à passer avant de partir de la boîte, conclut-elle.

***

Je ne quittai pas la chambre d'hôtel de toute la journée. J'appelais le room service et attendais désespérément que Harry fasse son apparition. J'imaginais toujours qu'il allait entrer en trombe dans la pièce, se confondre en excuses, et qu'il m'embrasserait et me serrerait contre lui en me demandant de lui jurer que je n'avais pas changé d'avis. La chambre était assez spacieuse, mais je me sentais enfermée. Ne supportant pas de passer mon temps assise sans bouger, je faisais les cent pas, tournant autour des deux fauteuils et de la table basse, puis du bureau et de sa chaise en cuir, marchant sans fin le long des murs, comptant chacun de mes pas dans l'espoir de ne pas ruminer de façon obsessionnelle sur le lieu où il pouvait bien se trouver.

Les réseaux sociaux ne furent pas mes amis, ce jour-là. Je contemplais compulsivement sa photo de profil sur Facebook. Elle datait de deux ans plus tôt, avant que je le connaisse. Il était en vacances, assis dans un bar en Jamaïque devant une bière fraîche. Il souriait, le verre levé. J'avais toujours détesté cette photo, car je savais qu'il souriait à Emma.

Tout comme une horloge arrêtée donne l'heure exacte juste deux fois par jour, un mariage n'est jamais entièrement malheureux. Il y aura des moments – ou même de rares périodes – où tout ira bien et où vous vous rappellerez pourquoi vous êtes avec cette personne. Cette photo semblait avoir capturé l'un de ces instants dans leur couple.

Nous n'avions jamais été amis Facebook, lui et moi. Je n'utilisais guère ce réseau : j'avais l'impression qu'il ne faisait qu'accentuer tous les défauts de ma vie, comme une loupe ou un miroir déformant.

— Emma se sert parfois de mon téléphone, m'avait-il répondu lorsque je lui en avais parlé. Je ne veux pas avoir à m'inquiéter du fait qu'elle puisse voir des messages qu'on aurait échangés. Ce serait injuste envers elle. Et je ne veux pas voir ce que tu fabriques avec ton mari. Je ne veux pas tomber sur des photos de vous deux, ni assister à vos moments de bonheur.

Je ne savais pas bien quelles photos récentes pourraient produire cet effet, mais je comprenais ce qu'il voulait dire.

— Et Twitter ?

— Je ne publie presque rien, sauf pour le travail. Je ne suis pas très réseaux sociaux, en fait. Emma si, beaucoup plus que moi. Elle adore Instagram.

J'aurais préféré qu'il ne m'ait pas révélé ça. À peine étais-je arrivée en réunion que, tournant mon écran pour que Sarah ne voie pas, je m'étais inscrite sur Instagram sous un faux nom. Et j'avais découvert Emma, avec ses cheveux d'un blond éclatant et son sourire radieux. Elle avait les yeux bleus, la peau hâlée, et elle paraissait si débordante de confiance en elle que je n'eus aucun mal à comprendre pourquoi Harry l'avait choisie. J'en fus malade de jalousie. Je fermai l'application et me remis au travail, mais je ne parvenais pas à penser à autre chose qu'à sa façon de regarder l'objectif en face, le menton levé, le regard direct. Ce n'était pas le genre de femme qu'on avait envie de contrarier.

Je n'étais pas retournée sur Instagram depuis. Je n'avais pas envie de songer à Emma, de voir à qui je me frottais. Mais ce jour-là, seule à l'hôtel, je passai en revue chacun de ses posts. Je regardai les photos qu'elle avait prises, les commentaires qu'elle avait écrits, les gens qu'elle suivait. Je visionnai les vidéos qu'elle avait partagées et retins tous les films et séries télé qu'elle appréciait. Cela faisait quelques semaines qu'elle n'avait rien publié, remarquai-je, et je me demandai brièvement pourquoi. Mais, en parcourant sa galerie, je constatai qu'elle avait tendance à publier une avalanche de photos, puis plus rien pendant un moment. Par chance, il n'y avait pas trop de photos de Harry. Même si je brûlais de le voir, je ne voulais pas le contempler à travers les yeux d'Emma.

À la maison, je faisais attention à ne jamais rechercher ni Harry ni Emma en ligne. Je savais que Tom deviendrait fou s'il s'en apercevait. Et, pour être honnête, j'avais envie de faire comme si elle n'existait pas. Je ne voulais pas songer à Harry chez lui, en train de bavarder avec elle, ou sur leur canapé en train de regarder un film à ses côtés. J'étais malade à l'idée de le prendre en flagrant délit de mensonge, par exemple en me disant qu'il allait se coucher tôt alors qu'ils sortaient dîner avec des amis. Il est nécessaire de savoir faire l'autruche quand on a une liaison avec une personne mariée. On ne peut pas se laisser aller à penser à la réalité, c'est-à-dire que l'autre vit toute une vie sans vous, et que c'est non seulement sa vraie vie, mais son choix. On ne trouve pas de photos d'hommes mariés menottés ou enchaînés au mur de la cave avec leur épouse qui monte la garde. Pas sur les sites que je fréquente, en tout cas.

Lorsque arriva le soir et que la nuit tomba, je m'étais faite à l'idée qu'il ne viendrait pas. Je me sentais tellement prisonnière, dans cette chambre d'hôtel… Il fallait que je sorte, que je prenne l'air. Et bien sûr, même si je m'étais raconté que j'allais juste faire un tour en auto, je savais parfaitement où j'allais. Je sortis retrouver ma voiture là où je l'avais cachée la veille au soir. Elle était toujours pleine à craquer de cartons et de sacs. Comme je l'ai dit, il est parfois préférable d'éviter de regarder la réalité en face : je réglai mon rétroviseur pour ne pas voir mes affaires, et démarrai.

Je n'étais jamais allée chez Harry jusque-là. Je n'étais jamais passée devant sa maison en voiture, même les premiers temps. Déjà, j'avais trop peur : je n'aurais pas voulu qu'il me voie et pense que je l'espionnais. Et même après, quand je sus que je l'aimais, je ne voulais pas m'approcher, être témoin de la vie qu'il menait avec une autre femme. À présent, j'étais nerveuse, mais déterminée à prendre le risque. Je regardai autour de moi. La rue était bordée de châtaigniers. Sa maison était imposante, devait dater de trente ans environ, et était séparée du trottoir par une vaste pelouse.

Distinguant de la lumière dans l'entrée, j'appuyai sur l'accélérateur et je me hâtai de gagner le bout de la rue. Je m'arrêtai là un moment, le cœur battant. Il était chez lui ; si je voulais, je pourrais toquer et le voir. Je pourrais lui demander ce qui s'était passé, pourquoi il n'était pas venu. Puis j'imaginai sa femme, Emma, debout derrière lui. Je la voyais bien en train de me clouer au sol de son regard insolent. J'eus l'estomac serré à l'idée de l'entendre dire : « C'est qui, chéri ? » Que répondrait-il ? Soudain, je me rendais compte que je n'en avais pas la moindre idée. Quelle serait sa réaction ? Choisirait-il de m'embrasser, ou ferait-il semblant de ne pas me connaître ?

C'était un quartier calme, et il n'y avait personne en vue. Je remis le contact et repassai lentement devant leur maison. Et alors je compris : la voiture d'Emma était là. Une Mini rouge dans laquelle je l'avais vue, un jour, alors qu'elle était venue le chercher au bureau. Celle de Harry était absente. Je savais qu'elle n'était pas dans le garage : nous avions discuté un jour du fait qu'ils avaient fait du lieu un débarras.

Je fis demi-tour et m'arrêtai juste avant la maison. On aurait dit qu'elle était là, peut-être dans la cuisine. C'est alors que ça fit tilt. Elle était chez eux, pas lui. Était-il parti me rejoindre ? L'avait-il quittée ?

Je filai vers le coin de la rue pour reprendre la route principale. Je me précipitai vers l'hôtel, au bord de la nausée. Je me garai sur la première place venue et j'entrai dans le hall en courant. La réceptionniste leva la tête et me sourit. Elle s'apprêtait à me saluer, mais je me ruai vers l'ascenseur. Je n'avais pas une seconde à perdre. J'attrapai ma carte magnétique dans ma poche et je la fis coulisser dans la fente pour ouvrir la porte.

Personne. Je restai plantée dans la chambre, en nage, le souffle court, le cœur battant, le cerveau en ébullition. Où était-il ?

Je cherchai partout un message, un signe qu'il avait été là, mais il n'y avait rien.

Je m'effondrai dans un fauteuil. Venait-il de partir lorsque j'avais quitté sa rue ? Allait-il arriver d'un moment à l'autre ? Je me rendis dans la salle de bains et me vis dans le miroir, les cheveux humides et ébouriffés, le visage rougeaud. S'il entrait à cet instant, il aurait un mouvement de recul, pensai-je. Je m'appliquai une serviette froide et mouillée sur la figure jusqu'à retrouver mes esprits.

Il n'arriva pas ce soir-là, et je passai le reste du week-end à attendre, de peur de le rater. J'allais et venais dans la chambre, comptant mes pas, regrettant presque de ne pas avoir mon bracelet connecté pour m'y aider. Puis je me secouais et me rasseyais, essayant de regarder un film ou un jeu télévisé, n'importe quoi pour cesser de penser au fait que Harry n'était pas là.

Bien sûr, je me sentais toujours obligée d'être jolie pour quand il finirait par arriver. Bien que je ne sorte pas, j'étais quand même maquillée, coiffée, et vêtue de mes plus beaux habits. Mais, au fond de moi, je crois que je savais déjà qu'il ne viendrait pas, et le dimanche soir, j'avais les épaules voûtées, et aucun maquillage ne pouvait cacher ma mine défaite, ni mon regard éteint.

7

Ruby

Le lundi matin, je souhaitais désespérément voir Harry. Je croyais encore en lui, pensais toujours qu'un contretemps l'avait empêché de venir me retrouver. Si seulement je pouvais lui parler, tout serait expliqué.

Je n'avais pas fermé les rideaux en me couchant, de crainte de ne pas me réveiller. J'ouvris les yeux à 5 heures, aux premières lueurs que projeta l'aube dans ma chambre. Je me levai d'un bond, me douchai, me fis un brushing et repassai ma robe pour le travail. À 6 heures, j'étais assise devant la fenêtre, et j'attendais avec impatience son arrivée. J'étais certaine qu'il viendrait à l'hôtel tôt ce matin, pour m'expliquer ce qui s'était passé. Au bureau, on serait interrompus, je le savais. On ne pourrait pas discuter tranquillement tant que Sarah ne serait pas partie chercher ses enfants, et une conversation comme celle-là était trop importante pour avoir lieu par le biais de la messagerie interne. J'essayai de me rappeler son agenda, et de savoir s'il avait des réunions prévues, mais j'avais vécu la dernière semaine de travail en pilote automatique, et à présent j'étais incapable de me souvenir de ses projets. Mais, au moins, j'allais pouvoir le voir. Savoir qu'il allait bien. Et lui demander quand nous habiterions ensemble.

Petit à petit, je compris que Harry n'aurait tout bonnement pas le temps, à l'heure de pointe, de venir me parler avant de repartir vers le bureau. À 7 heures, je pris ma veste et mon sac à main, et quittai la chambre. Je vérifiai à la réception que personne n'avait laissé de message pour moi. Évidemment, ce n'était pas le cas : j'avais mon téléphone avec moi, la batterie chargée à fond, et pas un texto en vue. Avant de sortir de la chambre, je collai un petit mot sur le miroir juste au cas où il passerait pendant mon absence. « Appelle-moi. » J'ajoutai mon numéro pour le lui remémorer, bien qu'il ait juré de ne jamais l'oublier.

« Appelle-moi quand tu veux. Je t'aime. »

***

Le parking de Sheridan's était à moitié plein. Je ne vis nulle part la voiture de Harry. Je consultai ma montre. D'habitude, il était déjà arrivé à cette heure-ci. Au comble de l'anxiété, je refis deux fois le tour du parking. Il n'était pas là. Je me garai à l'écart du reste du personnel ; je ne voulais pas qu'on remarque que ma voiture était pleine de sacs et de cartons.

Apercevant mon amie Sarah au loin, je me hâtai vers elle. Nous entrâmes ensemble dans le bâtiment.

— Tu as passé un bon week-end ? demanda-t-elle.

Elle n'était pas au courant de ma liaison avec Harry, évidemment. Personne ne savait.

— Ça a été.

J'essayais de garder une voix joyeuse. Je repensai aux interminables heures que j'avais passées à regarder dans le vide, espérant entendre la porte cliqueter, guettant la sonnerie de mon téléphone. N'importe quel indice qui m'apprendrait ce qui pouvait bien le retenir loin de moi.

— Je me suis un peu ennuyée, pour être franche.

— Ennuyée ? se récria-t-elle en me dévisageant comme si j'étais folle.

Je me forçai à rire. Ça me faisait bizarre de discuter avec elle ; depuis le début du week-end, je n'avais parlé à personne d'autre qu'à la réceptionniste. J'avais tant à dire, et pourtant je ne pouvais me le permettre.

Je fouillai dans mon sac pour trouver mon badge, et passai le cordon autour de mon cou. Je suivis Sarah qui franchissait le portique de sécurité. Elle passa sa carte, attendit la lumière verte, et traversa. À mon tour, je présentai ma carte. Sauf qu'au lieu d'une lumière verte, ce fut une lumière rouge qui s'alluma. Je recommençai. Deux fois. Toujours rouge.

— Danny ? appelai-je en m'adressant à l'agent de sécurité. Ma carte a un problème. Tu peux me laisser entrer ? Je vais en refaire une là-haut.

Danny s'approcha de moi, l'air toujours aussi poli, mais sans son sourire habituel.

— Mettez-vous sur le côté, s'il vous plaît, madame Dean.

Je fronçai les sourcils. *Madame Dean ?* Ici, tout le monde se tutoyait. Sans réfléchir, je m'écartai, et aussitôt la foule derrière moi forma une ligne devant le portillon.

Il se dirigea vers les sièges destinés aux visiteurs, à côté de l'entrée.

— Asseyez-vous, si vous le voulez bien.

Sarah m'attendait de l'autre côté du hall.

— Ne t'en fais pas pour moi, vas-y. Je règle ça et je te rejoins là-haut.

Elle acquiesça :

— Je vais nous préparer du café.

Je restai assise à attendre, sans trop savoir quoi. Danny avait disparu, et je n'avais pas la moindre idée de l'endroit où il était allé. Peut-être avait-il besoin d'une clé pour ouvrir le portillon ? Et alors je vis Mark, l'un des gars du service des ventes, surgir depuis le parking, un gros carton dans les bras. Un autre agent se dirigea vers le portillon et utilisa sa propre carte pour que Mark puisse passer.

Je m'approchai.

— Je peux entrer avec lui ? Je ferai régler mon badge dès que j'arriverai à l'étage.

— Désolé, madame…, répondit le garde avant de détourner les yeux. Il vaut mieux que vous attendiez le retour de Danny.

Je le dévisageai, mais il s'éloigna. Je retournai lentement vers mon siège. Je patientai encore cinq minutes. Des gens de mon bureau passaient et me saluaient de la main. Deux des assistantes de direction me lancèrent un regard curieux, mais je leur souris :

— J'arrive tout de suite.

Puis les portes de l'ascenseur s'ouvrirent, et notre directrice des ressources humaines, Eleanor Jones, en sortit. Un groupe de jeunes femmes se redressa aussitôt, et je vis l'une d'elles consulter sa montre, de toute évidence soulagée d'être en avance. Eleanor ne plaisantait pas avec les horaires. Elle tenait un carton qui semblait contenir des ramettes de papier. Ce ne fut que lorsqu'elle regarda dans ma direction que je compris qu'elle était descendue pour me rencontrer.

Mon estomac se noua. Elle s'approcha et, malgré mon désir de me lever pour la saluer, j'en fus incapable : mes jambes flageolaient. Elle s'assit à côté de moi, rose d'embarras.

— Je suis navrée, Ruby, déclara-t-elle.

Elle me tendit le carton. Je baissai les yeux et j'y découvris les affaires que je conservais dans les tiroirs de mon bureau. Mon maquillage de secours. Mon pull. Une brosse à cheveux. Des cachets contre la migraine. Je tressaillis. Je savais que ma pilule contraceptive se trouvait dedans également. Sur le dessus était posée une enveloppe à mon nom.

— Nous avons mis fin à ton contrat.

8

Ruby

Eleanor ne s'attarda pas, et moi pas davantage. Je fis mine de demander pourquoi on me licenciait, mais elle m'interrompit.

— Cela ne fait pas encore deux ans que tu es ici. Légalement, rien ne nous oblige à te fournir cette information. Mais tu sais sans doute pourquoi nous ne te gardons pas parmi nous. Je ne pense pas qu'il soit utile d'en parler ici, n'est-ce pas ?

Je levai les yeux vers les visages curieux qui passaient, et me mis à rougir. Comment était-elle au courant de notre liaison ? Je haussai la voix.

— Mais vous n'avez pas le droit de me renvoyer ! Ce n'est pas ma faute !

Eleanor eut l'air de vouloir rétorquer, mais elle se ravisa et répéta simplement :

— Comme tu le sais, pendant les deux premières années, nous avons le droit de mettre fin à ton contrat à n'importe quel moment, quelle qu'en soit la raison. Tu es restée ici dix-huit mois.

— Mais…

Elle se leva. De toute évidence, l'entrevue était terminée. Elle toucha l'enveloppe dans le carton.

— Je t'ai écrit une courte lettre de recommandation, et il y a un chèque pour le salaire de ce mois-ci, un mois de préavis, et tes congés payés.

Je me levai aussi, ne sachant que faire ni que dire. Elle me tendit le carton et me raccompagna à la porte. Je vis deux amies entrer et se dépêcher en apercevant Eleanor. Il était évident qu'elle avait envie de leur courir après pour leur rappeler l'heure, mais elle resta monter la garde à la porte et me suivit des yeux jusqu'à ma voiture.

***

La colère me tomba dessus alors que je m'éloignais en voiture. Je n'avais encore jamais été renvoyée : mon travail était toujours bien fait, et je n'avais pas eu une seule journée d'absence au cours des dix-huit mois où j'avais travaillé ici. Je ne m'autorisai pas à admettre que c'était parce que je n'aurais pas voulu manquer une journée avec Harry. Je roulai jusqu'au parking d'un supermarché situé à trois kilomètres de là et me garai à l'écart des autres véhicules. Le cœur battant à tout rompre, je sortis mon téléphone.

Je débordais tellement de honte et de rage que, bien que je me sois toujours promis de ne pas faire ça tant qu'il serait encore avec Emma, je composai le numéro de portable de Harry. Aussitôt, sa voix résonna, tonitruante.

— Bonjour, dit-il.

Mon pouls s'emballa.

— Harry ?

Mais il poursuivit :

« Ici Harry Sheridan. Bienvenue sur ma boîte vocale. Laissez-moi un message. »

Je parvins à me contrôler. Je savais que je ne devais pas laisser de message. Je m'empressai de raccrocher et composai le numéro de la ligne directe de Harry au travail. Après deux sonneries, on décrocha.

—Bonjour, bureau de Harry Sheridan.

Je retins mon souffle une seconde. Ce n'était pas lui. Je reconnaissais la voix. C'était Paula, l'assistante d'Eleanor. Nous n'étions pas vraiment amies, mais nous nous entendions bien.

—Paula ? C'est moi, Ruby.

—Ah, dit-elle.

Je sentis mes entrailles se nouer. Ça n'allait pas être facile.

—Que puis-je faire pour toi ?

Je n'allais pas feindre d'ignorer pourquoi elle avait ce comportement inhabituel.

—Je peux parler à Harry ? Tu peux me le passer ?

Elle haleta, comme si cette histoire la touchait personnellement.

—Je suis désolée. Tous les appels pour M. Sheridan arrivent sur mon poste, maintenant.

Elle se tut un instant, avant de me demander d'une voix formelle :

—Souhaitez-vous laisser un message ?

Pendant une fraction de seconde, j'imaginai de lui laisser le message que j'avais vraiment envie de faire passer. Paula irait ensuite déjeuner à la cantine et le répéterait à tout le monde. Je parvins à me retenir.

—Ce n'est pas nécessaire, répondis-je poliment. Ne vous en faites pas.

Je raccrochai sans lui laisser le temps de le faire avant moi. C'était le seul petit plaisir qui me restait.

***

Ne sachant que faire, je retournai à l'hôtel. Je m'arrêtai à la réception pour demander s'il y avait eu un appel, mais ce n'était pas le cas. Harry n'aurait eu aucune raison de téléphoner à l'hôtel, mais je me sentais toujours obligée de poser la question. Je me dépêchai de regagner ma chambre, espérant toujours l'y trouver, et lorsque je tournai dans le couloir je vis que la porte était ouverte. Mon cœur fit un bond dans ma poitrine, mais à cet instant la femme de chambre sortit, poussant un chariot de linge chargé de serviettes et de produits de toilette. Nous échangeâmes un bonjour, et elle laissa la porte ouverte. Je vis aussitôt qu'il n'était pas passé.

Je m'assis sur le lit et j'ouvris l'enveloppe, juste au cas où Harry y aurait glissé un message. Il n'en était rien, bien sûr. La lettre de recommandation, signée par Eleanor, était suffisamment courte pour me mettre les joues en feu. Personne ne pourrait ignorer que je n'étais pas partie de mon plein gré. Je vidai entièrement le carton. Il était humiliant de penser que quelqu'un avait fouillé mon bureau de la sorte, emballant mes affaires, sachant que j'avais été renvoyée. Je me demandai à quelle heure cette personne était arrivée au travail, pour accomplir cette besogne si vite. Quand la nouvelle avait-elle été annoncée en interne ? Et qu'avait-on dit exactement ? J'envoyai un bref texto à Sarah pour la prier de me rappeler.

Je sortis une pilule contraceptive de la plaquette. C'était l'heure à laquelle je la prenais généralement. Le week-end, je cachais deux comprimés sous le fard à paupières dans ma palette de maquillage. Je ne pouvais me permettre que Tom les trouve. À présent, je la tenais devant ma bouche en me demandant si je devais ou non l'avaler. Cela en valait-il la peine ? Mais je repensai à Harry qui me disait : « Je te le promets », et retrouvai ma foi en lui. Je glissai la pilule dans ma bouche et la fis descendre avec un peu d'eau.

La sonnerie de mon téléphone me fit sursauter. Je bondis du lit, croyant que c'était Harry, mais vis le nom de Sarah s'afficher sur l'écran.

— Qu'est-ce qui se passe ? Quand je suis arrivée ici, il y avait quelqu'un des RH à ton bureau, en train de vider tes tiroirs !

— C'était qui ?

— Le garçon brun, tu sais… le stagiaire. Je crois qu'il s'appelle Nathan. Il n'a rien voulu me dire. Il avait l'air terrorisé. J'ai pensé qu'il croyait que c'était mon bureau. Ils t'ont affectée à un autre service ?

— Pas exactement. Je me suis fait virer.

— Quoi ? Pour quelle raison ?

J'hésitai.

— Euh… ils ne m'ont pas expliqué. Ils ont juste dit qu'ils mettaient fin à mon contrat.

— Ils ne peuvent pas faire ça !

— En fait, si. Je n'ai travaillé ici que dix-huit mois. Ils peuvent virer les gens n'importe quand pendant les deux premières années.

— Quoi ? Juste comme ça ?

— On dirait bien.

Il y eut un silence, et je devinai qu'elle calculait depuis combien de temps elle était dans la boîte.

— Mais pourquoi ? finit-elle par demander. Pourquoi ils ont fait ça ?

J'ouvris la bouche, mais elle me coupa la parole d'une voix basse et pressée.

— Je dois y aller. Je t'appelle plus tard.

Elle raccrocha.

***

En début d'après-midi, j'avais l'impression de devenir folle. J'étais passée au volant deux fois devant les bureaux, pour tenter de voir si la voiture de Harry était là. Je ne la vis pas. Normalement, il se garait près de l'entrée du bâtiment. Il n'y avait que quelques places à cet endroit, et il était tacitement convenu qu'elles étaient réservées aux dirigeants de l'entreprise ou aux clients, mais parfois, s'il arrivait un peu plus tard, il prenait juste la première place qui se présentait. J'avais aperçu un agent de sécurité dehors, et bien que je doute qu'il me guette, je ne voulus pas prendre de risques. Le simple fait de passer sur la route était assez stressant – c'était une chance d'avoir une banale petite voiture noire, comme on en voit des milliers –, mais au moins ils ne pouvaient pas m'interdire de rouler devant le bureau. À 17 heures, j'étais garée plus haut sur la colline, d'où je voyais les voitures former une file pour sortir du parking. Mais celle de Harry n'était toujours pas en vue. Une fois de plus, je passai et repassai sur la route, me faisant l'impression d'être une demeurée. À 18 h 30, il ne restait plus que les voitures du personnel de sécurité et d'entretien, et je savais que je n'avais plus rien à faire là.

Peut-être qu'il est parti de bonne heure pour aller à l'hôtel! me dis-je soudain avec un regain d'espoir.

Je fis demi-tour à toute vitesse, le cœur battant, mais à peine avais-je ouvert la porte de la chambre en appelant son prénom que je sus qu'il n'était pas là. Mon message était toujours collé au miroir: rappel pathétique, adressé à un homme qui de toute évidence ne m'aimait pas. Pourtant, je n'étais pas prête à renoncer à lui.

***

Ce soir-là, je fis quelques incursions dans le minibar, et rappelai sans cesse le numéro de Harry, bien que son téléphone reste éteint. Je voulais juste l'entendre prononcer son nom. L'amour se mêlait à présent à une sorte de rage tenace, et il me restait juste assez de bon sens pour ne pas laisser de message. Mon téléphone sonna alors que je tendais la main vers une canette de Schweppes. Mon verre se renversa, et du gin coula sur le lit alors que j'attrapais précipitamment l'appareil. Lorsque je vis le nom du contact sur l'écran, mes espoirs s'effondrèrent. C'était Tom. J'hésitai, puis je répondis.

—Coucou, Ruby. Comment vas-tu?

—Bien, merci. Et toi?

Malgré tous mes efforts, je savais bien que je n'étais pas convaincante.

—Oh, bredouilla-t-il avec un rire nerveux. En fait, tu me manques. La maison est vraiment vide, sans toi.

Je sentis des larmes me picoter les yeux. S'il voulait vraiment savoir ce qu'était la solitude, il n'avait qu'à se mettre à ma place. Je toussai avant de répondre:

—Ça va aller, Tom.

Je savais que ce serait le cas. Il s'arrangeait toujours pour retomber sur ses pattes.

—Je me demandais... Tu veux divorcer? Tu ne m'as pas dit...

Bizarrement, et bien que j'y aie songé bien avant qu'Harry et moi décidions de vivre ensemble, la question de Tom me fit l'effet d'un coup de poing dans l'estomac. J'avais suffisamment de choses à régler sans devoir penser à ça en plus.

—Ah. Je n'y ai pas réfléchi. Oui, je suppose.

—Eh bien, si on se sépare, ça paraît assez évident. J'ai la nette impression que tu ne veux plus être avec moi.

Il y eut une longue pause, et je dus me retenir de répondre que je ne savais pas ce que je voulais.

—Tu veux que je m'occupe des papiers? Je crois qu'on est censés d'abord vivre séparément pendant deux ans, mais les gens ont l'air d'aller beaucoup plus vite que ça en pratique.

La panique m'étreignit le ventre.

— Je n'ai pas les moyens de prendre un avocat. On ne pourrait pas d'abord vendre la maison ?

Le silence s'étira, et je regardai l'écran pour m'assurer que Tom était toujours en ligne.

— Je peux faire venir un ou deux agents immobiliers pour une estimation, si tu veux ? Ça nous permettrait d'y voir plus clair sur le partage, je pense. À toi de décider, Ruby.

Je contemplai la chambre d'hôtel, la pile de bouteilles miniatures vides qui gisaient sur la table de chevet, le carton que m'avait remis Eleanor. J'avais vraiment foutu ma vie en l'air.

— Qu'est-ce qui se passe ? demanda-t-il doucement. Eh, ne pleure pas, bébé.

Bébé ?

Je ne savais pas depuis quand il ne m'avait plus appelée ainsi. Au début, c'était le petit nom qu'il me donnait, et chaque fois qu'il le prononçait je me sentais fondre. Cela ne m'avait plus fait cet effet depuis des lustres, mais ce jour-là, étrangement, ces sentiments enfouis refaisaient surface. Il avait une voix si bienveillante, qui me rappelait les premiers temps de notre relation, quand il était tendre et aimant. Quand je me croyais unique à ses yeux.

— Parle-moi, reprit-il d'une voix basse et fervente.

Je ne pouvais pas. J'étais incapable de proférer un son.

— Tu as changé d'avis ? Tu veux revenir à la maison ?

À l'entendre, ça semblait si facile. Si tentant.

— On peut discuter, Ruby. Reviens.

Je répondis avant d'avoir eu le temps de le supplier de venir me chercher et de ne plus jamais me laisser.

— Non. Non. Désolée, je dois raccrocher.

Je coupai la communication, mais restai assise sur le lit, le téléphone serré dans la main et le visage baigné de larmes. Pendant un court instant, je ne me souvins plus pourquoi j'étais partie et ne pouvais revenir.

9

Ruby

Plus tard dans la soirée, Sarah me rappela.

— Comment ça va, Ruby ?

— Oh, tu sais… Ça pourrait difficilement être pire, en fait.

— Tu as bu ?

— Je viens de me faire virer. J'ai le droit de picoler.

— Tu as raison. Désolée. Et je suis navrée de ne pas t'avoir rappelée plus tôt. Ça a été la folie toute la journée, et ensuite j'ai été prise par les enfants. Je n'ai pas eu une seconde pour te parler. Comment tu te sens ?

Je brûlais de lui parler de ce qui s'était passé, mais c'était impossible.

— Oh, ça va… Mais c'était un choc, quand même.

— Je veux bien te croire. Ça faisait une éternité que tu bossais là.

— Dix-huit mois.

Assez pour croire que tu connais quelqu'un, avais-je envie d'ajouter. *Assez pour lui faire confiance. L'aimer.*

— Et Tom, il a dit quoi ?

J'hésitai. Bien sûr, Sarah ne savait pas que j'avais quitté le domicile conjugal.

—Oh, pas grand-chose. Les emplois, c'est pas ce qui manque.

—Il a raison.

Elle se lança dans le récit de sa journée. De toute évidence, je n'avais pas encore été remplacée, et une grosse partie de mon travail lui était tombée dessus.

—Mais pas les appels, cela dit. Ils arrivent chez Paula. Je ne sais pas pourquoi ce n'est pas moi qui les traite.

—Comment ça ? Pourquoi Harry ne répond pas à ses appels ?

—Oh, il n'était pas au bureau. Je ne te l'ai pas dit ? Il sera absent toute la semaine.

Je fus submergée de soulagement. Finalement, il y avait une explication à tout ça.

—Pourquoi ? Il a eu un accident ?

—Un accident ? Oh non, rien de ce genre-là ! rit-elle. Il est en congé.

—Quoi ?

—Oui. Jane est venue ce matin nous remercier pour son cadeau de départ. Elle n'avait pas eu l'occasion de le faire vendredi. Elle a dit que Harry partait pour des vacances en amoureux avec sa femme.

J'avais du mal à croire ce que j'entendais.

—Mais il ne m'en a pas touché un mot !

—C'est exactement ce que j'ai dit à Jane. Je lui ai dit qu'on n'était absolument pas au courant, et elle a répondu qu'il n'en avait parlé à personne parce qu'il voulait faire la surprise à Emma. Apparemment, ils sont partis vendredi soir, et ils vont rester là-bas une semaine.

J'allais lui couper la parole, objecter qu'ils ne pouvaient pas être partis parce que j'avais vu de la lumière chez eux le samedi soir, mais je me retins. Elle penserait que je les harcelais. Puis je compris : il avait dû régler les lampes pour qu'elles s'allument automatiquement. Sa voiture n'était pas là. Ils étaient partis avec, ensemble. Je savais bien qu'il n'avait pas quitté le foyer – de toute évidence –, mais penser qu'il était parti en vacances avec elle alors que j'étais folle d'inquiétude toute seule à l'hôtel, c'était comme un coup de poignard.

— Ça doit être super de pouvoir partir quand tu veux, comme ça, sur un coup de tête, hein ? reprit Sarah.

Mon esprit bouillonnait.

— Oui. C'est sans doute très agréable, répondis-je, les dents serrées.

— C'est chouette. Tellement romantique… Ils vont fêter la grossesse de sa femme.

10

Ruby

Je ne sais pas comment je réussis à aller au bout de ce coup de fil. Je savais que je ne pouvais pas rappeler Sarah pour lui poser de nouvelles questions à propos de Harry : sous quel prétexte ? Je doutais de la voir beaucoup. Nous ne nous voyions pas très régulièrement en dehors du travail, même si nous étions bonnes amies au bureau. De plus, son mari et elle étaient très accueillants, et recevaient constamment des gens pour des dîners ou des soirées, bien que Tom accepte rarement d'y aller. Comment me présenterait-elle ?

Ah, voici mon amie Ruby. Elle a largué son mari pour être avec un homme marié, mais il l'a plaquée à son tour ! Alors, à côté de qui allons-nous la placer ?

J'imaginais sans peine leurs regards pleins de commisération. Ils me prendraient pour une ennemie de la société civilisée. Je n'avais donc aucun moyen d'en apprendre davantage sur Harry et Emma.

— Je n'étais pas au courant qu'ils attendaient un bébé, dis-je en tentant de contrôler ma voix.

Puis je me forçai à ajouter :

— C'est génial. Il fera un super papa.

— C'est certain.

J'avais l'impression de la voir, toute contente de répéter un ragot bien croustillant. Elle me tuerait si elle savait que je lui cachais un si gros secret.

—Il y a toujours eu des rumeurs de bébé.

—Ah bon? Je n'en avais pas entendu parler..., parvins-je à articuler.

—C'était sûrement avant ton arrivée. Tu n'étais pas à la dernière soirée de Noël, je crois? Elle était là, et elle ne buvait pas. On a tous pensé qu'elle était enceinte, mais ensuite, on n'a plus évoqué le sujet.

Je n'étais pas allée à cette soirée. Nous nous étions mis d'accord avec Harry, nous n'arriverions jamais à garder notre relation secrète si je venais. Je m'étais excusée en prétextant un autre engagement. Harry m'avait raconté après les vacances qu'il s'était ennuyé et avait été très malheureux ce soir-là. Et qu'il s'était empressé de revenir travailler.

—Je n'avais rien remarqué, répondis-je. Cela dit, je ne l'ai jamais rencontrée.

C'était éreintant d'essayer de paraître normale, et je commençais à avoir mal à la tête.

—Ouais, elle ne vient plus aussi souvent au bureau, maintenant. Je crois que sa boîte marche bien, alors j'imagine qu'elle n'a plus le temps. Tu l'as déjà vue en photo, quand même? Elle est très séduisante. Magnifique, en fait.

Je le savais déjà, puisque je l'avais vue sur les réseaux sociaux. Je surpris mon reflet dans le haut miroir sur le mur de la chambre d'hôtel. «Magnifique» n'était pas un mot que j'aurais utilisé pour me décrire à cet instant précis. «Épave» aurait été un terme plus adapté.

Je trouvai une excuse et raccrochai. Il faisait presque nuit désormais, et je restai à côté de la fenêtre, dans le fauteuil, à contempler la route qui longeait la façade de l'hôtel. Il avait plu, et des gouttes ruisselaient toujours sur la vitre. Les phares des voitures apparaissaient brouillés. Mais peut-être était-ce plutôt à cause de mes larmes. Je remontai les genoux sous le menton, les bras serrés autour des jambes. Ainsi, Emma était enceinte. J'en avais rêvé pendant de longues années, et j'avais presque fini par accepter le fait que ça ne m'arriverait jamais. À présent, non seulement elle avait l'homme que je convoitais, mais elle attendait en plus un enfant de lui.

Harry n'avait pas essayé de me contacter. Il n'avait même pas pensé à moi. Il m'avait simplement jetée, comme si je ne représentais rien à ses yeux.

J'en avais le corps crispé de panique. Qu'avais-je fait ? J'avais perdu mon passé en quittant Tom. J'avais hypothéqué mon avenir, aussi. Je n'avais pas de boulot. Pas de compagnon. Pas d'argent. Tom gagnait beaucoup plus que moi. Nous avions chacun un compte en banque, et un en commun pour les factures. Nous payions chacun la moitié, ce qui ne me laissait pas beaucoup d'économies. Et, à présent, je n'aurais plus de revenus.

— Ne t'inquiète pas pour l'argent, avait dit Harry lorsque nous avions parlé de vivre ensemble. Je prendrai soin de toi.

— Je n'ai pas besoin qu'on prenne soin de moi. C'est juste que je serai fauchée jusqu'à la vente de la maison. Ensuite, ça ira.

Il m'avait embrassée.

— Ruby, n'y pense pas une seconde de plus.

J'aurais vraiment mieux fait de ne pas écouter un mot de ce qu'il me racontait. Je l'appelai une fois encore. De nouveau, le répondeur et oui, malgré tout ça, sa voix me rendait encore faible. Et furieuse, aussi. Je raccrochai d'un doigt vindicatif avant d'avoir pu dire quelque chose que je regretterais, et juste à cet instant, une notification sonna. C'était Tom. En lisant son message, j'eus une bouffée de panique, comme s'il lisait dans mes pensées.

Je viens de parler à mon collègue Henry qui essaie de vendre sa maison. Il dit que le marché est plutôt mou en ce moment. On lui a annoncé que ça lui prendrait peut-être des mois. Bisou.

Je sentis ma tension artérielle monter à l'idée de n'avoir ni maison, ni emploi. J'avais besoin d'un toit. Je ne pourrais pas rester indéfiniment à l'hôtel. En réservant, Harry avait payé pour une semaine d'avance, et je ne pourrais pas me permettre de rester beaucoup plus longtemps une fois que ce délai serait écoulé.

— Je vais réserver pour une semaine, et ensuite on verra où on en est, avait-il expliqué. On cherchera un appartement. On peut louer en attendant d'avoir décidé où acheter.

Il m'avait envoyé des liens vers d'immenses appartements sur les bords de la Mersey à Liverpool, d'autres avec une vue sur la Dee.

— Tu en penses quoi ? Ils sont disponibles tout de suite.

J'y repensais à présent, à ces lofts dans d'anciens entrepôts avec leur décoration scandinave, leur salle de sport, et leur concierge vingt-quatre heures sur vingt-quatre. À quoi jouait-il, à me faire miroiter des logements de luxe avant de me larguer sans crier gare ? C'était une pierre de plus à l'édifice du sentiment d'injustice que j'avais éprouvé ces derniers jours. Puis mon téléphone reçut une nouvelle notification de Tom.

On n'a pas eu le temps de parler d'argent avant ton départ. Je t'ai fait un virement sur ton compte d'épargne. Dis-moi si tu as besoin de plus. Bisou.

Je fronçai les sourcils. Il savait qu'il n'y avait quasiment rien sur mon compte d'épargne. Je lui avais déjà emprunté de l'argent par le passé, alors il se doutait que je n'avais pas grand-chose devant moi. Un nouveau message arriva. Il m'écrivait plus que lorsque nous étions ensemble. Cela me surprenait : je m'étais attendue à ce qu'il m'ignore.

J'espère que tu vas bien. Bisou.

Je m'enfonçai dans le fauteuil, un coussin serré contre la poitrine, et regardai passer les voitures. Je me mis à penser à Tom, à la façon dont tout était allé de travers. J'avais du mal à faire coïncider l'homme que j'avais rencontré et celui que j'avais quitté, mais à présent je voyais de nouveau émerger cette personne que j'avais aimée et épousée. Mais toutes ces pensées s'évanouirent lorsque je me souvins de la dernière fois que j'avais vu Harry. Était-il en train de me manipuler ? M'avait-il envoyé ces liens d'appartements en sachant que nous n'y habiterions jamais, et que j'aurais quitté mon toit sans retour possible ? Il *savait* que je n'avais pas d'argent ! Il devait donc savoir aussi que je me retrouverais à la rue. J'imaginai son retour de vacances, son visage horrifié en voyant quelqu'un d'autre à mon bureau. Il serait fou de rage en apprenant qu'on m'avait licenciée.

Je composai à nouveau son numéro, mais je mis fin à l'appel lorsque je l'entendis dire « Bonjour ». Je ne laissai pas de message. Je ne m'abaisserais pas à ça. Je ne lui donnerais pas cette satisfaction.

Plus tard, je pris conscience que Tom m'avait écrit sur WhatsApp, et qu'il saurait que j'avais lu ses messages. J'envoyai une brève réponse :

Merci.

Il devait guetter mon message, car il me répondit aussitôt.

De rien. Prends soin de toi, bébé. Bisou.

Je restai les yeux rivés sur l'écran. Il m'appelait encore « bébé » ? Malgré moi, je ressentis ce plaisir familier que j'éprouvais toujours lorsque Tom était attentionné avec moi. Dans les premiers temps, c'était constant, mais de plus en plus rare sur la fin. Presque jamais, en réalité. Pourtant, chaque fois qu'il se montrait affectueux, je ressentais cet élan de tendresse, et j'en redemandais. Je secouai la tête. Il fallait que j'arrête de penser ainsi. J'avais tourné la page. Pas moyen de revenir en arrière. Je voulais le défier, lui demander à quoi il jouait, mais je songeai au comportement qu'il serait alors capable d'avoir, et je renonçai. Je pouvais difficilement me plaindre qu'il soit gentil avec moi.

La soirée était toujours douce. La fenêtre de la chambre ne s'ouvrait que de quelques centimètres, aussi je tirai la table pour l'en approcher et sortis mon ordinateur. Je passai deux heures environ à envoyer mon CV à des employeurs potentiels dans la région. J'allais juste chercher un programme à regarder sur Netflix lorsque mon téléphone tinta. Le son me fit sursauter. C'était encore Tom.

Ruby, ta mère vient d'appeler sur le fixe. Je préfère te prévenir : elle t'appelle dans une minute. Bisou.

Oh, non.

Une minute plus tard exactement, mon téléphone sonna, et je grimaçai. Je décrochai à regret. Tout ce que j'entendais, c'étaient des sanglots. Je soupirai et mis la bouilloire à chauffer. J'étais partie pour un long coup de fil. J'actionnai le haut-parleur, je préparai du café, et j'ouvris un paquet de biscuits.

— Coucou, maman.

Nouveaux sanglots. Je remuai mon café et choisis un biscuit. Humm, un shortbread. Mon péché mignon. Je le mangeai avant de dire quoi que ce soit d'autre.

— Est-ce que tout va bien ? Tu es tombée ? Tu as besoin que je t'envoie des secours ?

Elle renifla si bruyamment que je perdis toute envie de boire mon café, puis déclara :

— De toute ma vie, jamais je n'avais ressenti une telle honte !

Si j'avais été chez elle en cet instant, j'aurais marché sur des œufs et fait mon possible pour arranger la situation, mais j'étais fauchée, seule et sans toit, et soudain je me dis : *C'est moi qui suis à plaindre dans l'histoire, pas elle !*

Je choisis donc de contre-attaquer :

— Oh non, qu'est-ce que tu as fait ?

— Ce n'est pas moi qui ai fait quoi que ce soit, c'est toi. Je viens d'avoir ce pauvre Tom au téléphone. Il pleurait à chaudes larmes. Il m'a dit que tu l'avais quitté et qu'il ne savait même pas pourquoi. Je n'en reviens pas ! Je t'ai vue il y a un mois à peine, et tu ne m'as rien dit !

Tiens, marrant.

Tom réussissait à m'étonner. Il ne lui avait pas fallu beaucoup de temps pour s'attirer la compassion de ma mère. Était-il réellement dans tous ses états ? Pour la première fois, je pensai à lui tout seul à la maison, le soir, assis sans personne à qui parler. Il n'avait pas beaucoup d'amis, seulement quelques collègues avec lesquels il lui arrivait de prendre un verre. Il n'avait jamais vécu seul ; ça devait lui faire vraiment bizarre. Il devait se sentir isolé. Je savais qu'il devait boire plus que d'habitude, mais je m'empêchai de spéculer davantage : ce qu'il faisait ne me concernait plus désormais.

— Et son malheureux fils, reprit-elle avec un profond soupir. Voir sa famille se déchirer une deuxième fois…

J'avais envie de lui répliquer qu'il existait un dénominateur commun à ces séparations, qui n'était pas moi, mais ça ne servirait à rien. Une femme ne quittait pas un homme. C'était la règle à laquelle obéissait ma mère. Une femme n'abandonnait pas son mari. Elle lui pardonnait, elle oubliait, et peut-être qu'elle l'incitait à se trouver un passe-temps qui le faisait sortir de la maison, de préférence le soir et le week-end.

—Comment va papa? demandai-je en coupant court à la prophétie de ma mère selon laquelle Josh allait finir clochard, drogué et chômeur, incapable et brisé parce que j'avais quitté son père.

Elle ne m'avait pas demandé comment j'allais, ni même où j'étais. C'était son problème, pas le mien.

—Il est effondré, répondit-elle en sanglotant de plus belle. Nous le sommes tous les deux. Je ne sais pas pourquoi tu nous infliges ça.

J'entendis la voix de mon père en arrière-fond. Il demandait où étaient passés tous les biscuits au chocolat. Comme moi, il trouvait de toute évidence un précieux réconfort dans le placard à provisions.

—Au moins, nous allons échapper à l'opprobre pendant quelque temps, ajouta ma mère. Ta sœur nous a invités. Nous partons la semaine prochaine, le lundi. « Prenez un aller simple », c'est ce qu'elle a dit. « Restez tant que vous voulez. »

Ma sœur, Fiona, vivait à présent en Australie. Cette invitation avait dû lui être arrachée de haute lutte. Je savais que si elle leur avait conseillé un aller simple, c'était pour garder la possibilité à tout moment de demander à notre mère de partir.

—Maman, ça t'embêterait que je m'installe chez vous pendant votre absence? Je pourrais m'occuper des plantes, surveiller la maison.

—Surveiller la maison? Je ne peux pas te confier les clés! Pas après ce qui s'est passé la dernière fois.

« La dernière fois » s'était produite vingt ans plus tôt. J'avais été agressée en plein jour, alors que j'avais les clés de leur maison dans mon sac à main.

— Ça me rendrait vraiment service… Je ferai très attention, je te le promets.

Je pensais au fait de chercher un logement, de dépenser des sous que je n'avais pas. Je ne me sentais plus tellement chez moi dans la maison de mes parents, mais ce serait nettement mieux que de louer un appart.

— Hors de question. On va fermer la maison, merci. On sera peut-être absents plusieurs mois. Je sais que nous manquons beaucoup à Fiona. Et, en plus, que diraient les voisins ?

— Qu'est-ce que ça peut bien leur faire, aux voisins ?

— Eh bien, je n'ai pas envie que tu croises Mme Jennings. Que tu lui racontes toutes tes petites histoires. Aucun de ses enfants ne lui a jamais causé de souci. Et te voilà, sur le point de divorcer, et même pas fichue d'avoir des enfants.

Les larmes me montèrent aux yeux, comme elle pouvait s'en douter, à la pensée de toutes ces nuits que j'avais passées chaque mois à espérer tomber enceinte. Elle ne l'ignorait pas. J'avais été assez bête pour me confier à elle. Elle m'avait répondu que certaines femmes n'étaient pas faites pour être mères. Il m'avait fallu du temps pour lui pardonner.

— Je dois y aller, dis-je.

Elle repartit dans une harangue, mais j'appuyai sur la touche « raccrocher » et, comme par magie, elle disparut.

Plus tard, quand je fus calmée, je reçus un message de mon père.

Je suis désolé, ma poupée. Tu connais ta mère. Bisous.

Oui, je la connaissais, et lui aussi, du reste. J'aimais beaucoup mon père, mais il lui laissait tout passer, même les comportements les plus inacceptables. Il la calmait, comme si son rôle dans la vie consistait à arranger les choses quand elle s'en prenait aux autres. Il m'avait fallu beaucoup de temps pour me rendre compte que j'étais comme lui. Je ne répondis pas à son message. Je ne savais pas quoi lui dire.

Juste quand je me préparais à me coucher, un autre message arriva. C'était Tom.

J'espère que ça va. Ne la laisse pas te faire du mal. Bisou.

Et malgré tout, l'espace d'un instant, je me sentis réconfortée. Tom était la seule personne à savoir de quoi ma mère était capable. Elle jouait la comédie à merveille quand elle rencontrait mes amis, et je ne leur ouvrais pas les yeux, sachant d'avance qu'ils accorderaient plus de confiance à ce qu'ils auraient vu qu'à ce que je pourrais leur raconter. Bien que j'aie parlé d'elle à Harry, il ne la connaissait pas, n'avait jamais été témoin de mon expression de colère et de chagrin lorsque j'étais avec elle.

Je consultai ma montre. Il était 23 heures passées. Je songeai à Tom dans notre lit, la tête sur un oreiller en duvet d'oie, sous un édredon léger comme un nuage. Je pensai au jeté de lit en soie grise drapé sur les montants, aux lumières tamisées et aux tapis de laine, à la salle de bains attenante avec sa douche hydromassante pour deux. Et je contemplai la chambre d'hôtel autour de moi. Elle était assez jolie, mais j'y étais seule. Et pas uniquement seule. Sans domicile. Sans emploi.

Je ne pus m'empêcher de penser que j'avais commis une grave erreur.

11

Ruby

Le matin suivant, je me levai de bonne heure avec deux objectifs : trouver un endroit où habiter, et décrocher un nouvel emploi. À 9 heures, j'étais de retour à Mersey Recruitment, l'agence qui m'avait trouvé le poste à Sheridan's.

Quand j'entrai, tous les regards se tournèrent vers moi, et je sus aussitôt que personne n'ignorait pourquoi j'étais là. Je m'empourprai. Je m'avançai vers le bureau de la responsable. Kourtney O'Dwyer était une Canadienne mariée à un Anglais, qui s'était installée ici avec lui. Elle était propriétaire et gérante de l'agence. Tout devait passer par elle.

— Ruby, déclara Kourtney. Quelle agréable surprise.

Elle était en train de se servir une tasse de café à la machine au fond de la pièce.

Lorsque j'avais contacté l'agence après mon précédent licenciement, elle était en début de grossesse. Elle m'avait trouvé le poste à Sheridan's le jour même, et je ne l'avais plus revue depuis. À présent, elle était de retour de son congé, la silhouette peut-être plus maternelle qu'auparavant, mais avec dans les yeux toujours la même lueur dure et déterminée. Je ne pouvais qu'espérer qu'elle ne regardait pas son bébé ainsi.

Je m'assis en face d'elle. Elle commença par m'ignorer pendant plusieurs minutes, et faire cette chose que font les gens lorsqu'ils veulent vous faire comprendre qui exactement a le pouvoir dans une conversation. Cela eut l'effet escompté. Je me sentis me ratatiner devant elle.

Sans me proposer de café, elle leva sa tasse et but une gorgée.

— Que puis-je faire pour vous ?

— Je cherche du travail, bredouillai-je.

Le bureau était silencieux, et je savais que tout le monde m'écoutait.

— J'ai quitté Sheridan's.

— Oui, répliqua Kourtney. On est au courant.

J'avais le visage rouge et moite.

— Je me demandais si vous auriez un autre poste disponible…

Il y eut un silence, puis elle reposa sa tasse avec fracas. Je sursautai et me cognai à la table. Le café se répandit sur les papiers qu'elle y avait étalés. Elle jura à voix basse, et l'un de ses zélés collaborateurs accourut avec un torchon.

Elle se pencha au-dessus de la table, et pendant un moment, je crus qu'elle allait m'attraper par le col.

— Vous êtes sérieuse ? siffla-t-elle. Vous avez eu une liaison avec un homme marié. Un homme marié dont la femme est enceinte. À Sheridan's, notre meilleur client ! Pendant les heures de bureau ! Et maintenant que vous vous êtes fait virer, vous voulez qu'on vous trouve un nouveau boulot ?

— Quoi ? Mais comment vous savez ça ?

— C'est une petite ville. Je connais tout le monde.

Je me levai. Je n'allais pas lui expliquer qu'il ne s'était rien passé pendant les heures de bureau, que j'ignorais que sa femme était enceinte, et que j'avais toujours accepté de rester plus tard quand il me le demandait. Je ne fis pas allusion au fait que j'avais mis en place des systèmes pour rationaliser leur administration, que Harry affirmait que j'étais dix fois meilleure que Clare, sa précédente assistante. Je voyais, en regardant le visage furibond de Kourtney, que quoi que je dise, mon cas était désespéré.

Je pris donc mon sac et tournai les talons.

Les autres membres de l'équipe me dévisageaient, en émoi, mais ils baissèrent les yeux en croisant mon regard furieux. Tout le monde se taisait alors que je traversais le bureau, les joues en feu, le cœur battant. En refermant la porte derrière moi, j'entendis une explosion de voix en colère.

Il valait sans doute mieux que je cherche du travail ailleurs…

12

Ruby

Mon erreur fut d'aller de l'agence de recrutement à l'agence de location, où l'on m'emmena, de plus en plus désespérée, visiter de nombreux appartements.

Ma maison avec Tom était jolie, même si je ne m'y sentais pas toujours chez moi. J'y avais vécu douze ans avec lui, et pendant ces années, nous avions travaillé dur pour l'entretenir. Chaque pièce était décorée de frais. Des tableaux aux murs, d'épais tapis sur le parquet de chêne, tout était propre, confortable et chaleureux. Josh était avec nous deux fois par semaine, mais même lui faisait peu de désordre. Avant d'épouser Tom, je vivais dans un appartement à moi, un endroit élégant et minimaliste dont les immenses fenêtres offraient une vue sur la ligne des toits de Liverpool. J'aimais ma vie là-bas ; nous étions toute une bande, dans la vingtaine, à avoir des appartements dans le quartier, et il y avait toujours des candidats pour aller boire un verre, ou partager un brunch le dimanche. Ces amis n'étaient plus là depuis longtemps. Certains avaient déménagé à l'étranger, et la distance avait achevé de distendre les liens, mais d'autres avaient disparu après mon mariage avec Tom.

Avant de me rendre à l'agence immobilière, j'entrai dans un petit café, tout en priant pour ne croiser personne de ma connaissance. L'humiliation de ma conversation avec Kourtney était encore cuisante. Je me doutais bien qu'elle avait reçu une réclamation de Sheridan's, mais lui avaient-ils réellement révélé notre liaison ?

J'avais désespérément besoin de parler à Harry, mais je m'interdis de l'appeler. C'était la seule personne dont les conseils avaient de la valeur pour moi, et pourtant il m'avait laissée tomber d'une façon inqualifiable…

Mon café bu, je consultai mon compte en banque sur mon téléphone. J'avais besoin de savoir combien je pouvais dépenser en loyer. Sans emploi, ce serait difficile de trouver un bail, de toute façon. J'étais au bord des larmes à cette pensée. J'ouvris l'appli de ma banque et je restai bouche bée. Tom avait déposé cinq mille livres sur mon compte. Je pris conscience que je n'avais pas la moindre idée du montant de ses économies. Cela représentait-il une somme importante pour lui ? Pour moi, oui : je n'avais pas un sou, ou presque. Combien avait-il d'argent ?

Je lui envoyai un message :

Merci pour le virement.

Il répondit aussitôt :

Pas de problème. Dis-moi si tu es coincée. Passe à la maison quand tu peux : il faut qu'on parle de la vente. Bisou.

Je glissai mon téléphone dans ma poche. J'avais l'horrible pressentiment que si j'étais obligée de retourner chez moi, je ne voudrais plus en repartir.

***

Je fus surprise par les loyers exorbitants. Je n'avais plus été locataire depuis le début de la vingtaine, et à l'époque je vivais en colocation. Je n'allais pas opter pour cette solution à présent : j'avais besoin d'un espace à moi.

La raison pour laquelle j'avais été colocataire me revint vite : c'était nettement plus économique. Dans tous les quartiers corrects, les loyers étaient élevés. Il me fallait un emploi et un toit, vite. Je ne pouvais pas me permettre de rester beaucoup plus longtemps à l'hôtel. Il fallait que je trouve un logement, n'importe quoi.

Pour la première fois depuis des années, l'argent était la priorité absolue. Le moins cher sera le mieux, croyais-je. Jusqu'à ce que je voie à quoi ressemblait le moins cher. Je reculai devant les photos de certains appartements, les portes d'entrée vermoulues, les meubles bon marché et branlants, les moquettes élimées et constellées de taches.

Je ne savais que faire. Acheter des meubles ? Je pourrais certainement en prendre quelques-uns de la maison. Quand elle serait vendue, Tom voudrait un endroit plus petit. Il n'aurait pas besoin de l'ensemble du mobilier. Et une partie était à moi, aussi. Je me demandai s'il me laisserait récupérer les meubles qui m'appartenaient.

Je décidai de ne regarder que les meublés ; il fallait que j'emménage au plus vite. Et bien sûr, comme je m'y attendais, mon absence d'emploi ne tarda pas à se révéler problématique.

—Nom de l'employeur ? demanda Gill, la dame de l'agence.

Je restai pétrifiée. Elle me vit hésiter et expliqua d'un ton morose :

—On doit leur écrire pour leur demander confirmation que vous travaillez bien chez eux.

Frustrée, je répondis :

—Je viens juste de quitter un CDI. Je suis en recherche d'emploi.

Je conclus en croisant les doigts :

—Ça ne devrait pas durer longtemps.

—Je suis navrée… la plupart des bailleurs n'acceptent que des locataires en situation d'emploi.

—C'est une honte ! rétorquai-je en la dévisageant.

—Eh bien, il faut se mettre à leur place. Ils ont besoin d'être certains que les loyers vont rentrer.

Je pensai à l'argent que Tom venait de me transférer.

—Je peux payer le loyer. Ce n'est pas un problème.

—Très bien, répondit-elle avec froideur. Vous devrez régler six mois d'avance, en plus de la caution.

—Et à combien évaluez-vous le loyer ?

Elle haussa les épaules.

—La plupart des studios tournent autour de six, sept cents livres par mois. Charges non comprises, évidemment.

Je fis le calcul dans ma tête.

—Je peux payer six mois tout de suite, mais je veux un contrat au mois. Je ne veux pas être coincée avec un double loyer si jamais je trouve autre chose.

—Pas la peine d'essayer d'édicter vos règles. Les tribunaux n'ont pas le pouvoir de forcer un locataire à quitter un logement dans les six premiers mois. Du coup, aucun propriétaire n'accepte de vous signer un bail plus court que ça.

Gill perçut certainement la vague de panique qui me submergea, car elle s'adoucit et s'adressa à moi plus gentiment.

—Écoutez, si vous vendez votre maison et souhaitez partir plus tôt que prévu, j'appuierai votre demande. Vous perdriez votre caution, mais vous seriez libérée du contrat, je pense.

***

Arrivée au cinquième appartement, j'étais prête à prendre n'importe quoi. Gill se gara dans la rue principale. Je descendis de la voiture et regardai autour de moi. Avec sa dizaine de boutiques, le quartier était propre, bien tenu.

— L'appartement se situe au-dessus du fleuriste, au coin, expliqua Gill. J'y ai déjà mis des locataires, et tout s'est bien passé.

— Ça ne craint pas, par ici ?

— Pas plus qu'ailleurs… Dans la journée, tous ces commerces sont ouverts, bien sûr, mais le soir, c'est calme. Ce n'est pas le genre de rue où vous serez embêtée par des gens qui traînent dehors.

— Il y a d'autres appartements dans la maison ?

— Non, il y a juste un logement au-dessus de chaque magasin.

La porte d'entrée se trouvait dans la rue adjacente, à l'angle par rapport à celle du fleuriste, et Gill sortit un trousseau pour l'ouvrir. À l'intérieur, un petit couloir et un escalier menaient à l'appartement. Une ampoule nue pendait au plafond. Gill appuya sur l'interrupteur avant que nous montions. Dans la faible lumière, l'escalier paraissait sinistre, et l'épaisse moquette était couverte d'une légère couche de poussière.

Une fois en haut, cependant, les choses semblaient un peu plus acceptables. Les marches débouchaient sur un petit palier où s'ouvraient plusieurs portes. Le salon était vaste et lumineux, avec une vue panoramique sur la rue. Le mobilier était dépareillé, comme si chaque locataire, au fil des ans, avait abandonné un meuble en repartant. Le style, l'époque, la couleur, rien ne s'accordait. Une grande table et deux chaises étaient disposées devant la fenêtre. Dehors, au bout de la rue, des écoliers attendaient à l'arrêt de bus, et deux vieilles dames bavardaient devant l'épicerie, un cabas au bras. Sous la fenêtre, on voyait l'auvent du fleuriste. Je soulevai la vitre à guillotine. L'air tiède, charrié par une petite brise venue du fleuve, apporta le parfum des fleurs présentées en contrebas.

Je me tournai vers Gill :

— Il est mieux que les autres, non ?

— Oui, c'est vrai, répondit-elle.

Mais elle avait les yeux rivés sur son téléphone, et je voyais bien qu'elle était ailleurs. Je parcourus d'un regard rapide le canapé qui avait connu des jours meilleurs et les traces sur la peinture. Je pouvais arranger ça. J'entrai dans la chambre : au-dessus de la ruelle, elle était assez grande pour tous mes sacs et cartons. Avec un soupir de soulagement, je constatai que le lit était neuf, encore emballé de plastique.

— Est-ce qu'il est disponible tout de suite ?

— Vous pouvez emménager jeudi, si ça vous va. Je vais retourner à l'agence et contacter la propriétaire. Je vous enverrai le contrat de location dans la journée. Si votre paiement passe demain, vous pourrez vous installer après-demain.

— Je le prends, dis-je.

13

Ruby

Le jeudi matin, de bonne heure, je descendis à la réception avec mes sacs pour régler la note. Je voulais prendre les clés de mon appartement dès l'ouverture de l'agence.

Je tendis ma carte de crédit.

— Pas la peine, madame Sheridan.

Sans s'en douter, la réceptionniste me retournait le couteau dans la plaie en m'appelant ainsi.

— M. Sheridan a tout payé, expliqua-t-elle.

Mon cœur fit un bond.

— Il est là ?

Elle eut l'air surprise.

— Non. Il a payé d'avance. Vous ne l'avez pas vu ?

Je rougis et bredouillai qu'il avait été retardé.

— Je vais régler le room service séparément, insistai-je en tendant ma carte.

La dernière chose dont j'avais besoin, c'était que Harry reçoive une addition avec la liste de toutes les cochonneries que j'avais consommées, à commencer par l'alcool. Je l'imaginais jetant un coup d'œil sur les articles, plein de jugement.

Je repensai à ce jour où Harry avait réservé pour une semaine, par Internet. « Tu es sûre, Ruby ? Sûre et certaine ? » L'estomac noué par la nervosité, je m'étais écriée : « Oui. Oui, bien sûr ! »

« Promis ? »

« Oui ! Je te le promets. »

Il m'avait regardée, rayonnant, avant de taper son numéro de carte bleue.

« Moi aussi », avait-il dit.

Puis il m'avait embrassée.

***

En roulant de l'agence vers mon nouvel appartement, j'étais plongée dans mes pensées. Je ne pouvais m'empêcher de songer à ce vendredi soir où j'avais quitté le travail, persuadée que Harry et moi passerions la nuit ensemble. Cela me tourmentait. Lorsque j'étais partie, il m'avait adressé un grand sourire. Qui ferait cela à quelqu'un qu'il s'apprête à laisser tomber ? Il savait très bien que j'étais sur le point de larguer mon mari pour lui, et il savait aussi qu'il ne serait pas là pour moi. Je ne pouvais le lui pardonner. Et je pensais à Emma, chez elle avec sa grossesse, ignorant tout de nos projets, ne se doutant pas que l'homme qu'elle avait choisi pour être le père de son enfant s'était promis de fuir avec une autre femme. Comment avions-nous pu toutes deux nous tromper à ce point ?

Je parvins à trouver une place de parking devant mon nouveau chez-moi. Revoir l'endroit ne m'emplit pas exactement de joie. Le logement était plus miteux que dans mon souvenir, la peinture écaillée, les montants de fenêtre en bois nus. À l'intérieur, le sol du couloir était jonché de publicités. Je les ramassai et les triai, mettant de côté deux factures du précédent locataire. Il n'y avait rien pour moi, évidemment.

Je coinçai la porte en position ouverte et transportai le contenu de ma voiture dans le couloir vide, avant d'entreprendre plusieurs longs et pénibles allers-retours jusqu'à mon appartement, traînant mes sacs et mes cartons. Mon premier geste fut d'ouvrir toutes les fenêtres. J'entendais les clients bavarder sur le trottoir en bas. C'était réconfortant, d'une certaine manière. Comme si j'avais de la compagnie. J'avais l'intention de descendre chez le fleuriste un peu plus tard, pour me présenter et acheter un bouquet pour égayer le salon. Cela faisait longtemps que je n'avais pas eu à ménager de voisins proches. Ma maison avec Tom n'était pas mitoyenne, et bien qu'Oliver ne vive pas loin de chez nous, nous n'avions jamais à nous soucier de ne pas le déranger. Ici, ce serait différent, je le savais.

En contemplant l'appartement, je pris conscience que j'aurais dû apporter davantage d'affaires. Mais Harry et moi avions décidé de prendre un nouveau départ ensemble. Nous voulions tout choisir à deux, pour repartir de zéro, délestés des souvenirs de nos vies d'avant. Je voyais à présent combien cela avait été stupide, comme si une lampe ou une bibliothèque risquait de nous rappeler nos époux, quand nos propres pensées ne s'en chargeaient pas.

Sans réfléchir, je me rendis dans la cuisine pour me préparer une tasse de thé avant de défaire mes bagages. Bien entendu, il n'y avait rien là. Il faudrait que je refasse ces premiers achats : une bouilloire, des tasses, même des petites cuillères. Je pensai à ma cuisine à la maison, pleine à craquer d'ustensiles en tous genres, de trois services de couverts, avec ses divers produits et éponges sous l'évier, les torchons bien rangés dans les placards, les casseroles à fond de cuivre suspendues aux crochets sur le mur, les ensembles de couteaux, les livres de recettes, et la vaisselle, la belle vaisselle que j'avais accumulée au fil des ans. Les moments les plus heureux de ma vie maritale s'étaient écoulés dans cette pièce, seule.

Ce petit logement crasseux était si loin de ce que j'avais imaginé que j'en étais abasourdie. J'aurais dû être avec Harry aujourd'hui, en train de visiter des appartements avec lui. Emménager avec lui, étrenner notre nouveau lit. Nous avions déjà choisi le lit que nous allions acheter, sélectionné avec soin parmi des centaines de lits. Il l'avait ajouté en favori et décrété que commander le lit serait la première chose que nous ferions lorsque nous serions ensemble. Je pinçai les lèvres. Il s'en sortirait, je le savais, où qu'il soit. Sarah m'avait dit qu'il était parti en vacances une semaine. Étaient-ils quelque part sur une plage en ce moment même, comme si tout allait pour le mieux dans le meilleur des mondes ? Allait-il laisser Emma allongée sur un transat pendant qu'il descendrait nager dans la mer, peut-être en pensant à moi, se disant qu'il l'avait échappé belle ? Peut-être remonterait-il la plage en courant pour l'éclabousser, l'eau si froide sur son corps bronzé qu'elle pousserait un cri, puis peut-être la prendrait-il par la main pour la guider jusqu'à leur chambre.

Je frissonnai. Il m'avait dit que cela faisait longtemps qu'ils n'avaient plus couché ensemble, et je l'avais cru. Ma stupidité me dépassait… Je savais que si je parlais de notre liaison à une amie, elle dirait qu'il voulait le beurre et l'argent du beurre, et qu'au moment d'affronter la réalité, de quitter sa belle maison, il avait choisi la facilité. Et je savais que c'était vrai – j'en étais presque sûre –, mais lorsque je repensais à son visage quand je lui avais dit au revoir, il semblait tellement heureux, et souriant, et… eh bien, j'allais dire *digne de confiance*, mais l'expression est sans doute mal choisie, vu qu'il trompait sa femme.

J'allai à la salle de bains pour m'asperger le visage d'eau. Je ne pouvais me permettre de me laisser aller ainsi. J'avais eu l'intention de quitter Tom. Cela faisait des années que j'y pensais. Et maintenant, c'était fait. Il fallait que j'assume, plutôt que de rêvasser à ce qui aurait pu se produire.

***

La première chose que je fis une fois toutes mes affaires déposées dans l'appartement fut de sortir au supermarché pour acheter des tonnes de produits d'entretien et quelques ustensiles de cuisine bon marché afin de ne pas avoir besoin de manger dehors. N'ayant pas l'intention d'emporter tout cela dans ma future nouvelle maison, je pris simplement une fourchette, un couteau, une cuillère. Une assiette, une casserole, un bol. J'avais l'impression d'être un peu Jack Reacher, comme s'il me fallait garder ma brosse à dents dans ma poche.

Tout allait bien jusqu'à ce que je commence à acheter des provisions. Automatiquement, je pris un paquet de müesli et le déposai dans mon Caddie. Mais alors quelque chose fit tilt dans mon cerveau. Je ne pouvais plus en détacher les yeux. Les gens me bousculaient en passant, et je me déplaçai vers un rayon plus calme. Je pris conscience que j'avais mangé ces céréales pendant des années. C'était un müesli avec toutes sortes de fruits, noix, raisins secs, tout le bazar, et bien que l'emballage soit très chic, il ne m'avait jamais plu. Il était trop sucré, avec un goût de poussière. J'en avais mangé à chaque petit déjeuner les jours de semaine pendant des années. Tom aimait cette marque et disait que ça ne servait à rien d'acheter deux paquets différents, que ça allait s'abîmer. Chaque fois que je lui proposais d'en goûter un autre, il devenait renfermé et grincheux. C'était fou, vraiment, à quel point ses humeurs pouvaient m'affecter. Pourquoi avais-je accepté ça ? Je retournai au rayon des céréales et regardai le vaste assortiment qui s'offrait à moi. Lesquelles acheter ? Qu'est-ce que j'aimais, en fait ? Je commençais à avoir mal à la tête. Je ne savais pas. Je ne savais tout simplement pas ce que j'aimais. Car mon avis n'avait pas eu d'importance pendant des années.

Tom choisissait tout. Et, pour être honnête, il est vrai qu'il prenait souvent la bonne décision. Il avait bon goût… je le savais. C'est juste que… eh bien, parfois, on a envie de choisir pour soi, non ? Quand j'étais encore à la maison, ma mère décidait de tout. Soit on faisait les choses à sa façon, soit on en payait le prix. Ma sœur et moi avions vite compris la leçon. Et Fiona s'en était sortie en quittant le nid à l'âge de dix-huit ans. Quant à moi, j'avais eu quelques années de liberté, et au moment où je commençais vraiment à profiter de la vie, j'avais rencontré Tom.

Je reposai le paquet sur le rayonnage et m'éloignai. Je n'allais pas prendre de céréales du tout. Je mangerais autre chose. Mais le même phénomène se reproduisit dans les autres rayons. Je ne savais pas quel pain choisir, quel fromage j'aimais. Tout ce que je savais, c'est quels étaient mes produits ménagers préférés, quelle lessive était la meilleure. Même le savon me laissait perplexe. Fallait-il prendre celui que nous utilisions toujours ? Est-ce qu'il me plaisait, en fait ? Je ne savais plus. La gorge nouée, je savais que je devais sortir de là. Je fis le tour du magasin en hâte, jetant des articles dans le chariot. Mon seul critère : n'avoir jamais eu ce produit à la maison. Si l'emballage était familier, je n'en voulais pas.

Une dame achetait des coussins et des couvertures. Elle paraissait avoir bon goût, aussi l'observai-je pour acheter les mêmes articles qu'elle. C'était une astuce transmise par ma mère. Non qu'elle l'ait employée elle-même, évidemment, mais elle m'avait dit que j'avais des goûts un peu bizarres. Qu'il valait mieux ne pas trop m'y fier. Elle m'avait conseillé de copier quelqu'un qui semblait savoir ce qu'il faisait.

Aussitôt rentrée, je déballai mes courses. Je savais déjà que j'avais fait quelques mauvais achats. Ça m'était égal ; je bourrai mes placards et mon réfrigérateur de provisions. Je jetai les coussins et les plaids sur le canapé, j'éparpillai quelques magazines sur la table basse, et je plaçai sur le rebord de fenêtre une plante achetée chez le fleuriste, au rez-de-chaussée.

Une fois que j'eus fini, je m'aperçus que la pièce était organisée exactement comme la nôtre à la maison. On aurait dit notre salon, en version délabrée. Je restai debout un moment, incapable de décider que faire. Tom avait toujours été en charge de la décoration du salon. Je savais que je devais faire des changements. Autrement, ça me rappellerait trop de souvenirs. J'entrepris alors de déplacer le canapé, ainsi que la table et les chaises près de la fenêtre. Les meubles étaient lourds, et une fois l'opération effectuée, j'étais rouge et en nage, mais je ne m'arrêtai que lorsque toute ressemblance avec la maison avait disparu.

Je n'avais pas acheté d'alcool. À la maison, le marchand de vin nous livrait, et Tom remplissait en outre les placards à liqueurs de whisky, de gin et d'autres alcools forts. Tout le temps où je l'ai connu, je ne pense pas qu'il ait passé une seule journée sans boire. En général, je l'accompagnais, pour assourdir les contours de ma vie. Mais je ne voulais rien de tel ici. J'avais assez bu à l'hôtel pour me tenir un bon moment. Je ne voulais pas m'abrutir. Pas à présent. J'avais échappé à cette vie. J'avais besoin d'être alerte pour attaquer ma nouvelle existence.

Je ramassai tous les sacs vides et les emballages, et sortis dans la ruelle derrière les boutiques, où étaient rangées les poubelles. Je trouvai la mienne, avec le numéro de l'appartement peint dessus, et j'allais l'ouvrir quand quelque chose me frôla. Je poussai un cri, croyant à des souris, des rats ou des renards.

En m'écartant de la poubelle pour regarder autour de moi, je vis un chat caché entre deux conteneurs, qui m'observait. Sa fourrure noire était emmêlée. Lorsque je me tournai vers lui, il prit la fuite vers le bout de l'allée, où une poubelle avait débordé. Il se mit à gratter pour en sortir un sac de nourriture. Il était affamé.

Je songeai au chat que nous avions, Fiona et moi, enfants, et combien il était aimé et choyé.

— Tu n'as pas de maison ? lui demandai-je d'une voix douce.

Je me penchai pour voir s'il portait un collier, mais n'en trouvai pas. Il avait une égratignure à l'oreille qui semblait s'être infectée.

— Tu as faim ?

Il s'approcha lentement pour me renifler. Je lui tendis la main. Il sortit la langue pour la lécher. Puis il se retourna et se remit à fouiller dans le sac-poubelle, dénicha un bout de viande, et repartit d'un bond vers sa cachette entre les conteneurs pour le manger. Je restai un moment à le regarder. J'avais envie de le caresser, de lui donner de la nourriture et de l'eau, mais je me secouai. De toute évidence, sa vie était dans la rue.

À regret, je le laissai seul, mais lorsque je ressortis me promener ce soir-là, je le croisai dans la rue, reniflant dans les caniveaux en quête de nourriture. Sur un coup de tête, j'achetai quelques paquets de croquettes à l'épicerie du coin. Je pris deux barquettes d'aluminium dans ma cuisine et j'en remplis une d'eau, l'autre de nourriture. Je savais que j'avais tort de nourrir un chat errant, qu'il risquait de croire que j'étais sa maîtresse. Mais je ne supportais pas de penser qu'il avait faim. Je descendis les deux barquettes et les posai au pied du lampadaire devant chez moi. Depuis le pas de la porte, je regardai le chat dévorer le contenu de ses gamelles.

Il avait l'air aux abois. Je reconnaissais bien cette expression. C'est ce que je ressentais, moi aussi.

14

Ruby

De retour à l'appartement, je chargeai mon téléphone et lançai une de mes playlists préférées. Je tirai mes valises dans la chambre et commençai à les vider. Je devais repousser les souvenirs du moment où j'avais fait ces bagages, une semaine auparavant, entassant les vêtements à la va-vite, marmonnant les listes que j'avais mémorisées et rassemblant mes affaires en toute hâte. Je me souvenais de m'être assise sur mes valises pour réussir à les fermer, tellement enthousiaste pour mon avenir. Cet enthousiasme avait désormais disparu. J'essayais d'oublier mon futur imaginaire tout en classant mes vêtements en piles sur mon lit : pulls, chemisiers, jeans, robes. Il y avait des cintres dans la penderie, et j'allais y accrocher les robes lorsque la musique s'arrêta pour émettre un son de notification.

Je pensai aussitôt à Harry. Comme une idiote, je me précipitai pour vérifier. Bien sûr, ce n'était pas lui. Mais, en cet instant, c'était la deuxième chose qui pouvait me faire le plus plaisir : une offre d'emploi.

> Chère Madame Dean,
> Merci d'avoir rempli notre formulaire en ligne. Désolé de vous contacter par mail plutôt que par téléphone, mais je suis en réunion et ne peux parler pour le moment.

Je cherche une assistante pour les prochains mois, et n'ai trouvé personne qui me convienne en passant par les agences. Je retourne à mon bureau de Boston en janvier, et cherche donc uniquement quelqu'un pour assurer l'intérim.

Je vais avoir une grosse semaine et ne serai pas au bureau avant lundi prochain. Je me trouve actuellement à Manchester pour un séminaire, et je me demandais si vous pourriez m'y retrouver pour discuter du poste ? Je vous joins les informations ci-dessous. Je vais réserver une salle de réunion, mais peut-être qu'on pourrait se donner rendez-vous au café sur l'avant du bâtiment à 14 heures ?

Cordialement,

Alan Walker

Directeur général

Je retrouvai immédiatement le sourire. Au moins, une réponse, et c'était pour un poste d'assistante, en plus. Je répondis aussitôt que je serais très heureuse de le rencontrer.

***

Je me rendis en voiture au centre de séminaires, paniquée à l'idée d'être en retard. Il se situait de l'autre côté de Manchester, et c'était plus long que ce que j'avais anticipé à cause des embouteillages, mais j'arrivai tout de même à temps sur le parking. Je dus me garer au dernier niveau. Je détestais les parkings à étages, avec leurs angles serrés et leurs emplacements plus étroits encore, et je commençais à sentir la transpiration me ruisseler sur la nuque quand je trouvai enfin une place libre.

En entrant dans le café, je consultai ma montre. J'avais tout le temps : j'étais en avance d'un quart d'heure. Je commandai un café et m'installai près de la vitrine, comme convenu, puis sortis un exemplaire du *Times* afin qu'il me reconnaisse. Je lui envoyai un mail pour le prévenir de mon arrivée. J'avais l'impression d'aller à un rendez-vous galant à l'aveugle, et pour la première fois, je me sentis un peu mal à l'aise.

J'avais déjà consulté les liens qu'il m'avait envoyés, mais à présent je tapai son nom dans Google. Il était sur LinkedIn, et tout son historique professionnel et universitaire s'étalait sous mes yeux. Il y avait également une photo : il approchait de la soixantaine, le genre vieux beau, avec un sourire engageant. Il dirigeait une petite société depuis dix ans, d'après sa bio. Je me demandai pourquoi il recherchait une assistante, puis me souvins de ce qu'il avait écrit à propos de son retour aux États-Unis. Que deviendrait son entreprise à ce moment-là ?

Au bout d'une demi-heure, je commençai à m'ennuyer ferme et à me sentir un peu crispée. Je m'efforçai de me détendre. Je ne voulais pas avoir un air agacé lorsqu'il arriverait enfin. Je passai quelques minutes à relire les recherches que j'avais effectuées sur sa société, puis j'achetai le *Manchester Echo* à un kiosque dehors et je me mis à regarder les offres d'emploi dans la région de Manchester. C'était à une soixantaine de kilomètres de chez moi, et une ville bien plus grande que ce dont j'avais l'habitude.

Je pourrais m'y installer, pensais-je. *Je pourrais m'installer n'importe où.*

J'étais prête à faire place au changement.

J'attendis presque jusqu'à 16 heures avec une irritation croissante. Il aurait quand même pu avoir la délicatesse de me prévenir qu'il avait un contretemps, non ? Je me levai pour partir, et un groupe d'hommes et de femmes d'affaires qui attendaient non loin s'avancèrent pour prendre ma table.

Je demandai des renseignements à l'accueil du centre, mais le type au comptoir n'avait pas les coordonnées des personnes, seulement celles des entreprises qui avaient réservé des salles. La boîte d'Alan Walker était si petite que je ne fus pas étonnée qu'elle ne figure pas sur sa liste. Il regarda les salles de réunion, mais aucune n'était réservée au nom de Walker.

— Les gens réservent souvent à la dernière minute, expliqua-t-il. C'est premier arrivé, premier servi. Peut-être qu'il avait l'intention de réserver après vous avoir rencontrée ?

— J'imagine…

Pourtant, il avait écrit qu'il réserverait en amont. Pourquoi ne l'avait-il pas fait ?

À présent, le vaste hall d'accueil était rempli de gens qui descendaient, leurs réunions terminées. Je restai à côté du comptoir, mon journal à la main, me sentant idiote, mais je ne le vis pas dans la foule. Personne ne s'attardait : tout le monde se précipitait vers la sortie en discutant.

Juste à ce moment-là, mon téléphone émit un son. Je soupirai de soulagement. Mais ce n'était pas le type de l'entretien, cependant. C'était Oliver, mon ancien voisin.

Salut, Ruby, comment ça va ? Ça fait un moment que je ne t'ai pas vue. Tu es chez ta maman ? Bises.

Tout ce dont j'avais envie en cet instant, c'était de quelqu'un à qui parler. Un ami. J'appelai Oliver, mais il ne décrocha pas. Quelques secondes plus tard, je reçus un nouveau texto :

Désolé, j'attends un client, je ne peux pas bavarder tout de suite. Tout va bien ?

Je m'aperçus qu'il n'était pas au courant que j'étais partie. Je n'allais pas le lui annoncer maintenant. Je devais me concentrer sur ce rendez-vous.

Oui, ça va. Je suis allée à un rendez-vous pour un boulot, mais le type m'a posé un lapin.

Pendant quelques minutes, il ne répondit pas, et je me dis que son client devait être arrivé, mais ensuite un nouveau message apparut.

C'est horrible. Tant mieux si tu ne travailles pas avec lui, dans ce cas ! Je dois filer, on se rappelle très vite, bises.

Il avait raison. J'avais poireauté plus d'une heure, et il n'avait même pas eu la décence de me contacter. Est-ce que j'avais vraiment envie de travailler pour quelqu'un comme lui ? J'envoyai un message à Alan Walker.

Notre rendez-vous tient-il toujours ? Je peux vous attendre si vous êtes en retard.

Aucune réponse ne vint, et cinq minutes plus tard, j'appelai son numéro. Je n'avais pas la moindre idée de ce que je dirais. J'étais en rage, mais je savais que je devais garder mon calme. Personne ne décrocha, mais je ne tombai pas non plus sur la messagerie. Pourquoi n'avait-il pas de messagerie ? Comment était-on censé le contacter ? J'essayai à nouveau deux fois, toujours sans succès. J'envoyai un texto pour lui dire que je n'allais plus tarder à partir, toujours sans réponse.

L'endroit était à présent presque désert, et le gars de la réception ne cessait de me regarder. De toute évidence, je perdais mon temps.

Je retournai au parking d'un pas lent. Au rez-de-chaussée, je fouillai dans mon sac pour trouver le ticket et l'introduisis dans la machine. J'en avais pour quinze livres. Furieuse, je regardai dans mon porte-monnaie : je n'avais pas la somme en liquide. Je sortis ma carte bancaire, vraiment agacée.

En arrivant à ma voiture, je vis que j'avais un appel manqué. Mon téléphone était resté dans mon sac depuis que j'avais quitté le centre de séminaires, et l'appel remontait à une dizaine de minutes. Le numéro n'était pas celui que j'avais appelé, mais je supposai qu'il s'agissait d'Alan. Je rappelai aussitôt, mais à peine avais-je dit « Allô ? » qu'on me raccrocha au nez.

Je pensais qu'il était peut-être en réunion et ne pouvait pas parler. Je me demandais si je devais patienter, mais je n'avais que cinq minutes pour quitter le parking, sinon je devrais repayer, alors j'envoyai un nouveau texto :

> Désolée de ne pas avoir pu vous rencontrer. J'attends notre échange avec impatience.

Au moment où j'allais m'engager sur l'autoroute, j'entendis mon téléphone tout au fond de mon sac. Je pris la première sortie et me garai dans une zone industrielle pour le consulter. Le message provenait du numéro que j'avais composé depuis le parking.

> Si vous m'appelez encore, vous le regretterez.

15

Ruby

Je rentrai chez moi dans une colère noire. À peine entrée dans le salon, j'ouvris mon ordinateur portable pour consulter les mails que m'avait envoyés Alan Walker. C'était lui qui avait suggéré que je fasse soixante kilomètres pour le rencontrer, et qui m'avait posé un lapin. J'avais entendu parler de gars qui faisaient ça pour des rendez-vous galants, mais pour un entretien professionnel ? Et était-ce lui qui m'avait écrit ce texto ? Je n'allais pas cacher à ce type ce que je pensais de lui.

Je regardai à nouveau son profil LinkedIn. Sur la photo, il souriait d'un air radieux, apparemment content de lui. Il était 17 heures à peine passées. J'ouvris ma messagerie et je commençai à rédiger un mail, mais au bout de quelques lignes je me dis qu'il ne se donnerait sans doute pas la peine de répondre. Et je n'avais pas envie de rester suspendue à sa réponse. Je sauvegardai le brouillon au cas où et j'appelai le numéro qu'il m'avait donné. Ça raccrocha à la première sonnerie. Vraiment en colère à présent, je tentai la ligne directe de son bureau.

— Bonjour, ici le bureau d'Alan Walker, claironna une jeune femme.

— J'aimerais parler à M. Walker. C'est une affaire privée.

— Qui est à l'appareil ?

— Ruby Dean.

Elle s'éloigna un moment puis revint.

— C'est à quel sujet, je vous prie ? Je suis son assistante.

— Je pense qu'il préfère que cela reste entre nous.

Elle n'avait pas l'air au courant qu'elle allait être remplacée, et je ne voulais pas être celle qui le lui annoncerait.

Une ou deux minutes plus tard, une voix d'homme s'éleva.

— Ici Alan Walker. À qui ai-je l'honneur ?

— Ruby Dean.

Il y eut un silence, puis il reprit :

— Désolé, on s'est déjà rencontrés ?

— Bonne question. On aurait dû, mais ça ne s'est pas produit.

Il semblait perplexe.

— Nous étions censés nous rencontrer aujourd'hui à Manchester. Je me demandais si vous vouliez fixer un nouveau rendez-vous.

À présent, il était carrément stupéfait.

— Un rendez-vous ? Mais qui êtes-vous, en fait ?

— Je suis Ruby Dean, répétai-je. Vous m'avez conviée à un entretien au North West Conference Centre aujourd'hui.

— Comment ça ? Je ne sais pas de quoi vous parlez.

Sa confusion était bien réelle.

— Vous m'avez envoyé un mail aujourd'hui. Vous disiez que vous recherchiez une assistante.

— Ah non, ce n'est pas moi, répondit-il d'un ton ferme. J'ai déjà une assistante. Vous venez d'ailleurs de lui parler. On vous a écrit de quelle adresse ?

Je la trouvai sur mon ordinateur et la lui lus.

— Ce n'est pas mon adresse. Elle n'appartient à personne de ma société. Je crois que vous avez été victime d'un canular, ajouta-t-il, radouci. Si on vous recontacte, n'hésitez pas à m'en informer, d'accord ?

Bouillante d'embarras et de colère, je le remerciai et m'excusai à plusieurs reprises avant de raccrocher, contente de ne pas lui avoir demandé s'il m'avait envoyé un texto depuis un autre numéro pour me dire que je regretterais si jamais je le rappelais. Là, il m'aurait vraiment prise pour une folle.

Je relus une fois de plus le mail. L'adresse contenait le nom d'Alan et celui de la société. Je fronçai les sourcils. Comment pouvait-on créer une telle adresse ? Ce n'était pas la première adresse Gmail venue… Je rouvris mon navigateur pour aller chercher le site de l'entreprise. Un écran blanc apparut, m'informant que le lien ne fonctionnait pas.

Frustrée, je refermai l'ordinateur. Pourquoi me proposer un entretien si c'était pour ne pas se montrer ? Pourquoi utiliser l'identité d'Alan ? Mentait-il au sujet du mail ?

Je me rendis à la cuisine en tapant des pieds. J'étais affamée. Dans le réfrigérateur, je trouvai des lasagnes que j'avais achetées le matin. Ce n'était pas appétissant, mais j'avais trop faim pour préparer un repas fait maison. Je mis le plat dans le four, et en attendant, j'ouvris toutes les fenêtres pour aérer, puis je repris les rangements que j'avais entamés plus tôt.

La salle de bains n'étant pas assez grande pour tous mes produits de beauté, je les emportai dans la chambre pour les entreposer dans un tiroir. Sur le lit, mes vêtements étaient disposés en piles, comme je les avais laissés avant de partir à Manchester, et je me mis à les ranger. Une fois les tee-shirts dans la commode, je me tournai vers le lit. Où étaient mes robes ? Je fermai les yeux et repensai au matin, quand j'avais tout arrangé en piles. J'avais déposé les robes l'une après l'autre, en lissant les plis dans l'espoir de ne pas avoir besoin de les repasser. Je secouai la tête. J'étais certaine d'avoir fait ça.

Je me souvenais même de la sensation du tissu alors que je passais la main pour le défroisser.

Je me demandai si je les avais emportées dans le salon, bien que je ne voie pas pourquoi j'aurais fait une chose pareille. Sur le seuil, je me tournai pour regarder une dernière fois le lit, et m'assurer qu'elles n'étaient pas tombées par terre. La porte de la penderie était légèrement entrouverte. Je tendis la main, lentement, et j'écartai le battant en grand. Toutes mes robes étaient accrochées sur des cintres, comme j'avais eu l'intention de le faire, et frémissaient doucement dans la brise du soir.

16

Ruby

Le lendemain, je me réveillai à 5 heures, sachant à peine où je me trouvais. Le soleil matinal se glissait entre les minces rideaux, éclairant la chambre. Dans cette lumière, tous les défauts ressortaient, des fissures dans le plâtre du plafond aux petites déchirures du papier peint. Une toile d'araignée argentée s'étirait dans un coin de la pièce. Mes yeux s'arrêtèrent sur la penderie. Je ne me souvenais pas d'avoir suspendu ces robes. Je repensai à un film que j'avais vu, *Still Alice*, sur une femme qui souffre d'un Alzheimer précoce. Je frissonnai. Ça ne pouvait pas m'arriver. J'étais juste fatiguée. J'avais trop de soucis. J'avais dû accrocher les robes tout en réfléchissant à l'entretien, et c'est sans doute pour cette raison que je ne m'en souvenais pas.

Cela me refit penser à l'entretien lui-même. Pourquoi m'avait-on tendu ce piège ? Je me demandai si c'était Kourtney O'Dwyer de l'agence de recrutement qui me punissait pour mes péchés. Ou Eleanor, de Sheridan's. Je fus traversée par l'idée qu'il pouvait aussi s'agir de Harry. Je repoussai cette hypothèse de toutes mes forces. Il ne ferait certainement pas une chose pareille. Je n'avais rien fait pour le blesser. Mais mon regard se posa à nouveau sur la toile d'araignée. J'étais sans emploi et dans un appartement miteux, à cause de lui. Il n'avait eu aucune raison de me mettre dans cette situation, et pourtant, il l'avait fait. Était-il allé encore plus loin ? Je me levai d'un bond pour ne plus y penser. Ça ne pouvait pas être Harry. Il m'aimait. Ou, du moins, il m'avait aimée. Je ne supportais pas l'idée que ce ne soit plus le cas.

La veille, pour la première fois depuis longtemps, je m'étais couchée parfaitement sobre. Tom et moi étions plus à l'aise ensemble un peu éméchés, et ensuite, à l'hôtel, j'avais eu besoin d'alcool pour m'endormir. Mais, à présent, il était temps de changer.

Mes baskets gisaient par terre dans un coin de la chambre. Avec Harry, nous avions eu le projet d'aller courir ensemble dans le parc l'été venu, et je les avais emportées dans ma voiture, impatiente de démarrer ma nouvelle vie avec lui. Dès que je les aperçus, je sus ce que j'allais faire. J'allais redevenir la femme que j'étais il y a plus de treize ans, avant de rencontrer Tom. Avant de rencontrer Harry.

***

Quand je quittai l'appartement, la rue était calme. J'avais pensé que le magasin du coin serait ouvert, le propriétaire affairé à préparer les journaux pour la journée qui commençait, mais il était encore plongé dans le noir, et rien ne bougeait.

J'inspirai profondément et portai mon regard le plus loin possible, puis je me mis à courir. Cela faisait de nombreuses années que je ne m'étais pas entraînée, depuis l'époque où je vivais à Liverpool. Avec des amies, je courais le long des quais de bonne heure, et à présent, plus de dix ans après, je faisais la même chose, mais sur l'autre rive du fleuve.

Sans surprise, au bout de quelques centaines de mètres, j'étais essoufflée. Je m'assis sur un banc près de la berge et j'attendis quelques minutes avec la poitrine qui se soulevait, le visage moite et brûlant. Au loin, je voyais un groupe de coureurs, peut-être un club, rapides et gracieux, en train de se propulser sans effort. Ils venaient au-devant de moi comme un vol d'oiseaux marins. Ils me dépassèrent, me saluant d'un signe de tête, mais toujours chacun dans sa bulle. Je me représentai alors la femme que j'étais, des années auparavant. Je voulais redevenir comme eux, insouciante et forte.

Je me levai, pleine d'une détermination renouvelée. Je pouvais le faire. Ça prendrait peut-être du temps, mais j'en étais capable.

***

Plus tard dans la matinée, j'envoyai de nouveaux CV à des sociétés plus importantes dans le Nord-Ouest, et je remplis des dizaines de formulaires pour des annonces parues dans le journal local. J'étais pleine d'énergie, comme si plus rien ne pouvait m'atteindre. J'avais couru une heure et, bien que j'aie mal partout, cela m'avait dégagé l'esprit. À présent, peu importait le travail que je trouverais : j'avais seulement besoin de payer mes factures. Deux petites agences locales recherchaient des intérimaires, et je leur envoyai mon CV par mail. Un intérim, c'était exactement ce qu'il me fallait. Je n'allais pas m'attarder dans le coin une fois que la maison serait vendue. En moins d'une heure, les deux agences avaient déjà répondu par des mails presque identiques :

> Nous sommes désolés, nous n'avons pas de travail disponible pour quelqu'un comme vous.

Je restai les yeux rivés sur l'écran. Quoi ? Mais qu'insinuaient-ils au juste ? J'écrivis un texto à Sarah pour lui raconter mon entrevue avec Kourtney à Mersey Recruitment et lui rapporter les messages des autres agences.

Comment tu le prendrais ?

Désolée, Ruby. Je ne crois pas que ce soit un compliment. Ça ressemble plutôt à une insulte. Qui t'a envoyé ça ?

Deux agences. Lansdowne et Hill Street.

Elle répondit quelques minutes plus tard :

Elles se connaissent toutes. Elles ne laissent rien passer. Et elles ont un sacré turnover... Il y a des années, quand je faisais de l'intérim, je parlais à une femme dans une agence. Quand je me pointais dans une autre agence le lendemain, elle bossait là ! Et elles se retrouvent toutes le vendredi soir au pub. Si tu t'en mets une à dos, toutes les autres te font la gueule.

Mon estomac se noua. Kourtney avait dû parler de moi. Si je ne trouvais pas de travail par le biais des agences, je serais coincée. Un autre message arriva. C'était encore Sarah.

Eleanor Jones a travaillé avec elles, aussi.

Était-ce ainsi que Kourtney avait appris pour Harry et moi ? J'avais soupçonné tout le monde au bureau, et à présent je savais qui était la taupe. Sarah m'envoya un nouveau texto :

Adam a des amis qui viennent ce soir. Ça te dirait qu'on se retrouve pour papoter devant un verre de vin ? Je peux venir chez toi si tu veux, ou bien on sort.

Évidemment, Sarah pensait que je vivais toujours avec Tom. Je contemplai mon nouveau salon. Sarah et son mari, Adam, étaient venus quelquefois dans mon ancienne maison, et réciproquement. Elle avait adoré la déco et s'était montrée courtoise avec Tom, mais je n'étais pas certaine qu'elle l'apprécie réellement. Elle ignorait où je me trouvais maintenant, elle ne savait pas que j'avais quitté Tom. La pensée de l'amener ici m'horrifia. Je répondis brièvement :

Ça me dit bien de sortir. McCullough's à 20 heures ?

***

Le *McCullough's* était un bar situé à trois kilomètres de chez chacune d'entre nous. C'était une belle soirée, très douce, et je m'y rendis à pied. J'arrivai la première, mais il faut dire que je m'étais empressée de quitter l'appartement. Cet été-là, la mode du gin faisait fureur, et en voyant la carte des cocktails, je renonçai à mes bonnes intentions au sujet de l'alcool, et commandai un strawberry gin. Sarah arriva en courant vingt minutes plus tard, bredouillant des excuses, juste quand les lieux commençaient à se remplir.

— Je suis désolée ! Ça fait plaisir de te voir.

Elle me fit la bise avant de s'affaler dans un siège.

— Humm, ça a l'air bon. Je vais prendre la même chose.

Quand son cocktail fut servi, elle but et s'adossa dans son fauteuil avec un soupir.

— Ah, j'en avais bien besoin. J'ai passé une semaine horrible !

— Moi aussi.

— Bien sûr, où avais-je la tête ! Excuse-moi. Mais qu'est-ce que c'est que cette histoire, Ruby ? Tu m'as tellement manqué, au boulot ! Comment tu vas ?

Les larmes me montèrent aussitôt aux yeux.

— Ça peut aller, merci.

— Je n'arrive pas à croire qu'ils t'aient licenciée. Tu sais pourquoi ? On n'a eu aucune explication.

Elle me lança un regard compatissant.

— Tu étais une super collaboratrice. Ils ne peuvent pas le nier. Avec toi, le bureau tournait comme une machine bien huilée. J'espère qu'ils l'ont bien mentionné dans la lettre de recommandation.

— Ah non, ils ont oublié… La lettre est tellement courte que c'en est insultant.

— Quoi ? Mais c'est un scandale ! Je vais demander à Harry de t'en écrire une autre. Il sera de retour lundi.

— Non, s'il te plaît ! dis-je précipitamment. Ne lui demande pas ça.

Elle me dévisagea.

— Mais pourquoi donc ? C'est le moins qu'il puisse faire…

Je pris une gorgée de mon cocktail et songeai :

Pourquoi pas ? Pourquoi ne devrais-je pas le lui dire ? Pourquoi devrais-je le protéger alors qu'il m'a traitée ainsi ?

— On avait une liaison. C'est pour ça que j'ai été virée.

17

Ruby

Même en m'appliquant, je n'aurais pas pu susciter une réaction plus spectaculaire. Sarah était en train de boire son gin lorsqu'elle entendit ma confession. Elle se mit aussitôt à tousser, puis à s'étouffer. Le visage écarlate, elle se leva, repoussant mes efforts pour l'aider, et s'enfuit vers les toilettes. Je me rassis et me demandai si j'avais bien fait de le lui dire.

Lorsqu'elle revint, elle avait toujours les joues rouges et brûlantes.

— Désolée, haleta-t-elle. Je ne m'attendais pas à ça. J'ai avalé de travers.

— Ça va ? demandai-je en lui passant le verre d'eau que le barman avait apporté pour elle. Tiens, bois un peu. Je suis désolée de t'avoir causé un tel choc.

— Ça, on peut le dire.

Elle but le verre d'eau et sembla commencer à se remettre.

— Je me demande comment ça se fait que je n'ai rien entendu au travail, reprit-elle. Pas la moindre rumeur…

— Dieu merci…

Ça finirait bien par s'ébruiter, pourtant, je le savais. Je la regardai, me demandant si je pouvais lui accorder ma confiance.

—Tu n'en parles à personne, d'accord ?

—Bien sûr que non, répondit-elle en me touchant la main. On est amies. Mais dis-moi un truc. À quel moment vous arriviez à vous voir ? Vous alliez à l'hôtel ? chuchota-t-elle.

Soudain, je n'avais plus envie de lui raconter les détails. Je n'avais pas le cœur d'en faire une histoire sordide, où l'on aurait passé notre temps à chercher furtivement des occasions de coucher ensemble. Et c'était très rare qu'on réserve une chambre d'hôtel pour l'après-midi. Ça ne s'était produit que peu souvent. Une fois par mois, environ. Je gardai une expression figée, comme j'avais l'habitude de le faire à la maison, afin qu'elle ne remarque pas de rougeur révélatrice, de sourire compromettant.

—On n'a jamais passé la nuit ensemble, expliquai-je. Pas avant Paris. Tom est à la maison tous les soirs. Je n'aurais jamais réussi à le lui cacher.

Sarah eut l'air déçue. Je pense qu'elle voulait des histoires de glamour, d'hôtels et de bijoux. Ça paraissait ridicule de lui dire que notre relation avait consisté surtout en instants volés qui avaient bien plus de sens que du temps au lit. Plus ou moins chaque semaine, je me rendais à des réunions avec Harry, et ces heures que nous passions ensemble dans la voiture étaient comme de petites vacances : d'abord une impatience, puis des souvenirs. Je ne révélais rien lorsque Tom me questionnait sur le travail, et m'arrangeais pour toujours inclure Sarah ou une autre femme si je lui disais que j'étais allée quelque part. Il ne m'écoutait pas si je parlais longtemps, de toute façon. Son regard devenait vitreux, et il allumait la télévision ou prenait un livre.

—Et personne ne s'en est aperçu ? Tom ne se doutait de rien ?

—Non.

Je me gardai bien de dire que j'avais l'habitude de surveiller mes propos pour éviter d'irriter Tom, que mentir était devenu facile pour moi désormais.

— J'étais à la maison tous les soirs. Il n'avait aucune raison d'avoir des soupçons, conclus-je.

Je me rappelle la première fois que je lui ai menti. Un vrai gros mensonge. Sans une once de vérité. Il était 22 heures, et il venait de rentrer à la maison. Il avait eu une réunion avec des clients à Glasgow ce jour-là, et sachant qu'il rentrerait tard, j'avais passé du temps avec Harry dans son bureau après les heures de travail. J'étais rentrée à 20 heures afin que lorsque Tom toucherait le capot de ma voiture, le moteur ait refroidi, et je l'avais appelé avec le téléphone fixe, comme il aimait que je le fasse, mais il n'avait pas décroché. Avant même d'avoir enlevé son manteau, il m'avait demandé : « Tu as fait quoi, ce soir ? »

Après une fraction de seconde de panique, je m'étais souvenue qu'à peine rentrée j'avais appelé la messagerie pour vérifier l'horaire du dernier appel, mais il n'avait pas essayé de me joindre. Sans reprendre mon souffle, sans même avoir besoin de réfléchir, j'avais répondu : « Ah, aujourd'hui, c'était horrible au travail. J'étais débordée, et Sarah ne se fatiguait pas. (*Désolée, Sarah.*) J'ai écouté la radio sur le trajet du retour, et quelqu'un parlait de méditation. Il paraît que ça aide quand on est stressé, alors en rentrant j'ai mis une vidéo YouTube pour essayer. J'ai des progrès à faire, avais-je commenté en riant, mais ça a marché. J'ai fait une sieste. »

Tom avait attrapé la télécommande et allumé la télévision, puis ouvert YouTube. Il avait encore son manteau, ses clés de voiture à la main. Il avait regardé les dernières vidéos visionnées : aucune trace de méditation. Il s'était tourné vers moi, le visage fermé.

« Je n'allais pas faire ça ici, alors que n'importe qui peut regarder par la fenêtre ! Tu avais mon iPad, n'est-ce pas, alors j'ai emporté mon téléphone à l'étage et je l'ai fait là-haut. »

Je lui avais souri.

« On pourrait le faire ensemble, si tu veux, quand tu seras prêt à te coucher ? Je t'assure que tu dormiras comme un bébé. »

Je savais que jamais Tom n'accepterait de méditer. Je m'étais hâtée d'ajouter : « Je t'ai préparé un dîner. Tu veux un verre de vin, avec ? »

— C'est tout moi de n'avoir rien remarqué, soupira Sarah. Alors, ce voyage à Paris, le séminaire... Vous étiez déjà ensemble à ce moment-là ?

— Oui, répondis-je, les joues en feu.

Elle commanda de nouvelles boissons, et je me dis qu'après celle-là je m'arrêtais. J'en avais déjà trop dit.

— Mais tu prends trop de risques. Ton mariage. Le sien, argumenta-t-elle.

Je voyais bien qu'elle pensait que j'étais folle.

— Je l'aimais...

Je ne savais pas si c'était encore vrai, et j'espérais qu'elle ne me poserait pas la question.

— Et je pensais qu'il m'aimait aussi, balbutiai-je.

— Mais pourquoi tu as été virée ? Je ne comprends pas...

— Ouais, je dois dire que je ne m'attendais pas à ça.

La gorge sèche, je bus une gorgée pour me donner du courage.

— Harry et moi, on avait décidé de s'installer ensemble. Tout était prévu. J'allais quitter Tom. Il quitterait Emma. Tout était arrangé.

— Quoi ! Tu quittais Tom pour vivre avec Harry ?

Et tu ne m'as rien dit ? sous-entendit-elle.

— Quand ? ajouta-t-elle.

— Vendredi dernier.

— Mais Jane a dit qu'il était parti en vacances vendredi soir. Elle m'a dit que tout était organisé.

Elle eut l'air perplexe.

— Je me demandais pourquoi il n'en avait pas parlé. Tu sais bien, d'habitude, il est toujours impatient de partir en vacances, et il en parle. Il n'avait même pas mentionné qu'il allait s'absenter.

— Il n'était pas censé le faire. Il devait quitter Emma pour s'installer avec moi. On avait réservé une chambre d'hôtel et on devait s'y rejoindre.

Elle se tut une minute, et je vis qu'elle réfléchissait à toute vitesse.

— Quand je suis partie, à 15 heures, tu n'as pas dit un mot. Je t'ai demandé ce que tu allais faire de ton week-end et tu as répondu : « rien de spécial ». Tu te souviens, je t'ai proposé d'aller voir un film ce soir-là ? Tu as dit que tu étais fatiguée et que tu voulais juste regarder la télé.

— Je suis désolée. C'était affreux de te mentir. J'avais l'intention de tout te raconter le lundi. On avait décidé que j'annoncerais la nouvelle à Tom et lui à Emma, et qu'ensuite on se retrouverait à l'hôtel, avouai-je, le cœur serré. Et puis, il n'est pas venu.

— Mais toi oui ?

— Oui...

— Et tu avais déjà annoncé à Tom que c'était fini.

— Oui.

Elle inspira.

— Oh, non... Je ne crois pas que j'aurais pu faire ça. J'aurais voulu qu'il quitte sa femme avant, je pense.

Je grimaçai.

— Mais c'est ça, le truc. Je pensais que je pouvais lui faire confiance.

— Je ne ferais jamais confiance à ce point...

Nous restâmes assises en silence un moment, puis elle reprit :

— Donc tu es allée à l'hôtel, et Harry n'y était pas ?

J'acquiesçai, toujours furieuse devant cette trahison.

— Je l'ai attendu toute la nuit. Tout le week-end même.

Je repensais à mon excitation du début, qui avait peu à peu cédé le pas à l'inquiétude. Je me revoyais appeler les hôpitaux. Je me sentis vraiment idiote. Pendant tout ce temps, il s'offrait une escapade romantique avec sa femme.

Sarah avait l'air secouée.

— Il ne t'a pas appelée ?

— Non…

— Et toi, tu l'as appelé ?

— Une ou deux fois. (*Ou deux cents fois.*) Mais je suis tombée directement sur la messagerie.

— Il l'avait peut-être éteint. Dans ce cas, il ne saura même pas que tu as appelé, sauf si tu as laissé un message. On nous a dit qu'il ne serait pas joignable pendant ses vacances. Ils avaient besoin de temps pour eux.

— Mais je ne le savais pas. Je ne savais rien du tout. Il ne s'est juste pas pointé, et puis je suis allée au travail lundi matin, pensant qu'il pourrait me donner une explication, mais je n'ai pas pu entrer. Mon badge avait été désactivé. Et ensuite Eleanor est descendue à la réception et m'a remis les affaires que je gardais au bureau.

J'étais tellement gênée en y repensant que ça me donnait des bouffées de chaleur.

— Elle savait que je voyais Harry. Elle me l'a bien sous-entendu.

— Mais comment elle a pu le savoir ? Harry en a parlé à quelqu'un ?

— Non. Il n'a parlé de nous à personne, même pas à son meilleur ami. Personne n'était au courant.

— Ça ne serait pas un licenciement abusif ? Je suis sûre que la durée de ton contrat ne compte pas dans ce cas-là. Tu pourrais peut-être faire appel ?

Je secouai la tête.

— Jamais de la vie. Je me suis renseignée, et je pourrais le faire, en effet, mais à quoi ça servirait ? Je ne veux plus bosser dans cette boîte maintenant, pas après tout ça.

— Non, je te comprends... Mais comment Eleanor a su ? Elle n'était pas au courant depuis le début, si ?

Je me tus. Je n'y avais pas pensé.

— Je ne crois pas. Elle est venue parler à Harry le vendredi matin, et je lui ai préparé un café. Elle était normale. Elle m'a parlé de son voyage au Japon, le mois dernier. Dans tous les cas, je n'imagine pas Harry lui raconter quoi que ce soit de personnel.

L'anxiété me donnait la migraine. Est-ce que quelqu'un avait surpris une de nos conversations ? Avions-nous été pris en flagrant délit par quelqu'un ? Cette idée me mettait mal à l'aise. Nous qui avions pris toutes les précautions pour ne pas être découverts...

— J'ai essayé de l'appeler au bureau, mais je suis tombée sur Paula. Et puis tu m'as annoncé qu'il était parti en vacances avec sa femme enceinte.

J'essayai de rire, mais c'était impossible.

— Et pendant ce temps-là, je vis dans un appart miteux, toute seule. Et je ne peux même pas me payer le luxe de lui crier dessus.

À présent, c'était moi qui me précipitais aux toilettes pour me réfugier dans l'intimité d'une cabine, des mouchoirs pressés très fort contre les yeux afin de m'empêcher de m'effondrer. Si j'avais eu mon téléphone sur moi à cet instant, j'aurais appelé Harry pour lui dire exactement ce que je pensais de lui. En retournant dans la salle, je vis Sarah, assise, le regard perdu vers le feu de cheminée, l'expression indéchiffrable. Je me demandai si tout cela allait changer son opinion de moi, si j'allais perdre la seule amie qui semblait me rester.

Elle sursauta lorsque j'arrivai à notre table.

— Je vais nous chercher à boire.

— Juste de l'eau pour moi, s'il te plaît. La dernière chose dont j'ai besoin, c'est de me réveiller demain avec la gueule de bois.

Quand elle revint du comptoir avec un verre de vin blanc pour elle et de l'eau pour moi, elle me demanda :

— Alors, où tu habites ?

— J'ai loué un appartement au-dessus d'un fleuriste dans Nelson Street. Il est correct, mais je n'avais pas vécu dans un endroit de ce genre depuis mes années d'études. J'espère que ça ne durera pas. Tom va vendre la maison, et je vais récupérer la moitié, et je pourrai m'acheter un petit appartement.

— Tu aurais pu venir chez nous… on a une chambre d'amis.

Je pensai à son adorable époux et à leurs deux enfants, des petites tornades. C'était la famille dont je rêvais pour moi-même. Je ne pouvais pas m'infliger un tel supplice. J'essayai de sourire.

— Merci, mais j'avais besoin d'être seule.

— Quand même, j'aurais préféré que tu m'appelles. Ça me désole de t'imaginer dans cette chambre d'hôtel, à l'attendre. Et puis sa femme qui est enceinte, pour ne rien arranger…

Elle se tut une minute avant de reprendre.

— Je parie qu'il prétendait ne plus coucher avec Emma, pas vrai ? Et tu le croyais ?

Je rougis.

— On n'en parlait pas.

— Mais, toi…, hésita-t-elle. Toi et Tom. Vous le faisiez encore ?

Je secouai à nouveau la tête. Je n'avais pas envie d'y penser. Les rares fois où nous avions fait l'amour durant ces dix-huit derniers mois, je m'étais sentie malade de remords, comme si je trompais Harry. Je m'aperçus que Sarah avait pris mon signe de tête pour une réponse négative, parce qu'elle me touchait le bras avec compassion.

Elle but une grande gorgée de vin. De toute évidence, pour se donner du courage, car elle m'assena alors :

— Tu crois que c'est la première fois que Harry allait voir ailleurs ?

18

Ruby

Je la dévisageai. Jamais, pendant ces dix-huit mois, cette idée ne m'avait effleurée.

— Quoi ? balbutiai-je.

— Je veux dire, tu crois que c'est une habitude chez lui ?

— Non ! Non, bien sûr que non…

— Alors il n'avait jamais eu de liaison ? Ou de coup d'un soir ? Une petite passade quand il était en déplacement ?

— Non !

— Tu en es certaine ? Il te l'a dit ?

J'avais envie de répondre que bien sûr que j'étais certaine, qu'avant de me rencontrer il avait toujours été fidèle, mais qu'est-ce que j'en savais ? On n'avait jamais évoqué la question. Je supposais qu'il n'avait jamais batifolé pendant son mariage, mais aurais-je pu le jurer ? Je chassai cette pensée : j'avais besoin d'être seule pour y réfléchir.

Pour changer de sujet, je demandai :

— Tu sais quand le bébé doit arriver ?

Je voulais surtout savoir quand il avait été conçu, évidemment. Avec la date du terme, je pourrais calculer quand il avait couché avec Emma. Il existait des applis qui pourraient me le dire. Pas la date exacte, certes, mais au moins la semaine. J'avais lu que la fenêtre de fertilité se situait cinq jours avant l'ovulation. Cinq jours. Une semaine de travail. Un très long week-end. L'idée de découvrir quand elle était tombée enceinte me rendait malade. Je savais que je me repasserais la semaine en me demandant comment il s'était comporté envers moi. Avait-il hésité quand j'étais entrée dans le bureau un matin ? Avait-il ressenti une bouffée de culpabilité ? Avait-il eu l'intention de me dire que tout ça n'était pas une bonne idée, et que je ferais mieux de chercher un nouveau travail ? Ou avait-il souri avec suffisance, discrètement toutefois, content de savoir qu'il s'en était tiré, qu'il couchait avec deux femmes ? Cette hypothèse me retournait l'estomac.

—Aucune idée, répondit Sarah. Jane est venue nous en parler. Elle était tout excitée de devenir tata. Ses enfants sont ados, maintenant. Elle a hâte de recommencer à pouponner.

Elle se tut quelques minutes avant d'ajouter :

—Je n'arrive toujours pas à croire que vous aviez une liaison. Ça n'a pas l'air ton genre, d'une certaine façon.

—Ce n'est pas mon genre. Même si je ne sais pas de quel genre on parle. Je l'aimais, c'est tout. Et il m'aimait, dis-je, attendrie à ce souvenir.

Sarah me regarda comme si elle n'avait jamais rencontré personne d'aussi naïf.

—Il était marié, Ruby. Et toi aussi. Ça ne pouvait que mal se terminer.

—Je sais, je sais… C'est impardonnable. Mais ce qu'il m'a fait, m'encourager à quitter Tom pour m'installer avec lui, et ne pas se pointer, eh bien ça, c'était la pire des trahisons.

—Je pense que sa femme ne serait peut-être pas de ton avis. Et Tom non plus.

Je grimaçai. Je regrettais de ne pas être restée chez moi ce soir. Pourquoi m'infliger ce calvaire ?

— Et Tom ? reprit-elle. Tu lui as dit que tu le larguais pour Harry ?

— Non ! Non, je ne lui ai rien révélé du tout. Si tu le vois, ne lui en parle pas, d'accord ?

— Bien sûr que non. Je n'ai aucune chance de le croiser, de toute façon. Mais, du coup, il a pensé que tu partais pour quelle raison ?

— On ne s'entendait plus. Ou plutôt, on ne s'entendait que parce que je faisais tout ce qu'il voulait. Je n'étais pas heureuse dans mon couple.

J'hésitai avant d'en révéler davantage. Certaines personnes ne comprennent pas, et j'avais l'affreux pressentiment que Sarah en ferait partie.

— Tom est difficile à vivre. Tyrannique. Possessif. Ça faisait longtemps que je voulais partir.

Sarah semblait perplexe.

— Ce n'est pas l'impression qu'il m'a donnée quand je l'ai rencontré.

— Non, il est doué pour porter un masque.

— Ouais, ils ne sont jamais pareils en public que quand on est dans l'intimité avec eux. Mais tu es sûre que ce n'est pas juste parce que tu étais amoureuse de Harry et que tu les comparais ?

Je fis « non » de la tête.

— J'ai failli partir il y a deux ans, avant même d'avoir commencé à travailler avec Harry. J'en avais ma claque. Et là, ma mère est tombée et s'est cassé le bras, donc j'étais moins à la maison, et la situation s'est arrangée. Mais le Noël d'il y a deux ans a été atroce.

— Qu'est-ce qui s'est passé ?

— Juste une dispute.

C'était bien plus que ça, en réalité. Vous savez, quand quelqu'un vous dit quelque chose qui vous blesse profondément ?

J'étais nue à ce moment-là, et Tom était habillé, ce qui me faisait sentir d'autant plus vulnérable. Ce n'était pas un truc que j'allais raconter à Sarah…

Elle tendit la main pour me toucher le poignet.

— Tu ne portes plus ton bracelet connecté ?

Nous baissâmes toutes deux les yeux vers mon bras. Je portais un bracelet à la place. Ça me faisait trop bizarre de n'avoir rien.

— C'est la première fois que je te vois sans… Il est où ?

— Je le lui ai rendu. Il…

Je savais qu'elle ne saisirait pas, mais j'avais bu assez de gin pour ne pas me taire.

— Il me surveillait tout le temps.

— Quoi, il savait où tu étais ?

— Non, le bracelet n'a pas cette fonction, Dieu merci. Il surveillait mon nombre de pas.

— Quoi ?

— Il le consultait, pour savoir combien de pas j'avais parcourus chaque jour.

— Ah, Adam fait pareil. On en porte tous les deux un le week-end, et il est tout le temps en train de comparer. Quand on est allés à New York l'été dernier, j'ai fait deux fois plus de pas que lui, alors qu'on ne s'est pas quittés d'une semelle, rit-elle. C'est le bon côté d'être tellement plus petite que lui. Il ne s'en est jamais remis. Il a dit que c'était plus facile pour moi que pour lui de faire dix mille pas.

Je connaissais l'histoire. Elle me l'avait déjà racontée dix fois.

— Ce n'est pas la même chose… Il essaie toujours de me prendre en faute. Par exemple, si je vais faire des courses un samedi. J'y vais à pied, j'achète le journal, je reviens. Ensuite, le samedi suivant, je fais pareil, et il va comparer mon nombre de pas avec celui de la semaine précédente, et m'accuser de ne pas être allée au même endroit. Un jour, je ne l'ai pas porté au travail. Il était persuadé que je n'étais pas allée bosser ! Il surveillait mes moindres faits et gestes, Sarah. Le moindre de mes pas. C'était insupportable…

Je ne lui racontai pas les fois où j'avais essayé de le berner. Je me garais toujours à des emplacements différents du parking du bureau, pour l'égarer. Il semblait croire que je devais faire à peu près le même nombre de pas tous les jours. Je voyais bien qu'il était rassuré quand les chiffres coïncidaient à ce qu'il avait anticipé. Quelques semaines auparavant, j'avais confié le bracelet connecté à Harry qui l'avait mis dans sa poche alors qu'il allait à un rendez-vous à Manchester : il savait qu'il marcherait environ trois kilomètres. Il avait fait exprès de prendre les escaliers plusieurs fois, au lieu de l'ascenseur, juste pour fausser les chiffres. C'était après que je lui avais tout expliqué, évidemment. Quand j'avais déjà décidé de partir. Horrifié, il avait voulu que je le jette, mais à ce moment-là j'avais juste envie de le rendre à Tom en le quittant. Il saurait ce que cela signifiait.

— Franchement, objecta Sarah, tu exagères. Il essaie juste de t'aider à garder la forme. Il est censé t'avoir fait quoi d'autre ?

Sa remarque me hérissa.

— Ce serait trop long à te raconter. Peut-être une autre fois.

Je n'aurais pas supporté qu'elle me dise qu'elle trouvait son comportement normal. J'avais passé des années à entendre autre chose que ce que je croyais. Je ne tiendrais pas le choc si elle me disait que Tom avait eu raison tout du long.

— OK, acquiesça-t-elle en me touchant le bras. Ça va s'arranger. Une fois que vous aurez un acheteur pour la maison, je t'accompagnerai pour tes recherches de logement.

Je souris, soulagée.

— C'est sympa de ta part. Je ne sais pas encore où je vais m'installer, cela dit.

— Peu importe. Je t'aiderai.

— Sarah… ça m'embête de te demander ça, mais tu voudrais bien donner une lettre à Harry de ma part ? Ou lui demander de m'appeler ?

Je vis sur son visage qu'elle n'en avait vraiment pas envie.

— Tu ne peux pas lui écrire un mail ?

— J'ai peur qu'un des informaticiens le voie. Et je ne veux pas lui envoyer de texto, au cas où Emma tomberait dessus.

Elle hésita.

— Je n'ai pas trop envie de me retrouver mêlée à cette histoire, mais oui, d'accord. Envoie-la-moi, et je la lui transmettrai. Il sera de retour lundi.

— Et tu lui demanderas de m'appeler ?

— Oui.

Elle but du vin, puis se pencha pour me serrer dans ses bras avant d'ajouter :

— Bien sûr, Ruby.

19

Ruby

Je passai l'essentiel du week-end seule, avec un bloc-notes et un stylo pour toute compagnie, à essayer d'écrire une lettre à Harry. C'était difficile de choisir les mots, en imaginant son expression lorsqu'il les lirait.

Lui et moi, nous parlions tout le temps. Nous travaillions beaucoup aussi, mais entre nous, il y avait la même aisance qu'entre deux amis de longue date. C'était ainsi depuis l'instant où je l'avais rencontré. Comme si j'avais vécu une sorte de demi-vie, la plus petite possible version de moi-même. À ses côtés, je me sentais grandir, m'épanouir. Je pouvais tout lui dire, il comprenait. Ce n'est pas que nous ayons eu constamment des discussions sur des sujets profonds, bien sûr. Nous parlions de tout et de rien. De notre vin préféré. De la première personne que nous avions embrassée. Des livres dont nous ne pourrions pas nous séparer. Des chansons de notre jeunesse. Nos conversations s'égrenaient tout au long de la journée, et le soir venu, nous trouvions presque toujours le temps d'avoir un vrai moment d'échange. Et plus nous parlions, plus nous travaillions ; Sheridan's avait bien marché pendant l'année passée, et Harry m'avait répété que c'était parce que je lui donnais une énergie redoublée. Avec moi, il se sentait renaître.

Et voilà qu'Emma attendait un enfant de lui. Je ne supportais pas d'imaginer comment cela s'était produit. Je me représentais son visage lorsqu'il avait appris la nouvelle. Je ne pouvais que faire des suppositions. Avait-il eu une arrière-pensée pour moi ? M'avait-il tout simplement oubliée, tout à la joie de découvrir qu'ils allaient avoir un bébé ensemble ? Au creux de mon ventre, je ressentais une fureur grandissante à l'idée qu'il fasse si peu de cas de moi qu'il n'ait même pas pris la peine de m'annoncer que c'était fini.

***

Le samedi après-midi, il y avait de la pluie et du vent, et je restai à l'appartement, à regarder le fleuve par la fenêtre du salon. Je songeai à Harry sur son canapé au même moment, une main sur le ventre d'Emma. Ils étaient sans doute occupés à faire des projets ensemble, à choisir le prénom du bébé, à envisager son avenir. Ils sortiraient peut-être plus tard pour choisir la peinture pour la chambre du bébé, un berceau et des petits vêtements. Cela pouvait arriver n'importe quand désormais, qu'ils partent un après-midi et reviennent chargés de sacs, de meubles et de papier peint, tout ce qu'il fallait pour la nouvelle vie qu'ils partageaient à présent.

Je n'avais pas de projets similaires, et ça ne se produirait pas de sitôt. Quand j'avais épousé Tom, j'étais encore jeune et je n'avais pas vraiment songé à avoir des enfants. Josh semblait combler le vague désir maternel que j'avais, bien que lui et moi soyons plus comme des amis. J'avais appris très tôt à ne pas endosser de rôle parental. Josh était l'enfant de Tom, pas le mien. Au bout d'un moment, j'avais commencé à être inquiète à l'idée d'être liée pour toujours à Tom : j'avais été témoin de l'amertume qui existait entre Belinda et lui, et j'avais peu à peu compris que Tom était en grande partie responsable de leur animosité réciproque. Je savais qu'en cas de rupture, si nous avions un enfant ensemble, ma vie serait insupportable.

— Je ne crois pas qu'on devrait se lancer dans une FIV, avait décrété Tom lorsque j'avais suggéré cette idée, après deux ans de tentatives infructueuses. Cela peut faire beaucoup de mal à un couple. Les gens ont tendance à devenir obsédés, ils ne pensent plus qu'à ça.

Je ne pouvais déjà plus penser qu'à ça, de toute façon. Je savais qu'il avait raison, cependant. Si j'avais des rendez-vous à l'hôpital, des traitements, etc., je serais complètement obnubilée.

— Et on sait qu'on peut avoir des enfants, avait-il poursuivi. J'ai Josh. *Nous* avons Josh. Tu fais partie de la famille, pour lui. Et puis, eh bien, tu as déjà été enceinte, aussi.

Il m'avait adressé un regard compatissant.

J'avais tressailli. Je détestais repenser à cette période de ma vie. À dix-huit ans, alors que j'allais entrer à l'université, je m'étais aperçue que j'étais enceinte. Le père était un garçon du lycée que je fréquentais depuis quelques mois. Après avoir hésité, j'avais décidé de garder le bébé, de repousser la fac d'un an, et de devenir maman. Deux jours après l'échographie des trois mois, le bébé avait de toute évidence pris la décision contraire.

— Si on continue à essayer, on finira par avoir de la chance. Il viendra.

Mais il n'était pas venu. Ce n'était pas faute d'essayer, pourtant. Bientôt, Tom aussi s'était mis à attendre, mois après mois, à m'acheter des tests de grossesse, à m'enlacer quand je sanglotais chaque fois que les mots « pas enceinte » s'affichaient. Je pensai à la peluche qu'il m'avait offerte au tout début, la première fois qu'on avait essayé : un chien tout en longueur, très doux, couleur caramel, avec des yeux noirs et les oreilles tombantes. Quand on appuyait sur son museau, il aboyait, et Tom l'avait surnommé « Captain Ouaf Ouaf ». Selon lui, le chien ne pouvait pas être un simple doudou. Quand il me l'avait donné ce soir-là, nous étions pleins d'espoir et de promesses pour l'avenir, et nous avions tellement ri que j'en avais pleuré de bonheur. Au fil des mois puis des années, le chien avait quitté le fauteuil de notre chambre pour rejoindre l'armoire de la chambre d'amis, et pour finir, juste avant de partir, je l'avais déposé dans une brocante associative pour qu'un autre bébé puisse en profiter. Un vrai bébé.

Cet après-midi-là, assise à la fenêtre dans mon appartement, je pensai au nouveau propriétaire du chien, sans savoir si c'était la pluie ou mes larmes qui me brouillaient la vue. Je me demandais s'il sentait mon parfum, s'il percevait l'espoir qui s'était attaché à cette peluche pendant toutes ces années. J'espérais que oui, et qu'il n'éprouverait jamais le désespoir qui m'avait poussée à m'en séparer.

***

Je finis par ne plus supporter de me sentir si mal, et je me forçai à sortir sous la pluie. Il y avait un cinéma, à quelques rues de là, et je pris un ticket pour un film tellement saturé de bruit et d'action qu'il ne me laissait pas le temps de penser. La salle était presque pleine, et le simple fait de voir des gens tout autour de moi me donnait l'illusion d'avoir de la compagnie. Bien que j'aie envie de quelqu'un à qui parler, quand mon téléphone vibra à la fin de la séance et que je vis que c'était Oliver, je me sentais trop fragile pour le voir tout de suite.

Ruby, je viens de parler à Tom. Il m'a dit que tu étais partie. Tout va bien ?

Je grimaçai. Je savais que j'allais devoir affronter ça avec tout le monde. Je répondis brièvement.

Ça va, merci.

Il ne lui fallut que quelques secondes pour m'écrire à nouveau.

Ça te dirait qu'on se voie pour en parler ? Je t'inviterais bien chez moi, mais Tom est à la maison, donc je doute que tu aies envie de venir. Dis-moi où et quand, et je serai là.

Je repensai à la journée que je venais de vivre, sans la moindre interaction humaine, et à celle qui s'annonçait – dimanche – toujours le plus triste des jours de la semaine.

On se retrouve pour un brunch au Marino Lounge à 11 heures demain ?

Il répondit aussitôt :

Je serai là. Bises.

20

Ruby

C'était bizarre d'être au bistro avec Oliver pour un brunch. Il était venu chez nous des dizaines de fois, pour des repas, des barbecues et des apéritifs. Une année, il avait même dîné avec nous à Noël, parce que sa fiancée venait de le quitter. Nous l'avions croisé au supermarché, l'air abattu, et quand on avait su qu'il allait réveillonner tout seul, on l'avait invité chez nous. Il avait apporté de quoi faire des cocktails, et j'avais fini la soirée complètement bourrée. Et on était allés chez lui, aussi, quand il avait fêté sa promotion, quand il s'était fiancé. Mais je n'étais jamais sortie en tête à tête avec lui, cependant. Quelle raison aurais-je eue de le faire ?

Pourtant, la plupart des moments que nous avions passés à discuter, Oliver et moi, nous n'étions qu'à deux. Et j'avais peu à peu pris l'habitude de ne pas en parler à Tom ; je savais que ça ne lui plairait pas.

Je me souvenais de la première fois que je n'avais rien dit. Il y a deux ans, Oliver et moi bavardions, assis sur le muret du jardin. Tom travaillait tard, et Oliver me parlait de la promotion qu'il venait d'obtenir. Il me racontait l'entretien, me décrivait les autres candidats, me répétait ce que le groupe de recruteurs lui avait dit en lui présentant le poste. Nous avions été comme toujours interrompus par Tom qui m'appelait sur la ligne fixe de la maison, pour vérifier que j'étais là. Quelques jours plus tard, Oliver était venu boire un verre chez nous, et lorsque Tom lui avait demandé ce qu'il faisait comme métier, Oliver avait répondu : « Oh, eh bien, je viens d'avoir une promotion. Je suis directeur marketing, maintenant. »

Il y eut une fraction de seconde où j'aurais pu dire : « Oui, bien sûr ! », mais je ne le fis pas. Je savais que cela me condamnerait à un interrogatoire sur le moment où nous avions parlé, ce que nous avions dit, et pourquoi je ne l'en avais pas informé. Je n'en avais tout simplement plus le courage. Alors je préférai dire : « Oh, félicitations ! Ça s'est passé quand ? » Oliver avait eu une seconde d'hésitation au moment de me répondre, comme s'il ne m'avait pas déjà tout raconté en détail quelques jours auparavant.

Je savais que c'était mal de ma part. Il y avait une complicité entre nous, parce que nous savions quelque chose que mon mari ignorait. Ce n'était pas bien. J'en suis consciente. Mais parfois, eh bien… parfois, on a envie de garder des choses pour soi. Et c'était ainsi avec Oliver. Ce n'est pas que je complotais avec lui, mais plutôt que je gardais secrète une petite part de moi-même. Je m'autorisais une vie privée.

Et c'est ainsi que ça avait commencé. Peu après, je m'étais mise à travailler avec Harry, et à ce moment-là, j'étais passée maîtresse dans l'art de la dissimulation, douée pour cacher mes pensées et, plus tard, mes actions.

***

— Alors, dit Oliver quand nous eûmes fini de manger.

On venait de commander des cafés, et j'avais cru pouvoir m'en sortir sans avoir à aborder de sujets personnels. Nous avions parlé de son travail et de ses prochaines vacances à Ibiza.

— Pourquoi vous avez rompu, avec Tom ?

Je rougis.

— Tu lui as parlé ?

— Oui. C'était un peu bizarre, en vérité. J'ai remarqué que ta voiture n'était pas là plusieurs jours d'affilée, et quand je l'ai vu ramener Josh, je lui ai demandé si tu étais chez ta mère. Ça m'a fait un choc quand il m'a annoncé que tu étais partie. Il m'a dit qu'il ne comprenait pas trop pourquoi tu l'avais quitté.

À présent, j'étais vraiment gênée.

— Il a très bien compris. Ça fait longtemps que je lui dis que ça ne va pas.

— Peut-être qu'il n'avait pas envie de se confier à moi. C'est le genre de type qui a sa fierté, je pense. Je ne l'imagine pas me raconter des trucs privés, en fait.

J'acquiesçai.

— Il déteste qu'on sache des choses sur lui.

— Alors c'est sérieux, tu ne reviendras pas ?

— Non, répondis-je d'un ton définitif. Certainement pas. J'attends juste que la maison soit vendue.

— Du coup, tu es retournée chez tes parents ?

— Non. Ils partent en Australie demain pour voir ma sœur. Ils ont l'intention d'y rester plusieurs mois.

— Elle est au courant ? répliqua-t-il en riant.

Il était chez moi pour l'anniversaire de Tom, quand mes parents et ma sœur étaient là, et l'expression exaspérée que Fiona adressait à ma mère ne lui avait pas échappé.

Je souris.

— Elle leur a dit de ne pas réserver la date du retour. Ma mère a pris ça pour une invitation à rester longtemps… Mais, dans tous les cas, je ne peux pas m'installer chez eux. Cela pourrait les gêner vis-à-vis de leurs voisins. Apparemment, je suis en train de tuer ma mère. Elle prétend qu'elle n'arrête pas de pleurer.

— Ah bon ? Je l'ai vue dans un café à Liverpool vendredi après-midi. Elle prenait le goûter avec une amie, et semblait en pleine forme.

Je ris. Je me sentais plus légère pour la première fois depuis bien longtemps.

— Pour dire les choses crûment, le fait que tu aies quitté Tom ne lui a pas coupé l'appétit. Il ne restait plus un seul gâteau sur le présentoir.

— Tu aurais dû m'envoyer un message. Je l'aurais appelée juste quand elle allait prendre sa première bouchée. Ça aurait été drôle de la voir changer de tête.

— Je le ferai si jamais je la revois.

La serveuse vint déposer l'addition sur notre table. Oliver sortit son porte-monnaie et me sourit.

— C'est pour moi. Alors, tu étais juste malheureuse avec Tom ? Je me suis demandé si tu t'intéressais à quelqu'un d'autre.

J'étais surprise. M'avait-il vue évoluer alors que je m'engageais avec Harry ? Je savais que Tom n'avait rien remarqué – autrement, il l'aurait dit –, et même Sarah avait été prise de court par mes révélations. Oliver et moi avions depuis le début une entente profonde. Avait-il observé ce que personne d'autre n'avait vu ?

— Tom a changé au fil des années, éludai-je. Il voulait toujours savoir ce que je faisais, où j'étais. Ça devenait étouffant par moments. Et il fallait tout faire à sa façon, sinon je le payais par la suite.

Oliver était choqué.

— Il te frappait ?

— Non, rien de ce genre. Mais il avait des sautes d'humeur, et je ne savais jamais à quoi m'attendre. Il m'ignorait, faisait comme si je n'étais pas là. Il pouvait passer des semaines à se comporter normalement avec tout le monde, mais sans jamais m'adresser la parole.

— Je n'avais jamais remarqué... Ça se produisait souvent ?

— Au début, c'était assez rare. Il pouvait être super pendant des mois. À l'époque, quand il devenait grincheux, je faisais abstraction. Mais c'est devenu de plus en plus fréquent. Ces dernières années, j'étais tout le temps sur les nerfs, à me demander quand ça allait recommencer. Tu te souviens Noël, pas le dernier, celui d'avant ? Il ne m'a pas parlé pendant toute la période des fêtes.

Oliver fronça les sourcils.

— Je suis venu boire un verre au Nouvel An chez vous, cette année-là, non ? Josh était présent aussi. Tout paraissait normal...

— Ce jour-là, ça faisait cinq jours que Tom ne m'avait pas dit un mot. Il se comportait normalement quand il y avait du monde, mais si tu étais attentif tu pouvais voir qu'il ne me parlait jamais directement. Il se taisait quand je parlais, mais ne répondait jamais. Même Josh ne remarquait pas toujours. La seule raison pour laquelle il s'est remis à me parler, c'est parce que j'ai commencé à travailler à Sheridan's après Noël, et qu'il voulait savoir où je me rendais tous les matins.

Je ris à ce souvenir, bien qu'il n'ait rien d'amusant.

— Il en mourait de curiosité.

— Mais pourquoi il faisait ça ?

— Je ne sais pas vraiment, répondis-je avec un haussement d'épaules. Ce n'était pas forcément à cause de quelque chose que j'avais fait. Ça pouvait être quelque chose que je n'avais pas fait. Même si je ne savais pas que j'étais censée le faire. Il faisait toujours très attention à ce que personne ne s'en aperçoive, cela dit. Et j'étais tellement bête... j'ai laissé faire... Mais tout ça n'a plus d'importance.

J'étirai les bras dans mon dos pour tenter de dissiper ma tension.

— Mais pourquoi tu n'es pas partie plus tôt ?

Cette question m'agaça prodigieusement, mais elle me laissa également perplexe. Je ne savais pas pourquoi je n'étais pas partie.

C'est tellement difficile de quitter sa vie maritale, de tout lâcher. C'est comme renoncer à sa famille. Je savais que j'étais faible, que j'avais manqué du courage de partir, d'effectuer ce saut dans l'inconnu. Et puis, j'étais fauchée, aussi. Je savais que sans Tom, ce serait la galère côté finances. J'avais l'impression horrible que si j'y parvenais cette fois-ci, c'est parce que je partais avec Harry. J'aurais voulu être plus forte, être le genre de personne qui se dit : « Ça suffit », et claque la porte.

— Je continuais à espérer qu'il changerait, je crois. Et puis il y a eu une goutte d'eau il y a quelque temps, et j'ai su que je devais partir.

— Qu'est-ce qui s'est passé ?

Je secouai la tête. Pas question de répondre.

— J'ai juste pris conscience que je ne pouvais pas continuer comme ça.

Je restai silencieuse un moment.

— Et puis j'ai rencontré quelqu'un. Quelqu'un de spécial.

La bouffée de colère familière m'envahit, et j'ajoutai :

— Du moins, c'est ce que je pensais. Il s'est avéré qu'il n'avait rien de spécial, finalement.

Oliver s'adossa sur son siège et me regarda.

— Tu voyais quelqu'un d'autre ?

— Ça n'a rien donné, répondis-je avec un haussement d'épaules.

Je n'allais pas lui raconter ma liaison avec Harry. C'était privé, une histoire qui me berçait encore à présent, quand j'étais au lit, dans le noir. Quoi qu'il advienne entre Harry et moi, personne ne pouvait me retirer ces moments que j'avais vécus. Et je savais que, où qu'il soit, quoi qu'il soit en train de faire, il en allait de même pour Harry.

21

Ruby

Le lundi, je me levai tôt et me rendis en voiture chez Sarah pour lui déposer ma lettre à Harry avant qu'elle parte au travail.

Elle vivait dans une rue calme, à trois kilomètres de chez moi. En approchant de sa maison, je vis qu'elle était encore plongée dans l'obscurité, les rideaux tirés. Il semblait que, comme leurs voisins, Sarah et sa famille étaient encore endormis. Je glissai l'enveloppe dans la boîte aux lettres le plus silencieusement possible, et m'éloignai dans la brume matinale pour rejoindre ma voiture.

Je me mis en route vers chez moi, mais en allumant la radio et en entendant le bulletin d'informations de 6 heures, je pensai à Harry, et à ce qu'il m'avait dit un jour.

— Je me réveille tous les matins juste avant que mon réveil sonne, à 6 h 30. C'est bizarre, non ? Chaque jour, je me demande ce qui m'a tiré du sommeil. Et je reste allongé… mon esprit recense tout ce qui a bien pu se passer. Était-ce mon téléphone ? Quelqu'un à la porte ? Le bruit d'un moteur de voiture qui démarre ? Et chaque fois, dans la seconde qui suit, mon alarme sonne. Et ça se passe comme ça, quelle que soit l'heure à laquelle je la règle.

— C'est un vrai réveil ? Il émet peut-être un petit bruit juste avant de sonner.

— Non, c'est mon téléphone. Mais attends, on va vérifier.

Il régla son alarme pour une minute plus tard, et nous restâmes assis en silence, tous les deux, penchés pour écouter, afin de déceler quelque chose, un signe avant-coureur de l'alarme elle-même. Et quand elle se déclencha, avec « You Can't Always Get What You Want » à plein volume, je sursautai avec un cri.

Ce soir-là, j'avais réglé mon alarme pour la même heure le lendemain matin, et je m'étais réveillée quelques secondes avant, exactement comme lui. J'étais restée allongée dans l'obscurité douce de notre chambre, Tom toujours assoupi à mes côtés. Je pensais à Harry dans son lit, couché près d'Emma. Je me demandais s'ils étaient tout proches, s'il avait passé son bras autour de sa taille pendant la nuit, ou si elle avait emmêlé ses jambes aux siennes. Je me retournai pour regarder Tom, ses cheveux bruns ondulés étalés sur l'oreiller. Il était aussi loin de moi que possible, et j'avais dormi tout au bord du lit moi aussi.

Je ressentis un pincement de jalousie familier, tout au fond de moi. J'aurais voulu ne pas me trouver dans ce lit avec Tom. J'aurais préféré être n'importe où ailleurs. Je ne connaissais Harry que depuis quelques semaines à ce moment-là, et déjà j'étais impatiente d'aller au travail. Le samedi et le dimanche, le temps s'étirait interminablement, et lorsque Tom suggéra qu'on parte en week-end quelque part, je déclinai. Je n'avais pas envie d'être seule avec lui. J'avais besoin des distractions du quotidien pour supporter de vivre avec un homme qui n'était pas le bon.

***

À présent, j'avais l'impression d'être en pilote automatique alors que je descendais la rue de Sarah et tournais à gauche, sachant que ce chemin finirait par me mener devant chez Harry.

La dernière fois que j'étais venue, c'était le lendemain du jour où il aurait dû quitter la maison, quand je croyais encore qu'il viendrait me rejoindre.

Je restai dans ma voiture, à quelques maisons de la sienne, sur le trottoir opposé. Les rideaux étaient tirés, la maison plongée dans le noir. Sa voiture était garée devant la façade, à côté de la Mini rouge d'Emma, et je savais qu'il était à la maison, de retour après son escapade.

Et à 6 h 30 tapantes, exactement comme il me l'avait dit, la lumière s'alluma dans l'une des chambres, puis une autre éclaira une petite fenêtre sur le côté de la maison. Un instant, mon cœur bondit : Emma et lui faisaient-ils chambre à part ? Mais je compris que la petite pièce était une salle de bains. Puis la lumière s'alluma dans l'entrée : il était descendu préparer le café. Je l'imaginais dans la cuisine, à attendre que le café coule.

Je restai assise à regarder pendant plusieurs minutes, le sang cognant à mes tempes. Puis la lumière s'éteignit dans la salle de bains. Quand les rideaux du salon, sur la façade, s'ouvrirent, je me recroquevillai dans mon siège, bien que je ne puisse être vue. Je ne quittais pas des yeux leur maison.

Alors que les minutes passaient, on éteignit dans la chambre, et je vis une femme blonde à la fenêtre, qui écartait les rideaux. Je ne distinguais pas son visage, mais je savais qui c'était. Je l'avais suffisamment vue dans ses posts Instagram. Elle ne jeta pas un regard dans la rue. Pourquoi l'aurait-elle fait ? Quand les phares de la voiture de Harry s'allumèrent, à 7 heures pile, je redémarrai la mienne. Il fallait que je parte, et vite.

Je roulai jusqu'au coin de la rue, et m'arrêtai. Je ne pouvais résister au désir de regarder une dernière fois.

Tout en haut des marches de sa maison se tenait Harry, le dos tourné à la rue, loin de se douter que j'étais là. Son épouse, Emma, était sur le pas de la porte. Il portait un costume, elle était encore en peignoir.

Alors que je les observais à une distance prudente, je le vis tendre les mains pour les lui poser sur les joues, puis l'embrasser. Elle passa les bras autour de son cou, et ils restèrent ainsi, enlacés, pendant un moment.

J'appuyai sur l'accélérateur pour m'éloigner lentement, mais lorsque j'arrivai au bout de la rue suivante, j'avais l'impression que l'image de leur baiser brûlerait pour toujours dans mon esprit.

22

Emma

Bien sûr que je savais que Harry voyait toujours Ruby. *Évidemment.* Quoi, vous pensez que je suis folle ?

C'était évident depuis des lustres. Il rentrait à la maison la mine radieuse, le pas bondissant, et pendant un temps il fut affecté de cette maladie bien connue des conjoints adultères : la mentionnite.

Chaque fois qu'il ouvrait la bouche, c'était pour me parler de Ruby. Elle était tellement intelligente. Tellement drôle. Ils avaient rigolé toute la journée. Super, c'est exactement ce qu'on a envie d'entendre. Elle était mariée, m'avait-il dit, et j'avais fait dévier la conversation sur son mari, un dénommé Tom qui bossait dans la vente. Il avait l'air aussi minable que sa femme, pour être sincère, mais Harry n'avait jamais particulièrement envie de parler de lui. Une fois, je lui ai demandé s'il voulait inviter Ruby et Tom chez nous à dîner. Je me disais que je serais contente de voir à qui j'avais affaire. Il s'était empressé de refuser, et mes soupçons s'étaient encore accrus.

Au début, je prenais ça pour un petit béguin. Je me souvenais d'avoir ressenti la même chose quand j'étais au lycée. J'avais toujours un garçon en tête. J'ai retrouvé mes vieux journaux intimes quand mes parents ont déménagé pour un pavillon plus petit, et en toute honnêteté, c'est à croire que j'étais en chaleur non-stop pendant toute mon adolescence. Alors, après vingt ans ensemble, je n'étais pas surprise que Harry puisse avoir la tête un peu retournée. J'ai mis ça sur le compte du stress que nous avions subi, entre le fait de gérer deux entreprises et d'essayer de concevoir un bébé. Mais jamais je n'aurais cru qu'il irait jusqu'à avoir une liaison.

Et c'est là que j'ai raté le plus gros de tous les signaux. C'était une erreur de débutante de ma part, et depuis, je ne cesse de me flageller. Vous voyez, il a tout bonnement arrêté de parler d'elle. Il ne prononçait plus son prénom. C'était comme si on l'avait fait disparaître, et qu'on avait effacé tous les souvenirs qu'il avait d'elle. Et je suis tombée dans le panneau. Je l'ai presque oubliée.

J'aurais dû me douter de ce qui se tramait.

***

Un vendredi soir de mai, Harry est rentré du travail plus tard que d'habitude. J'avais déjà pris une douche et troqué mes vêtements pour une robe et des talons, car nous sortions dîner. Je suis allée dans l'entrée en entendant sa voiture approcher.

— Coucou, ai-je dit quand il est entré dans la maison.

Et c'était tellement bizarre. Il m'a souri, mais il avait quelque chose de changé. Il avait un sourire juste un peu trop poli, et il ne me regardait pas vraiment en face. Bon, on a eu des hauts et des bas, mais il n'avait jamais eu cette attitude fuyante avant. J'ai tout de suite été en alerte maximale.

Il a laissé tomber son sac sur le guéridon.

— Coucou.

— Tu te souviens qu'on sort avec Annie et Patrick ce soir ?

— Ouais, désolé d'être en retard.

Encore bizarre. Toujours pas de contact visuel. Je commençais à ressentir des picotements. Je me suis approchée pour l'embrasser sur la joue. Il est resté immobile pour me laisser faire, sans me rendre mon baiser. Avec un sursaut, je me suis souvenue de son béguin pour Ruby, et je me suis aperçue que cette crainte ne m'avait jamais vraiment quittée. J'ai rapidement observé son visage en quête d'une trace de rouge à lèvres, j'ai discrètement humé son odeur pour déceler un parfum. Rien. J'étais perplexe, je l'avoue. J'ai le nez fin, au sens propre comme au figuré – du moins le croyais-je – et j'aurais pu jurer qu'il y aurait un indice. Mais non, tout ce que je sentais, c'étaient les derniers effluves de son eau de Cologne du matin, et sa chemise était encore fraîche, pas froissée.

Il s'est éloigné de moi.

—Je ferais mieux d'aller me doucher.

Je l'ai suivi à l'étage en lui racontant ma journée, et j'ai remarqué qu'il ne disait pas grand-chose sur la sienne. Je savais qu'il avait l'esprit ailleurs. Occupé par quelque chose que je n'aimerais pas entendre.

Il a attendu d'être dans la douche pour me parler.

—Ah, au fait.

Je me suis préparée. Un drame allait se produire. Quand quelqu'un veut t'annoncer une nouvelle qui risque de ne pas te plaire, il le fait à couvert, soit dans la douche, soit en enlevant un pull, ou dans le noir complet d'une chambre à coucher. C'est la base de la psychologie, pas vrai ?

Alors, il a dit :

—Au fait, tu sais, ce déplacement à Paris ?

—Non.

Je savais exactement de quel voyage il parlait. C'était le week-end suivant. Il l'avait inscrit sur le calendrier de la cuisine. À présent, je me demandais si ce serait notre Armageddon à nous. Je sentais mon corps se tendre, sur les nerfs. Je ne savais pas si je voulais fuir, ou me battre.

—Quel déplacement, déjà ?

—C'est dans quelques jours...

À sa façon prudente de s'exprimer, j'ai compris qu'il savait précisément dans combien de jours. Il avait sans doute un petit calendrier qu'il cochait chaque matin, comme un calendrier de l'Avent d'enfant, bien que la perspective soit plus excitante que quelques grammes de chocolat.

—Dans une semaine, je crois. Il y a un séminaire, et je vais voir si je peux décrocher quelques fournisseurs français. On fait une présentation, aussi. Tu te souviens ?

J'avais la gorge sèche, mais je me suis forcée à me comporter normalement.

—Ah oui, ça me revient. Ça a l'air intéressant. Et Paris, ce sera sûrement sympa, aussi. Tu vas voir Ben ?

Ben était un de nos amis, rencontré à la fac. Il vivait à Paris depuis que nous avions tous quitté Manchester, vingt ans auparavant.

—Ce serait chouette de vous revoir, ai-je conclu.

Le silence avait duré trois secondes. J'avais compté.

—Je ne sais pas. On y va à plusieurs, alors je n'aurai sans doute pas le temps.

Si j'avais pu lui braquer une lampe torche dans la figure pour le faire avouer à cet instant-là, je l'aurais fait sans hésiter.

—Ah bon ? Qui est-ce qui vient ?

—Personne d'intéressant.

Il a déroulé une liste de noms de jeunes collaborateurs dont je savais qu'ils fileraient au bar le plus proche à peine sortis de l'avion. J'ai attendu. Et paf.

—Et Ruby vient aussi. On a besoin de quelqu'un pour nous aider à faire la présentation.

Encore un silence.

— Mais on ne la verra pas tellement, cela dit. Elle va en profiter pour faire du tourisme.

— C'est super ! ai-je répondu, en mode épouse méritante. Tu vas bien t'amuser.

Il a coupé la douche et attrapé une serviette. Quand il a parlé, le soulagement dans sa voix était palpable.

— Oh non, je ne vais pas m'amuser. Tu connais ce genre de voyages. Ça peut être ennuyeux par moments. Je vais réserver un hôtel avec une salle de sport, je pense. Ça m'occupera dans la soirée.

Bizarrement, je pensais qu'il ne manquerait pas d'occupations. J'ai attendu qu'il soit de retour dans la chambre, rouge de chaleur et de duplicité, pour lui dire :

— Et si je venais avec toi ? J'adorerais passer un week-end à Paris !

Il bredouillait presque lorsqu'il m'a répondu que non, en fait, ce n'était pas une si bonne idée.

— Enfin, tu peux venir si tu veux, mais je ne pourrai pas passer de temps avec toi. Ce sera rendez-vous sur rendez-vous. Pourquoi on n'y retournerait pas ensemble, dans quelque temps ? On pourrait rester une semaine, voir Ben. Peut-être aller à Versailles, tant qu'à faire. Qu'est-ce que tu en penses ?

J'avais envie de lui demander pourquoi il lui fallait un hôtel avec salle de sport si son emploi du temps était aussi chargé qu'il le prétendait.

— Ça ne me dérange pas. Je peux aller dans les musées, faire du shopping…

Il me tourna le dos et se mit à se frictionner les cheveux pour me cacher son expression.

— Eh bien… ce serait cool que tu viennes. Mais seulement si tu es sûre.

***

Le lendemain, mon projet de faire capoter ses aventures a été compromis : Annie, mon associée, m'a appelée pour me dire que sa mère était tombée et s'était cassé la jambe. Elle devait prendre quelques jours de congé pour lui venir en aide. J'allais devoir travailler comme une brute la semaine suivante pour que notre projet soit livré dans les délais. Je la plaignais, mais en même temps j'avais envie d'aller casser la deuxième jambe de sa mère, car je savais que je venais de perdre ma seule chance de faire cesser les manigances de Harry.

— Ne t'en fais pas, chérie, m'a dit Harry quand je le lui ai annoncé. Ce n'est jamais qu'un déplacement professionnel. J'aurais été trop occupé pour qu'on en profite.

Et quand il est rentré de Paris le dimanche soir, il avait l'air épuisé.

Mais bon, je l'étais aussi.

23

Emma

Harry partait pour Paris par le vol de 20 heures, ce qui signifiait qu'il devait être à l'aéroport à 18 heures. Toute la semaine, j'avais tenté de lui soutirer des informations. J'avais appris que les autres arrivaient le jeudi soir, car ils avaient des personnes à rencontrer. Ruby ferait le voyage avec lui parce que, soi-disant, elle devait être au bureau le vendredi pour prendre des notes lors d'une réunion. Encore une histoire tirée par les cheveux.

Ce vendredi, il s'était levé plus tôt que d'habitude et avait passé plus de temps sous la douche. Il se faisait beau pour Ruby, suspectais-je, mais je ne pouvais pas m'empêcher d'espérer comme une folle que je me faisais des idées. Il n'avait pas fait allusion à elle depuis un moment, et encore, c'était seulement si je lui posais une question à son sujet. Il mentait mal, mais il restait cohérent.

— Tu n'es pas bavard ce matin, ai-je fait remarquer alors qu'il buvait son café dans la cuisine.

Il m'a regardée, étonné. Il avait l'air si absorbé par ses rêveries que je pense qu'il avait oublié que j'étais là.

— C'est vrai ? J'étais juste en train de songer à la réunion qu'on a ce matin à propos de notre nouvelle sélection de snacks. J'anticipe les problèmes qu'on pourrait rencontrer avec le service production.

— Je croyais que tu n'avais pas encore pris ta décision. Ce n'est pas l'objet de ton déplacement à Paris ?

Il avait une tête de lapin surpris par des phares.

— Si. En effet. C'est l'objet de la réunion.

— Ça ne serait pas plus logique d'organiser la réunion à ton retour ?

Il était redevenu lui-même.

— Emma, ne viens pas me dire comment je dois faire mon travail, d'accord ?

— Non, mais c'est juste…

— Arrête. Je sais ce que je fais.

Il avait dû voir mon visage se décomposer.

— Je suis désolé, mon ange. Je suis juste préoccupé par tout ça en ce moment.

— C'est pas grave. Ton vol est à 20 heures, c'est ça ?

— Oui.

— Les autres sont partis hier ?

Il a acquiescé.

— Alors c'est juste Ruby et toi qui partez ce soir ?

Son visage s'est figé, et il a détourné le regard.

— Oui, je crois. Mais je ne sais pas si on prend le même vol. Il faut que je vérifie son horaire de départ.

Je crois que c'était la première fois que Harry me mentait pour de bon. Mais comment savoir ? En tout cas, c'était un mensonge. Je le savais.

***

Toute la journée, j'ai travaillé dur, mais je n'arrêtais pas de penser à Harry. Pourquoi courber l'échine et accepter mon sort ? J'étais sa femme, et je ne voulais pas le perdre. J'ai regardé l'heure.

Il était 16 heures. Le moment de passer à l'action. J'irais à Paris, moi aussi. Si je l'accompagnais, il ne pourrait rien se passer entre Harry et Ruby. Je savais que je me sentirais idiote, à venir gâcher leur petite fête, mais avais-je vraiment le choix ?

J'ai pris mon ordinateur portable du bureau ; je travaillerais dans la chambre d'hôtel. Je suis rentrée à la maison pour préparer un sac en vitesse. Quelques minutes plus tard, j'étais dans ma voiture, en route vers l'aéroport de Manchester.

Je me suis précipitée du parking jusqu'au terminal. La file à l'enregistrement était assez longue, et je me suis appuyée contre un mur, à l'écart de la foule, pour guetter Harry. Je ne voulais pas acheter mon billet tant que je ne serais pas certaine qu'il prenait bien ce vol. Je savais qu'il n'était pas arrivé avant moi : il n'était jamais en avance pour rien.

J'ai attendu et attendu, scrutant la foule à sa recherche. Je ne voulais pas lui envoyer de message, je préférais lui faire la surprise. Au fond de moi, je savais qu'il serait plus choqué que surpris, mais j'avais dépassé le stade où ça avait de l'importance. La file à l'enregistrement diminuait. Je regardais ma montre avec impatience. Il était à présent 19 heures passées, l'heure idéale pour se retrouver coincé dans les bouchons autour de Manchester. Il fallait qu'il se bouge le cul. J'ai sorti mon passeport et ma carte bancaire. J'avais intérêt à prendre mon billet tout de suite, plutôt que de continuer à attendre que Harry se pointe. S'il arrivait à la dernière minute, je n'aurais peut-être plus le temps d'en acheter un. Je me suis approchée du guichet, et j'ai pris place dans la courte file. La dame devant moi avait vidé son sac à main sur le comptoir pour trouver son passeport, et je me suis détournée, exaspérée.

Et c'est à ce moment-là que je l'ai vu. Il avançait nonchalamment dans le labyrinthe des départs en portant son sac comme s'il avait la vie devant lui. Jamais je n'aurais eu l'air aussi détendue si j'étais arrivée aussi tard pour un vol. Il s'est dirigé vers le comptoir Air France et s'est mis dans la queue. Je me suis dit qu'il ne devait pas prendre le même avion que Ruby, et j'ai senti mon cœur s'alléger. Il a enlevé sa veste et roulé ses manches de chemise, dévoilant ses avant-bras. Ils étaient bronzés et musclés, et même à cette distance, ils me faisaient de l'effet. Il avait les cheveux ébouriffés, et quand soudain il s'est mis à sourire, j'en ai été bouleversée. J'ai souri en réponse, et j'allais lui faire signe de la main quand j'ai compris que ce n'était pas à moi qu'il souriait. Il ne m'avait même pas vue.

Alors que je venais d'esquisser quelques pas vers lui, une femme m'a frôlée, fendant la foule. Elle était grande et mince, avec des cheveux bruns et un teint rose, du genre à rougir facilement. Elle était tout empourprée à cet instant, rieuse, aussi. Elle s'est approchée de Harry et lui a fait ce truc, tapoter une épaule mais se présenter de l'autre côté. Il s'est retourné, ne l'a pas vue, puis il a pivoté dans l'autre sens, et elle était là. Le visage de Harry s'est éclairé d'un immense sourire. Il a tendu les bras vers elle, l'a enlacée et serrée si fort qu'il l'a presque soulevée de terre.

Et j'étais encore en train d'essayer de me persuader que je me faisais des idées.

OK, ils sont potes, et il la serre dans ses bras. Il peut avoir une amie fille, non ? Je peux être une épouse pas chiante.

J'ai fait encore un pas vers lui. À ce moment-là, il a pris son visage en coupe entre ses mains et il lui a donné le plus doux, le plus tendre des baisers sur la bouche. Elle portait un petit débardeur en soie et un jean, et quand elle a levé les bras pour les nouer autour de son cou, j'ai vu son dos, pâle et doux, et j'ai regardé Harry passer les mains autour de sa taille, sous le vêtement, pour lui caresser la peau. Une femme a donné un petit coup sur l'épaule de Harry pour lui indiquer que la file avançait. Ils ont rougi, Ruby et lui, et je les ai vus s'excuser. Il a pris le passeport des mains de Ruby et l'a ouvert.

Je l'ai vu sourire et lui dire quelque chose, puis elle s'est haussée sur la pointe des pieds pour lui chuchoter des mots doux à l'oreille. Il lui a embrassé les cheveux et l'a attirée vers lui.

Je ne pouvais les quitter des yeux. On les a appelés au guichet, et ils ont montré leur passeport l'un après l'autre, fait peser leurs sacs, et on leur a donné leur carte d'embarquement. Ils se sont détournés du comptoir, et je l'ai vue toucher le bras de Harry pour lui demander quelque chose. Il a montré du doigt le labyrinthe vers le passage au contrôle de sûreté, et ils s'y sont dirigés main dans la main.

J'avais le visage en feu, comme après une gifle. J'ai pris mon téléphone pour appeler Harry. Je n'avais pas la moindre idée de ce que je lui dirais. L'appareil a sonné trois fois. Il a sorti son portable de sa poche et l'a regardé. J'étais à quinze mètres derrière lui, à présent, je les suivais. La sonnerie s'est interrompue. Il avait raccroché ! Il n'a rien dit à Ruby – s'il l'avait fait, je n'aurais plus répondu de rien –, mais s'est contenté de remettre le téléphone dans sa poche. Je ne sais pas si j'ai imaginé cette légère hésitation qu'il a eue avant de passer à nouveau le bras autour de ses épaules.

Je l'ai alors regardée, elle, observant sa façon de lever la main pour toucher celle de Harry, de se blottir contre lui, et j'ai pensé :

Profites-en tant que tu peux, Ruby Dean. Je vais détruire ta vie.

24

Emma

Je n'ai jamais été du genre à rester les bras ballants et à me contenter de ce qu'on veut bien me donner. Pourquoi agir ainsi ? Non. Il vaut mieux prendre les devants. Arriver la première. Tirer la première balle. Ça, ça me ressemble.

Et Harry aurait dû le savoir.

Alors, cette nuit-là, je suis allée directement de l'aéroport à la maison de Ruby, pour révéler à son époux que mon mari avait une liaison avec sa femme.

***

Le temps que je sois garée dans la rue devant leur maison, prête à filer en vitesse au besoin, j'étais assez nerveuse. J'ai regardé la maison : elle était de bonne taille. Bien tenue. Un grand magnolia poussait dans un coin du jardin, encore en fleurs, ses pétales gracieux et parfumés commençant tout juste à tomber. Tout ici semblait tellement respectable, tellement normal, que j'ai eu un moment de panique au cas où je me serais trompée et que Ruby ouvrirait la porte. Que dirais-je ? Et puis je me suis reprise. Elle ne serait pas là. C'était elle, sans l'ombre d'un doute, à l'aéroport. Je la reconnaissais, je l'avais vue sur le site de Sheridan's, même si sur la photo elle avait le visage blême et sérieux. Non, elle n'était pas chez elle. Elle devait être en train d'embarquer, blottie contre mon mari. Je suis sûre qu'ils avaient fêté leur départ avec un verre rapide en attendant, trinquant à l'idée de leur petite escapade romantique, croyant avoir berné tout le monde. Eh bien, pas moi.

J'ai remonté leur allée. Le crépuscule était presque là, et des lampes étaient allumées dans leur salon. J'entendais le son faible d'un téléviseur. Il y avait quelqu'un. J'ai senti mon estomac se nouer sous l'effet du stress, mais je savais que je devais aller jusqu'au bout. J'ai respiré un grand coup et j'ai sonné. À travers les carreaux colorés de la porte d'entrée, je voyais quelqu'un bouger dans le couloir. Il s'est approché, son corps a bloqué la lumière, et j'ai reculé d'un pas. Je tentais de me donner du courage. La porte s'est ouverte.

Un homme se tenait sur le seuil. Il était grand et brun, du même âge que moi à peu près. Il portait un tee-shirt gris et un jean en denim souple. Bel homme, vraiment. Pour le dire crûment : il ne me semblait pas justifié que Ruby couche avec mon mari. Certes, on n'en sait rien, mais quand même.

Il m'a dévisagée.

— Oui ?

— Bonsoir.

J'ai commencé à parler, mais j'avais la gorge sèche. Je sais que je suis du genre bravache, mais là, je n'en menais pas large.

— Vous êtes Tom ? Tom Dean ?

Il a acquiescé avant de reculer pour fermer la porte.

— Je n'ai besoin de rien, merci.

Sa réaction m'a hérissée.

— Je ne suis pas là pour vous vendre quoi que ce soit ! Est-ce que Ruby est ici ? ai-je demandé en respirant un bon coup.

Je savais que non, mais je préférais en être sûre.

Il a secoué la tête. Je voyais bien qu'il ne me dirait rien.

— Je suis Emma Sheridan. Ruby travaille pour mon mari.

— Vous êtes la femme de Harry ? Tout va bien ? Leur avion n'a pas eu de problème, j'espère ?

— Je ne pense pas.

J'étais assez confiante sur ce point, car j'ai l'intime conviction que les connards ont toujours de la chance.

— Je peux entrer ? J'ai besoin de vous parler.

Il a regardé par-dessus mon épaule, comme si j'avais amené toute une brigade avec moi, et par automatisme, j'ai regardé aussi. Sa maison se trouve à un angle, et il n'a qu'un seul voisin. Cette maison-là était plongée dans l'obscurité, et son allée était déserte. Puis il a retrouvé ses bonnes manières.

— Oui, bien sûr. Entrez.

Il m'a escortée dans le couloir jusqu'au salon, puis il a éteint la télévision.

— Je peux vous servir quelque chose ?

Il y avait une bouteille de vin rouge ouverte sur la table basse, et un verre posé à côté, à moitié plein.

En cet instant, j'aurais tué père et mère pour un alcool même plus fort, mais j'ai répondu :

— Je préfère éviter. Je conduis.

— Une eau pétillante ? Un jus d'orange ?

— De l'eau, ce serait parfait, merci.

Il a disparu dans la cuisine et est revenu avec un grand verre d'eau gazeuse glacée. Il l'a posé sur la table à côté de moi.

— Donnez-moi votre manteau. Prenez place.

Il était nerveux, je le voyais. Je lui ai tendu mon manteau et me suis assise sur le canapé. J'avais l'impression d'être sur le point de vomir. La pièce était jolie, en fait, bien plus agréable que ce que j'avais imaginé. Les couleurs étaient douces et apaisantes, et un vase de roses d'été trônait au milieu de la table, rendant la pièce chaleureuse, accueillante. Sur le manteau de la cheminée se trouvaient deux photos dans des cadres d'argent. Je voyais un adolescent au regard direct, les cheveux aux épaules ; il n'avait pas l'air du genre à se laisser marcher sur les pieds. Et puis ce même garçon vers sept ans, avec un sourire à vous briser le cœur. À côté de lui se tenait Tom, bronzé et détendu, et de l'autre côté une trentenaire aux cheveux bruns lustrés et aux pommettes saillantes. La dernière fois que je l'avais vue, une ou deux heures auparavant, elle était en train d'embrasser mon mari. Elle avait le bras passé autour de l'épaule du garçon dans un geste décontracté, et je me demandai ce qui avait bien pu lui prendre, d'avoir une liaison alors qu'elle avait tant à perdre.

—Que puis-je faire pour vous, Emma ?

Tom essayait de paraître nonchalant, comme si ça lui arrivait tous les vendredis que l'épouse du patron de sa femme débarque sans crier gare, mais il avait le dos raide, et les doigts crispés sur son verre de vin. Il a bu une grande gorgée –je savais exactement ce qu'il ressentait– et posé le verre sur la table basse.

—Je voulais vous parler. Je crois que mon mari a une liaison avec votre femme.

Il m'a dévisagée avant d'éclater de rire.

—Quoi ?

—Votre femme travaille pour mon mari. Ils sont à Paris ce week-end.

—Oui. Ils ont un séminaire. C'est son assistante.

—Elle est bien plus que ça.

Malgré tous mes efforts, ma voix était amère, et je détestais mon intonation. Comme si ça m'importait.

Il m'a regardée pendant une éternité. Je n'ai pas baissé les yeux. Je savais que je me comportais comme une connasse, mais je n'avais pas de raison d'avoir honte.

— Dites-moi tout.

Et c'est ce que j'ai fait.

25

Emma

On ne parlait pas depuis longtemps quand j'ai cédé et laissé Tom me servir un verre de vin, et ensuite, quand il m'a demandé si j'en voulais un deuxième, j'ai décidé de rentrer à la maison en taxi. Bientôt, la bouteille était vide.

Tom s'est levé.

— Je vais chercher à boire.

Pendant qu'il était hors de la pièce, je l'ai appelé :

— Ça vous embête si j'utilise vos toilettes ?

— Pas du tout. C'est par là, au fond du couloir.

Dans la salle de bains, je regardais furtivement autour de moi pour tenter de me forger une idée de cette femme qui avait séduit mon mari. Tout semblait propre, la peinture était fraîche, mais il n'y avait rien de personnel. Pas de photos, pas de cosmétiques, juste du savon, de la crème pour les mains et un miroir mural. J'ai jeté un coup d'œil à mon reflet, mon visage, rosi par l'alcool, mes cheveux hirsutes, et j'ai pensé à Ruby qui se tenait là chaque jour, pour se regarder, juste à l'endroit où je me trouvais en cet instant. Je l'imaginais avec un air satisfait, se félicitant de sa double vie. Avec un frisson, je me suis dépêchée de quitter la pièce.

Tom m'a tendu un autre verre de vin.

— Vous êtes absolument certaine, pour eux deux ? C'est impossible que vous vous fassiez des idées ?

— Sûre et certaine. Je me suis posé des questions, je me demandais s'il se tramait quelque chose, mais désormais je n'ai plus le moindre doute. Je les ai vus à l'aéroport tout à l'heure.

Je le lui avais déjà dit. Je suppose qu'il avait besoin de temps pour assimiler.

Il a grimacé.

— C'est moi qui l'ai amenée ce soir. Je l'ai déposée. Je pensais qu'ils seraient à plusieurs. C'est ce qu'elle m'avait dit.

J'ai secoué la tête.

— Les autres sont partis hier. Aujourd'hui, il n'y avait que Ruby et Harry.

— Quand vous dites « les autres », ça inclut des femmes ?

— C'est la seule femme du groupe.

Il a serré les lèvres, et j'ai deviné à ce moment-là que Ruby avait gardé des petits secrets au sujet de ce voyage. Il y a eu un long silence, on est restés à se dévisager, agrippés à nos verres pour se réconforter.

— Ils doivent être en train d'atterrir.

On a tous les deux regardé l'horloge sur le manteau de la cheminée. Il était 21 h 30 ici, 22 h 30 à Paris. J'ai repensé à eux en train de traverser l'aéroport, main dans la main. Ils allaient prendre un taxi pour l'hôtel, et ils resteraient un moment en bas, à siroter des consommations au bar. Au bout d'un moment, ils diront qu'il est l'heure d'aller se coucher, et ils sauront ce qui va se passer. Puis il ne faudra pas longtemps avant qu'ils se retrouvent dans l'ascenseur, entassés parmi d'autres gens, pressés l'un contre l'autre, prenant soin de ne pas se regarder. Je me souvenais de cette sensation de l'époque où j'avais rencontré Harry, et j'ai ressenti un déchirement de jalousie à l'idée qu'il éprouve cette impatience avec une autre femme.

Je me suis demandé qui se tournerait vers qui, qui serait le premier à suggérer de boire un dernier verre dans l'une de leurs chambres. Serait-ce elle ? C'est tellement facile de tout mettre sur le dos de l'autre femme, mais le tableau que Harry m'en avait peint quand elle avait commencé à travailler pour lui n'était vraiment pas celui d'une personne débordant de confiance en elle. Et pourtant, voilà qu'elle se payait une petite escapade avec mon mari. Elle devait bien en avoir un peu finalement, de la confiance en elle.

Car c'est ainsi que ça avait commencé entre Harry et moi, il y a des années, même si aucun de nous n'était en couple avec quelqu'un d'autre à l'époque. J'étais en première année de fac, lui en dernière. Je l'avais remarqué depuis longtemps, et une nuit d'été, alors qu'on était à une soirée dans sa résidence étudiante, on est restés assis sur les marches du perron, à discuter, pendant des heures. Quand il s'est fait tard et que la plupart des gens sont rentrés chez eux, il a hésité, il s'est mordu la lèvre, puis il a dit : « J'imagine que tu n'es pas partante pour un dernier verre, si ? J'ai du Jack Daniel's en haut », et j'ai soupiré de soulagement de le voir reconnaître qu'il se passait un truc. Je me souviens d'être montée dans sa chambre, étourdie d'excitation. Il a fermé la porte derrière moi et m'a embrassée là, plaquée contre le mur, ses mains dans mes cheveux, sa bouche sur la mienne. « J'ai eu envie de faire ça dès l'instant où je t'ai vue », avait-il avoué quand il s'était écarté pour reprendre son souffle, et j'avais rougi de plaisir.

Je l'ai imaginé en train de dire la même chose à Ruby, et je me suis sentie mal. Pourtant, qu'est-ce qui l'en empêchait ? Il savait que ça avait marché avec moi. Peut-être que c'était sa signature, une phrase qu'il avait dite à toutes les femmes avec lesquelles il était sorti.

J'ai regardé Tom. Je me demandais s'il vivait le même cauchemar que moi.

— Vous allez le mettre devant ses responsabilités ? Maintenant que vous n'avez plus de doutes…

— Je ne sais pas.

Je voulais désespérément que Harry reste avec moi. Qu'il me choisisse. Je savais que si Tom et moi les mettions tous deux au pied du mur, il y avait un fort risque qu'ils s'enfuient dans le soleil couchant. Je ne m'en remettrais pas.

— Je crois que je vais attendre. Et vous ?

Il semblait incertain.

— Je ne sais pas. J'ai envie de l'appeler tout de suite. Mais je ne vais pas le faire.

— Non, ai-je renchéri. Il vaut mieux ne rien précipiter dans l'immédiat.

Il s'est levé pour aller dans la cuisine. J'ai entendu de l'eau couler, et quand il est revenu, il avait le visage mouillé et des éclaboussures sur son tee-shirt.

— Je crois que vous avez raison. On ferait mieux d'attendre.

— … Voir ce qui se passe.

Il a hésité, puis haussé les épaules.

— Je ne veux pas penser à ça maintenant.

Il m'a servi encore un verre.

— Parle-moi de toi. Tu fais quoi, dans la vie ?

Alors j'ai replié mes pieds sur leur canapé en velours tout doux, j'ai repris une gorgée de vin et j'ai commencé à raconter ma vie à Tom. Comment c'était d'être moi. C'était plus enivrant que le vin, je dois le reconnaître. Depuis un certain temps, il y avait une barrière entre Harry et moi. Je savais désormais que c'était lui qui l'avait érigée. Je me suis aperçue que lorsque je lui parlais, en ce moment, il marquait comme une petite pause. Il devait se détacher de ses pensées pour accueillir les miennes, mais ensuite il les oubliait aussitôt pour retourner aux siennes. C'était plus que cela, pourtant.

C'était comme si je parlais une autre langue, et qu'il lui fallait du temps pour traduire. Et la distance était allée en s'accroissant. Alors cette nuit-là, c'était la première fois depuis des mois que j'avais l'impression que quelqu'un m'écoutait pour de vrai, parlait ma propre langue.

Et puis le silence s'est fait, et quand j'ai regardé Tom, j'ai vu qu'il me regardait aussi. Il avait une expression sérieuse, comme s'il avait quelque chose à dire.

—Quoi? ai-je demandé, la bouche soudain sèche. Je suis désolée. Je n'ai fait que parler.

Il a secoué la tête.

—Pas du tout. Je voulais juste dire…

Il s'est redressé et a posé son verre sur la table basse.

—Tu es très jolie.

Il avait un regard tellement intense que je n'ai pas réussi à détourner les yeux.

—Je ne comprends pas comment Harry a pu te tromper.

J'ai dégluti, soudain au bord des larmes. Il s'est penché pour me mettre les mains dans les cheveux, exactement comme j'imaginais que Harry le faisait à Ruby, peut-être en cet instant même.

Et c'est à ce moment-là qu'il m'a embrassée.

26

Emma

Je sais, je sais. Je n'aurais pas dû le faire. *Nous* n'aurions pas dû le faire. Il n'y a pas d'excuse. Aucune.

Sauf que je n'étais pas la seule à mal me comporter, si ?

Je me suis réveillée avant l'aube le lendemain matin. J'ai ouvert les yeux d'un coup, et mon regard s'est posé sur les chiffres fluorescents d'un réveil qui clignotait. J'avais abusé du vin : la migraine faisait pulser ma tête, et j'avais une haleine épouvantable. J'avais dû dormir trois heures tout au plus.

La pièce était sombre, mais de la lumière arrivait de la lampe sur le palier, et Tom était étendu sur le lit à côté de moi. Il avait le visage enfoui dans l'oreiller, la respiration régulière et profonde. Il avait bu autant que moi. Plus, peut-être. D'autant qu'il avait déjà pris quelques verres d'avance. Ce n'est pas une excuse, mais c'est un fait.

Aussi immobile que possible, j'ai scruté la pièce autour de moi. Nous étions dans leur chambre d'amis. Je pense que nous n'avions ni l'un ni l'autre eu le courage, ou l'insolence, d'aller coucher ensemble dans leur lit marital. Le lit était grand et confortable, avec des oreillers épais et un moelleux édredon en plumes d'oie qu'il avait tiré sur nous juste avant que nous nous endormions. Ce n'était pas cela qui avait provoqué mon inconfort, de toute évidence. Ses vêtements traînaient par terre, où je les avais jetés la nuit précédente. J'ai détourné les yeux avec une grimace. Il y avait des cadres sur le mur ; j'aurais aimé qu'ils soient banals, pour que je puisse me sentir supérieure. Dieu sait que j'avais besoin de récupérer un peu d'estime de moi. Hélas, ce n'était pas le cas. Ces toiles avaient manifestement été choisies par quelqu'un qui s'y connaissait en matière d'art, et qui avait passé des heures à sélectionner le bon encadrement et le meilleur emplacement pour les mettre en valeur. L'imposante bibliothèque contenait de nombreux livres qui figuraient aussi chez moi, et je savais, d'instinct, qu'ils appartenaient à Ruby.

J'ai fermé les yeux. Quelle salope intégrale j'étais... En cet instant, j'ai espéré que Harry était pour de vrai au lit avec Ruby. J'espérais qu'il prenait du bon temps et qu'il ne m'accordait pas même une pensée. Je me sentais sale, vulgaire, et pas féministe pour un sou. J'étais dans la maison d'une autre femme, dans son lit, avec son mari. Je n'aurais jamais imaginé pouvoir tomber si bas.

Il fallait absolument que je sorte de là, que je rentre à la maison. J'ai tressailli en prenant conscience que j'allais quitter la demeure de Ruby, où je venais de la trahir de façon si absolue, pour retourner dans celle de Harry, à qui je venais de faire subir le même sort. J'avais honte de moi.

La dernière chose dont j'avais envie était de parler à Tom, aussi me suis-je glissée hors du lit sans un bruit, centimètre par centimètre. J'étais nue, et je ne voyais aucun de mes vêtements dans cette pièce. J'ai fait bien attention à ne pas ouvrir davantage la porte, car je ne voulais pas prendre le risque de réveiller Tom. J'ai fini par retrouver mes sous-vêtements par terre sur le palier. Je les ai enfilés en toute hâte.

En bas, dans le salon, les lampes étaient toujours allumées, et deux verres à vin traînaient sur la table, l'un à moitié plein, l'autre vide. J'ai détourné les yeux, écœurée. Ma robe était toute froissée sur le canapé, là où Tom me l'avait enlevée, et je l'ai mise en essayant de ne pas prêter attention aux griffures que j'avais dans le dos, ni aux petites ecchymoses qui étaient en train de s'épanouir sur mes cuisses et mes poignets. Mes chaussures gisaient là où je les avais laissées : je les avais retirées avant de replier les jambes sur son canapé.

J'ai senti ma gorge se nouer. *Leur* canapé.

Une fois habillée, j'ai attrapé mon sac et passé mon manteau. La nuit était encore tiède, mais je sentais mon corps glacé jusqu'aux os. Mes clés de voiture m'attendaient sagement à côté de mon sac à main sur le guéridon de l'entrée ; quand je les y avais posées la veille au soir, je croyais ne rester que quelques minutes. Je les ai prises sans un bruit et me suis glissée hors de la maison, refermant la porte doucement derrière moi.

J'ai descendu l'allée à pas de loup, soulagée qu'il n'y ait pas d'éclairage automatique pour m'exposer aux regards. La nuit était immobile, le ciel bleu pétrole. Personne aux alentours. Les maisons voisines étaient plongées dans le noir, les voitures bien à l'abri dans les allées. On aurait cru que j'étais la seule personne éveillée.

Ma voiture était garée sur la chaussée à côté de leur maison. J'ai laissé mes phares éteints en démarrant, et je ne les ai allumés qu'au moment de tourner à l'angle pour reprendre la rue principale.

La voiture était froide, et je me suis frotté les bras pour me réchauffer. Et c'est là que je me suis aperçue que j'avais oublié quelque chose chez eux. Harry m'avait offert un bracelet en argent à mon dernier anniversaire, et je le portais la veille. Pendant une seconde, j'ai hésité. Je ne pouvais retourner dans cette maison pour le réclamer, mais Harry remarquerait son absence. Puis j'ai haussé les épaules et continué ma route. Je savais que Tom le verrait, et le cacherait pour que Ruby ne tombe pas dessus. Je dirais à Harry que je l'avais perdu. Je prendrais un air innocent. Choqué, même.

J'ai roulé en silence. Je ne voulais pas entendre de musique qui, par la suite, me ferait repenser à cette nuit. En arrivant devant chez moi une demi-heure plus tard, j'ai poussé un soupir de soulagement en constatant que la voiture de Harry n'était pas là. Évidemment, qu'elle n'était pas là. Elle était à l'aéroport, où il l'avait gaiement laissée le temps de son escapade en amoureux avec Ruby.

J'avais l'estomac tellement contracté que j'ai dû serrer les bras autour de mon ventre.

Quelle merde…

J'avais beau savoir qu'il n'était pas là, je suis entrée dans notre maison sur la pointe des pieds. Je n'ai réussi à me détendre qu'après avoir vérifié que chaque pièce était vide. Puis je me suis fait couler un bain parfumé, et pendant que j'attendais que la baignoire se remplisse, je me suis brossé les dents à plusieurs reprises pour me débarrasser du goût et de l'odeur du vin. Du goût de Tom. J'ai fermé les yeux et fait le serment de ne plus jamais boire. Avec un peu d'alcool dans le sang, je ne répondais plus de rien.

Je suis restée dans ce bain pendant près d'une heure, et quand j'en suis sortie, je me sentais aussi mal que lorsque j'y étais entrée. Harry avait rompu ses engagements envers moi en couchant avec Ruby. Je m'étais sentie libérée des promesses que je lui avais faites. Pourtant, savoir que j'avais enfreint mon propre code moral en couchant avec le mari d'une autre femme me donnait une violente migraine. Chaque fois que je pensais à Tom en train de m'embrasser, de me toucher, je me souvenais de l'expression de Harry alors qu'il embrassait Ruby.

Dans mon lit, je me suis agrippée à mon téléphone, brûlant du désir de parler à Harry, de lui demander comment on en était arrivés là. J'ai commencé à écrire un message.

J'aimerais que ça puisse redevenir comme avant entre nous.

Mais je l'ai imaginé le lire avec Ruby à ses côtés, et je n'ai pas pu me résoudre à l'envoyer. Les yeux brouillés de larmes, j'ai effacé le message et éteint l'appareil.

Le temps que je m'endorme, il était presque 7 heures, et la lumière du soleil inondait la pièce. J'ai dormi jusqu'à midi, et je me suis réveillée la bouche pâteuse, avec un affreux mal de crâne. Il y avait un message de Harry sur mon téléphone. Il s'excusait de ne pas avoir décroché la veille au soir. Il disait qu'il était sur le point d'embarquer et ne pouvait pas parler. J'ai de nouveau éteint mon portable. Mes yeux se sont posés sur notre photo de mariage, sur la table de chevet. Harry était debout derrière moi, les bras autour de ma taille. Je m'appuyais contre lui, éclatante de bonheur.

C'était à peine si je nous reconnaissais à présent.

27

Ruby

Dix-huit mois plus tôt

Attendre la nouvelle année pour retourner au travail était une torture après avoir rencontré Harry la semaine précédente. Tom me guettait lorsque je rentrai le vendredi soir. Ses vacances de Noël n'étaient pas finies. Il avait un verre de vin à la main, et je vis à son visage rubicond qu'il avait commencé tôt ce jour-là. Il faisait un froid mordant, et j'avais couru entre ma voiture et la maison, glissant sur les plaques de verglas dans l'allée.

— Salut, dit-il comme s'il ne m'avait pas ignorée sept jours d'affilée. Ça a été, le boulot ?

— Très bien.

Je tapai mes bottes sur le paillasson, puis m'assis sur les marches pour les retirer.

— Tu travailles où, maintenant ? demanda-t-il avec gentillesse.

— À Sheridan's. Dans la zone industrielle. Ils vendent des repas légers et sains, avec livraison par la poste.

Cinq secondes plus tard, Tom était déjà sur son téléphone, en train de regarder.

— Tu bosses pour qui ?

— Harry Sheridan, le directeur général. En binôme avec une certaine Sarah. Il a deux assistantes.

C'était toujours plus sûr d'avoir une compagne de sexe féminin. Je ne lui révélai pas que je n'avais pas encore rencontré Sarah, qui était en vacances, ni que Harry et moi avions passé ces deux journées à bavarder au lieu de travailler.

— Il est comment ?

— Ça peut aller, répondis-je avec un haussement d'épaules. Plus vieux que nous. Je ne l'ai pas tellement vu. Sarah m'a montré le logiciel de gestion qu'ils utilisent.

J'avais tellement l'habitude de dissimuler mes pensées, de garder un visage impassible, que le mensonge fut aisé.

Il sembla se radoucir.

— Prends un verre, proposa-t-il en me servant du vin.

La bouteille était désormais vide, et il alla en chercher une autre. Je regardai l'horloge. À peine 18 heures.

— Je me suis dit qu'on pourrait commander un plat à emporter, ce soir. Qu'est-ce qui te ferait plaisir ?

Je connaissais son manège. Il allait se comporter comme si de rien n'était, et si j'y faisais allusion par la suite, ce serait ma faute. Aussi restai-je sur le pas de la porte, à le dévisager sans un mot. Il comprit ce qui se passait, évidemment. Je lisais ses sentiments, fugaces, sur son visage : d'abord la peur, puis la colère, et enfin le regret.

Il s'approcha de moi pour me toucher la joue avec la main. Je tressaillis.

— Je suis désolé, Ruby.

Il se pencha pour m'embrasser. J'eus un mouvement de recul, mais j'étais adossée au mur, coincée. Prise de panique, je le repoussai.

Il me suivit à l'étage. Une fois dans la chambre, il ferma la porte derrière lui, mais garda ses distances.

— Je suis désolé, répéta-t-il. Je me suis énervé, mes paroles ont dépassé ma pensée. Tu sais que je ne te ferais jamais de mal.

D'un côté, j'avais envie de m'enfuir à toutes jambes, mais de l'autre, je voulais le croire. Je refusais d'envisager que j'étais mariée à un homme capable d'être si cruel. Alors je me contentai de répondre :

— Si tu me parles encore comme ça, c'est fini entre nous.

Il accepta, la tête basse, puis il descendit commander un repas dans mon restaurant préféré, bien qu'il n'en raffole pas lui-même. Et pendant quelques mois, il redevint le Tom d'avant : tendre, intéressant, heureux de me voir.

Vivre avec Tom, c'était marcher sur des œufs en permanence. Dans la terreur constante qu'un incident le fasse partir en vrille. J'avais vite appris à dissimuler mes opinions. À faire taire ma voix. Il pouvait se montrer parfaitement normal pendant une éternité : gentil, drôle, communicatif, doux. Et puis, d'un coup, ça basculait. Je sentais survenir le changement, comme la variation de pression qui précède un orage. Aussitôt, je devenais méfiante, sur mes gardes, et je m'en voulais de m'être crue en sécurité.

Quand la nouvelle année débuta et que le jour de retourner au travail arriva, je pris soin de me plaindre, de prétendre que j'aurais voulu des vacances plus longues, que je n'avais pas envie d'aller m'ennuyer au bureau. Tom n'y vit que du feu, jusqu'au moment où il m'aboya d'arrêter de geindre. Mais dans ma voiture, ce premier matin de reprise du travail, je devais respirer profondément pour contrôler mon excitation à l'idée de revoir Harry.

Il ressentait la même impatience. Je le vis dans ses yeux ce matin-là, à sa façon de me saluer. Dès l'arrivée de Sarah, il devint très professionnel, sérieux. C'était comme s'il m'avait montré sa véritable personnalité, celle qu'il cachait aux autres. Sarah avait l'air sympathique, un peu distante au début. D'après une allusion de Harry, je la soupçonnais de convoiter mon poste ; cela aurait représenté une promotion pour elle. Je restais discrète, concentrée sur mon travail, mais dès qu'elle rentrait chez elle, en milieu d'après-midi, Harry trouvait une excuse pour venir bavarder dans mon bureau.

***

Il s'écoula plus de deux mois avant qu'il m'embrasse, et pendant tout ce temps, sa seule présence suffisait à me troubler. Par moments, j'avais l'impression de trop me relâcher, et je devais me rappeler à moi-même que c'était mon patron, que nous étions tous les deux mariés.

Depuis notre rencontre, nous avions fait attention à ne jamais nous toucher. On s'était serré la main lors du premier entretien, et puis, bien sûr, il y avait eu ce moment dans l'ascenseur où on avait tous deux voulu appuyer sur le bouton du rez-de-chaussée et ressenti comme une décharge électrique. Pendant un long moment, on ne se l'était pas avoué. Depuis cet instant, on restait sur nos gardes et on faisait en sorte de ne jamais être proches physiquement. La nuit, je restais éveillée dans mon lit pendant que Tom dormait, et cette question tournait en boucle dans ma tête : Harry évitait-il sciemment de me toucher ? Par moments, cela semblait assez manifeste qu'il s'arrangeait pour ne pas être trop près de moi. J'en étais soulagée, car je ne savais pas comment je réagirais, mais parfois je me demandais si cela signifiait qu'il ne m'aimait pas vraiment. Je me disais qu'il redoutait peut-être un procès, et l'idée que je porte plainte à son sujet me faisait sourire. Alors je parvenais à m'endormir.

Un mardi après-midi, début mars, Harry entra dans mon bureau.

— Je viens d'avoir un appel de Paul Heaton.

Paul était le responsable des achats d'une grande chaîne de supermarchés, et Harry espérait décrocher des contrats avec des magasins, plutôt que de se reposer uniquement sur les ventes en ligne.

— Je devais les rencontrer jeudi, reprit-il, mais ils me demandent si je peux venir demain, plutôt.

Je fis une grimace.

— Tu t'étais gardé la journée de demain pour bosser là-dessus, non ?

— Oui… mais le gars n'est plus disponible jeudi, maintenant. Sa femme a eu un rendez-vous de dernière minute à l'hôpital, et il doit l'accompagner. Et on n'a pas d'autres disponibilités avant plusieurs semaines, lui et moi. J'ai accepté, mais ça signifie qu'il va falloir travailler tard ce soir.

— Tu veux que je reste te donner un coup de main ? Tom est à Berlin pour un séminaire, alors je peux me permettre de rentrer tard.

Il me sourit, soulagé.

— Ce serait fantastique. Merci beaucoup !

Je pris mon sac aux toilettes et j'envoyai un message à Tom.

Je me fais un ciné et une pizza avec les copines du boulot ce soir. Je t'appelle quand je rentre. J'espère que ton voyage se passe bien. Bisou.

Je ne reçus pas de réponse.

Nous travaillâmes d'arrache-pied pendant les heures suivantes afin de rassembler toutes les informations dont Paul Heaton avait besoin, et de les synthétiser dans une présentation. À 20 h 30, Harry s'adossa dans son fauteuil.

— Je pense qu'on est bons. C'est allé plus vite que ce que j'imaginais, grâce à toi.

Je souris puis me levai pour prendre mon sac et mon manteau dans la penderie.

— Je suis contente que tu aies pu tout mettre au propre. Si tu décroches ce marché, ce sera un gros événement.

— Souhaite-moi bonne chance.

Il me sourit, et je sentis mes genoux flancher. Il devait savoir que ce sourire causerait ma perte.

— Ça te dirait qu'on se prenne quelque chose à manger ? proposa-t-il. Tu dois mourir de faim.

Je secouai la tête.

— Il ne vaut mieux pas.

Il savait exactement ce que je voulais dire.

Nous quittâmes le bureau ensemble pour prendre l'ascenseur. Le bâtiment était désert, sans un bruit. Nous gardâmes le silence, les yeux rivés droit devant nous, mais la tension entre nous était presque insupportable.

Harry me raccompagna à ma voiture, au fond du parking. Nous n'avions pas prononcé un mot depuis que nous avions quitté mon bureau. Je cherchai mes clés de voiture à tâtons et pressai le bouton de la télécommande. Les phares clignotèrent. Je me tournai pour lui dire au revoir.

Il y eut un moment suspendu où le destin hésita. Tout doucement, il leva le bras pour me toucher le visage. Nos yeux se rencontrèrent. Il me passa un pouce sur la bouche, et je me mis à trembler. Timidement, je lui caressai les cheveux, et ensuite, il m'embrassa.

28

Ruby

Ces deux nuits à Paris furent merveilleuses. J'avais l'impression d'être à nouveau adolescente : pleine de désir, d'amour, et d'espoir pour l'avenir.

Harry avait proposé de passer me chercher pour aller à l'aéroport, mais j'avais refusé. Je ne voulais pas non plus qu'il me ramène, après, de peur que Tom ne sorte et me voie lui dire au revoir. Je voulais garder ce week-end pour moi seule, afin de pouvoir en chérir le souvenir. J'avais eu besoin d'user de beaucoup de persuasion, et de mensonges purs et simples, pour qu'il accepte de me laisser partir. Je lui avais dit que d'autres femmes venaient, et que je serais tout le temps avec mes collègues. Mais ensuite Tom avait insisté pour me déposer, affirmant que si je laissais ma voiture dans le parking labyrinthique de l'aéroport, je serais incapable de la retrouver au retour. Il avait sans doute raison à ce sujet. Au terminal, pour me dire au revoir, il m'avait embrassée comme s'il m'aimait. J'imagine qu'il pensait que quelqu'un du travail nous apercevrait peut-être ; il jouait toujours très bien son rôle en public. Il me dit qu'il m'appellerait pendant le week-end. Harry et moi avions dressé des plans d'urgence pour parer à cette éventualité.

À peine avait-il tourné les talons qu'il me sortit totalement de l'esprit. Je sais que c'est mal, mais à ce stade, je m'étais déjà séparée de lui mentalement. Je savais que je le quitterais un jour. C'était devenu inévitable. Mais pourtant, même alors, je n'imaginais pas le plaquer pour Harry. J'avais juste besoin de fuir ce mariage.

Harry était tellement heureux de me voir. On aurait cru que nous étions sans contact depuis plusieurs jours, et non deux ou trois heures. Il était en retard, évidemment, aussi nous nous hâtâmes vers le comptoir d'enregistrement dès qu'il fut arrivé. Il n'y avait que quelques personnes devant nous dans la queue. Je sortis mon passeport, et Harry me l'emprunta pour regarder ma photo.

— Tu n'as pas l'air très heureuse, là-dessus, commenta-t-il avec un sourire. Je sais bien qu'on n'a pas le droit de sourire, mais tu as peut-être pris cette recommandation un peu trop au pied de la lettre.

Gênée, je lui pris mon passeport des mains et le gardai fermé. Je l'avais renouvelé trois ans auparavant, quand Tom et moi étions dans une mauvaise période. Il avait réservé des vacances sans me le dire ; deux semaines en tête à tête avec lui dans un pays étranger étaient bien la dernière chose dont j'avais envie. Je me suis crue chanceuse que le document ait expiré, mais il a pris un rendez-vous d'urgence avec le bureau des passeports de Liverpool afin que je puisse en recevoir un nouveau le jour même. La photo me montre exactement comme je me sentais ce jour-là : déprimée.

— La vie n'était pas rose pour moi à cette époque.

Il me passa un bras autour des épaules et m'attira contre lui.

— Désolé, me murmura-t-il. On dirait que tu vivais une situation pas facile. Je n'aurais pas dû me moquer de toi.

Je m'appuyai sur lui et l'embrassai sur la joue. L'hôtesse m'appela au guichet pour peser mon sac et vérifier mes papiers, et le temps que Harry en fasse autant, je me sentais mieux.

Cela faisait des années que je n'avais pas voyagé avec quelqu'un d'autre que Tom. C'était une aventure, comme le premier jour des vacances, quand on pense que tout peut arriver.

— Il ne s'est douté de rien, hein ? demanda Harry alors que nous buvions un verre rapidement au bar avant d'embarquer.

Je fis signe que non.

— J'ai tellement l'habitude de lui cacher des choses, maintenant. Il n'a pas eu le moindre soupçon.

— Emma non plus. Remarque, elle ne pense qu'au travail. Ça m'étonnerait même qu'elle s'aperçoive que je ne suis pas là.

Je savais que Tom, à l'inverse, vivrait mal mon absence. Je savais aussi que j'en paierais le prix à mon retour.

Le vol ne durait qu'une heure et demie, et j'eus l'impression que le temps de monter à bord, prendre un verre, il était déjà l'heure de redescendre.

J'étais frustrée ; j'avais pris plaisir à être assise près de Harry, à l'étroit. C'était agréable de pouvoir être avec lui sans craindre que quelqu'un ne nous surprenne. En entrant, j'avais vérifié rapidement qu'il n'y avait personne de ma connaissance, et je sais que Harry en avait fait autant. Une fois tout le monde assis, il avait effectué un aller-retour dans l'allée pour voir s'il connaissait quelqu'un. En revenant, il s'était assis et m'avait dit : « C'est bon », avant de m'embrasser.

Le vol était parfait, pas trop bondé, avec un décollage fluide. Le voyage passa comme un éclair. J'avais toujours eu une peur bleue de l'atterrissage, cependant, et alors que nous approchions de Charles-de-Gaulle, je me mis à serrer les mains très fort pour ne pas y penser.

Harry regarda mes genoux.

— Ça va ? Tu as les articulations des doigts toutes blanches.

Je hochai la tête.

— Je déteste ça. Je n'ai pas peur de l'avion, mais ça…

L'appareil se posa brutalement sur la piste, et je repris mon souffle.

— On est arrivés, dit-il en me prenant les mains pour les frotter doucement. Tu n'as plus rien à craindre.

J'essayai de sourire.

— On est vivants !

— C'est à ce point ? rit-il. Tu aurais dû me le dire, ma chérie.

— C'est idiot, je sais. Je suis au courant qu'on court bien plus de risques d'avoir un accident en traversant la route, mais ça me fait quand même peur à chaque fois.

Du dos de la main, il me caressa la joue. Je m'appuyai contre sa main pour l'embrasser.

— Tu te souviens que je t'ai raconté que j'étais allée à New York avec Tom il y a deux ans ?

Il acquiesça.

— Tom me faisait la tête dans l'avion, et au moment de l'atterrissage, il a fait exprès de se tourner pour parler à son voisin, alors qu'il savait très bien que j'avais besoin de m'accrocher à quelqu'un. En plus, la météo était mauvaise, avec du vent et une pluie diluvienne, ce qui rendait les choses encore plus terrifiantes pour moi. J'étais dans un sale état quand on a débarqué.

Harry serra les lèvres.

— Il est vraiment sympa, ton mari…

Je détournai les yeux, soudain honteuse d'être toujours mariée avec Tom.

— Ne pensons pas à lui maintenant. Ce week-end, je veux que ce soit juste nous deux.

***

Notre hôtel était petit, avec seulement vingt chambres, et se trouvait dans le quartier de Pigalle, dans le nord de Paris, où les cabarets à l'ancienne jouxtaient de nouveaux bars branchés et des restaurants. Le *Moulin Rouge* était situé juste au bout de la rue. Les autres membres de notre équipe qui assistaient au séminaire séjournaient dans un autre hôtel, du côté des Champs-Élysées ; il y avait un casino tout près, où ils avaient l'intention d'aller. Ils n'avaient pas montré la moindre curiosité à l'égard de l'endroit où nous dormirions, sauf pour vérifier auprès de moi que nous n'étions pas dans leur hôtel. Pour eux, c'était un peu les vacances, et ils n'avaient pas envie d'avoir leur patron dans les pattes le soir venu.

—C'est tellement beau..., dis-je en entrant dans le hall. La dernière fois que je suis venue à Pigalle, j'avais dix-huit ans et je voyageais sac au dos. On avait réservé un dortoir dans une auberge de jeunesse, il fallait apporter son sac de couchage.

Cet hôtel était on ne peut plus différent, avec ses tommettes, ses fauteuils en velours cramoisi et ses toiles datant du XIXe siècle.

—Je savais que ça te plairait, répondit Harry en riant. Je l'ai choisi spécialement pour toi.

Il me tenait contre lui, et son souffle sur ma joue me faisait frissonner d'impatience. Nous avions des chambres séparées, car la réservation avait été faite par l'entreprise, mais nous n'avions nullement l'intention de les utiliser toutes les deux. À peine étions-nous seuls qu'il se mit à m'embrasser, contre la porte, comme si nous venions de nous rencontrer.

Quand nous arrivâmes au bar, je le regardai parler au serveur en français, pour commenter la liste des vins. Il semblait nerveux, et je paniquai à la pensée qu'il regrettait peut-être la situation. Mais il se tourna vers moi, tout sourire, et dit :

—Je suis complètement stressé, là. Je n'ai pas la moindre idée de ce que je viens de commander !

Et je me détendis.

Nous discutions de l'endroit où dîner lorsqu'il se mit à pleuvoir, et nous décidâmes de ne pas bouger et de manger là. Le barman nous expliqua qu'ils ne servaient pas de repas en chambre, seulement des petites choses à grignoter, et nous apporta une sélection de délicieuses petites assiettes : dés d'emmental saupoudrés de sel de céleri, galettes de polenta garnies de tomates cerises et de grains de grenade, bruschettas à la tapenade et aux poivrons rouges rôtis. J'étais nerveuse : j'avais toujours du mal à manger en public depuis que Tom m'avait fait une remarque sarcastique sur mes manières à table, au début de notre relation. Je picorai donc avec précaution. Nous étions assis à la fenêtre de l'hôtel, avec notre vin et notre plateau de dégustation, à regarder la rue passante tout en évoquant des souvenirs de notre rencontre. C'était l'un de ces moments dans ma vie qui débordaient de perfection. Et oui, j'avais dû monter dans ma chambre une demi-heure avant Harry, afin de pouvoir appeler Tom pour lui dire que tout allait bien. Il ne répondit pas, bien sûr. Il ne décrocha pas une seule fois de tout le week-end, et je savais qu'il m'en voulait d'être partie. Moi aussi, je lui en voulais, car j'étais certaine que si je m'étais permis de le snober ainsi, il aurait été furieux. Mais lorsque je rentrai à la maison, il s'excusa et me dit qu'il était sorti avec des amis du travail et n'avait pas entendu la sonnerie. C'était un sursis si inattendu que je me sentis toute légère de soulagement.

***

C'est le samedi soir que Harry suggéra pour la première fois qu'on vive ensemble.

Le matin, nous avions dû nous rendre au séminaire pour qu'il puisse faire sa présentation. Comme d'habitude, l'auditoire était en admiration devant lui. J'étais tellement fière de lui alors qu'il parlait, captivant l'assemblée, faisant rire son public. Ensuite, une véritable foule vint le voir pour lui remettre des cartes de visite, demander des rendez-vous. La journée avait été un succès, et il en était tout euphorique.

Mais la raison pour laquelle il avait si bien réussi, me dit-il, c'était moi. Je me sens encore rougir de la tête aux pieds à la pensée de la nuit précédente. C'était la première fois que nous avions autant de temps ensemble. Une intimité complète. Il était tellement doux, tellement adorable. La façon qu'il avait de me tenir, de m'embrasser: je savais qu'il avait des sentiments pour moi, que ce n'était pas seulement de l'attirance physique. Quand il s'endormit, je me blottis contre lui et me sentis triste à l'idée de retourner auprès de Tom, et de voir Harry rentrer auprès d'Emma. Je savais que je voulais quitter Tom. Je crois que je le savais depuis des années, mais je ne m'en étais jusque-là pas sentie capable, j'avais fini par croire que je ne saurais pas me débrouiller seule.

Le samedi soir, nous déambulâmes longuement dans les rues de Paris. Je ne sais pas si nous pensions que personne ne nous reconnaîtrait ou si, à ce stade, ça nous était égal, mais nous nous donnions la main, et le fait que nous étions amoureux devait sauter aux yeux. De retour à l'hôtel, Harry m'attira à lui juste avant qu'on atteigne la porte.

—Ruby, j'ai quelque chose à te dire, souffla-t-il en m'embrassant. Je t'aime.

Mon ventre fut parcouru de frissons, comme cent fois déjà depuis ma rencontre avec lui.

—Je sais. Tu me l'as déjà dit.

—Je te le répète tous les jours, dit-il en riant.

C'était vrai. Tous les jours.

—Mais maintenant, c'est différent. Ça ne me suffit pas, de te voir seulement au travail et quand Tom n'est pas là. Je veux qu'on vive ensemble, déclara-t-il, très sérieux. Qu'est-ce que tu en penses ?

J'eus l'impression de faire un saut dans le vide. Je pris une profonde inspiration.

—Moi aussi, je veux vivre avec toi.

—Alors faisons-le. Faisons en sorte que ce rêve se réalise.

Et c'est cette nuit-là que nous avions tout prévu. Un mois plus tard, le jour où le contrat de Jane, la sœur d'Emma, arriverait à son terme, Harry et moi rentrerions chez nous, et j'annoncerais à mon mari et lui à sa femme que nous les quittions.

29

Emma

Évidemment, ce que je n'avais pas prévu, c'était de me retrouver enceinte.

Harry et moi, nous étions ensemble depuis vingt ans, depuis notre rencontre à la fac. À l'époque, je ne rigolais pas avec la contraception. La dernière chose dont j'avais envie, c'était un bébé. Je voulais travailler, avoir la liberté de voyager et de voir des amis. Un bébé serait un fil à la patte, et par chance, Harry était sur la même longueur d'onde. Vers vingt-cinq ans, quand nos amis ont commencé à avoir des enfants, on a décidé d'en avoir un aussi. On pensait que ce serait la chose la plus facile du monde.

C'était un tel choc de découvrir que non. Au bout de deux ans, on a fait des tests – un vrai bonheur, croyez-moi – et on nous a annoncé qu'on était tous les deux fertiles. Les médecins appelaient ça une « infertilité inexpliquée » : tout fonctionnait parfaitement, mais je ne tombais pas enceinte. On a fait trois tentatives de FIV, qui ne nous ont valu que d'amères déceptions. Je crois que Harry était plus affecté que moi, franchement. Au début, quand ces états de morosité extrême l'accablaient, il se levait pour s'occuper. Il allait courir des kilomètres en pleine nuit, ou bien travaillait quatorze heures par jour pour ne pas avoir le temps d'y penser. C'est à ce moment que son entreprise a vraiment décollé. Il mettait tous ses efforts là-dedans.

Moi aussi, je travaillais dur. Je m'étais formée au web design, et après quelques années dans des grandes boîtes, avec ma copine de fac Annie, on a décidé de prendre notre indépendance et de monter une société ensemble. On a loué un local dans une ancienne école victorienne reconvertie en petits bureaux et studios. On aurait pu travailler de chez nous, mais on n'était douées ni l'une ni l'autre pour bosser chacune dans son coin, et le fait d'avoir un endroit où nous rendre chaque jour nous aidait à rester motivées.

Quand j'étais absorbée par mon travail, je ne songeais pas à cette grossesse tant désirée. Je me disais que si ça devait arriver, ça arriverait, mais ça ne s'est pas produit et, au bout d'un moment, ça m'est complètement sorti de la tête. Ces dernières années, je ne pensais plus à une contraception. Cela faisait plus de dix ans qu'on avait décidé d'avoir un bébé, et j'avais fini par mettre une croix sur la possibilité de tomber enceinte un jour.

Alors, quand j'ai couché avec Tom, l'idée qu'il puisse y avoir des conséquences ne m'a pas effleurée une seconde. Pas ce genre de conséquences, en tout cas. Ça ne m'avait pas traversé l'esprit, ni avant, ni pendant, ni après. Pas une seule fois.

Je ne sais pas si c'était subliminal ou quoi. Est-ce que je m'étais offert cette partie de jambes en l'air avec lui en sachant que je pouvais tomber enceinte ? J'avais trente-huit ans : mon corps avait-il pensé que c'était ma dernière chance ? Je détestais l'idée d'avoir fait ça à un homme, de m'être servie de lui pour avoir un bébé. J'avais honte d'infliger une épreuve pareille à une autre femme. C'était déjà assez horrible de coucher avec le mari d'une autre, mais ne pas la protéger – elle, plus que quiconque – de ma possible grossesse ? Je n'avais jamais imaginé que le sentiment qui me submergerait en apprenant que j'attendais un enfant serait la honte.

***

Je l'ai découvert un vendredi, un mois après m'être rendue dans la maison de Tom. Ces quatre semaines avaient été bizarres à la maison. C'était comme si la température avait changé entre Harry et moi. Je ne parvenais pas à me détendre. Je m'arrangeais pour être occupée au travail, arrivant de bonne heure le matin et restant tard le soir. Annie partait avant moi, et je lui disais que je ne tarderais pas non plus, mais ensuite je passais dans la cuisine faire du café, et je traînais là en espérant y trouver un peu de compagnie. La plupart des gens qui travaillaient dans notre bâtiment étaient jeunes et célibataires ; souvent, ils sortaient boire un verre après le boulot, jusqu'à 20 heures ou 21 heures.

Je me suis aussi inscrite à une salle de sport, et j'ai raconté à Harry que je voulais avoir une silhouette tonique. *Comme Ruby*, avais-je envie d'ajouter.

Je ne lui ai pas parlé d'elle. Je savais que je devrais le faire tôt ou tard, mais je n'y arrivais pas. Je me sentais gênée. Humiliée. Et je ne voyais pas comment lui dire que j'étais au courant sans qu'il apprenne que j'avais couché avec Tom. J'étais sur des charbons ardents en permanence. Je ne savais pas si Tom allait ou non parler à Ruby. S'il le faisait, il lui dirait forcément comment il était au courant. Et elle le répéterait à Harry, et l'affaire s'étalerait au grand jour. Je voulais garder l'avantage moral, côté infidélité. J'avais beau avoir les nerfs en pelote, j'essayais de me comporter comme d'habitude, mais Harry semblait préoccupé par son travail, et je ne pensais pas qu'il remarquait la moindre différence de mon côté.

Ce qui était étrange, c'est que presque chaque soir depuis que je l'avais vu avec Ruby, nous nous retrouvions dans les bras l'un de l'autre, à faire l'amour comme au début, avec passion, sans barrières. Ce n'était pas quelque chose de prévu. Une fois dans le noir, nous nous tournions l'un vers l'autre. Nous ne disions pas un mot, ni sur le moment, ni plus tard. Il n'y avait pas de regards, pas de chuchotements ni de rires partagés. Je ne sais pas si nous essayions de nous faire pardonner ce que nous avions commis, ou si nous cherchions du réconfort, comme une façon de se rassurer. Le matin, pourtant, je me sentais perdue, blessée. J'étais incapable de le regarder en face, même pour vérifier si lui en avait le courage.

***

Ce matin-là, je me suis réveillée plus tard que d'habitude, avec l'impression de ne pas avoir fermé l'œil de la nuit. Pourtant, je ne me souvenais pas d'avoir eu une insomnie. Je me suis assise et me suis frotté les yeux, puis je me suis tournée et j'ai découvert Harry encore au lit. Il était toujours le premier levé, debout dès que le réveil sonnait. En général, il avait déjà préparé le café avant même que j'aie réussi à ouvrir les yeux. Il posait une tasse sur ma table de nuit et me réveillait d'un petit bisou juste avant de sauter sous la douche. Il était vraiment du matin, et j'avais toujours considéré ça comme une qualité, mais à présent je me demandais s'il n'était pas juste pressé d'aller au travail pour voir Ruby. Il était couché sur le côté, les yeux rivés sur le rayon de soleil qui se reflétait sur le parquet. Il semblait totalement perdu. Mon estomac se noua. Je ne pouvais pas vivre ainsi.

— Tu vas être en retard, ai-je dit. Je vais préparer le café pendant que tu prends ta douche.

— Ça va aller, a-t-il répondu en se levant d'un bond. Je boirai un café au bureau.

Quand j'ai entendu la douche s'arrêter, je suis descendue à la cuisine pour servir deux verres de jus d'orange et mettre des tartines à griller.

Harry est descendu et il a avalé son jus d'orange à toute vitesse.

— Je ferais mieux de filer. Plein de trucs à faire aujourd'hui.

Aucune allusion au moment d'intimité passionné que nous avions partagé la nuit précédente. Pas de sourires complices ni de tendres frôlements. Alors qu'il courait en tous sens pour chercher sa mallette et ses clés, tout en évitant de croiser mon regard, je savais que je devais agir. Annie et moi, nous avions une avocate que nous avions consultée pour monter notre entreprise. Je me suis dit que j'allais l'appeler ce matin-là pour voir si elle pouvait me recommander un confrère qui me conseillerait si je décidais de le quitter.

Je me suis fait une tartine, et bien que je n'en aie plus du tout envie à présent, j'ai pris une bouchée. À peine le pain chaud et beurré est-il entré dans ma bouche que j'ai eu un haut-le-cœur.

Je suis arrivée aux toilettes juste à temps pour le recracher. Beurk, il avait un goût tellement bizarre ! Répugnant. J'ai vérifié l'état du pain et du beurre. Corrects tous les deux. J'ai bu un verre d'eau, mais je sentais encore le goût. Comme de la limaille de fer. Comment en connaissais-je le goût, d'ailleurs ?

C'est là que j'ai eu une illumination.

Oh, non…

J'ai regardé le calendrier sur le frigo. Je savais que j'avais eu mes règles il n'y avait pas trop longtemps. J'étais chez ma mère, je m'en souvenais, et je lui avais fait une scène quand elle avait donné la dernière part de gâteau au citron à Harry. J'avais dû la rappeler le lendemain pour m'excuser, et j'avais mis ma mauvaise humeur sur le compte de mes hormones. J'ai vérifié les dates et poussé un grognement.

Ce n'était pas possible.

Une demi-heure plus tard, j'étais au supermarché le plus proche, en train de regarder les tests de grossesse. Je les connaissais si bien… J'en avais utilisé souvent au fil des ans, à l'exception des dernières années où je ne m'étais plus donné cette peine. Je ne m'étais jamais laissée aller à espérer, n'en avais jamais acheté dans l'espoir de forcer le destin. La vie m'avait appris à ne plus faire ça.

Ce jour-là, j'ai acheté quatre tests différents, et ensuite je suis retournée en prendre un cinquième. Je ne voulais rien laisser au hasard. Je suis passée à la caisse automatique et les ai scannés, en les tenant prudemment, comme des bombes qui risquaient de m'exploser entre les mains.

Bien sûr, ils étaient positifs. Tous, sans exception.

Ma première pensée a été pour Harry. Prends garde à tes désirs, dit-on.

Sans blague.

30

Emma

Quand je me suis assise avec mon agenda et que j'ai vérifié les dates, la situation était encore pire que ce que j'imaginais. J'avais couché avec Harry deux fois dans la semaine avant son week-end à Paris, et presque tous les jours depuis son retour. Je ne peux même pas vous dire combien de rapports j'avais eus avec Tom. Je n'arrivais pas à y penser. Je n'avais pas ces délicieux frissons dans le ventre que j'avais ressentis au début de ma relation avec Harry. Aucune de ces irrépressibles bouffées de désir. Juste un terrible effroi chaque fois que je me remémorais ce que j'avais fait.

Et pourtant, je n'avais jamais songé à une grossesse. Mon esprit était saturé de honte et de trahison. J'avais cru que c'étaient là les conséquences de ma coucherie avec Tom. Et à présent, les yeux rivés sur les tests, qui tous montraient une ligne vive et distincte, ou bien le mot « positif » ou « enceinte », je ne savais pas si je devais m'abandonner à la joie pure et absolue de cette nouvelle, ou y mettre un terme immédiatement. Mais je savais que ce n'était pas une possibilité. Quoi qu'il advienne, je ne ferais jamais ça.

Après avoir caché les tests au fond de mon tiroir de bureau, j'ai décidé de travailler de chez moi pour la journée. Annie était à l'extérieur, pour une première consultation avec un client, et même si j'avais vraiment envie de tout lui raconter, je savais que c'était une mauvaise idée. Son mari, Patrick, était très proche de Harry, et il n'était pas juste de les mêler à cette histoire. Bien que j'aie eu l'intention de travailler, je n'arrivais pas à me concentrer. J'ai téléphoné à ma sœur, Jane, celle vers qui je me tournais chaque fois que j'étais coincée. Depuis l'enfance, nous nous couvrions l'une l'autre, de toutes les façons possibles. Je voulais me confier à elle, lui demander conseil.

Je l'ai appelée sur son portable plusieurs fois dans la matinée, mais elle ne décrochait pas. Du coup, je lui ai envoyé un texto :

Jane, il faut que je te parle. Appelle quand tu peux. Bisou.

Quelques minutes plus tard, elle a répondu :

C'est mon dernier jour à Sheridan's. Je ne vais pas pouvoir parler tout de suite. Est-ce que tout va bien ? Bisou.

J'ai soupiré. J'avais oublié qu'elle quittait son travail ce jour-là. Je ne voulais pas être interrompue au milieu de la conversation, alors j'ai répliqué :

Oui, est-ce que tu peux m'appeler quand tu auras du temps pour bavarder ? Bisou.

Par chance, j'avais des tonnes de choses à faire ce jour-là, car je finissais la conception d'un site web avant de le remettre à Annie pour qu'elle le teste, mais j'ai eu beau tenter de me distraire, je n'arrivais à penser qu'à une chose : *Qui est le père de mon enfant ?*

***

Et c'est là que j'ai fait un grand pas en avant. Entre deux sessions de boulot acharné, j'avais essayé de découvrir si l'on pouvait effectuer un test ADN sur un fœtus. Le seul fait de taper cette requête dans Google m'emplissait d'horreur. Des années auparavant, lorsque je m'imaginais enceinte, j'avais rêvé de l'annoncer à Harry. Je nous voyais acheter un test ensemble, nous tenir les mains en attendant le résultat. Je n'avais pas envisagé que le bébé puisse ne pas être de lui. En une nuit, j'avais tout gâché. L'un comme l'autre, on avait tout gâché.

Au début, je ne trouvais que des tests invasifs. J'ai fermé l'écran. Je ne supportais pas l'idée de me résoudre à ça. Je n'allais pas mettre mon bébé en danger. Pourtant, la perspective de patienter des mois, jusqu'à la naissance, me paniquait. Je n'étais pas certaine de survivre à l'attente. Et comment révéler à Harry qu'il n'était pas le père, une fois qu'il aurait le bébé dans les bras ?

J'ai lancé une nouvelle recherche. Et c'est alors que j'ai découvert l'existence d'un autre type de test. Il était beaucoup plus cher que le précédent, mais j'avais un compte d'épargne à moi, donc ce n'était pas un problème. Si j'attendais jusqu'à huit semaines de grossesse, je pouvais faire une prise de sang et comparer l'ADN avec celui de l'un des pères potentiels. Il faudrait cinq jours ouvrés avant d'obtenir le résultat, et alors je saurais avec certitude qui était le papa.

À l'idée que ce soit Tom, j'ai dû me prendre la tête entre les mains et respirer très fort. J'ai pris conscience que je n'avais même pas la preuve que Harry avait vraiment couché avec Ruby. Et s'il niait ? Il pouvait prétendre qu'ils n'étaient que des amis, qu'ils aimaient bien flirter, mais que pour rien au monde il ne me tromperait. J'étais enceinte. La seule preuve d'une infidélité me concernait moi, pas lui. J'étais celle qui n'avait aucune excuse.

Une fois calmée, j'ai continué à lire. Je devais fournir non seulement un échantillon de sang, mais aussi l'ADN de l'un des pères potentiels, pour comparaison. Ils parlaient de prélèvements buccaux. Il en fallait quatre. Comment étais-je censée m'y prendre? J'avais envie de hurler. Faudrait-il que j'aille chez Tom pour le lui demander? Je ne pouvais pas faire ça! Et si Ruby était là? Et, sur le site, il apparaissait clairement que les deux intéressés devaient signer. Comment inciter Harry à le faire? Je ne voyais pas une seule bonne raison capable de le convaincre. Ce serait la fin de mon mariage, c'était évident. J'ai décidé d'imiter sa signature. Je n'avais pas le choix.

Je savais qu'il suffisait de l'ADN de Harry, ou bien de Tom. Cela répondrait à la question dans les deux cas. Je me suis remise à chercher, un autre laboratoire, d'autres règles, et j'ai vu que je pouvais me contenter d'envoyer des rognures d'ongles du père. Des rognures d'ongles! J'avais l'impression d'être dans une téléréalité bien vulgaire, avec le public qui me crachait dessus. Le site précisait que les ongles pouvaient ne donner des résultats que partiels, mais du moins ne fourniraient-ils pas de faux négatifs. Un prélèvement buccal était préférable, mais impossible de me le procurer. J'ai continué mes recherches. Avec un gros échantillon de cheveux, ça pouvait marcher aussi, à condition que les racines s'y trouvent. Harry avait les cheveux trop courts, je le savais. À moins que je les lui arrache moi-même – il faut reconnaître que c'était tentant –, je n'arriverais jamais à en récolter suffisamment. Je sentis la panique monter. Que faire?

Je me hâtai d'effacer mon historique de recherches. La dernière chose dont j'avais besoin, c'était que Harry voie les pages que j'avais consultées.

Je suis allée dans la cuisine me préparer un café, mais dès que j'ai ouvert le paquet, l'odeur m'a sauté aux narines, et j'ai dû courir aux toilettes une fois de plus. Ensuite, je suis restée assise dans le salon, tremblante et en nage, à me demander comment j'allais bien pouvoir faire pour attendre encore deux mois avant d'annoncer à Harry que j'étais enceinte.

***

Mais il s'est trouvé que je n'ai pas eu besoin d'attendre du tout.

Juste avant 17 heures, mon téléphone a sonné. J'étais emmitouflée dans une couverture sur le canapé. Toute tentative de travailler était vaine, puisque je pouvais à peine bouger sans avoir la nausée. J'avais un goût de métal dans la bouche, les seins douloureux, et l'impression que je pourrais dormir une semaine.

—Coucou, Jane.

—Coucou, a-t-elle dit d'un ton distrait. Désolée de ne pas t'avoir rappelée plus tôt. J'ai eu une journée de folie. Et je ne peux pas rester très longtemps, car j'ai une réunion bientôt. On doit faire une passation officielle. Qu'est-ce qui t'arrive? Tout va bien?

J'imagine que c'étaient mes hormones qui faisaient des leurs, mais en percevant la gentillesse de sa voix, j'ai éclaté en sanglots.

—Qu'est-ce qui se passe? a-t-elle demandé, paniquée.

—Tu ne devineras jamais! Je viens d'apprendre que je suis enceinte!

—Quoi? Mais... comment?

Elle semblait aussi surprise que moi.

J'ai ri, en m'étranglant avec mes larmes.

—Je ne vais pas te faire un dessin...

—C'est fantastique! Félicitations! Oh, Emma, c'est la meilleure nouvelle du monde.

Je l'ai entendue crier à quelqu'un: «Je peux te voir avant de partir?»

—Il faut que je te parle de quelque chose, ai-je repris, la gorge serrée. Quelque chose qui m'inquiète beaucoup.

Ma confession n'allait pas être facile.

—Mon Dieu ! m'a-t-elle interrompue. Enceinte ! Ça veut dire que je vais être tata ! Izzy et May vont avoir un cousin ! Elles vont être folles de joie.

—Écoute. Il faut que je te parle. On peut se voir demain ?

—Oui, bien sûr. Et on en profitera pour... Ah, non, attends une seconde.

Elle parlait à quelqu'un.

—Je dois y aller. Amy a besoin de me parler.

—Jane, ai-je ajouté précipitamment. Harry n'est pas encore au courant.

Mais elle avait raccroché.

31

Emma

Bien sûr, vous devinez ce qui s'est passé.

J'étais assise dans le salon peu après 19 heures quand la voiture de Harry s'est garée dans notre allée. J'ai senti mon estomac se nouer à l'idée du secret que j'allais lui cacher pendant des semaines, si ce n'est à jamais. J'avais la peau moite, et je ne savais pas si c'était à cause des nausées ou de l'anxiété provoquée par le bruit de sa portière qui claquait. Puis j'ai entendu la porte d'entrée s'ouvrir, et Harry qui disait « Coucou ! ». En temps normal, je serais allée à sa rencontre pour l'accueillir avec un baiser et un sourire, mais comment faire cela ce soir ?

Et alors il est apparu sur le seuil avec le plus gros bouquet que j'aie jamais vu. Il avait du mal à passer la porte. C'étaient des pivoines, mes fleurs préférées, et leurs pétales blanc et rose emplissaient la pièce de leur fragrance. Un seul regard vers lui m'a confirmé qu'il savait. J'ai soupiré. Ma sœur. Elle n'avait jamais été capable de garder quelque chose pour elle. Harry avait les joues rouges, il semblait tellement heureux.

— Félicitations !

J'ai essayé de sourire.

— Félicitations ?

Il a posé les fleurs sur la table en riant.

— Oui, félicitations ! Ne fais pas comme si tu ne savais pas de quoi je parle !

— Jane. Tu as croisé Jane.

Il s'est approché pour me serrer dans ses bras.

— Elle croyait que j'étais au courant. Tu l'as su quand ?

— Ce matin.

— Et tu ne m'as pas appelé ?

Avec un tressaillement, je me suis souvenue que ma première réaction avait été de chercher des tests ADN, d'essayer désespérément d'en trouver un qui me donnerait un résultat plus rapide, et d'effacer mon historique au cas où il le consulterait. Je n'avais eu aucune intention de lui en parler avant de savoir qui était le père. Je lui ai souri, consciente d'être une traîtresse. Si jamais j'étais découverte, il se rappellerait cette conversation toute sa vie.

— Je voulais te l'annoncer de vive voix. C'est… c'est tellement important. Ça fait beaucoup à digérer.

— Oh, Emma…

Il me serrait contre lui, trop fort même, et c'était comme s'il me disait tout son amour dans cette étreinte.

— On va avoir un bébé !

Comment pouvais-je lui avouer que l'enfant n'était peut-être pas de lui ? Que c'était même probable… presque certain. Il avait le visage empourpré de fierté, mais il y avait autre chose, aussi. C'était de la culpabilité.

Je n'ai eu aucun mal à la reconnaître, vous voyez, parce que je l'avais décelée dans mes propres traits.

***

C'était du gâchis d'acheter les fleurs, car aussitôt après, il a dit :

— Partons.

Je me suis écartée de lui.

— Quoi ?

— Partons d'ici quelques jours. Une semaine. Ou deux, même. Allons nous cacher un peu.

— Deux semaines ! Je ne peux pas faire ça ! Et le travail ?

— Une semaine, alors. Tu n'es pas surchargée en ce moment, si ?

— Non, mais…

— Dis à Annie que tu as besoin de faire une pause.

Je me suis mise à rire.

— Comme ça, du jour au lendemain ?

Tous les projets en cours me tourbillonnaient dans la tête. On venait de finir une grosse commande, et on était en avance sur le reste du planning. Je savais que je pouvais me permettre de prendre un congé.

— Et ton travail à toi ?

Il a hésité, et j'en ai eu mal au cœur. Bien sûr, c'était à elle qu'il pensait. Et je pouvais difficilement le lui reprocher, vu que je portais peut-être l'enfant de son mari dans mon ventre.

— Qu'ils aillent se faire foutre. Je n'ai pas pris de vacances depuis une éternité.

Je me suis abstenue de mentionner son week-end à Paris, à peine quelques semaines plus tôt.

— Allez, ça te dirait, la région des lacs ? Ou quelque part à l'étranger ? On va trouver un endroit parfait et prendre soin de toi. Est-ce que tu as déjà des nausées ?

J'ai acquiescé.

— Ça ne va pas du tout. Tout a un goût de métal, c'est affreux. C'est comme ça que j'ai compris que j'étais enceinte.

Je lui ai décrit tous mes symptômes, et il a écouté avec avidité, comme je savais qu'il le ferait lorsque nous rêvions ensemble de ce moment, des années auparavant. Je me sentais horriblement mal à l'idée qu'il n'en soit pas la cause, mais en toute honnêteté, je ne voyais pas comment m'extraire de ce guêpier. Alors j'ai pensé à Ruby et Tom, et tout ce dont j'ai eu envie, c'est qu'on se retrouve le plus loin possible d'eux. Je l'ai regardé attentivement, et j'ai vu son air contraint. Lui aussi, il voulait s'éloigner.

— OK. On met les voiles.

— Où tu veux aller ?

— Ça m'est égal. En voiture, on verra bien où on atterrit.

Il m'a souri. On faisait ça tout le temps quand on était jeunes. On quittait la maison sans savoir où ça nous mènerait. Du moment qu'on était ensemble, ça n'avait aucune importance. Je suis montée en courant devant lui, car je ne voulais pas qu'il lise la duperie sur mes traits.

Il nous a à peine fallu dix minutes pour faire nos bagages. Je m'en voulais terriblement de lui mentir ainsi, et je supposais qu'il ressentait la même chose, car quand je suis sortie de la salle de bains avec une brassée de produits de toilette, je l'ai surpris devant la fenêtre. Sur son visage, j'ai reconnu les sentiments que j'éprouvais moi-même : de la honte et du chagrin, mais de la joie, aussi, à l'idée que la vie nous accordait une seconde chance.

Pendant neuf magnifiques journées, nous sommes restés loin de la maison et avons passé chaque instant ensemble. J'avais insisté pour que nous décollions de Liverpool ; je ne voulais pas aller à l'aéroport de Manchester après l'y avoir vu avec Ruby. Nous avions donc déniché un vol tardif pour le sud de la France. C'était comme une deuxième lune de miel. On faisait la grasse matinée tous les jours, sans réveil pour nous tirer du lit, et l'on paressait au soleil avant de nager dans la piscine. J'ai fait des tas de tentatives pour trouver un aliment que je pouvais manger sans avoir la nausée. Quand j'ai découvert que les biscuits au gingembre passaient, Harry a pris l'habitude d'en commander à la réception et de les faire livrer dans notre chambre, où il me donnait la becquée, un petit morceau à la fois. Je voyais combien il m'aimait, combien il voulait cet enfant, et chaque jour m'apportait davantage de signes qu'il se rapprochait de moi, qu'il s'éloignait de Ruby.

Bien sûr, il m'arrivait de me laisser aller à me demander ce qui se serait produit si je n'étais pas tombée enceinte. Évidemment. Mais alors je me forçais à me souvenir également de la nuit que j'avais passée avec Tom. Si Harry s'était entiché de Ruby, je pense que cette semaine loin d'elle l'en a guéri. Pour dire les choses crûment : au lit, c'était comme s'il n'y avait jamais eu personne entre lui et moi. Et l'on n'attendait plus qu'il fasse noir. Après, il y avait des murmures et des caresses. C'était fini, le temps où chacun tournait le dos à l'autre et n'y faisait plus jamais allusion. Le lendemain matin, on échangeait des regards pleins de sous-entendus, et l'on courait se recoucher l'après-midi. C'était meilleur que depuis des années.

—On devrait éteindre nos téléphones, avait-il dit au moment où nous quittions la maison. Prendre de vraies vacances.

—Quoi ? Mais tu ne fais jamais ça.

—Maintenant, si. Les choses vont changer, Emma. Je ne veux pas que la vraie vie vienne nous déranger. Je veux fêter ce bébé, a-t-il expliqué, les yeux brillants de larmes. J'ai l'impression que c'est une nouvelle chance qui s'offre à nous.

Je me suis penchée pour le serrer contre moi. J'étais tellement soulagée qu'il n'ait pas envie de contacter Ruby que j'ai accepté ses paroles sans arrière-pensées, sans me douter une minute qu'il avait une autre raison de se rendre injoignable.

— Envoie un message à Annie pour lui dire qu'on a besoin de vacances, a-t-il ajouté. Je vais écrire un mail à Dave pour lui demander de prendre la main sur tout. On va faire un vrai break du quotidien.

Dave était son bras droit au boulot. Alors on est restés assis dans la voiture, le temps d'envoyer un message à nos associés, puis on a éteint nos téléphones et on les a rangés dans la boîte à gants.

Pendant ces journées où l'on était loin, il ne m'a jamais quittée, et plutôt que d'en être agacée, comme ça aurait été le cas récemment, je me suis mise à aimer ça. J'avais l'impression qu'on était siamois, qu'on dépendait l'un de l'autre d'une manière vitale. La nuit dans le lit, il était allongé derrière moi et me massait le dos. On passait des heures à se proposer mutuellement des prénoms pour le bébé.

— Daniel ?

— Ça me rappelle un garçon qui m'embêtait tout le temps.

— Vanessa ?

— C'était ma meilleure amie à l'école primaire. Jusqu'à ce qu'elle crache dans mon assiette.

J'avais une folle envie de suggérer « Ruby », mais je me retenais en imaginant ce que je ressentirais s'il disait « Tom ». Alors nous laissions croupir certains prénoms aux oubliettes.

C'était l'un de ces moments où l'on se plonge dans un autre monde, et à la fin, on a l'impression qu'une année entière s'est écoulée. On est rentrés de France plus proches l'un de l'autre que jamais, mais pas plus près de résoudre le problème qui se dressait entre nous.

32

Emma

Avant que nous quittions la maison ce soir-là, j'avais envoyé un message à Jane pour lui dire qu'on partait et qu'on voulait un peu de temps pour nous. Elle avait répondu aussitôt :

Bonne idée. Prends-le comme un nouveau départ.

J'avais froncé les sourcils. Avait-elle deviné la crise que nous traversions ?

Qu'est-ce que tu veux dire par là ?

Elle avait mis deux minutes à rédiger un nouveau message.

Je veux juste dire que c'est une bénédiction pour toi… une chance de fonder une famille avec Harry. Profite à fond de chaque seconde. Bisou.

***

Quelques jours après notre retour de France, elle est venue dîner à la maison. Elle n'arrêtait pas de s'excuser d'avoir révélé ma grossesse à Harry.

—Je pensais que tu le lui avais déjà dit, a-t-elle expliqué en me serrant dans ses bras. Je n'aurais pas cru que tu m'annoncerais la nouvelle en premier !

—Oublie ça, a balayé Harry.

J'ai remarqué qu'il ne la regardait pas. Il devait être furieux contre elle. Il avait attendu des années une telle nouvelle, et je savais qu'il aurait voulu l'entendre de ma bouche. Il avait un ton froid, et je me suis demandé si cet incident allait altérer leur amitié.

—Je vais m'occuper du dîner. Ce sera prêt dans une vingtaine de minutes.

Il s'est éloigné vers la cuisine et a fermé la porte. J'ai entendu de la musique ; je savais qu'il ne ressortirait pas de là avant que le repas soit prêt.

—C'est pas grave, ai-je dit à Jane, dont le teint était rouge écrevisse. Il est tellement content ! Tu n'aurais pas dû le lui dire, mais ça n'a plus d'importance maintenant.

J'ai pensé à l'alternative : je savais que je n'aurais rien dit à Harry à cette date-ci. J'aurais prétendu que les vomissements étaient liés à un virus ou une intoxication alimentaire. Il aurait paniqué et m'aurait accompagnée chez le médecin. Je le connaissais : il voulait toujours prendre soin de moi quand je n'étais pas bien. C'était un adorable trait de caractère, mais pas vraiment le genre de sollicitude qu'on recherche lorsqu'on essaie de dissimuler qu'on porte peut-être l'enfant d'un autre homme.

Jane a regardé la porte de la cuisine fermée puis s'est penchée pour me chuchoter :

—Tout va bien ?

—Qu'est-ce que tu veux dire ? ai-je demandé, les yeux rivés sur elle.

Avait-elle deviné que le bébé n'était peut-être pas de Harry ? Ou était-elle au courant pour Ruby ? Est-ce que leur liaison était connue de certains collègues au bureau ?

J'étais mortifiée à l'idée que les gens le sachent, mais alors elle a dit :

— Oh, je me demandais juste comment ça allait entre vous.

J'avais eu tort de me tracasser. Si elle avait su qu'il me trompait, jamais elle ne me l'aurait caché. C'était ma sœur. J'avais confiance en elle.

— Ça va super. Vraiment super. C'est comme si j'avais retrouvé le Harry d'avant. Et il est tellement attentionné ! Franchement, il suffit que je fasse la moindre allusion à quelque chose dont j'ai besoin pour qu'il s'en occupe.

— Tu le mènes à la baguette ?

— Oui. Le soir, je m'allonge sur le canapé et je lui donne des ordres. Il m'obéit au doigt et à l'œil.

Elle a ri, puis elle a répété :

— Alors, tout va bien ?

Il y avait une intensité dans son ton à ce moment-là, et j'ai compris qu'elle savait quelque chose. Je ne supportais pas l'idée d'aborder le sujet avec elle. J'étais parfaitement à l'aise dans cette position, la tête bien enfoncée dans le sable. Je ne voulais pas ouvrir les yeux, discuter de la situation avec elle, être courageuse, franche, tout ça. Parler, c'est surfait, si vous voulez mon avis. Tout ce que je voulais, c'était une grossesse heureuse, quel que soit le père. Je ne voulais pas me demander si Harry et Ruby étaient ensemble, et je ne voulais pas me souvenir que j'avais couché avec Tom. Je n'en avais tout simplement pas le courage.

Alors j'ai juste demandé :

— Qu'est-ce que tu aimes, toi, comme prénoms ?

Et, quelques secondes plus tard, on était toutes les deux en train de rigoler, et je pouvais presque – presque – oublier ce que Harry et moi avions fait.

Cette nuit-là, j'ai mieux dormi que depuis des mois, dans les bras de Harry. Je me sentais protégée. En sécurité.

Et puis Tom a débarqué.

33

Emma

Le matin suivant le dîner de Jane chez nous, je me suis garée devant mon bureau juste après 8 heures, décidée à me mettre au travail avant l'arrivée d'Annie. Harry était parti à 6 heures prendre un vol pour Édimbourg où l'attendaient deux journées de rendez-vous non-stop. J'étais préparée à une longue journée de travail, et j'avais un paquet de biscuits au gingembre et du thé à la framboise pour les urgences. Je m'étais maquillée, mais rien ne pouvait masquer ma pâleur. Je m'étais sentie nauséeuse toute la nuit. J'étais en train d'essayer de décider si je devais annoncer ma grossesse à Annie ou tenter de noyer le poisson en prétextant une intoxication alimentaire. Je savais que je ne pouvais pas m'en sortir en ne disant rien, mais je ne voulais pas qu'elle s'inquiète à l'idée que je sois contagieuse. Je me concentrais sur le fait de la rassurer au sujet des délais à tenir alors qu'en toute franchise j'avais l'air au bout de ma vie.

Sur le parking du travail, j'ai ouvert mon coffre pour prendre un carton de fournitures de bureau que j'avais achetées. Je me dirigeais vers la porte d'entrée quand j'ai vu Tom. J'ai sursauté si fort que j'ai failli lâcher la boîte.

Il se tenait de l'autre côté de la rue, appuyé sur sa voiture, que je reconnaissais. Je l'avais vue dans l'allée de sa maison quelques semaines auparavant. Il portait un blouson en cuir et un jean, et ses cheveux bruns brillaient dans la lumière du petit matin. Il avait l'air en pleine forme, pour être honnête. Je suis restée immobile à côté de ma voiture. Je me demandais quelle était la réaction appropriée quand on tombe sur quelqu'un qui est, pour résumer, un coup d'un soir. Fallait-il le saluer de la main ? L'ignorer ?

Mais je n'ai pas eu à me décider, car il a traversé la chaussée pour venir à ma rencontre.

— Salut, a-t-il dit.

— Salut.

Je lui ai accordé un bref coup d'œil avant de regarder furtivement tout autour de moi. Il suffisait de m'observer une seconde pour deviner que je n'avais pas la conscience tranquille. La dernière chose dont j'avais envie était qu'Annie me voie lui parler ; je savais que je serais incapable de répondre aux questions qu'elle ne manquerait pas de me poser.

— Qu'est-ce que tu fais là ?

— J'avais un rendez-vous de bonne heure à deux pas d'ici, a-t-il expliqué avec un signe de tête vers l'immeuble adjacent au nôtre. Je me suis aperçu que tu travaillais à côté, alors je me suis dit que j'allais passer te voir. Comment vas-tu ?

Il m'a souri.

— Bien, merci, ai-je répondu machinalement.

— Tu as le temps de prendre un café ?

J'ai hésité. Je n'avais aucune envie de lui parler, mais je ne voulais pas me montrer grossière. J'ai consulté ma montre. Annie devait être en train de déposer ses enfants à l'école, elle n'arriverait pas tout de suite.

— J'ai une demi-heure devant moi, ai-je dit en grimaçant.

C'était vraiment affreux, de restreindre son temps ainsi. Si peu aimable, surtout en comparaison de la dernière fois qu'on s'était vus.

— Désolée, tu me prends au dépourvu. Je dois retrouver une collègue à 9 heures.

— Tu as le temps d'aller boire un café au bout de la rue ?

J'ai acquiescé.

— Accorde-moi juste une minute. Je dois déposer ça à l'intérieur.

Laissant Tom m'attendre sur le parking, j'ai confié le carton à la réceptionniste et je suis entrée dans les toilettes. Par chance, il n'y avait personne. Au bord de l'évanouissement, je me suis fait couler de l'eau froide sur les mains et les poignets. Que voulait-il ? Et comment m'avait-il trouvée ? Je n'avais pas donné le moindre indice sur mon lieu de travail. Au bout de quelques minutes, je savais que j'allais devoir l'affronter. J'ai envoyé un rapide message à Annie pour la prévenir que je serais peut-être un peu en retard, et je suis ressortie rejoindre Tom.

***

Le trajet jusqu'au café s'est déroulé dans la gêne. Aucun d'entre nous ne disait un mot, mais j'étais consciente de sa présence, et je sentais la tension qui émanait de lui tandis qu'il marchait derrière moi. La situation ne devait pas être facile pour lui non plus.

— Tu prends un café ? Tu le veux comment ? m'a-t-il demandé alors que nous étions en train de nous asseoir à une table.

La simple idée du café suffisait à me soulever l'estomac. Pareil pour le thé.

— Je vais prendre un verre d'eau, s'il vous plaît, ai-je dit à la serveuse. Avec beaucoup de glaçons.

Tom a eu l'air surpris.

— Tu es sûre ? Tu ne préfères pas un jus de fruits ?

Mon estomac a tressailli de nouveau.

— Non, je ne veux rien, merci. J'ai déjà bu un café, ai-je menti. Si j'en reprends un, ça risque de me rendre nerveuse.

— On a du déca, a dit la serveuse.

— Non. De l'eau, c'est très bien, merci.

J'ai attendu qu'elle soit partie, puis je me suis penchée en avant pour lui souffler :

— Je suis désolée de m'être sauvée comme ça. L'autre jour, je veux dire.

Quelle idiote. Évidemment, l'autre jour.

Il a détourné les yeux.

— Ce n'est pas grave.

— Si. Je me suis réveillée tôt et je n'arrivais pas à me rendormir. Je ne savais pas quoi faire, alors je suis partie. J'aurais dû te laisser un petit mot, quelque chose comme ça. Je suis navrée.

— Ne t'en fais pas. Rien de tout ça ne s'est produit.

Si seulement c'était vrai...

Nos boissons sont arrivées, et il a passé un moment à ouvrir les petits sachets de sucre et à les tripoter. Je le regardais, les entrailles nouées, en me demandant ce qu'il allait m'annoncer. J'ai décidé de prendre les devants.

— Tu as parlé à Ruby à propos de Harry ?

— Non. Et toi, tu en as parlé à Harry ?

J'ai secoué la tête.

— Je n'ai pas osé aborder le sujet... Après... après cette nuit chez toi, je me sentais mal placée...

— Moi non plus, je n'ai rien dit. J'espérais que tu te trompais. Je n'arrêtais pas d'y penser, mais j'ai attendu.

— Attendu quoi ?

Il a haussé les épaules.

— Un signe qu'il se passait quelque chose, j'imagine… Elle était comme d'habitude, c'est ça le truc. Je commençais à me dire que tu avais tout imaginé. Mais, à ce moment-là, elle m'a quitté.

Je me suis penchée en avant, abasourdie.

— Quoi ?

Il a hoché la tête, très rouge.

— Elle est partie où ?

— Elle ne m'a pas dit, a-t-il répondu avec un autre haussement d'épaules.

J'ai songé à ce qu'il avait dû ressentir en entendant que sa vie maritale était finie. Bien qu'on n'ait passé qu'une nuit ensemble, j'ai pensé que je le connaissais assez pour savoir que son ego avait dû en prendre un coup. Et pourtant, il fallait que je lui pose la question.

— Elle t'a dit pourquoi elle partait ?

De toute évidence, il voulait changer de sujet.

— Elle a juste dit qu'elle n'était pas heureuse.

Sur une impulsion, je lui ai touché la main.

— Mon pauvre… et tu vas bien ?

— Oui, ça va.

— Tu as eu de ses nouvelles depuis ?

— Pas vraiment. Juste un message de temps en temps. Elle ne reviendra pas.

J'ai levé les yeux vers lui. Je ne savais pas si c'était lui qui avait pris cette décision. J'ai serré sa main dans la mienne.

— Quand est-ce qu'elle est partie ?

— Il y a deux semaines. Le vendredi soir. J'étais à Londres pour une réunion et je suis rentré vers 19 heures. Elle m'attendait. Elle m'a dit qu'elle s'en allait.

J'avais l'esprit en ébullition.

— Le 21 ?

— Oui, pourquoi ?

— Oh, pour rien.

C'était le jour où j'avais découvert que j'étais enceinte. Le jour où Harry était rentré avec une brassée de fleurs et une expression coupable. J'en eus le souffle coupé. Était-il sur le point de me quitter ce jour-là ? Le bouquet était-il censé être une compensation ? Un lot de consolation ?

— Elle travaille toujours pour Harry? ai-je demandé avec détachement.

J'aurais pu me donner des baffes de n'avoir pas vérifié. Mais Harry était tellement impliqué avec le bébé, et m'appelait du bureau plusieurs fois par jour, souvent depuis la ligne fixe. Il n'avait pas l'air furtif comme si elle était dans les parages quand il téléphonait. Je n'allais pas le lui demander ; je ne voulais pas qu'il voie ma tête s'il me disait qu'elle était toujours là.

— Elle ne m'a rien dit.

Il a hésité, puis a repris :

— Ça va mieux entre Harry et toi, maintenant?

J'ai essayé de garder une expression neutre. Pas question de lui révéler que j'étais enceinte.

— Les choses ont l'air de s'être arrangées. Je suis vraiment désolée. Je n'aurais rien dû te dire. Ça a l'air d'avoir fait *pschitt.*

— Non, tu avais raison.

Il a repoussé sa tasse de café pour se prendre la tête entre les mains.

— Je n'ai rien vu venir, c'est tout..., a-t-il soupiré.

Je me suis adossée à mon siège pour fuir l'odeur du café, mais soudain elle était si forte, si âcre, que j'ai su que je n'avais pas plus d'une minute pour trouver les toilettes.

— Je reviens ! ai-je réussi à bredouiller en me levant d'un bond.

Quand je suis réapparue, pâle et tremblante, les cheveux mouillés de transpiration, Tom était avachi dans son fauteuil, les yeux tournés vers la fenêtre. La serveuse avait débarrassé son café et son jus de fruits, et un grand verre d'eau m'attendait.

Je me suis assise et me suis excusée.

—Alors, Emma. Quand est-ce que tu avais l'intention de m'annoncer que tu étais enceinte ?

34

Emma

J'ai dévisagé Tom.

— Quoi ? De quoi tu parles ?

Il a posé un regard froid sur moi.

— Tu es enceinte. Quand allais-tu m'annoncer la nouvelle ? Tu t'imaginais que je ne m'en apercevrais pas ?

— Je ne vois vraiment pas de quoi tu parles.

— Allons, Emma…

Il avait un ton calme et ferme, l'opposé exact de mon état.

— Ne songe pas à nier l'évidence. Tu as quoi, trente-cinq ans ? Mariée depuis longtemps, sans enfants ? On a couché ensemble il y a quelques semaines, a-t-il déclaré sans me lâcher des yeux, sachant que je me rappelais chaque seconde. Je ne crois pas aux coïncidences.

Eh bien, moi non plus, avais-je envie de répliquer.

— Qu'est-ce qui te fait croire que je suis enceinte ?

Il a commencé par ne rien dire, puis s'est penché vers moi pour murmurer d'une voix si basse que j'ai dû automatiquement me pencher à mon tour pour l'entendre.

— Bon, je pourrais t'expliquer que les femmes enceintes ont une certaine apparence… Tu es pâle. Le teint verdâtre. Ce sont les nausées, n'est-ce pas ? Tu devrais sans doute essayer de grignoter quelque chose, même si tu n'en as pas envie. Peut-être un toast nature ?

J'en avais la tête qui tourne. Était-ce une menace, ou un conseil médical ? À ce moment-là, il m'a souri.

— Ou je pourrais juste t'avouer que j'ai vu un livre dans ton sac.

J'aurais pu me gifler. Fourré dans mon sac à main béant sur la chaise à côté de moi se trouvait un ouvrage intitulé *L'agenda de ma grossesse, semaine par semaine*.

— Il n'est pas de toi. Il est de Harry.

— Comment ça se fait que vous n'ayez pas eu d'enfants avant ?

— Ça ne te regarde pas, mais on a décidé d'attendre un peu avant d'avoir un bébé.

— Donc tu es en train de me raconter que votre décision d'avoir un bébé coïncide avec le fait que tu couches avec moi ? Je ne te crois pas. Tu sais que j'ai un fils, pas vrai ?

Il pianotait des doigts sur la table.

— Oui, tu me l'as dit.

— Mon ex-femme est tombée enceinte avant qu'on se marie. C'est la raison pour laquelle on s'est mariés, pour être honnête.

J'ai frissonné. C'était tellement cruel de dire ça. Il a dû remarquer mon expression, parce qu'il s'est repris.

— En fait, c'est la meilleure chose qui me soit arrivée. Je ne voulais pas d'enfant à cette époque. Je n'avais que vingt-cinq ans. Mais elle a arrêté la pilule parce que ça lui donnait des migraines, et aussitôt après, elle s'est retrouvée enceinte, a-t-il souri. C'était merveilleux. Dès l'instant où il est né, je l'ai aimé. Avant ça, même. L'intensité… ça te coupe les jambes. Rien ne peut te préparer à ça.

Il riait à ce souvenir.

Je savais exactement ce qu'il ressentait. J'étais désolée pour son ex-femme. Je ne connaissais même pas son prénom, mais j'étais là, à écouter tout son historique médical. J'avais le cerveau qui bouillonnait. Elle était tombée enceinte si facilement. Tom avait prouvé qu'il était en capacité de procréer. N'était-il pas plus probable que le bébé soit de lui ? Le sang battait à mes tempes. Je ne voulais pas d'un enfant de lui. Mais je voulais *ce bébé*, pourtant.

—Alors, à ton avis, qui a le plus de chances d'être le père? insista-t-il d'une voix douce, persuasive. Ton mari ? Vraiment ?

J'ai baissé les yeux. Je me sentais de nouveau nauséeuse.

—Oui. Vraiment.

Il m'a touché la main.

—Tu pensais que le problème venait de toi ? a-t-il suggéré d'un ton gentil. C'est ça que tu avais en tête pendant toutes ces années ?

J'étais incapable de proférer un son.

—Peut-être que vous deux... Peut-être que ça n'aurait jamais marché. Ce n'est pas rare, tu sais. Et maintenant que tu es avec quelqu'un d'autre...

—Je ne suis pas avec toi !

—Pas maintenant. Mais tu l'as été. Et c'est mon bébé, alors qui sait ce qui va se passer ?

Il s'est penché en avant, et j'ai senti l'odeur du café, aigre, dans son haleine. J'ai tenté de m'enfoncer dans mon fauteuil, de garder mes distances, mais il avait les yeux rivés sur moi, et j'étais pétrifiée.

—J'aurais imaginé qu'une femme de ton âge qui pensait qu'il y avait le moindre risque d'une grossesse prendrait soin d'utiliser une contraception si elle couchait avec un autre homme.

—Tu crois vraiment que je me balade avec des préservatifs sur moi juste au cas où je coucherais avec quelqu'un ?

—Aucune idée, a-t-il rétorqué avec un haussement d'épaules. Mais, à ta place, j'aurais pris toutes mes précautions pour ne pas tomber enceinte.

—Et réciproquement !

—Tu m'as pris par surprise...

C'était dit avec un rire. J'en avais entendu assez.

— Tu aimes les films en noir et blanc ?

Il a eu l'air surpris par le coq-à-l'âne.

— Oui, certains. Pourquoi ?

— Oh, parce que j'en ai regardé un l'autre jour. Ça s'appelle *Hantise*. C'est sur la manipulation psychologique. Tu l'as vu ?

Il a fait « non » de la tête, lentement.

— Tu me rappelles un des personnages. Mais tu sais quoi ?

Je me suis penchée en chuchotant pour qu'à son tour il doive s'approcher pour m'entendre.

— Je vois clair dans ton jeu.

Il s'est redressé et a bu de l'eau. J'aurais mis ma main au feu qu'il aurait préféré de la vodka.

— Je ne sais pas de quoi tu parles.

— Ah bon ?

Je me suis levée, j'ai pris de l'argent pour payer ma boisson dans mon porte-monnaie, et je l'ai posé sur la table.

— Peut-être que tu devrais le regarder.

— Ne pars pas déjà. Qu'est-ce qu'on va faire ? Pour le bébé ?

— On ne va rien faire du tout, ai-je rétorqué en avançant le visage vers le sien. Je suis heureuse dans mon couple. J'aime mon mari. Toi et moi, on a passé une nuit ensemble. Rien qu'une nuit ! Et tu crois que ça suffit pour me mettre enceinte ?

— Une nuit, peut-être, mais trois fois...

J'ai rougi.

— Ça ne change rien. Ne t'approche plus de moi.

***

J'ai regagné mon lieu de travail en hâte. Annie discutait avec quelqu'un dans la cuisine au bout du couloir, et je me suis débrouillée pour me faufiler dans notre bureau pour prendre ma trousse de beauté d'urgence dans mon tiroir. Dans les toilettes, je me suis brossé les dents et j'ai essayé de retrouver figure humaine. J'avais toujours un teint épouvantable, cependant, et quand Annie est revenue à son poste, il ne lui a fallu qu'un regard avant de s'écrier :

— Tu vas bien ? Tu as une mine affreuse, ma pauvre ! Tu devrais rentrer te coucher.

— C'est ce que je vais faire, dès qu'on aura parlé de ton rendez-vous à Londres.

Elle s'y rendait dans la matinée pour rencontrer deux créateurs de mode au sujet d'un projet de site, et l'on devait revoir ensemble quelques dates et chiffres avant qu'elle parte.

— Ne t'en fais pas pour ça. Je peux t'appeler depuis le train. Tu as attrapé un microbe ?

J'ai secoué la tête. Je n'avais pas le courage d'essayer de la berner.

— Non, rien de ce genre-là…

— Qu'est-ce qui se passe ? Tu as eu des mauvaises nouvelles ?

— Pas des mauvaises nouvelles, ai-je dit, bien que, d'une certaine façon, ce soient les pires nouvelles du monde. La plupart des gens verraient ça comme des bonnes nouvelles.

Je l'ai regardée comprendre lentement. Elle a écarquillé les yeux.

— Tu plaisantes. C'est vrai ?

J'ai acquiescé, et on s'est mises à rire. Elle m'a serrée très fort dans ses bras.

— C'est merveilleux. Bravo ! Tu es à combien de semaines ?

— Mes dernières règles remontent au 16 mai, donc ça fait sept semaines. On date le début de la grossesse au premier jour des dernières règles, c'est ça ?

— Pas vraiment, ça, c'est ce qu'on appelle les semaines d'aménorrhée. Patrick n'y pigeait que dalle quand je suis tombée enceinte, a-t-elle ajouté en pouffant. Il était persuadé que je me trompais, et il a même essayé de convaincre la sage-femme. Elle lui a remis les idées en place vite fait, bien fait. Est-ce que tu l'as déjà annoncé à ta mère ?

J'ai essayé de ne pas imaginer comment cette conversation se déroulerait, si Tom était le père.

— Non, je préfère garder le secret encore un peu.

— Jusqu'à l'écho ?

Je me suis demandé comment elle réagirait si je répondais : « Non, jusqu'à ce que les résultats du test ADN arrivent, pour que je sache si le père est mon mari, ou le mari de sa maîtresse. » Je voyais d'ici le silence qui s'ensuivrait.

Du coup, je me suis contentée de dire :

— C'est comme ça qu'on fait en général, non ?

— C'est tellement merveilleux ! Je ne dirai rien. On raconte aux gens que tu as un virus ?

— Dis-leur que c'est contagieux. Comme ça, je n'aurai pas besoin de les voir.

— Et Harry ? Il doit être fou de joie.

— Il répète tout le temps qu'il n'arrive pas à le croire ! ai-je souri.

— Je ne dirai rien à Patrick, promis. Je laisserai Harry le lui annoncer quand il sera prêt.

J'ai acquiescé, mais alors qu'elle continuait à bavarder, surexcitée par la nouvelle, je ne pouvais m'empêcher de m'interroger. Que se passerait-il si le père était Tom ? Il faudrait que je l'avoue à Harry. Hors de question de le lui cacher. Mais que ferait-il ?

À l'idée de sa réaction, de sa déception et de sa tristesse de ne pas avoir cette chance de devenir papa, j'avais envie de pleurer. Il me quitterait. Je le savais. Il ne serait pas capable de regarder mon ventre s'arrondir avec l'enfant d'un autre. Je ne pouvais le lui reprocher.

35

Ruby

Quand je vis Harry embrasser Emma sur le pas de leur porte, je compris que tout était fini entre nous. Je sais que ça paraît fou, mais jusque-là il m'arrivait de fantasmer qu'il m'appelle pour me dire qu'il était désolé. Il me disait que c'était une erreur, qu'il n'aurait jamais dû m'abandonner. Dans mon imagination, je me faisais prier, mais il finissait par l'emporter, et nous vivions longtemps et heureux.

Mais quand je songeais à sa façon de se pencher vers Emma pour lui prendre le visage entre ses mains et l'embrasser, exactement comme il l'avait fait avec moi lors de notre premier baiser, je voyais bien que ce n'était pas un homme que son épouse avait forcé à rester à ses côtés. Mes rêveries n'étaient rien de plus que cela, un évitement de la réalité. Je n'habiterais jamais avec Harry, et c'était sa décision.

J'essuyai mes larmes et je repris courage. Une fois la maison vendue, je pourrais partir. Loin. Je brûlais d'impatience de voir ce moment arriver, mais pour l'instant, il fallait que je trouve un travail.

Aussi, à 8 heures, j'étais de retour dans mon appartement, bien habillée et prête à postuler immédiatement à n'importe quelle offre d'emploi. Assise à la table du salon, je consultais des agences plus éloignées de chez moi, puisque j'avais été exclue des plus proches. Je savais d'expérience que les sites étaient mis à jour au fur et à mesure que les offres arrivaient, et j'avais bien l'intention d'être réactive. J'avais passé le dimanche à peaufiner mon CV. Je n'avais pas encore reçu de réponse à mes précédents courriers, mais je savais qu'il fallait être patiente. C'était une question de quantité : plus j'enverrais de candidatures, meilleures seraient mes chances d'obtenir un boulot.

À 9 heures, Oliver me téléphona.

— Ruby, j'ai réfléchi. Il y a peut-être des postes dans ma boîte. Est-ce que tu veux que je te recommande ?

— Ce serait super. Tout me convient pour le moment. Je cherche juste quelque chose qui me permette d'attendre jusqu'à la vente de la maison.

— Génial ! Envoie-moi ton CV, je te recontacterai.

Il me dicta son adresse mail.

J'écrivis un texto à Sarah :

Est-ce que tu as donné la lettre à Harry ?

Elle répondit dix minutes plus tard :

Je viens juste d'arriver ! Je la dépose dans son tiroir dans une minute.

Cela me mit en rage de le savoir au bureau comme si de rien n'était. Il m'avait tout simplement remplacée par Sarah, et avait continué sa petite vie. C'était vraiment difficile de ne pas l'appeler pour lui dire le fond de ma pensée.

À cet instant, je reçus un mail d'une nouvelle agence de Liverpool en réponse à ma demande d'entretien. Une heure plus tard, je franchissais leur porte et m'installais en face de Lesley. Elle m'expliqua que la plupart des emplois qu'ils proposaient étaient permanents, mais j'espérais qu'en lui faisant bonne impression elle arriverait à me dénicher un contrat. Du moment que ma réputation ne lui parvenait pas aux oreilles.

— Alors, qu'avez-vous fait récemment ? Je vois que vous avez travaillé pour Sheridan's à Chester. C'est un excellent employeur, à ce qu'on prétend ! Vous avez apprécié votre expérience chez eux ?

Question intéressante… J'avais envie de lui dire à quel point j'avais apprécié, mais je réussis à garder mon calme.

— Oui, je travaillais en tant qu'assistante de Harry Sheridan, le directeur général.

— Et c'était un CDI ?

Je n'avais pas d'autre choix que mentir.

— C'était un intérim de longue durée. Son assistante avait des problèmes de santé, elle a dû s'absenter.

— Pendant dix-huit mois ?

Je haussai les épaules, cherchant désespérément une raison pour laquelle quelqu'un aurait besoin d'un si long congé, mais le téléphone de Lesley sonna, et quand elle raccrocha, il semblait qu'elle avait accepté mon propos.

— OK, je crois qu'on a peut-être quelque chose qu'on pourrait vous proposer. Vous êtes sûre que vous n'êtes intéressée que par de l'intérim ?

— Oui. J'envisage de déménager dans quelques mois, et je ne sais pas encore où je vais partir. Je ne veux pas me fixer tout de suite.

Elle plissa les yeux, et je vis qu'elle se demandait si cela valait la peine de me consacrer du temps.

— Bien sûr, ajoutai-je en hâte, je reste dans cette région, alors j'espère collaborer avec vous plus longtemps que ça. C'est juste que je vais acheter une maison, et que je veux travailler assez près, donc je chercherai un poste définitif après.

Je n'avais aucune intention de m'attarder dans les parages une fois la maison vendue. Je mettrais les voiles. Je pensais à mes amis de la fac qui vivaient à Édimbourg, d'autres dans le Devon. L'une de mes anciennes camarades habitait dans le sud de la France, un autre travaillait à l'ambassade du Royaume-Uni en Islande. Je ressentis une bouffée d'espoir. Je serais libre d'aller où je voulais. J'eus une soudaine réminiscence d'une phrase que Tom m'avait dite après des vacances : il était occupé, mais je devrais réserver quelque chose. Il serait content d'aller n'importe où. Je nous avais organisé un voyage en Italie, dans un charmant petit village près de Sorrente. Je pensais qu'il avait passé un bon séjour, qu'on avait bien profité, mais à la toute fin, pendant le vol retour, il avait dit : « Tu n'arrives jamais vraiment à choisir le bon coin, pas vrai ? » Un frisson de panique me secoua le ventre à ce souvenir. Et si je m'installais dans un lieu inconnu et que ça ne me plaisait pas du tout ?

Mon téléphone se mit alors à sonner au fin fond de mon sac. Je rougis, consciente que j'aurais dû le couper avant de parler à Lesley.

—Je suis désolée. Je vais l'éteindre.

—Ne vous en faites pas, j'allais justement refaire du café. Vous pouvez décrocher, si vous voulez.

Je sortis mon portable de mon sac et vis qu'il s'agissait d'un numéro masqué. Pensant qu'il s'agissait d'une entreprise qui m'appelait à la suite d'une demande d'emploi, je pris l'appel.

—Allô ? Ruby Dean à l'appareil.

Au début, je n'entendis pas ce qu'il disait.

—Pardon ? Vous pouvez répéter ?

—Je vais te faire tout ce dont j'ai envie, déclara une voix masculine. Et tu vas en redemander.

36

Ruby

Je me hâtai de raccrocher, puis j'éteignis mon téléphone que je fourrai dans mon sac. Mes joues en feu n'échappèrent pas à Lesley quand elle revint avec deux tasses de café.

— Tout va bien ?

Je me mis à rire, perturbée.

— Vous n'allez pas me croire. Je viens pour la première fois de ma vie de recevoir l'appel d'un pervers.

— Quoi ? C'était qui ?

— Je ne sais pas. Le numéro était masqué. Je croyais qu'on m'appelait pour une offre d'emploi.

— Qu'est-ce qu'il a dit ?

Je le lui répétai, imitant la voix grave, rauque, et elle fit une grimace.

— Ma pauvre ! Ça fait des années que ça ne m'est plus arrivé. Ça se produit moins depuis qu'on a des téléphones portables, non ? Et s'il a masqué son numéro, vous ne pouvez pas le bloquer. Ça doit vraiment être un pauvre type, pour harceler des femmes de la sorte.

Elle se rassit à son bureau.

— Malheureusement, il n'y a pas grand-chose en ce moment, et je dois donner la priorité à mes collaborateurs réguliers. Je suis sûre que vous comprenez. Plus longtemps vous resterez chez nous, plus vous aurez de choix.

Je sentis mon cœur se serrer. Son discours n'augurait rien de bon.

—La seule chose que j'ai, disponible maintenant, commence jeudi. C'est un emploi de réceptionniste dans une petite entreprise sur la péninsule de Wirral. La personne actuellement en poste se marie et prend trois semaines de congé, la société lui cherche une remplaçante.

Elle me donna le tarif horaire, qui me fit soupirer. J'avais toujours été nettement mieux payée que ça.

—Je prends.

J'avais besoin de quelque chose – n'importe quoi – pour me faire sortir de mon appartement et gagner un peu d'argent.

Elle indiqua les informations dans un mail qu'elle m'envoya.

—Je vais guetter quelque chose qui vous convienne mieux pour la suite. C'est très calme en ce moment à cause de la crise. Beaucoup de boîtes préfèrent se débrouiller en interne plutôt que de recourir à de l'intérim. Ce sera nettement plus facile quand vous serez prête à accepter un CDI.

En quittant l'agence, je traversai à pied le centre-ville. J'entrai dans un bar que je fréquentais des années auparavant. Je commandai un café et m'assis à une table dans le fond, regardant les groupes de gens qui bavardaient. Tout le monde avait l'air tellement insouciant... Je savais bien qu'ils avaient aussi leurs problèmes, mais en cet instant, je ne les voyais pas. Je redressai les épaules. Je ne devais pas me laisser aller à la déprime. Je m'étais mise dans ce pétrin et je devais m'en sortir par moi-même. J'envoyai un texto à Tom :

Qu'est-ce qu'on fait, pour la vente de la maison ? Tu crois qu'on devrait la rénover d'abord ?

Il répondit aussitôt.

Ça devrait aller en l'état. J'ai repeint le couloir et une partie des boiseries extérieures. Le reste est correct. Je vais demander à l'équipe de Molly Maid de faire un grand nettoyage, et ensuite appeler les agents pour l'estimation. Tu veux être là pour les rencontrer ? Bisou.

Quand nous étions ensemble, Tom concluait souvent ses messages par « bisou ». Je le faisais systématiquement, mais lui non, en fonction de son humeur. En remontant la conversation, je constatai qu'il n'avait jamais omis un seul « bisou » depuis que j'étais partie. Était-ce un automatisme ? Allait-il prendre conscience un jour de ce qu'il avait fait, et le regretter ? Ou était-il sincère dans cette marque d'affection ?

L'idée de parler aux agents immobiliers me noua le ventre. Je savais qu'ils apprendraient que nous nous séparions, parce qu'ils nous demanderaient s'ils pouvaient nous aider à trouver un nouveau bien. Je n'avais pas envie de voir le visage de Tom se fermer lorsqu'il devrait admettre que nous divorcions. Je savais que ce serait difficile pour lui, d'autant plus que c'était son deuxième échec amoureux. Je ne voulais pas qu'il ait de lien avec ma vie actuelle, qu'il sache où j'habitais, ni ce que je faisais. Pour autant qu'il le sache, je travaillais toujours à Sheridan's ; je m'étais bien gardée de lui dire que j'avais été renvoyée. Je me demandai alors où il pensait que je vivais, mais je repoussai cette question. Peu importait ce qu'il pensait. Je me souciais de lui, mais désormais ma vie m'appartenait. Je crois que c'est la première fois que je me sentais pleine d'espoir, comme si j'avais un avenir que je pouvais contrôler.

Aussi, j'écrivis :

Je préférerais ne pas être là si ça te convient. Dis-moi le prix du ménage, et je te ferai un virement de la moitié.

Sa réponse ne se fit pas attendre :

Ne dis pas de bêtises, Ruby. Je m'en charge. Mais comment vas-tu ? Je me suis inquiété pour toi. Est-ce que ça va ? Bisou.

Je faillis éclater de rire. Jamais de ma vie ça n'avait été moins bien. Je ne supportais pas la vue de mon nouveau chez-moi, sa moquette tachée, son canapé qui me faisait affreusement mal au dos.

Je vais bien. Merci de t'occuper des agents.

Après une hésitation, je ne conclus pas par « bisou ». Cette époque était révolue.

Il répondit aussitôt. Je ne me souviens pas qu'il répondait aussi vite lorsque nous étions ensemble.

Tu veux venir prendre un verre un de ces jours ? Ça me ferait plaisir de te revoir. Bisou.

Je ne savais pas quoi dire. J'avais peur d'oser un « non » frontal, mais j'étais terrifiée à l'idée que si j'acceptais, je risquais de me réinstaller là-bas. Je devais me forcer à me souvenir de ce qu'était la vie à la maison, et parfois, c'était difficile. Je ne répondis pas. J'évitai de penser au fait qu'il verrait que son message avait été lu. Je me dépêchai de changer le paramètre « confirmation de lecture » sur mon téléphone, mais je savais qu'il était probablement déjà informé que j'avais lu ce dernier message.

Je laissai mon portable à l'appartement pour ne pas être tentée de répondre. Je sortis marcher le long du fleuve jusqu'au parc, emportant mon Kindle pour pouvoir lire au soleil. En l'allumant, je vis qu'un nouveau livre avait été ajouté. C'était *Le Chardonneret.*

Des années auparavant, lorsque Tom et moi nous étions rencontrés, nous avions tous deux lu *Le Maître des illusions* de Donna Tartt. La nuit de notre rencontre, il m'avait raccompagnée pendant des kilomètres dans les rues de Liverpool, jusque chez moi. Parmi les très nombreux sujets que nous avions abordés figurait ce livre. Nous l'aimions d'autant plus à cause de cette soirée. J'avais eu depuis des années l'intention de lire *Le Chardonneret*, mais je n'en avais pas pris le temps. À présent, il se trouvait dans mon Kindle, et la seule personne qui pouvait l'avoir envoyé était Tom.

37

Ruby

Ce soir-là, alors que je préparais le dîner, mon téléphone émit une notification dans le salon. Le message venait de Josh, mon beau-fils.

Papa m'a dit que tu l'avais quitté. C'était trop te demander de me dire au revoir ?

La culpabilité déferla sur moi. Josh était une constante dans ma vie depuis ses cinq ans. J'aurais voulu lui parler, lui dire que je partais, mais Tom me l'avait interdit. J'avais dû céder sur ce point : Josh était son fils, et il était normal que Tom veuille être le premier à le lui annoncer.

Les doigts moites de stress, je répondis :

Coucou Josh ! Ton père m'a demandé de ne pas te contacter tant qu'il ne t'aurait pas parlé. Mais pourquoi te dire au revoir ? Je pensais qu'on continuerait à se voir. Bisou.

Josh avait passé beaucoup de temps avec moi, bien plus qu'avec son père. Parfois, Tom devait s'absenter pour le travail les semaines où il en avait la garde ; Josh venait quand même, et nous nous occupions ensemble. J'étais attachée à lui ; même dans sa période d'ado affreux, il était drôle, sa colère était tournée vers son père, jamais vers moi.

Pourquoi on se verrait ? Pour quelle raison ?

Les larmes me montèrent aux yeux. Je savais qu'il était blessé, et je voulais plus que tout le rassurer.

Parce que je t'aime, Josh. Ce n'est pas parce que je me sépare de ton père que je n'aurai plus envie de te voir. Bisou.

Il ne répondit pas. Je me doutais bien qu'il était mortifié que je lui écrive que je l'aimais, mais ça devait être dit. Sa relation avec moi n'avait rien à voir avec celle que j'avais avec son père. Je repris mon téléphone pour lui envoyer mon adresse.

Viens me voir quand tu peux. Tu me manques. Bisou.

Bien entendu, il ne répondit pas, ce qui me laissa tout le temps de m'inquiéter à l'idée qu'il ne veuille plus me fréquenter. Soudain, j'éprouvais un besoin désespéré de parler à Harry, de lui demander conseil. On avait passé tellement de temps à discuter, et il avait toujours été capable d'apaiser mes angoisses.

Tous les jours, Sarah quittait le bureau à 15 heures pour aller chercher ses enfants à l'école, et à 15 h 05 Harry apparaissait généralement sur le pas de la porte.

— Tu veux un café ? disait-il.

Son sourire… il y avait quelque chose en lui qui m'attirait, et quand il souriait, c'était comme si tout s'illuminait en moi.

Je ne pouvais m'en empêcher. Je savais que c'était mal, mais en toute franchise, dès l'instant de notre rencontre, je m'étais sentie réchauffée. Aimée. Comme si nous savions tout l'un de l'autre... et pourtant, j'ignorais que son épouse, Emma, était enceinte.

—Je n'ai pas d'enfants, lui avais-je confié la première fois que nous avions évoqué nos familles. Mais Tom a un fils. De son premier mariage, avec Belinda. Ils ont eu un garçon, Josh.

—Alors tu as un beau-fils? Ça fait quoi?

—Il est super. On a eu quelques moments difficiles quand il était un peu plus jeune... Les affres de l'adolescence, rien de nouveau sous le soleil, avais-je ri. Mais ensuite Tom a commencé à devoir s'absenter pour le travail certains week-ends, alors Josh passait du temps avec moi.

Harry avait froncé les sourcils.

—Il n'aurait pas pu rester chez sa mère ces week-ends-là et venir une autre fois?

J'avais secoué la tête.

—Ça ne valait pas la peine de se disputer pour ça. Tom disait que Belinda voulait des moments en tête à tête avec Martin, son nouveau mari. Il disait qu'elle avait du mal à concilier sa vie professionnelle et ses obligations vis-à-vis de Josh. Et Tom et Belinda ne se parlaient plus depuis longtemps, alors c'était plus simple de garder la même organisation chaque semaine. Ils étaient tous les deux assez rigides dans leurs arrangements. Enfin, difficile de faire preuve de souplesse quand on ne s'adresse pas la parole...

—Et ça ne t'embêtait pas?

—Je pensais que si, mais je me suis mise à l'aimer. Et on s'amusait bien, en plus... il s'entend mieux avec moi qu'avec Tom, en vérité.

Je vis Harry hésiter, et je savais ce qu'il allait demander. Cette question que tout le monde se croit en droit de poser à une femme de mon âge: « Tu n'as pas envie d'avoir des enfants à toi? »

Je pris les devants.

— Je voulais des enfants, mais ça n'a pas marché. Mais j'aurais vraiment aimé en avoir, pourtant…

— Tu as tout le temps pour y remédier. Tu es encore jeune.

— J'espère… c'est juste que ce n'est pas encore arrivé.

J'hésitai à mon tour, puis je décidai de le lui révéler. Quelque chose en Harry me donnait envie de tout lui raconter.

— J'ai déjà été enceinte, en fait. J'ai fait une fausse couche avant de rencontrer Tom. À dix-huit ans.

— Ma pauvre…, soupira-t-il.

Je ne pouvais pas en parler. C'est un secret que j'avais toujours gardé pour moi. Je crois que si j'avais eu un bébé par la suite, ça aurait été plus facile, mais ce souvenir d'avoir perdu mon unique enfant était comme une plaie mal cicatrisée : je ne pouvais pas m'empêcher d'y toucher chaque fois que la peine me submergeait de nouveau.

Harry était resté silencieux, et je m'étais interrogée sur son épouse, Emma, et lui. Ils n'avaient pas d'enfants, mais je n'osais pas lui demander si c'était un choix. Cela semblait indiscret. Je savais combien je détesterais qu'on demande à Tom si j'étais stérile. Cette seule idée suffisait à m'arracher une grimace. Cette façon que les gens ont d'exiger des réponses comme s'ils y avaient droit, sans jamais penser que leur curiosité déplacée peut être blessante.

Je sursautai en entendant mon téléphone sonner. Peut-être Josh avait-il envie de me parler. Puis, en voyant un numéro inconnu, je me dis qu'il s'agissait d'une réponse à mes recherches d'emploi. Je pris ma meilleure intonation pour décrocher.

— Bonjour, Ruby Dean à l'appareil.

Il y eut un bruit étouffé, et je me demandai un instant si c'était une erreur.

— Bonjour, ici Ruby Dean, répétai-je.

Un homme parla à voix basse, l'air peu sûr de lui.

— Vous êtes libre ce soir ?

— Quoi ?

— Ce soir ? Vous êtes libre ? Vers 19 heures ?

Bêtement, je répondis :

— Libre pour quoi ?

— Pour se voir.

Je fronçais les sourcils. C'était une drôle de façon d'évoquer un entretien d'embauche.

— Qui êtes-vous ? m'enquis-je en passant en revue toutes les entreprises auxquelles j'avais écrit.

À ce stade-là, je me demandais pourquoi il n'avait pas plutôt envoyé un mail.

Il se racla la gorge.

— Doug, dit-il en toussant. C'est combien ?

— Quoi ?

Je croyais toujours avoir affaire à un employeur. J'avais envoyé mon CV à une centaine de sociétés ces derniers jours, et je pensais que quelqu'un m'appelait enfin pour un poste.

Il m'expliqua alors ce qu'il voulait. Il me donna même le choix : différentes possibilités semblaient lui convenir.

Je regardai mon téléphone, horrifiée.

— Allez vous faire foutre ! hurlai-je. À qui croyez-vous parler ?

Il reprit la parole, mais je lui raccrochai au nez et bloquai son numéro.

Je regrettais de m'être fait la promesse de ne pas avoir d'alcool à la maison. J'aurais tué père et mère pour quelque chose de fort. Par dépit, j'envoyai un texto à Sarah.

Je viens d'être appelée par un pervers.

Sa réponse n'était pas celle que j'avais espérée.

Ooooh, il a dit quoi ???

Je poussai un soupir. Pourquoi les gens pensaient-ils toujours que ce genre d'appels étaient rigolos ?

Rien d'original. Je l'ai bloqué. Mais si tu veux, je peux lui donner ton numéro…

Elle répondit par un smiley, et j'éteignis mon téléphone. Je n'avais jamais reçu ce genre d'appels de toute ma vie ; et voilà que ça m'arrivait deux fois le même jour. Et le faux entretien d'embauche avec Alan Walker me trottait toujours dans la tête. Qui avait envoyé le mail pour fixer ce rendez-vous ? Mais ce qui me tracassait le plus, c'était la vue de mes robes accrochées dans la penderie. Quand j'essayais de me remémorer le moment où je les y avais rangées, j'avais l'impression de tenter de saisir quelque chose hors de portée. Un souvenir qui n'existait pas.

38

Ruby

Le lendemain matin, je me réveillai avec une violente migraine et découvris quarante-sept appels manqués. Onze d'entre eux avaient laissé un message. Persuadée d'avoir reçu des propositions d'emploi, je ressentis une bouffée d'excitation. Je n'aurais pas besoin de prendre ce poste de réceptionniste si mal payé. Je commençai à écouter le premier message et me hâtai de le supprimer en entendant les halètements rauques du type. Avec une inquiétude croissante, je lançai le deuxième et le coupai aussi en entendant ce qu'il voulait. Au bord de la nausée, je bloquai tous les numéros sans écouter la suite des messages.

J'envoyai un nouveau texto à Sarah :

Sarah, j'ai reçu plein d'appels de pervers. Je les ai bloqués, mais je ne comprends pas d'où ils viennent.

Elle répondit :

Désolée, c'est la course avec les enfants. Tu devrais changer de numéro.

Au comble du désarroi, j'écrivis :

Je viens juste d'envoyer plus de cent CV à des employeurs, et je me suis inscrite dans toutes les agences du Nord-Ouest. Je ne peux pas changer de numéro maintenant ! Ça me prendrait des semaines d'informer tout le monde ! J'ai besoin d'un travail !

Mon téléphone sonna, et je crus que c'était Sarah qui avait réussi à se libérer une minute pour me rassurer. Mais c'était tout sauf ça. J'avais les mains qui tremblaient en raccrochant et en bloquant le correspondant.

Cherche ton nom dans Google. Regarde si ton numéro est indiqué quelque part. Et achète-toi un sifflet. Au moins, ces pervers ne seront pas tentés de te rappeler.

Il y avait une quincaillerie dans ma rue, et je m'y rendis aussitôt. Je testai deux sifflets dans le magasin et j'achetai le plus bruyant. De retour chez moi, je me cherchai sur Google, sans rien trouver. Je songeai à rechercher sur Facebook les numéros que j'avais bloqués, mais je ne supportais pas l'idée de mettre un visage sur ces voix. Je savais que je n'arriverais jamais à dormir si je me représentais ces hommes.

Tout ce que je désirais, c'était demander conseil à Harry. Durant l'année écoulée, il avait été mon unique confident, et lui parler me manquait terriblement. Je visitai le site de Sheridan's sur mon téléphone. On y trouvait la photo de tous les dirigeants. Tout en haut figurait celle de Harry. En fermant à demi les yeux, j'avais l'impression qu'il me souriait, comme il l'avait fait, jour après jour, quand il me voyait à la porte de son bureau.

— Ruby ! s'écriait-il. Entre.

Il s'interrompait alors dans ses tâches et m'accordait toute son attention. Un seul regard de lui suffisait à me donner l'impression d'être enroulée dans une couverture moelleuse. Comme si j'étais chez moi. À Paris, il m'avait dit qu'il m'aimait. Qu'il m'adorait. Il voulait vivre avec moi, être à moi pour toujours. Et, à sa façon de me regarder, je le croyais.

Je fronçais les sourcils. Était-ce un stratagème pour me flatter ? Mais dans quel but ?

— C'est tellement facile avec toi.

J'avais éclaté de rire, et il s'était aussitôt excusé.

— Ce n'est pas ce que je voulais dire ! Avec toi, je peux être moi-même. Je n'ai pas besoin de réfléchir, ni de me demander si tu me soupçonnes d'avoir des arrière-pensées. Je peux me détendre. Et ça fait longtemps que ça ne m'était plus arrivé.

Je comprenais parfaitement. Il y avait une proximité entre nous dont je n'avais encore jamais fait l'expérience. Je me rappelle vaguement une chanson de ma jeunesse, dont les paroles disent quelque chose comme « tout va mieux quand tu es là ». C'est exactement ce que je ressentais. Comme si un monde sépia avait soudain pris vie en Technicolor grâce à lui. Et je lui faisais confiance, c'était aussi simple que ça. Je savais à l'époque que les gens diraient que j'étais naïve, car après tout, c'était un homme marié qui trompait sa femme, mais j'avais l'impression de connaître sa véritable personnalité. Je le croyais sincèrement lorsqu'il me disait qu'il m'aimait.

Cela me mit tellement en colère que je pris mon téléphone, prête à lui dire ses quatre vérités. Il devait se trouver au travail à l'heure qu'il était, et je pensais que je pouvais prendre le risque de l'appeler sur son portable. Après une hésitation, je décidai de l'appeler en numéro masqué.

— Allô ? dis-je lorsqu'on décrocha.

—Allô ? Qui est à l'appareil ?

Ce n'était pas Harry ; c'était une femme. Soudain, j'avais la bouche sèche.

—Pourrais-je parler à Harry Sheridan, s'il vous plaît ?

—Oui, bien sûr, dit-elle d'une voix plaisante, heureuse. Qui est à l'appareil ?

J'hésitai. Je ne pouvais donner mon nom. J'ignorais ce qu'elle savait.

—Jenny Leonard.

Jenny était l'une des copines d'école de ma sœur. Je ne sais pas pourquoi son nom m'était venu à l'esprit.

—Un instant, Jenny. Je vais l'appeler.

Je l'entendis crier : « Harry ? Téléphone ! » En l'entendant s'époumoner, je pris conscience qu'il était chez lui. Personne au bureau ne répondrait ainsi au téléphone. Personne ne le hélerait. Ça devait être sa femme ! Emma. Mon estomac se contracta, et je crus que j'allais vomir. Je ne voulais plus lui parler. Pas avec elle à côté.

Elle revint au bout du fil.

—Il arrive.

—Je suis désolée, bredouillai-je précipitamment. Je vais devoir raccrocher. J'ai un autre appel sur mon téléphone. Vraiment navrée.

—Je lui dirai. Il peut vous rappeler ?

—Merci, dis-je en feignant de ne pas avoir entendu, avant d'éteindre le téléphone en toute hâte.

J'avais les mains moites. Et s'il avait répondu alors qu'elle était à côté ? Qu'aurait-il dit ? Mon portable sonna au même instant. C'était un numéro fixe local que je ne connaissais pas, et mon cœur fit un bond.

—Harry ?

—Désolé, ma chérie, répondit un homme. C'est Danny à l'appareil. Tu aurais de la place pour moi ce soir à 19 heures ?

Et alors il me décrivit en détail ce pour quoi il voulait me voir. Je devinais à son ton qu'il appelait de chez lui, essayant de ne pas être surpris par sa femme.

Ce n'était pas Harry, mais je pris conscience que ça aurait pu. Si Harry avait décroché alors qu'Emma était à la maison, il aurait parlé exactement comme cet homme, d'une voix basse et dissimulatrice, cherchant désespérément à ne pas être entendu, mais animé d'un désir non moins désespéré d'avoir cette conversation illicite. Privée. Je frissonnai. C'était la réalité. Il n'y avait finalement que peu de différence, au fond, entre ce type qui appelait des inconnues et voulait les rencontrer pour une prestation sexuelle, et Harry, l'homme que j'avais cru aimer. L'un et l'autre étaient des menteurs, des adultères et des salauds.

Je fouillai dans mon sac pour en sortir le sifflet que je venais d'acheter. Je soufflai dedans de toutes mes forces, juste à côté du micro.

Sans doute pas la réaction qu'il attendait, mais bon, on ne peut pas toujours avoir ce qu'on veut.

39

Emma

C'est son hésitation qui m'a mis la puce à l'oreille. Qui hésite au moment de dire son nom ? Harry était sous la douche quand elle a appelé ; il s'apprêtait à partir à Birmingham pour un rendez-vous, et je travaillais à la maison. Quand je suis retournée au téléphone et que j'ai constaté que la personne était affreusement pressée de raccrocher, mon sixième sens s'est mis en alerte maximale.

Harry est descendu.

— Une certaine Jenny Leonard t'a appelé. Elle rappellera.

— Qui ça ?

J'ai répété le nom.

— Tu ne la connais pas ?

— Jamais entendu parler, a-t-il répondu, serein. Qu'est-ce qu'elle voulait ?

— Aucune idée.

Il a haussé les épaules.

— Qu'est-ce que tu fais de beau aujourd'hui, ma chérie ?

C'était à mon tour d'hésiter.

— Je ne sais pas encore. Un tas de trucs… J'ai du pain sur la planche.

— Ne travaille pas trop, a-t-il soufflé en me serrant fort. Tu dois aussi penser au bébé, maintenant.

***

À l'instant où il a quitté la maison, j'ai appelé son bureau en numéro masqué. Cela faisait des années que je n'avais pas téléphoné sur sa ligne fixe ; je l'appelais toujours sur son portable quand il était au travail.

— Bonjour, bureau de Harry Sheridan.

La femme au bout du fil avait une voix jeune dans laquelle se devinait un certain raffinement. Joyeuse. J'avais le ventre noué d'anxiété. Qu'est-ce que je fabriquais ?

— Bonjour, pourrais-je parler à M. Sheridan, s'il vous plaît ?

— Je suis désolée, il est en déplacement professionnel aujourd'hui. Est-ce que je peux prendre un message ?

J'ai réfléchi à toute vitesse.

— C'est Ruby ?

— Non, c'est Sarah Armstrong.

— Ah, je me demandais si Ruby était dans le coin. Je voulais lui demander quelque chose.

Je n'avais pas la moindre idée de ce que je lui dirais. J'avais juste besoin d'entendre sa voix.

— Ruby ne travaille plus ici, a rétorqué Sarah. Je suis la nouvelle assistante de M. Sheridan. Puis-je vous être utile ?

Intéressant. Il s'était bien gardé de me le dire.

— Non. Non, merci. Je l'appellerai demain.

Elle a commencé à me dire quelque chose, mais j'ai raccroché et composé le numéro des ressources humaines.

— Bonjour, ai-je dit avant de mentir effrontément. Ici Susan Forrest, je viens d'avoir un entretien avec Ruby Dean pour une embauche. J'ai oublié de lui demander ses dates de début et de fin de contrat chez vous. Est-ce que vous pourriez me les communiquer, s'il vous plaît ?

L'homme qui me répondait paraissait très jeune. Je connaissais la plupart des employés de Sheridan's, et j'ai essayé de me souvenir de ce que Harry m'avait dit à propos des ressources humaines. C'est là que je me suis souvenue qu'il y avait un stagiaire depuis le mois de juin.

— Elle ne figure pas dans nos registres. Elle était employée par le biais d'une agence. Je crois qu'il s'agit de Mersey Recruitment. C'est l'agence à laquelle nous faisons généralement appel. Il faudrait que j'interroge le service des finances pour les dates exactes… mais je ne suis pas supposé communiquer ce genre d'informations par téléphone, a-t-il conclu après une hésitation.

J'avais l'intime conviction que je tirerais davantage de renseignements de lui s'il ne parlait à personne avant.

— Oh, ne vous tracassez pas pour ça. Je peux toujours rappeler Ruby plus tard, mais je sais qu'elle est sur la route en ce moment. Elle part à Londres pour deux jours. Je me demandais juste si vous vous souveniez du jour de son départ, afin que je remplisse ce formulaire…

— Oh, oui, ça je peux vous le dire ! Elle a quitté l'entreprise vendredi 21 juin.

— D'accord, c'est parfait. Merci.

J'ai raccroché sans lui laisser le temps de s'apercevoir qu'il n'aurait sans doute rien dû me dire du tout, et je suis restée assise à mon bureau, à réfléchir.

Elle avait quitté son emploi le jour où elle était partie de chez elle. Le jour où j'avais découvert que j'étais enceinte.

Je ne crois pas aux coïncidences.

40

RUBY

Ce soir-là, j'eus l'impression que si je restais plus longtemps entre quatre murs, je deviendrais folle. Je n'arrivais à penser à rien d'autre que la voix d'Emma appelant Harry dans leur maison. Sa femme, sa maison. C'était sa vie désormais. Ça l'avait toujours été. J'aurais dû le savoir. Je devais me ressaisir avant de me retrouver à avoir besoin de boire pour oublier. Je savais que ça ne marcherait pas, en plus. Je ne ferais que ruminer.

Je regardai par la fenêtre ouverte. Le soleil était en train de se coucher, l'air était immobile. Il fallait que je sorte. J'enfilai mon short, mes baskets, et je descendis l'escalier en courant. Par terre devant la porte d'entrée s'étalait de la publicité que je ramassai pour la déposer dans la poubelle du tri. Je n'attendais pas de courrier. En réalité, je ne pensais jamais rien recevoir ici, car personne ne savait où j'habitais, et je payais toutes mes factures en ligne. Je parcourus la pile en me dirigeant vers le conteneur dans la ruelle. Parmi les prospectus se cachait une enveloppe imprimée à mon nom. Il n'y avait ni adresse ni timbre. On avait dû la déposer.

J'ouvris la lettre, me demandant si l'agence immobilière avait envoyé un reçu pour la caution que j'avais versée, mais je ne voyais pas pourquoi on était venu la glisser directement dans ma boîte. Dans l'enveloppe se trouvait une carte. Je la sortis, sourcils froncés.

Elle avait la taille d'une carte postale. D'un côté, on voyait une photo. Une photo de moi. Elle avait été prise l'été précédent dans le jardin de notre maison. Je reconnaissais la robe rouge à dos nu que je portais. Je l'avais achetée lors d'une pause-déjeuner pour une réception au travail de Tom, et l'avais mise pour son anniversaire. Nous avions organisé un barbecue chez nous, avec quelques invités. Je ne connaissais pas cette photo, mais elle devait dater de cette occasion. J'étais assise toute seule à une table dans le jardin, un verre de vin blanc à la main. Je distinguais les bulles dans le liquide, et le verre était comme dépoli par la condensation. Je semblais être en grande conversation avec quelqu'un, mais je ne voyais pas qui. Je souriais et paraissais heureuse. Insouciante. Je ne me souvenais pas de m'être sentie ainsi à la maison, pourtant ce sourire avait l'air sincère.

J'étais perplexe. Je ne m'étais pas aperçue que quelqu'un m'avait photographiée ce jour-là. Qui m'avait envoyé ça ? Je retournai la carte et vis un message dans une police d'ordinateur qui imitait une écriture manuscrite.

Je pense à toi.

***

J'eus beau courir une heure, cela ne m'éclaircit pas l'esprit. Une fois rentrée, je pris une douche et restai éveillée tard, assise à la fenêtre de mon salon, à contempler le fleuve par-delà la rue. J'avais mis de la musique sur mon ordinateur et allumé quelques bougies quand il s'était mis à faire sombre. Les rideaux étaient ouverts, et dehors, je voyais des lumières souligner les rives de la

Mersey. Devant moi, appuyée à un vase de fleurs, se trouvait la photo. Je dénichai un calepin et commençai à écrire une liste de toutes les personnes qui étaient chez nous cet après-midi-là. Oliver était présent, ainsi que quelques autres voisins. Josh et sa petite amie de l'époque. Ils s'étaient séparés peu de temps après. Sarah était là avec Adam, son mari, et leurs enfants. Certains collègues de Tom et leurs épouses étaient passés prendre un verre. Mes parents étaient venus avec ma sœur, Fiona, rentrée d'Australie pour des vacances. Les parents de Tom étaient morts quelques années auparavant. Je frissonnai à la pensée de leur réaction s'ils avaient appris que je quittais leur fils. Ils me l'auraient sans doute fait payer.

Qui avait pris cette photo ? Je repensai à la fête. Je m'étais crue la seule à prendre des photos. Je me souvenais de les avoir imprimées plus tard dans la semaine, et d'avoir remarqué que je ne figurais sur aucune d'entre elles. En étudiant la liste des invités, je savais que seul Josh connaissait mon adresse, pourtant il me semblait qu'il n'était arrivé que plus tard. Il avait passé la journée dehors avec sa copine, et ils étaient arrivés quand nous étions tous à l'intérieur. Je ne parvenais pas à me rappeler avec certitude à quelle heure ils nous avaient rejoints, mais à qui pouvais-je poser la question ?

C'est alors que je compris que ce devait être Tom qui m'avait envoyé cette carte. Il ne m'avait pas photographiée depuis des années, mais peut-être l'avait-il fait ce soir-là sans me montrer l'image. Je lui écrivis un texto :

Est-ce que tu m'as envoyé quelque chose ?

Il répondit quelques minutes plus tard.

Tu m'as réveillé, Ruby. Tu parles du Chardonneret ? Gros bisous.

Non, je ne parle pas de ça, mais merci pour le cadeau. J'ai reçu un truc aujourd'hui, et je me demandais si c'était de toi.

Par la poste ? Non, ce n'était pas moi, bébé. Je ne sais pas où tu habites. J'avais justement l'intention de te demander ton adresse. Tu peux me la donner ? Bisou.

Je ne répondis pas. Je déchirai la photo et la jetai à la poubelle. J'essayai de me concentrer sur ce que je ferais à la même époque l'année suivante. Il fallait que je parte, je le savais. Je trouvai un site de ventes immobilières sur mon ordinateur et commençai à regarder des maisons loin d'ici. Je sélectionnai les lieux que j'aimais visiter : Édimbourg et York, Londres et Brighton. Il me fallut environ cinq minutes pour comprendre que je ne pourrais rien me payer dans l'une de ces villes. Je commençai alors une liste d'endroits plus abordables où je pourrais aller, puis me mis à me demander si je voulais rester en Grande-Bretagne ou faire mes valises pour m'installer à l'étranger. Je pouvais attendre que mes parents rentrent chez eux, puis filer à Melbourne. Peut-être que je pourrais séjourner chez Fiona le temps de retomber sur mes pieds.

Ou peut-être que je devrais voyager. Partir sans but précis, sac au dos. L'idée me traversa que j'avais déjà du mal à rapporter deux sacs de courses jusqu'à la maison. Eh bien, j'irais à la salle de sport, alors. Je courrais tous les jours, et pas seulement quand l'envie m'en prenait. J'allais devenir musclée. Oui, voyager semblait une perspective merveilleuse. Puis je paniquai : partir impliquait de revenir. Mais qu'est-ce qui m'attendrait à mon retour ?

Dans ma playlist, Dave Matthews chantait « Some Devil ». Pas étonnant que je déprime. Je venais de cliquer sur « Everything's Gonna Be Alright » de Bob Marley, dans l'espoir de me remonter le moral, lorsque le téléphone sonna. Je jurai dans ma barbe en voyant s'afficher un numéro inconnu. Au lieu d'avoir peur, comme les fois précédentes, j'étais soudain furieuse.

— Allô ?

— Allô, ma poule, dit un homme avec un fort accent du coin. Tu peux me caser ce soir ? Je peux venir chez toi.

Je regardai ma montre. Ce soir ? Il était déjà presque 23 heures !

— Bien sûr, mon beau, susurrai-je d'une voix douce. Pas de problème. Mais tu es nouveau, non ? Ton numéro ne me dit rien.

— Euh… ouais, chuchota-t-il.

Il n'avait manifestement pas prévu une longue conversation. Je me questionnai un instant sur sa situation. Était-il à la maison, avec dans l'idée de raconter à sa femme qu'il allait promener le chien ? Avec un rire nerveux, je me demandai s'il comptait amener le chien aussi. Ou finissait-il son service au travail, espérant que son patron ne l'entendrait pas et que sa femme ne s'apercevrait pas de son retard, car elle dormait de toute façon ?

— Je ne suis jamais venu chez toi, admit-il.

— C'est bien ce que je pensais !

Je regrettais de ne pas avoir de vin pour me donner un peu de courage. Quelle idée de ne pas vouloir d'alcool à la maison ! Je tentai de paraître accueillante.

— Où as-tu trouvé mon numéro, chéri ? J'aime bien garder une trace de ce genre de choses.

— Je l'ai vu sur Sex Works. J'ai pensé que j'allais t'essayer.

Je cherchai mon sifflet des yeux, mais il était à l'autre bout de la pièce, et j'avais la flemme de bouger.

— Désolée, conclus-je bien que je n'aie aucune raison de l'être. Faux numéro.

Je bloquai machinalement son numéro puis tirai l'ordinateur vers moi. Il était temps de découvrir ce qui circulait sur Internet à mon sujet.

En quelques secondes, j'avais trouvé Sex Works et son slogan : « Certaines femmes sont trop faciles ». C'était un site d'escorting, bien que ces dames n'aient pas l'air de sortir de chez elles, ce qui semblait contredire la définition. Mon prénom apparaissait – et il est plutôt rare par ici pour une personne de ma génération – avec un âge indiqué entre trente et quarante ans. On trouvait mention de mon quartier, de mon numéro de téléphone, ainsi qu'une description de moi et une liste de ce que j'accepterais de faire pour de l'argent qui me fit écarquiller les yeux d'effroi. À côté de mon prénom figurait une photo de femme nue, le visage caché par un oreiller. Ce n'était pas moi. Elle ne me ressemblait en rien, mis à part le fait qu'elle avait des cheveux bruns aux épaules.

Et vous savez, il y avait quelques commentaires en dessous, avec une note. Ils disaient que j'étais une salope, que j'avais le feu au cul mais ne voulais rien donner, que je prenais les gens pour des cons. Pourtant, les appels persistaient. Quel genre de commentaire fallait-il écrire pour que ces hommes résistent à la tentation de téléphoner ?

Mon portable se remit à sonner. Appel masqué. J'eus la chair de poule en imaginant que le type était sur le site en même temps que moi, contemplant cette photo et ma liste de souhaits, et ne tenant pas compte des avis négatifs. Peut-être que c'était quelqu'un qui pensait qu'il fallait me punir de maltraiter les clients. Je rejetai l'appel en hâte.

Je fouillai le site et finis par trouver une adresse de contact. Ça me prit dix minutes : de toute évidence, ils ne voulaient pas être contactés. J'envoyai un mail court et cinglant menaçant d'une action en justice si mon numéro n'était pas effacé immédiatement.

Puis je fis une recherche par image à partir de la photo, sans résultat. Je m'enfonçai dans mon fauteuil, perdue. Les hommes qui m'appelaient étaient le cadet de mes soucis, en fait. Ils ne savaient pas où j'habitais, et avec le sifflet je pouvais me débarrasser d'eux facilement. Ce qui m'inquiétait, c'était la personne qui avait posté mon descriptif. Qui avait fait ça ? Et pourquoi se donner tant de mal pour me nuire ?

Puis je me demandai si mon nom figurait sur d'autres sites. Peut-être que mon adresse y apparaissait ! « Je peux venir chez toi », avait dit le gars. Savait-il où j'habitais ?

Je me levai d'un bond pour fermer les rideaux. Je vis alors au loin deux hommes qui marchaient dans la rue en direction de mon appartement.

J'étais pétrifiée. Venaient-ils chez moi ?

Je n'avais aucune raison de le croire, mais leur façon de marcher d'un air si déterminé m'effrayait. Alors qu'ils approchaient de la rangée de boutiques, je tendis le bras pour éteindre la lampe et j'entrebâillai un rideau pour regarder. Dans l'obscurité, je les suivis des yeux tandis qu'ils dépassaient l'immeuble sans la moindre hésitation et poursuivaient leur chemin.

Je poussai un profond soupir de soulagement. J'avais le cœur qui battait à tout rompre. Je rallumai la lumière et m'affalai sur le canapé.

Qui avait mis mon nom sur ce site ? Je restai assise dans la pièce silencieuse, à réfléchir. Ma tranche d'âge était exacte. La femme sur la photo était brune, comme moi. Je repensai aux coups de fil que j'avais reçus – désormais plus de cent – et frissonnai.

Encore une fois, je regrettais de ne pas avoir de bouteille de vin au frigo, mais je savais que l'alcool ne m'aiderait pas vraiment.

C'était une épreuve que je devais surmonter seule. Les mains tremblantes, je me servis un verre d'eau et retournai au salon. J'avais peur de mettre de la musique ou de regarder un film, au cas où je n'entendrais pas quelqu'un toquer ni crier mon prénom. Quelqu'un qui voudrait s'offrir une de mes prestations sexuelles.

J'étais incapable de lire. Je n'arrivais pas à me concentrer. Je restai blottie sur ce canapé, prenant soin d'éviter le creux qui me donnait mal au dos, et j'essayai de deviner qui pouvait m'avoir fait ce coup-là.

41

Ruby

Quand l'agence de Chester m'avait dit que le boulot était basique, ce n'était pas un mensonge. Au bout de quelques jours, j'avais l'impression de devenir folle.

Je m'étais présentée le jeudi matin vêtue d'une robe élégante, et m'étais retrouvée nez à nez avec une équipe administrative à l'air hostile. Toutes ces femmes étaient nettement plus jeunes que moi et habillées de façon plus décontractée. L'une d'elles portait un short et des tongs, et je ne pense pas l'avoir vue effectuer le moindre travail pendant toute ma journée là-bas. Dès l'instant de mon arrivée, je ne croisai que des regards suspicieux. J'essayai d'être sympathique. J'apportai du café pour tout le monde et une boîte de biscuits, et j'étais prête à aller à la rencontre de tous mes collègues. Mais Mike, le responsable, me trouvait au top, ce qui eut pour effet de tout gâcher. Du coup, les autres ne pouvaient pas m'accepter comme une des leurs, ce qui ne les empêcha pas de manger les biscuits pour autant.

J'étais censée assurer l'accueil, mais il n'y avait pas beaucoup de visiteurs. C'étaient surtout des livraisons qu'il fallait renvoyer vers l'entrepôt. Derrière la réception s'ouvrait un open space pour l'équipe, et Mike avait un petit bureau attenant. À l'étage se trouvaient les bureaux individuels des autres dirigeants. Dès mon arrivée, une fille de l'équipe administrative apporta un ordinateur jusqu'à la réception pour moi, et elles se mirent toutes à entasser du travail sur mon bureau. Le vendredi, une heure avant la fermeture, j'avais fini toutes les tâches. Je me rendis aux toilettes, et quand j'en ressortis, je trouvai ma bannette pleine de nouveaux documents à traiter. Lorsque je regardai le bureau de l'équipe, chacune détourna les yeux. Je préférais être occupée, mais cela ne signifiait pas que j'étais d'accord pour faire leur travail en plus du mien. Hélas, je ne pouvais rien dire. Elles étaient six, et aucune d'elles ne m'avait adressé le moindre mot aimable. La porte entre la réception et leur bureau était ouverte, et alors que j'effectuais leur boulot je les entendais bavarder de leurs projets pour la soirée. J'avais l'esprit ailleurs, je rêvassais à ce que je ferais une fois ma maison vendue. Je pourrais acheter une autre maison dans le coin et la mettre en location, puis vivre du montant des loyers pendant que je ferais le tour du monde. Il faudrait que je m'en tienne aux destinations les moins chères, me disais-je, débordant d'enthousiasme jusqu'à ce que j'aie une soudaine vision de moi étendue sur une plage avec une bande de jeunes de vingt ans. C'est à cet instant précis que j'entendis une des nanas du bureau dire : « Je vais en Thaïlande en septembre », et je me hâtai de modifier mes plans.

À 16 h 30, il y eut un soudain exode vers les toilettes pour femmes, et à 16 h 50 elles en ressortirent toutes recoiffées et bien maquillées. Une odeur de laque et d'arrogance empuantissait l'atmosphère. Elles se dirigèrent droit vers la porte sans dire au revoir.

***

À l'instant où je montai en voiture, je reçus un message de Fiona.

Ils sont bien arrivés. Tu sais quand ils repartent? Ils refusent de répondre, et maman parle de passer Noël ici. Prie pour moi!

Je ris. Il était inimaginable qu'elle les supporte si longtemps. Alors que je quittais le parking, je décidai de m'arrêter au supermarché en chemin, pour acheter des munitions alcoolisées. J'avais changé d'avis sur l'abstinence: si je devais travailler dans cette société, il me fallait un remontant pour me soutenir, au moins les week-ends. À côté du supermarché se trouvait une échoppe de pizzas à emporter, et je ne résistai pas à la tentation d'y faire un saut.

Je retournai à l'appartement, ma voiture embaumant le fromage et le pepperoni. J'étais impatiente d'arriver et de pouvoir me détendre. J'avais devant moi deux jours loin de ces garces et j'avais bien l'intention d'en savourer chaque instant.

Alors que je sortais de la voiture, je luttai pour garder mon sac en cuir à l'écart de la boîte graisseuse et la bouteille de vin blanc glacé loin de la chaleur de la pizza. Je ne regardais pas où j'allais, et en mettant la clé dans la serrure, je restai soudain pétrifiée.

Il y avait quelqu'un derrière moi.

Alors j'entendis: « Bonsoir, Ruby », et je fis volte-face.

C'était Josh, le fils de Tom.

42

Ruby

— Josh ?

J'aurais voulu l'embrasser. Je l'embrassais chaque fois que je le voyais, mais j'avais les bras chargés, et il ne semblait pas vouloir que je m'approche de lui.

— Coucou ! Ça fait plaisir de te voir, m'écriai-je.

— J'ai eu ton message. Alors, c'est là que tu habites ?

Je voyais à son expression, pendant qu'il regardait l'ampoule nue qui pendouillait au plafond de l'entrée, qu'il n'était pas subjugué.

— Tu peux me tenir ça ? dis-je en lui tendant la pizza et le vin. Tu montes ?

Il acquiesça par un grognement et me suivit à l'étage.

— Pose ça n'importe où dans la cuisine. Qu'est-ce que je peux te servir à boire ?

— Un grand verre de whisky, répondit-il, fidèle à la blague qu'il me sortait chaque fois depuis que je l'avais rencontré.

— Tu n'as pas encore dix-huit ans, objectai-je avec un clin d'œil. Tu veux un Coca ?

— Ouais, super, merci. Je n'aurais pas pu boire, de toute façon, ajouta-t-il d'un air détaché. Je conduis, maintenant.

— Tu conduis ? m'exclamai-je en m'immobilisant. Quand as-tu passé le permis ?

— La semaine dernière. Mardi. Il y a eu un désistement.

Il me regarda et sourit jusqu'aux oreilles.

— Un candidat qui avait fracassé sa voiture, alors il n'a pas pu se présenter.

J'éclatai de rire.

— Papa m'a acheté une voiture pour fêter ça.

— Oh, je regrette d'avoir loupé ça…

J'étais bouleversée à l'idée d'avoir raté cette étape de sa vie. Il avait travaillé dur pendant des mois pour passer son permis. Je l'interrogeais sur les panneaux et le code de la route quand il venait chez nous.

— C'est quoi, comme voiture ?

— Grise, répliqua-t-il avec un nouveau sourire.

Il savait que je n'y connaissais rien.

— Très bien, commentai-je comme s'il m'avait donné la marque, le modèle et l'année. Comment s'est passé l'examen ?

— J'ai fait trois petites erreurs, expliqua-t-il avec un mélange de fierté et de soulagement. Mais j'ai réussi à faire un demi-tour en marche arrière sans écraser personne.

— C'est super ! Je savais que tu l'aurais haut la main.

Je lui tendis un Coca et j'allumai les bougies que j'avais disposées dans des petits photophores en verre coloré sur le manteau de la cheminée.

— C'est quoi ? demanda-t-il en attrapant une des photos de lui que j'avais fait imprimer et mises dans des cadres. Tu les as emportées de la maison ?

— Non, j'ai photographié les originales, et je les ai fait imprimer.

Il rougit et les remit en place sur la cheminée.

— Et j'allume des bougies tout autour chaque soir. C'est mon mausolée.

Il pivota pour me regarder et vit que je riais.

— C'est la moindre des choses, réagit-il en esquissant un sourire.

J'ouvris la boîte de pizza avant de la lui tendre. C'était tellement bon de l'avoir ici.

— Sers-toi, mon chéri. Tu m'as vraiment manqué.

Il marmonna un merci et prit une part de pizza.

Je retournai dans la cuisine me chercher du vin, mais je m'aperçus que je n'avais pas envie de le boire en présence de Josh. Je rangeai la bouteille au frigo.

— Josh, dis-je en pénétrant dans le salon avec un verre d'eau. Je suis vraiment désolée de ne pas t'avoir annoncé que je partais. Ton père m'a demandé de ne rien te dire avant de t'avoir parlé lui-même. Il a insisté sur ce point, et je n'y pouvais rien.

Il reprit une part et mordit à belles dents dedans. Je savais qu'il essayait de gagner du temps.

— Pas de souci. C'est pas grave.

Il haussa les épaules comme si ce n'était rien, mais nous savions tous deux que ce n'était pas le cas.

— Bien sûr que si. C'est un gros chamboulement.

Il secoua la tête et continua à mastiquer.

— Alors, reprit-il quand il eut fini sa part. Tu habites ici ? Euh… question idiote.

— Pour quelques mois. Pas longtemps. Quand la maison sera vendue, j'achèterai autre chose.

Il détourna les yeux.

— Dans le coin ?

— Je ne sais pas. Je vais peut-être voyager un peu.

— Quoi ? s'esclaffa-t-il. Tu vas prendre une année sabbatique ?

— Il n'y a pas de raison que seuls les jeunes gens aient le droit de voyager, rétorquai-je, piquée au vif.

En même temps, je me disais :

Ce serait exactement comme ça sur la plage en Thaïlande. Plein de jeunes qui mangent mon dîner et se paient ma tête.

— Ouais, bon, je ne te voyais pas en routarde.

J'allais lui dire que je n'attachais pas d'importance à l'endroit où je dormais, mais je m'aperçus que ce n'était pas vrai. Je ris.

— Tu as raison. Je détesterais ça. Ici, c'est déjà limite, alors une auberge de jeunesse serait un cauchemar.

Il se mit ensuite à me parler de l'école, du foot et de ses amis. Pour la première fois depuis bien longtemps, il ne mentionna pas son ex-petite copine, et je devinai qu'il avait tourné la page. En septembre, il entamerait sa dernière année de lycée et entrerait à l'université un an plus tard.

— Tu as toujours l'intention de candidater à Londres ?

Il n'avait eu que la capitale à la bouche pendant des mois.

Il hocha la tête.

— Mais je repense tout le temps à ce que tu as dit. Que c'est super quand on est riche, mais moins fun quand on est fauché.

— C'est vrai, mais si tu as vraiment envie d'y aller, alors tu devrais envoyer ton dossier. Et tu ne seras pas fauché. Tes parents t'aideront. Et moi aussi.

Il se tourna vivement vers moi.

— Toi ?

— Pourquoi pas ? Tu es mon beau-fils.

— Mais tu n'es plus avec mon père.

— Et alors ? Ça ne change rien à notre relation, si ?

Gêné, il toussota, et je saisis l'occasion pour retourner à la cuisine chercher des petits pots de Ben & Jerry's.

— Je pensais que tu t'étais installée ici avec quelqu'un, dit-il alors que je lui tendais un pot de glace. Un bonhomme.

Moi aussi, avais-je envie d'avouer.

— Qu'est-ce qui te fait dire ça ?

— Oh, tu sais… C'est toujours comme ça, les ruptures. Mais ensuite, maman m'a parlé. Elle m'a dit qu'elle, elle n'était pas partie pour quelqu'un. Alors il n'y avait pas de raison que ce soit ton cas.

—Je croyais…, commençai-je avant de me reprendre.

—Tu croyais qu'elle avait quitté mon père pour Martin.

—Oui, c'est ce que j'avais supposé, acquiesçai-je.

En réalité, si je l'avais supposé, c'est parce que Tom me l'avait dit. Plusieurs fois. Il m'avait raconté qu'il s'était aperçu qu'elle avait une liaison, et qu'il avait aussitôt mis un terme à leur mariage.

—Non. Elle ne l'a rencontré que quelques mois après. Mes parents se sont séparés après Noël, et Martin est venu enseigner dans mon école en septembre de l'année suivante. Maman l'a rencontré à la réunion parents-professeurs, et je voyais bien qu'il lui plaisait. Elle n'arrêtait pas de sourire. Mais elle n'a commencé à sortir avec lui que lorsque je suis passé dans la classe supérieure, un an plus tard.

J'avais la tête qui tournait. Tom m'avait livré une tout autre version de l'histoire. Ça m'avait vraiment fait de la peine pour lui, qu'il ait découvert qu'elle le trompait. Il avait évoqué la période affreuse qu'il avait traversée. À présent, je ne savais plus qui croire.

—Est-ce qu'il t'a maltraitée ? Papa, je veux dire ? Est-ce qu'il t'a fait du mal ?

Cette question me transperça le cœur. Aucun enfant ne devrait avoir à s'interroger ainsi sur l'un de ses parents…

—Non, bien sûr que non. On s'est éloignés, répondis-je en essayant de faire preuve de tact. J'avais l'impression que ton père voulait que je fasse ce qu'il décidait tout le temps. Je n'arrivais plus à être moi-même avec lui.

Il hocha la tête.

—J'avais remarqué. Tu étais toujours différente quand il n'était pas là. Maman m'a dit qu'il n'était pas gentil avec elle. Elle a dû demander à papi et mamie de venir s'installer chez eux pour l'obliger à partir. Tu sais comment ils sont, rit-il. Elle dit qu'il n'a pas tardé à prendre ses cliques et ses claques.

Je me rappelais avoir vu les parents de Belinda à une fête d'anniversaire de Josh. Ils avaient un air sec et direct, et j'imaginais sans mal pourquoi Tom préférait les éviter.

— Tu te souviens de tout ça, mon grand ?

Il secoua la tête.

— Non, je ne me souviens pas de quand il habitait avec nous. Pas vraiment.

C'était déchirant de le voir si triste. Je changeai de sujet et lui demandai ce qu'il avait fait récemment. Il se dérida et me parla d'une fille qui lui plaisait. Certains de ses amis parlaient de se rendre à Budapest en août pour un festival, et il voulait lui proposer de se joindre à eux. Assise là dans mon salon à bavarder avec Josh alors que la nuit tombait, je me sentais plus heureuse que je ne l'avais été depuis que j'avais quitté la maison. C'était à lui que je devais les meilleurs moments de ma vie maritale, quand nous étions seuls et discutions de livres, de films, et des filles qui lui plaisaient Et puis Tom arrivait, et je feignais de lire et Josh grommelait, et nous savions tous deux que Tom préférait penser que nous n'avions guère de relations en son absence.

— Tu ne portes plus ton bracelet connecté, fit-il remarquer.

— Non, répondis-je en me frottant le poignet. Je ne le mets plus. Ça me rendait dingue.

— Tant mieux. Je ne sais pas comment tu faisais pour supporter ça, qu'il te surveille tout le temps.

— Il voulait que je sois en bonne santé, dis-je machinalement avant de me reprendre.

Pourquoi étais-je en train de justifier ses actions ?

— Bref, de toute façon, maintenant je cours et je ne bois pas. Je vais bien.

— Tu ne bois pas ? Tu avais une bouteille de vin à la main quand je suis arrivé !

Je ris.

— J'ai eu une dure journée au boulot.

J'avais envie de lui parler des femmes avec qui je travaillais, mais je ne voulais pas lui avouer que j'avais été renvoyée de chez Sheridan's.

— J'ai enfreint ma propre règle, conclus-je.

— Tu as Find My Friends sur ton téléphone ? s'enquit-il soudain.

— Aucune idée… Qu'est-ce que c'est ?

Je vous jure que je ne me sens jamais aussi vieille que quand je parle à Josh.

— Une appli qui peut permettre à quelqu'un de savoir où tu es. Enfin, où est ton portable. Ça revient au même. Ça sert si tu perds ton téléphone.

— Je ne crois pas l'avoir. Je ne l'ai pas installée.

— Je peux vérifier ?

Je le dévisageai.

— Pour quoi faire ? Qu'est-ce qui te fait penser que je l'ai ?

— Un truc que papa a dit un jour. Il savait où tu étais, et je ne voyais pas comment il pouvait le savoir.

Je sentis mon estomac se nouer. Sans un mot, je lui passai mon téléphone. Pendant qu'il l'examinait, j'emportai la boîte de pizza et les verres vides dans la cuisine. Je restai un moment la tête penchée au-dessus de l'évier. Tom savait-il depuis le début où je me trouvais ? M'avait-il espionnée ? Je repensai à la photo qu'on avait glissée dans la fente de la porte, et qui gisait à présent en petits morceaux dans la poubelle.

En retournant au salon, je demandai d'un ton décontracté :

— Est-ce que tu as dit à ton père où j'habite ?

— Non, bien sûr que non. Il m'a envoyé un message l'autre soir pour me demander si je savais, mais maman m'a conseillé de me taire. J'ai répondu que je n'en avais aucune idée.

— Merci. Tu comptes lui dire que tu m'as vue ?

Il secoua la tête lentement.

— Non. Sauf si tu me dis que ça ne te dérange pas.

Il me rendit mon téléphone.

— Je n'ai rien trouvé. Tout a l'air normal. J'ai dû me faire des films.

— Tu es certain ?

Je ne sais pas pourquoi je ne me sentais pas vraiment soulagée. À présent que le doute s'était insinué en moi, je ne parvenais plus à le déloger.

— Et le tien ? Tu as vérifié ?

Il m'adressa un sourire désabusé.

— Tu plaisantes ? Je ne le quitte jamais des yeux.

— Josh, tu te souviens de l'anniversaire de ton père, l'an dernier ? Tu étais venu avec Becky, tu te rappelles ?

— Ouais. Je me rappelle. Qu'est-ce que tu veux savoir ?

— Tu as pris des photos ?

— Quoi ? s'étonna-t-il, éberlué.

— Est-ce que tu as pris des photos pendant la soirée ?

Il rit.

— J'en doute sérieusement ! Pourquoi est-ce que j'aurais pris des photos ?

Je secouai la tête.

— Ne t'en fais pas pour ça. J'essayais juste de me souvenir qui était là, c'est tout.

— Plein de vieux, me taquina-t-il en s'esquivant quand je tentai de l'attraper. Je regarderai, si tu veux, mais j'ai effacé pas mal de photos quand on a rompu, Becky et moi, et elle est la seule que j'ai photographiée ce jour-là.

Il se leva et se frotta les yeux. Je savais que son ex-petite amie lui manquait toujours.

—Je ferais mieux d'y aller, dit-il en ouvrant la porte. Ça te dérange si je reviens, un de ces quatre?

—J'espère vraiment que tu le feras, répondis-je en le serrant dans mes bras. Tu sais que je t'aime. Tu es un garçon super. Faire ta connaissance est la meilleure chose qui me soit arrivée au cours de mon mariage avec Tom.

—Pareil pour moi, confia-t-il avant d'éclater de rire. Enfin, tu vois ce que je veux dire.

—Parfaitement.

43

Ruby

Le lendemain matin, je fus réveillée par mon téléphone. Fiona m'avait envoyé un message d'Australie, disant simplement :

Merci d'envoyer les secours.

Cela faisait à peine quelques jours que mes parents étaient chez elle, et ils avaient prévu de rester des mois. C'était l'hiver là-bas, et elle ne pouvait pas les envoyer à la plage toute la journée. Elle travaillait à la maison, et devait avoir un mal fou à avancer pendant qu'ils étaient là. C'était le problème de vivre ainsi à l'autre bout du monde : la plupart du temps, elle était débarrassée d'eux, mais de loin en loin ils lui rendaient visite pendant des semaines et ne rentraient que lorsqu'elle était arrivée au point de non-retour.

J'allais lui répondre lorsqu'un mail apparut. Il était de Tom, qui me transmettait un lien vers le site de l'agence immobilière :

Bonjour Ruby. J'espère que tu vas bien. Juste pour te dire que notre maison est désormais officiellement en vente. Bisou.

Les yeux flous, je m'assis dans le lit et tirai mon ordinateur vers moi afin de regarder les photos de ma maison. J'avais demandé qu'on me les envoie d'abord pour que je donne mon aval, mais de toute évidence on n'avait pas tenu compte de ma consigne.

J'avais le cœur serré en parcourant l'annonce. Je n'étais pas entrée dans notre maison depuis bien longtemps, et elle me manquait terriblement. Elle était propre et rangée, même si j'étais prête à parier que c'était grâce à l'intervention de l'agence Molly Maid.

Je contemplai l'image de mon salon. Tom avait enlevé les photos du manteau de la cheminée et les avait remplacées par un vase en verre de l'entrée. Je dézoomai pour voir l'ensemble de la pièce. Il avait déplacé les canapés, afin qu'ils soient côte à côte et non plus face à face. Je zoomai dessus. Les canapés me faisaient penser au moment où on les avait achetés. Ce jour-là, je croyais être enceinte, mais n'avais pas encore voulu l'annoncer à Tom. Chaque mois à cette époque j'étais tellement euphorique, puis je ressentais une écrasante déception lorsque mes règles arrivaient. Quand nous avions choisi les canapés, mon désir d'enfant était une obsession, et je faisais des tests tous les mois. C'était devenu une plaisanterie qui n'était pas tellement drôle, avec Tom qui rentrait à la maison en disant : « Au retour de Londres, je suis passé devant une pharmacie, et ils avaient un modèle de test que tu n'as jamais essayé ! Je t'en ai acheté un, il paraît que ça porte bonheur. »

Le jour des canapés, j'avais deux jours de retard, et quelques tests avaient été négatifs, mais j'étais persuadée que le prochain serait positif. Et pendant que le vendeur faisait son baratin, nous parlant du tissu et des dimensions et de tout le toutim, je ne pensais qu'à une chose.

Je donnerai le sein à mon bébé sur ce canapé. Je poserai les pieds sur ce repose-pieds et j'appuierai la tête sur ces coussins, et j'aurai un bébé sur la poitrine. Une petite fille, peut-être. Je sentirai son souffle dans mon cou, le poids de son corps endormi contre le mien. Ses cheveux doux, duveteux, me caresseront le visage quand je lui ferai un baiser en espérant secrètement qu'elle se réveillera.

Et j'étais tellement embarquée dans l'histoire que j'étais en train de me raconter que, quand je m'étais assise sur le canapé pour l'essayer, j'avais fermé les yeux, et à ce moment je sentais presque le poids du bébé contre moi et l'odeur de lait de son haleine.

« Ruby ! s'était écrié Tom. Ce n'est pas le moment de t'endormir ! »

Le vendeur et lui avaient ri. « On part sur celui-là, alors ? »

J'avais ri aussi, mais pendant le reste de l'après-midi je percevais la sensation du bébé en moi, détendu dans mon ventre, et je savais, j'avais la certitude d'être enceinte. Évidemment, ce n'était pas le cas. Jamais.

Et je regardais les photos du salon, avec ces rappels de mon infertilité qui prenaient toute la place, et je ne savais pas si je voulais les garder ou ne plus jamais les revoir.

Mon téléphone émit encore une notification. Tom.

Ça rend bien, non ? Bisou.

Je répondis :

Oui, c'est bien. Mais je déteste l'idée que des gens voient ces photos.

En appuyant sur « envoyer », je fis une grimace. Je ne voulais pas qu'il interprète cette remarque de la mauvaise façon. Tout ce que je voulais dire, c'est que je ne supportais pas l'idée de personnes qui se baladent dans la maison en émettant des critiques pour faire baisser le prix. D'un autre côté, avec Tom, ça ne risquait pas de marcher.

Il répondit aussitôt :

Moi aussi. Ça a été notre maison pendant si longtemps. Gros bisous.

Je ne pouvais pas me laisser aller à ressasser, mais lorsque je me redressai dans la minuscule cabine de douche et me cognai la tête contre le pommeau, puis quand j'épongeais l'eau savonneuse ensuite, je pensai à Tom et aux messages qu'il m'avait envoyés depuis mon départ. Tous étaient gentils. Compatissants. Sincères. Je n'aurais pas cru lui faire autant de mal en le quittant.

Lorsque je sortis de la salle de bains, il y avait un autre message.

J'aimerais que tu sois toujours là. Bisou.

***

J'avais tellement de choses à penser ce jour-là. Je voulais quelqu'un à qui parler, quelqu'un qui regarderait la situation d'un œil neuf. Je fis défiler ma liste de contacts. Il n'y avait personne en qui je puisse avoir confiance. J'aurais pu appeler Fiona en Australie, mais mes parents étaient là-bas avec elle, et elle serait trop remontée pour discuter.

Dehors, il faisait beau et chaud. Je m'assis à la fenêtre et vis des gens en petits groupes qui descendaient vers le fleuve et le parc. Ils avaient des sacs de pique-nique et des poussettes avec des ombrelles, des enfants en chapeau de soleil. Tout le monde semblait avoir de la compagnie. Mes pensées tournaient en boucle dans mon esprit. Devrais-je parler à Tom ? Lui proposer une thérapie de couple ? L'idée d'entendre ce qu'il aurait à dire de moi me faisait reculer. Peut-être que je pourrais y aller seule ? Mais il y avait la question du prix. Je regardai sur Internet : je n'en avais pas les moyens en vivant ici avec un petit salaire. Et si je rentrais à la maison… Je crois que ce fut la première fois où j'envisageai sérieusement de revenir vers lui. Il s'était montré si gentil. Cela faisait à présent un moment qu'il était tout seul : regrettait-il son comportement des dernières années ?

Le téléphone ne sonna pas de la journée. Les appels pour l'escorting avaient cessé, Dieu merci. J'étais retournée sur le site et je n'y avais pas retrouvé mon numéro. Le webmaster avait dû prendre mes menaces au sérieux. À raison. Je ne pouvais m'empêcher d'être inquiète, cependant, à l'idée que ces types aient conservé mes coordonnées.

À 19 heures, j'avais lu un livre et regardé deux films. J'aurais été incapable d'en décrire l'intrigue. J'avais trop de soucis en tête. Je me levai, agitée et agacée contre moi-même d'avoir perdu une journée. Je décidai de faire un tour en voiture.

Il était inévitable que je passe devant ma maison. Alors que je roulais vers mon ancien quartier, je me sentis de plus en plus tendue. J'avais les mains moites sur le volant. Je me demandais ce que faisait Tom à cette heure un samedi. Normalement, on serait à la maison, avec Josh. Après le dîner, soit il rentrait chez sa mère, soit il allait chez un ami. C'était moi qui le déposais, car Tom avait bu. Du reste, j'aimais ce moment en tête à tête avec Josh.

Je remontai la rue jusqu'à notre maison et me garai. J'avais peur que Tom regarde par la fenêtre et m'aperçoive. Je n'avais pas envie de le voir. Je ne savais pas ce que je lui dirais. Ce que je ferais. Je relus le texto qu'il m'avait envoyé.

J'aimerais que tu sois toujours là. Bisou.

Je songeai à prendre ma place habituelle de stationnement, remonter l'allée et entrer dans la maison. C'était possible. J'avais les clés dans mon sac ; je ne les avais pas enlevées depuis le soir où j'étais partie. Je pourrais poser mon sac sur le guéridon de l'entrée et aller dans la cuisine, regarder la liste sur le frigo et voir ce qui était prévu pour le dîner. Je pourrais être de retour dans ma cuisine avec la radio allumée, à cuisiner, un verre de vin à portée de main.

Je frissonnai. Autrefois, j'avais besoin de ce verre de vin. Serait-ce encore le cas, si je revenais ?

Je ne sais pas pourquoi, mais j'avais supposé que Tom passait la soirée chez lui. Sa voiture n'était pas là, pourtant, et la maison était plongée dans l'obscurité. Je me demandais où il était. Avait-il un rendez-vous galant ? Si je restais assez longtemps, allait-il ramener une femme à la maison, main dans la main, lui recommandant de faire attention dans les marches inégales du jardin ? Allumerait-il les bougies dans l'âtre, lui servirait-il un gin tonic en lui posant des questions sur elle, comme il l'avait fait avec moi au commencement ? Et si j'entrais, si je retournais dans ma cuisine pour me la réapproprier, serait-il agréablement surpris ?

J'avais mal à la tête, et je ne savais plus ce que j'éprouvais pour lui. J'étais si peu douée pour juger le caractère des gens. J'avais cru que Tom était l'homme qu'il me fallait, mais j'avais l'impression qu'il m'étouffait, que je devais lutter pour respirer. Ensuite, j'avais pensé que Harry m'aiderait à me reconstruire. Sa décontraction, son affection, et sa manière de me traiter comme une personne précieuse m'avaient subjuguée, mais je ne représentais rien pour lui.

À présent que j'étais libre, je ne savais ni qui j'étais, ni ce que je valais.

***

Je restai dix minutes à regarder le côté de ma maison, puis je redémarrai et passai l'angle, afin de me trouver à côté de l'allée. Si

Tom arrivait, je serais bien obligée d'assumer. Le panneau *À vendre* était placé juste au coin. C'était logique, car ainsi il était visible depuis les deux rues. Je me doutais qu'après le départ de l'agent immobilier Tom était sorti sur la pelouse pour l'installer là où il le jugeait bon. Il fallait toujours qu'il ait le dernier mot. Même s'il ne le déplaçait que de quelques centimètres, il éprouverait de la fierté à l'idée que ce soit fait à sa façon.

Dans la lumière du lampadaire, je vis que les boiseries avaient été repeintes, et les grilles aussi. Deux nouveaux lauriers dans d'énormes pots encadraient la porte d'entrée, et j'imaginai Tom à la jardinerie, tout seul, un dimanche, hissant avec difficulté ces deux colosses dans la voiture. Jamais il n'aurait accepté un coup de main. Cela, je le savais.

Je me penchai pour observer le jardin. Il était bien entretenu, la pelouse fraîchement tondue. Normalement, c'était ma responsabilité, et je me demandais qui s'en était chargé en mon absence. Tom avait dû faire appel à un professionnel : quand je requérais son aide, il rechignait systématiquement.

Des phares illuminèrent la rue derrière moi, et je poussai un juron. Était-ce Tom qui rentrait ? Je n'avais vraiment pas envie qu'il me voie. Je me hâtai de mettre le contact. À la dernière minute, je m'aperçus que c'était Oliver. Il se gara dans son allée, sortit d'un bond de sa voiture, et claqua la portière. Il se tourna vers moi avec un signe de la main.

À regret, je baissai ma vitre et coupai le moteur.

— Bonsoir, Oliver.

— Coucou, dit-il en s'approchant. Qu'est-ce que tu fais là ? Tu es revenue à la maison ?

— Non. J'ai appris qu'elle était en vente. Je me suis dit que j'allais venir jeter un coup d'œil.

— Tu vas entrer ?

Je secouai la tête vivement.

— Non. Non. Certainement pas.

— Ça ne craint rien, Tom est parti en week-end.

— Parti ? Où ça ?

Je me repris :

— Désolée, ne réponds pas. Ça ne me regarde pas.

— Ne t'en fais pas. Je ne pense pas que ce soit un secret. Il est allé en Écosse rendre visite à son frère. Il est parti tôt ce matin, et ne rentre pas avant deux jours. Il m'a parlé d'un rendez-vous à Glasgow lundi matin.

— Ah, d'accord. Je sais qu'il a des clients là-bas. En tout cas, ça fait plaisir de te voir, dis-je avec un sourire.

— Attends. Tu ne veux pas venir prendre un verre ?

— Non merci, répondis-je sans réfléchir. Je ferais mieux de rentrer.

Cela m'avait bouleversée de voir ma maison en vente, et aussi de constater avec quelle facilité je pourrais revenir. J'avais envie d'être seule pour réfléchir à la situation.

— D'accord.

Il semblait esseulé et fatigué, et je me souvins de toutes les fois où j'avais pensé à lui, sans personne qui l'attendait dans sa maison.

— Ça me fait un peu bizarre d'être de nouveau ici, avouai-je. Je me sens mal à l'aise, comme si les voisins allaient remarquer que je suis là, et penser que je suis revenue pour de bon.

J'hésitai. En temps normal, j'aurais cédé et bu un verre avec lui, mais je n'en avais vraiment pas envie. J'avais toujours été du genre à faire plaisir aux autres ; il était temps que ça change. J'aimais bien Oliver, mais je n'avais pas envie de le fréquenter en tête à tête.

J'avais prévu de rentrer à l'appartement, mais soudain je songeai à rouler jusque chez Harry, et à m'attarder dans l'espoir, bien mince, de l'apercevoir. C'était comme une sorte d'automutilation : j'avais tellement envie de le faire, d'éprouver ce soulagement, malgré la douleur que sa vision provoquerait en moi. Juste quand je tournais la clé de contact, Oliver déclara :

— Tu n'as pas encore tourné la page, pas vrai ?

— Si. Mais il me manque quand même…

Il hésita.

— Je sais que ça ne me regarde pas, mais il t'accueillerait sans doute à bras ouverts, si tu revenais.

Je m'aperçus du quiproquo.

— Je parlais de Harry.

— Qui ?

— L'homme… L'homme dont je t'ai parlé.

Oliver s'empourpra.

— Ah, désolé, je pensais qu'on parlait de Tom.

Il recula d'un pas avant de conclure :

— À un de ces quatre, alors ?

J'acquiesçai et je lui dis à bientôt. En m'éloignant, je le vis me suivre des yeux et je pensai aux répercussions de mon départ, à toutes les personnes que ma décision avait blessées.

44

Ruby

Je survécus à ma semaine suivante en rêvassant à mon avenir. Je m'étais fait peur le week-end, la façon dont j'avais failli retourner à mon ancienne vie avec Tom. Et ma réaction à cela avait été d'espionner Harry. Je devais arrêter ça. J'avais besoin d'un nouveau départ. Alors je me mis en pilote automatique, travaillant vite pendant que les femmes empilaient leurs dossiers sur mon bureau – oui, il y avait encore des progrès à faire avant que cette entreprise passe au tout numérique – et me donnaient leurs fichiers audio à transcrire. Comme dans le lointain, je les entendais parler de lifting des fesses et d'implants dans les lèvres – je souhaitais du fond du cœur que ces chirurgies ne soient pas une réussite – et gémir sur leur charge de travail et leur épuisement. Le vendredi, elles dévorèrent deux boîtes de Quality Street que l'un des dirigeants avait apportées sans m'en offrir un seul. Le soir venu, mes rêveries avaient pris une tournure sanguinaire.

J'envoyai un texto à Sarah :

On est vendredi, et si je ne sors pas ce soir, je vais devenir folle. Tu es dispo ?

Il s'écoula une heure, pendant laquelle je crus bien que j'allais devoir sortir toute seule, avant que mon téléphone émette une notification.

McCullough's à 20 h ?

Sans lui laisser le temps de changer d'avis, je répondis :

J'y serai.

***

Comme je m'y attendais, Sarah arriva en retard, essoufflée. J'avais déjà fini un verre de vin et je discutais avec le barman italien des incontournables de Florence. Alors que je l'écoutais décrire la nourriture de là-bas, j'ajoutai mentalement cette ville dans ma liste d'endroits où aller vivre.

— Ça va, tu n'as pas l'air trop malheureuse, fit-elle remarquer avec une pointe de ressentiment et un regard appuyé en direction de mon verre vide. Je vois que tu n'as pas perdu ton temps en m'attendant.

Je songeai à la probabilité que Sarah arrive en avance et boive de l'eau en patientant. Ni l'un ni l'autre ne se produirait jamais.

— Tu pensais que j'allais rester assise à pleurer ? Tiens, prends un verre de vin et déride-toi, dis-je en faisant signe au serveur.

Elle se débarrassa de sa veste et se hissa sur le tabouret à côté de moi.

— Je ne devrais pas... J'ai un peu la gueule de bois. C'était club de lecture, hier soir.

— C'était sympa ?

— Ouais, super. Dommage que tu ne viennes plus. On a parlé du *Chardonneret*. Ça t'aurait plu.

— C'est marrant, je suis justement en train de le lire !

Je savais, pourtant, que je n'aurais jamais exprimé d'opinion. J'étais allée au club de lecture de loin en loin, et cela m'avait plu. On se réunissait chez les unes et les autres à tour de rôle une fois par mois, et l'hôtesse préparait des choses à grignoter, des boissons. Au bout de quelques mois, c'était à mon tour de recevoir. J'étais folle de joie. C'en était ridicule, à vrai dire. Ce n'était qu'un club de lecture, mais je voyais ça comme l'occasion rêvée de me faire de nouvelles amies. Je commençais à avoir l'impression que mon univers se rétrécissait. Tom avait accueilli les dames, servi les rafraîchissements, et j'avais cru qu'il prenait plaisir à les avoir sous son toit. Il ne participait pas à la conversation, et ce n'est que lorsqu'elles furent parties que je compris qu'il avait tout écouté.

En refermant la porte derrière elles à la fin de la soirée, je me disais que j'avais passé un excellent moment. Tom s'approcha de moi, me passa les bras autour de la taille et demanda :

— Tu as passé une bonne soirée ?

Je souris et l'embrassai sur la joue.

— Très bonne, merci.

Je retournai au salon pour emporter verres et assiettes dans la cuisine. Il me suivit pour m'aider, puis déclara :

— Ruby, ça me gêne de te dire ça, mais tu devrais laisser davantage la parole aux autres, dans le club de lecture.

Je restai pétrifiée.

— Qu'est-ce que tu veux dire ?

— C'est juste quelque chose que j'ai remarqué, ma chérie. Tu parlais beaucoup plus qu'elles.

Je me remémorai la soirée. J'étais certaine d'être restée de longs moments silencieuse, écoutant avec plaisir les opinions des autres sur le livre.

— Mais non ! Je suis sûre que non !

—Si, bébé. Tu monopolisais la conversation, et le truc, c'est que…

Il hésita, les yeux rivés aux miens, avant d'ajouter :

—Le truc, c'est qu'elles sont diplômées de littérature, n'est-ce pas ?

J'avais les joues en feu et je me sentais au bord des larmes.

—Je ne sais pas. Peut-être que c'est le cas d'une ou deux d'entre elles, mais pas toutes, je ne pense pas.

—Elles paraissaient très intelligentes. Et leur façon de s'exprimer, eh bien, c'étaient de vraies critiques littéraires. Et toi… eh bien, je sais que tu te croyais drôle, avec ce que tu as sorti sur le protagoniste… qu'on appelle un personnage principal, au passage… mais c'était un peu embarrassant.

Je me détournai et me passai une main sur les yeux.

—Je ne savais pas que tu écoutais.

—Je n'avais pas le choix. Les portes étaient fermées, mais je t'entendais quand même. Heureusement qu'on n'est pas en été, rit-il, sinon on aurait eu les fenêtres ouvertes. Et les voisins se seraient plaints !

Je retournai à la cuisine pour m'éloigner de lui. Il me faisait revivre chaque instant en le voyant sous un autre jour. L'idée qu'il ait eu honte de moi me rendait malade. Sur le plan de travail se trouvait un plateau de canapés. J'en avais fait beaucoup trop.

—Ah, ils n'ont pas eu tellement de succès, on dirait…, commenta-t-il en les mettant au frigo. Il faudra que tu les emportes au travail pour ton déjeuner, on ne va pas gaspiller.

Aussi, quand Sarah me dit : « Tu devrais venir la prochaine fois », je répondis « Peut-être », mais je n'avais aucunement l'intention de m'infliger ce supplice de nouveau.

—Comment ça se passe, au travail ?

—Arf. C'était horrible, aujourd'hui. J'avais tellement de choses à faire que j'avais la tête comme un chou-fleur.

Je savais que je ne devrais pas demander, que ce serait de la torture, mais je ne pouvais m'en empêcher.

—Qu'est-ce qui s'est passé ?

Je me préparai à entendre mentionner Harry.

—Oh, il n'était pas là, dit-elle, désinvolte. Il avait pris sa journée. Il a dit qu'il avait promis à Emma de passer plus de temps avec elle. Je crois qu'ils vont aller choisir des meubles pour décorer la chambre du bébé.

Elle but une gorgée de vin.

—Vraiment ? Ce n'est pas un peu tôt ?

—Apparemment, Emma passe son temps à regarder des vêtements de bébé, répondit-elle avec un haussement d'épaules. Harry dit qu'elle n'a pas acheté grand-chose, car elle attend l'échographie, mais il pense qu'il sera en faillite d'ici Noël. Ça t'embête, de penser à Emma enceinte ? me demanda-t-elle en m'observant du coin de l'œil.

Je m'étais préparée à cette épreuve. Je n'allais pas laisser voir ma faiblesse, ni montrer combien cela me touchait. J'avais répété la scène mentalement au travail, pendant que j'avais mes écouteurs pour retranscrire d'interminables fichiers audio.

—Je suis contente qu'il soit heureux.

Même si c'est à mes dépens. Comment peut-il être heureux après ce qu'il m'a fait ?

—Menteuse ! rétorqua-t-elle avec un éclat de rire.

—Non, c'est vrai.

Je réfléchis à la question quelques secondes.

—Franchement, c'est vrai. Il fallait que je parte de chez moi. Ça ne me faisait pas du bien. C'est dommage que ça n'ait pas marché avec Harry, mais au final, j'ai mis fin à ce mariage. Ça m'a donné le courage de franchir le pas, j'en avais besoin.

C'était surtout de la bravade. Je ne voulais pas que Sarah ni personne ait pitié de moi, mais lorsque je songeais à Harry désormais, c'était presque comme s'il n'avait pas existé, comme si je l'avais inventé de toutes pièces pour me convaincre de quitter Tom. Ce qui était plus réel, en revanche, c'était le fait qu'il m'ait rejetée. Les images de lui gentil avec moi palissaient quand je repensais à sa façon de me laisser rentrer chez moi pour mettre un terme à mon mariage, alors qu'il savait très bien qu'il n'en ferait pas autant de son côté.

Nous restâmes silencieuses quelques minutes, puis je demandai :

— Est-ce que Harry a lu ma lettre ? Est-ce qu'il a dit quelque chose ?

Elle éclata de rire.

— Je croyais que tu avais tourné la page ?

— Dis-moi s'il l'a lue, d'accord ?

— Je l'ai mise dans son tiroir du haut. Il ne m'en a pas touché mot.

Elle nous servit un autre verre.

— Il faut que tu passes à autre chose, Ruby. C'est fini, maintenant. Tourne la page.

J'avais toujours détesté cette expression qui semblait faite pour clouer le bec aux gens. Mais je n'avais pas le courage d'en faire la remarque à Sarah : j'avais besoin de son amitié. Aussi, je bus du vin et me contentai de répondre : « Tu as raison ». Elle trinqua avec moi, ravie de m'avoir fait entendre raison.

45

Ruby

Pour finir, nous passâmes une excellente soirée. Nous croisâmes des gens qu'elle connaissait, et les heures filèrent sans autre mention de Harry, d'Emma ni de leur bébé. Pendant un moment, je parvins presque à oublier tout ce qui s'était passé, même si le vin n'y était pas étranger.

À la fin de la soirée, tout le monde se retrouva sur le trottoir. Notre petite ville n'étant pas encore sillonnée par les chauffeurs Uber, quelques taxis attendaient au bout de la rue. Les gens se ruèrent dessus. Sarah vivait à l'opposé de chez moi. Un de ses amis partait dans la même direction, et attrapa le dernier véhicule.

—Ça ira pour toi ? me demanda-t-elle en entrant avec difficulté dans le taxi.

—Oui, ça va aller. On se donne des nouvelles bientôt.

—Je t'appellerai.

Il devint rapidement évident qu'il n'y aurait pas de nouveaux taxis pour me ramener chez moi. Nous étions encore quelques-uns à attendre, et nous appelâmes les sociétés locales de taxis, sans succès. C'était un vendredi soir tard, la plus grosse soirée de la semaine dans les pubs et les boîtes. J'allais devoir prendre mon mal en patience. Les gens commencèrent à se disperser, espérant trouver des stations de taxis en ville. Je regardai autour de moi, toujours éméchée, et, de guerre lasse, commençai à marcher pour rentrer chez moi.

Mon chemin suivait une longue rue commerçante, avec très peu d'habitations. Bien sûr, à cette heure-là, les boutiques étaient fermées, et la rue était plutôt déserte. Je vis seulement un groupe de garçons qui se dirigeaient vers le centre-ville, alors que je m'en éloignais. Je marchais d'un pas assez chancelant, maudissant mes chaussures. J'avais pris un taxi à l'aller sans penser que je ferais le retour à pied depuis *McCullough's*. Mes talons semblaient se coincer dans le moindre trou entre les pavés, et je devais garder les yeux rivés au sol pour ne pas me tordre la cheville. Je serrai ma veste autour de moi dans la nuit fraîche.

Un homme approchait de moi, et je me décalai sur le bord du trottoir pour le laisser passer. Il me regarda, sourit, puis dit : « Bonsoir ! » Je ne réagis pas, mais gardai la tête baissée, forçant l'allure. J'entendis ses pas s'éloigner, puis le bruit qu'il faisait en expédiant d'un coup de pied une bouteille en plastique du trottoir sur la chaussée.

Ensuite la rue devint silencieuse, les lampadaires étaient plus espacés et moins lumineux. Sur cette portion, il y avait quelques maisons. Sur un côté se trouvait un parc, désert à cette heure évidemment. On ne distinguait que l'obscurité par-delà la grille qui le longeait. De l'autre, c'étaient des boutiques, des bureaux, tous fermés. Ils étaient peu nombreux à avoir laissé de la lumière, et je me hâtai de réverbère en réverbère, soudain consciente que cela faisait des années que je n'étais pas rentrée à pied de nuit, toute seule. J'essayai de me rappeler les règles que j'avais apprises enfant : ne pas marcher trop près des bâtiments, pour éviter que quelqu'un m'entraîne dans une ruelle. Ne pas marcher trop près des voitures stationnées, au cas où quelqu'un s'y cacherait. Je ne mis pas mes écouteurs. J'étais en alerte maximale. Ma clé de maison me lacérait presque la paume de la main tant je la serrais fort.

Puis j'ignore ce qui se passa, mais soudain je me sentis bizarre. J'avais la peau qui picotait et les oreilles aux aguets. Je redressai le dos et j'accélérai le pas, tout en essayant de comprendre. Et subitement, je compris. Je percevais une présence.

La rue était silencieuse, et j'entendis le bruit mat d'une portière qui se refermait. Je me retournai vivement. Personne. Je restai immobile une seconde, focalisée sur la rue derrière moi, et vis au loin le type en manteau clair qui m'avait dit bonsoir. Je pivotai et repartis à toute vitesse, mais je sentais toujours le picotement d'anxiété qui me faisait dresser les cheveux sur la tête.

Voitures et fourgons étaient garés le long du trottoir, qui était assez étroit. Pendant un moment, j'envisageai de marcher au milieu de la chaussée, mais une voiture passa, et je décidai de rester dans la relative sécurité du trottoir. Le véhicule ralentit et tourna à gauche un peu plus loin. Pendant quelques minutes, tout fut de nouveau silencieux. Ma rue était encore à plusieurs centaines de mètres. J'entendis une autre voiture arriver derrière moi.

Ce n'est qu'après son passage que je pris conscience que c'était le même véhicule qui m'avait déjà dépassée quelques minutes auparavant. Elle était grise, assez grande, mais je ne reconnaissais ni la marque, ni le modèle. Je vis qu'elle avait cinq portes et un pot d'échappement double. Lors de son deuxième passage, je remarquai que la plaque d'immatriculation commençait par MV. Une fois encore, elle tourna à gauche un peu plus loin.

Je fronçai les sourcils. Pourquoi la même voiture passerait-elle deux fois ? La panique monta d'un cran dans ma poitrine. Je marchais dans cette rue, seule. Il n'y avait eu aucun autre véhicule, seulement celui-ci.

C'était comme si tous mes sens étaient en alerte. Le ciel paraissait plus sombre : toutes les étoiles avaient disparu. Les lumières des magasins semblaient plus glauques, et projetaient des ombres sur le bitume. Mon ouïe était affûtée : j'entendais la brise dans les arbres et le grondement lointain de la circulation. Puis j'entendis une voiture qui remontait la rue, encore une fois.

J'étais terrifiée. Je ne pouvais me permettre de regarder derrière moi, de peur d'attirer l'attention. Je scrutais à droite, à gauche, et de nouveau devant. Il n'y avait personne d'autre.

Je sortis mon téléphone de mon sac et le tins serré. Lorsque la voiture passa pour la troisième fois, je remarquai la couleur grise, le pot d'échappement double. Le numéro de plaque commençait par MW. Elle ralentit un peu plus loin. J'avais les yeux exorbités en la voyant s'arrêter au milieu de la rue étroite. Ses feux de détresse se mirent à clignoter.

Je me figeai. Hors de question de passer à hauteur de cette voiture. Nous étions toutes deux immobiles, comme des adversaires qui attendent de voir qui fera le premier geste. Puis la portière du conducteur s'ouvrit.

Je pris une grande inspiration, tournai les talons, et repartis en courant en sens inverse. Une rue adjacente déserte se présentait sur ma gauche, et je m'y engouffrai pour la remonter et tourner à nouveau dans la rue parallèle à celle que je suivais précédemment.

Tout était silencieux. Je n'entendais ni moteurs ni bruits de pas. Il n'y avait pas un chat. Certaines des maisons avaient de la lumière dans le salon ou les chambres côté façade, et tout en courant, je regardais à quelles portes je pourrais aller frapper si l'inconnu me pourchassait.

J'étais encore à plus d'un kilomètre et demi de chez moi, par les petites rues. Je progressais en zigzag, évitant les rues les plus sombres. Le temps d'arriver dans ma rue, je n'entendais plus rien d'autre que le sang qui battait dans mes tempes, mon cœur qui cognait comme un tambour.

Le trousseau prêt dans ma main, je courus jusqu'à ma porte. J'avais les doigts qui glissaient sur la clé alors que je tentais de l'insérer. Le verrou tourna, je poussai la porte d'un coup et la claquai derrière moi.

Une fois en sécurité à l'étage, je restai debout dans le couloir, haletante. La lumière d'un lampadaire à proximité brillait à travers la fenêtre. Dans ma chambre, je me tapis le long de la fenêtre pour observer l'arrière des maisons dans la rue parallèle à la mienne. Tout était immobile. Lentement, je tirai les rideaux, mais n'allumai pas de lampe.

La cuisine donnait sur les maisons de la ruelle adjacente. Tout y était également silencieux, mais il y avait suffisamment de lumières allumées pour me rassurer. Je m'empressai de descendre le store. Une fois de plus, je m'abstins d'allumer, de peur que mon ombre ne soit visible.

Dans le salon, je me contentai de l'ampoule du couloir pour m'approcher de la fenêtre. Je m'aplatis contre le mur pour regarder dehors.

Alors je vis une voiture grise remonter la rue au pas. Il n'y avait aucune raison pour qu'elle avance si lentement, aucun autre véhicule à proximité. Le conducteur se trouvait du côté opposé au mien, et je ne parvenais pas à le distinguer. Au début, je songeai à utiliser mon téléphone pour filmer la scène, mais je ne pouvais pas prendre le risque que sa lumière soit vue. J'attrapai un papier et un stylo pour noter le numéro de plaque, mais la rue était sombre, et je ne réussis pas à le déchiffrer. Je restai cachée, et suivis la voiture des yeux alors qu'elle tournait dans la rue adjacente, au coin de ma maison. Quelques minutes plus tard, elle était de retour.

Quelqu'un me surveillait.

46

Emma

C'était très étrange de vivre avec Harry pendant ces premiers temps de ma grossesse. Nous avions tous deux des secrets si énormes à cacher. Il ignorait tout du mien, et ne se doutait pas que je connaissais le sien. Chaque fois que je le regardais, je me demandais si sa relation avec Ruby suivait son cours ou s'il y avait mis fin. En tout cas, il ne manifestait plus aucun des signes habituels. Il était totalement investi dans notre couple et ne semblait jamais ni préoccupé, ni triste. Il était plus heureux que jamais.

Et j'étais heureuse, moi aussi. Bien sûr. J'étais enceinte après avoir cru que ça ne se produirait jamais. Mais j'étais folle de rage, aussi. Harry était la cause de mon état. S'il n'avait pas eu cette aventure avec Ruby, je ne serais pas allée chez Tom. Je n'aurais pas couché avec lui, je ne serais pas enceinte, et je n'aurais certainement pas à subir ses intimidations à présent.

Bien que je n'aie pas revu Tom, la menace planait toujours. Chaque fois que Harry s'apprêtait à partir au travail, je courais à la fenêtre vérifier que Tom ne l'attendait pas, prêt à lui révéler le pot aux roses. Bien que notre numéro fixe ne figure pas dans l'annuaire, dès que le téléphone sonnait j'étais saisie de terreur et je me débrouillais pour décrocher avant que Harry ait eu le temps de le faire. Pour finir, j'ai coupé le son du combiné : Harry ne s'en apercevrait pas, car il l'utilisait rarement, et cela m'évitait la crainte qu'il réponde un jour où je serais sortie. Puis je suis allée plus loin en résiliant la ligne et en expliquant à Harry que nous nous en servions si rarement que c'était jeter de l'argent par les fenêtres. Cet accès de pingrerie l'avait fait rire, et il avait décidé de verser le montant consacré à l'abonnement téléphonique sur le compte d'épargne du bébé. Dans la soirée, j'étais de retour à la fenêtre à l'heure où il devait rentrer, afin de pouvoir détourner son attention si jamais j'apercevais Tom. Quand j'entendais la voiture de Harry tourner dans l'allée, j'observais son visage pour voir s'il semblait furieux, déboussolé ou fou d'inquiétude. C'était épuisant de devoir anticiper les faits et gestes de Tom.

Mais Harry nageait désormais dans un bonheur constant. L'annonce du bébé lui avait redonné goût à la vie. Chaque matin, quand son réveil sonnait, il se levait d'un bond et démarrait la journée avec un grand sourire. Il m'embrassait sur le pas de la porte avant de partir, me serrait très fort et me murmurait « je t'aime » dans le creux de l'oreille. C'était comme aux premiers jours. Et, le soir, il sautait de sa voiture pour me retrouver.

— Coucou, disait-il en me prenant dans ses bras. Comment vas-tu, ma chérie ? Tu te sens bien ?

— Ça va.

Physiquement, c'était vrai, à présent que les nausées matinales s'étaient estompées, mais mentalement j'étais une épave.

— Et comment va mon tout-petit ? demandait-il en me caressant doucement le ventre. Est-ce qu'il est gentil avec toi ?

— Elle a été adorable, répondais-je sans réfléchir.

Il souriait chaque fois.

— Tu penses que c'est une fille, alors ? Ça me plairait. Ce sera ton portrait tout craché. Parfaite.

En général, quand il arrivait à la maison j'avais commencé à préparer le repas, mais il insistait pour que je m'asseye et me détende pendant qu'il terminait la cuisine. Il allumait la radio, et je l'entendais chanter, comme s'il était parfaitement insouciant. Et il devait l'être, je suppose. Il s'imaginait que sa liaison était restée sans conséquence, et qu'il était le père de mon bébé. C'était peut-être le cas, qui sait ?

Pendant quelques jours, je n'ai plus eu de nouvelles de Tom. J'ai commencé à me calmer. Je lui avais dit qu'il n'était pas le père et que j'étais heureuse en ménage. Même s'il persistait à penser qu'il était le père, que pouvait-il espérer pour la suite ?

Je n'ai pas tardé à le découvrir.

***

Le coup de fil est arrivé juste avant que je me couche, quelques jours après avoir vu Tom au café. On avait passé une chouette soirée, Harry et moi. Il avait apporté des fleurs, et bien que je sache que ce geste lui avait été dicté par la culpabilité, c'était quand même agréable. Il était tellement heureux ; je ne me souvenais pas de la dernière fois que je l'avais vu ainsi. Les mois précédents, je l'avais connu fatigué, éreinté, et prompt à la dispute pour des motifs futiles. À présent, il était toujours prêt à me rendre service.

— Tu as l'air d'avoir besoin de te coucher tôt, a-t-il déclaré avec un clin d'œil. Que dirais-tu d'un massage ?

— Qu'est-ce que tu veux en échange ? ai-je rétorqué, soupçonneuse.

— Rien, ma chérie, a-t-il protesté en riant. Je veux juste te faire plaisir.

— Merveilleux ! Laisse-moi juste prendre une petite douche avant.

Je lui ai resservi un verre de vin, puis je me suis levée d'un bond pour monter à l'étage. C'est alors que mon portable a sonné dans mon sac à main. J'ai froncé les sourcils.

— Qui ça peut bien être ? Il est presque 22 heures !

— Ne décroche pas. Ce n'est plus l'heure de répondre au téléphone.

J'ai fouillé dans mon sac à la recherche de l'appareil. Je n'ai pas reconnu le numéro, mais j'ai décroché.

— Allô ?

Un homme a répondu.

— Je ne vais pas le dire deux fois.

Chacun de mes nerfs s'est aussitôt tendu. Je connaissais cette voix. Je me suis lentement éloignée vers la porte d'entrée pour que Harry ne m'entende pas.

— Quoi ? ai-je chuchoté.

— Soit tu lui parles, soit je m'en charge.

47

Emma

Quand Harry est monté se coucher, j'étais trop nerveuse pour un massage. Pendant que l'eau de la douche coulait, j'avais sauvegardé le numéro de Tom sur mon portable, sous le nom d'Anna. J'étais vraiment contente d'avoir résilié la ligne fixe ; je n'aurais pas supporté qu'il appelle en mon absence.

— C'était qui ? a demandé Harry en entrant dans la chambre quelques minutes plus tard.

— Oh, personne. Un centre d'appels.

J'étais en train de me mettre de la crème hydratante, et j'ai fermé les yeux pour ne pas avoir à le regarder.

— Je ne pensais pas qu'ils étaient autorisés à appeler à des heures pareilles.

J'ai fui dans la salle de bains.

— Ça venait peut-être de l'étranger. Je ne suis pas restée assez longtemps pour savoir.

J'ai commencé à me brosser les dents, une bonne façon de rendre toute conversation impossible. Le temps que je retourne dans la chambre, il semblait avoir tout oublié.

J'ai fini par décliner le massage, prétextant une légère nausée, mais Harry m'a encore tenue une heure à parler du bébé, comment on allait l'appeler, où on l'emmènerait en vacances, comment on allait décorer sa chambre, et quand, à mon avis, elle arrêterait de l'appeler « papa » et préférerait dire « p'pa ».

J'avais l'impression que mon cœur tombait en miettes.

Pendant qu'il dormait paisiblement à mes côtés, une main protectrice sur mon ventre, je me suis tournée avec précaution pour sortir mon téléphone et l'ai orienté de façon à cacher l'écran à Harry, si jamais il venait à se réveiller. J'ai ouvert un onglet de navigation privée et rempli un questionnaire afin de savoir enfin qui était le père de mon bébé.

Une fois mon paiement accepté, j'ai pu accéder aux instructions. Je les ai lues religieusement. Je devais faire une prise de sang. C'était assez simple à arranger via le site. Ensuite je devais prélever l'ADN de Harry, et comme je ne pouvais pas lui demander d'utiliser un écouvillon, la seule solution pour moi consistait à récupérer des rognures d'ongles. J'imaginais que Tom n'aurait été que trop heureux de me fournir un prélèvement buccal, mais je ne voulais pas l'impliquer dans le processus. Et puis, il aurait exigé de voir les résultats : et s'ils n'étaient pas conformes à ce que je désirais ?

***

Alors, le lendemain, j'ai changé le sac de la poubelle de la salle de bains et nettoyé les ciseaux à ongles. Pendant qu'il se douchait avant d'aller se coucher, je lui ai crié :

— Harry, tu m'as griffée hier au lit ! Coupe-toi les ongles !

Il est sorti de la salle de bains avec un air contrit, et j'ai vraiment eu l'impression d'être une salope. Une fois qu'il dormait, je suis retournée à pas de loup dans la salle de bains, j'ai remplacé le sac par un nouveau, et caché les preuves dans mon bureau. Le lendemain matin, une fois qu'il était parti au travail, j'ai mis les rognures d'ongles dans le sachet que j'avais reçu.

Le laboratoire en ligne que j'avais choisi proposait un service de prises de sang à domicile. Heureusement, car je n'avais pas la moindre idée de comment faire un prélèvement sans ordonnance du médecin. J'ai fixé le rendez-vous sur mon lieu de travail : je ne voulais pas prendre le risque que Harry découvre cette visite. J'ai choisi un horaire très matinal, avant l'arrivée d'Annie, et baissé les stores afin que la scène ne soit pas visible pour les passants. Quand l'infirmière est arrivée, elle a pu me faire la prise de sang sans que personne le sache.

J'avais l'impression d'être une criminelle, en effectuant cette démarche clandestine. L'infirmière était très discrète, cependant, et de toute évidence habituée à ce genre de situation. J'ai fait venir un coursier qui a emporté les échantillons aussitôt pour les apporter à la clinique, et l'ensemble n'a pris qu'une heure environ, mais vu l'état dans lequel je me trouvais à présent, je savais qu'il me faudrait longtemps avant de pouvoir de nouveau me regarder dans le miroir.

Plus tard dans la matinée, alors que je tentais de mon mieux de me concentrer sur mon travail, un message de Tom est arrivé :

Tu veux que je sois avec toi lorsque tu parleras à Harry ? Je serais ravi de m'en charger si ça peut te faciliter les choses.

C'était la goutte d'eau qui a fait déborder le vase. Sans prendre le temps de réfléchir, je l'ai appelé.

—Tom? Tu veux bien arrêter de m'écrire? Tu me rends dingue !

—Bonjour, Emma, a-t-il répondu avec un calme olympien.

—Je ne vais rien dire du tout à Harry !

— Alors je le ferai. Si tu t'imagines que je vais laisser ce type coucher avec ma femme et élever mon enfant, tu te trompes.

— Tu as bien couché avec moi, toi ! ai-je crié. Tu as fait pareil !

Je me suis précipitée vers la porte du bureau pour la fermer.

— Ce n'est pas du tout le même contexte.

Le problème, c'est que je ne savais pas si c'était vrai ou faux. Je ne savais pas qu'en penser.

— Tu es consciente qu'il s'en tire bien ? Il a eu une liaison, mais toi, tu essaies de le protéger, tu refuses de lui parler de nous.

J'ai hésité. J'ignorais pourquoi je ne mettais pas Harry au pied du mur. Je ne savais pas si j'avais peur qu'il me quitte pour Ruby, ou si je voulais paraître innocente à propos du bébé. J'étais terrifiée à l'idée que l'enfant ne soit pas de lui. Ça m'obsédait.

— « Nous », ça n'existe pas.

— Bien sûr que si. Nous attendons un bébé. Et il faut qu'il le sache.

— Je vais tout nier. Je lui dirai que je ne sais pas de quoi tu parles.

— Eh bien, ça va être difficile. Après tout, tu as laissé quelque chose chez moi, pas vrai ?

Je haletai. Mon bracelet. J'avais tenté de l'oublier et, par chance, Harry n'avait pas remarqué que je ne le mettais plus. Je rougis en repensant à la façon dont Tom m'avait tenu les poignets cette nuit-là. Quand j'avais bougé, le bijou avait frotté ma peau, et Tom me l'avait retiré pour le poser sur sa table de chevet.

— Tu as mon bracelet ?

— Oui. Il est en sûreté.

— Rends-le-moi, s'il te plaît.

— Je vais le faire. Bien sûr que je vais te le rendre, mais pas tout de suite.

Il y eut un long silence.

— Comment tu pourrais expliquer ça ? Comment ton bracelet a-t-il pu atterrir chez moi, si tu n'y as pas mis les pieds ?

Je n'avais pas de réponse. Je sentais monter des larmes de rage, et je ne voulais pas qu'il en soit témoin.

— Je suis certain que Harry aimerait savoir combien tu étais volontaire, a-t-il dit d'une voix douce. Tu es venue chez moi. Tu as couché avec moi. Je veux seulement lui parler du bébé.

— Il est au courant que j'attends un bébé !

— Mais il ne sait pas encore que c'est *mon* bébé, n'est-ce pas ? Il ignore que tu portes mon enfant. Qu'il est cocu, a-t-il ri. Je dois t'avouer que j'ai vraiment hâte de le lui annoncer.

Tremblante, j'ai raccroché. Quand j'étais allée chez Tom ce soir-là pour lui parler de Harry et Ruby, j'avais voulu me venger d'elle. Mon plan s'était retourné contre moi.

48

Emma

Annie m'a appelée quelques jours plus tard, juste après le départ de Harry pour Londres. Il avait plu toute la nuit, et le ciel était encore chargé de nuages, mais elle débordait d'énergie, comme toujours.

— Tu as une voix vraiment fatiguée, a-t-elle dit. Quand tu auras passé le premier trimestre, tu te sentiras beaucoup mieux.

— J'espère... Je suis épuisée...

Je ne savais pas si c'était la grossesse qui me fatiguait, ou le fait de passer mon temps à calculer des dates et m'inquiéter de savoir qui avait le plus de chances d'être le père. Désormais, je ne parvenais plus à fermer l'œil, restant presque toutes les nuits éveillée alors que Harry dormait à mes côtés. Je discutais avec des femmes sur des forums, je vérifiais des chiffres et je traçais des courbes. J'avais honte de me trouver dans cette situation : c'était une bêtise que j'aurais attendue d'une adolescente, alors que j'approchais pour ma part de la quarantaine. Les résultats me parviendraient au bout de quelques jours, et j'avais l'impression que je serais incapable de me détendre avant d'en avoir le cœur net. Une fois que je serais fixée, je pourrais agir, me répétais-je, mais je n'arrivais à penser à rien d'autre qu'à la certitude que si le bébé n'était pas de Harry, cela mettrait fin à notre mariage.

—Tu ne veux pas que je vienne chez toi, pour qu'on récapitule ensemble tout ce qui a besoin d'être fait ? a proposé Annie. Tu pourrais rester à la maison aujourd'hui. Il y a plein de tâches que tu peux accomplir sans être au bureau, si tu es assez en forme.

Je me suis sortie du lit pour me doucher et m'habiller, soulagée à l'idée de rester chez moi.

Quand elle est arrivée, on s'est installées dans la cuisine pour planifier mon programme de la journée. J'aurais voulu me confier à elle, mais j'en étais incapable. Je ne pouvais trahir Harry de la sorte. L'infidélité, c'était une chose – nous en étions tous deux coupables à présent –, mais s'il apprenait que j'avais révélé à d'autres personnes qu'il n'était peut-être pas le père avant de l'en informer, ce serait fini.

—Il faut aussi qu'on prépare ton congé maternité. Il y a tellement de trucs à penser !

Elle ne se doutait pas à quel point elle avait raison. Si le bébé était de Tom, que ferait Harry ? Me quitterait-il ? Et qu'est-ce que Tom exigerait de moi ?

—Je suis si heureuse pour toi ! Et pour Harry, aussi.

Elle s'est levée.

—Je t'ai apporté l'écran supplémentaire. Ça sera plus facile pour toi que de travailler sur l'écran de l'ordinateur portable. Il est dans ma voiture. Je vais profiter qu'il ne pleuve plus pour aller le chercher.

Elle est allée à la porte, et je l'ai entendue parler à quelqu'un. Pensant que c'était la vieille dame d'à côté, je me suis gardée de me montrer. Je n'avais pas envie qu'elle s'invite et qu'elle commence à s'affairer autour de moi.

C'est alors que j'ai perçu une voix masculine. Je me suis approchée pour voir qui c'était, et mon cœur s'est mis à cogner lorsque j'ai reconnu Tom.

—Vous êtes sûre que vous n'avez pas besoin d'aide? demandait-il à Annie, qui se battait avec un gros écran d'ordinateur.

—Ça va, je vous remercie. Je m'en sors. Il y a quelqu'un pour toi, Emma, a-t-elle ajouté en m'apercevant sur le seuil.

J'ai fait semblant de ne pas le voir et j'ai fermé la porte derrière Annie.

—Qu'est-ce qu'il fait là?

Elle s'est tournée vers moi, surprise.

—Il s'est présenté comme un ami à toi. Tu veux que je lui dise de partir?

J'ai acquiescé.

—Dis-lui que je ne me sens pas bien.

Elle a ouvert la porte, et je l'ai entendue s'adresser à Tom.

—Pas de problème, dites-lui que je reviendrai un de ces soirs, a-t-il répondu.

En un instant, j'étais à la porte. Hors de question de courir le risque qu'il passe quand Harry était là.

—C'est bon, je veux bien te voir maintenant.

—Je monte ça dans ton bureau, a dit Annie avant de disparaître à l'étage.

—Qu'est-ce qui te prend? ai-je dit à Tom entre mes dents.

—Je voulais juste bavarder.

—Tu n'es pas censé venir ici!

Je me suis tue quand Annie est redescendue. Elle a pris son sac et ses clés sur la console de l'entrée, et m'a jeté un regard suspicieux. J'allais devoir répondre à quelques questions plus tard…

—J'attaque le site Fordham, et je t'appelle dans l'après-midi, a-t-elle déclaré en me serrant dans ses bras. Repose-toi.

Je lui ai fait la bise, et elle est partie.

Tom l'a regardée s'éloigner en voiture, puis il s'est tourné vers moi avec un sourire.

— Je te recontacterai.

— Je ne répondrai pas à tes textos, alors ne prends pas la peine d'en envoyer. Je ne décrocherai pas non plus. Je n'ai rien à te dire.

— Oh, mais si. Nous avons beaucoup de choses à discuter.

— Non. Je rentre. Je ne me sens pas bien. Si tu ne pars pas, j'appelle la police.

— Vraiment ? s'est-il esclaffé. Et tu vas leur dire quoi, au juste ?

Les larmes me sont montées aux yeux, et je les ai essuyées.

— Je t'en prie… Va-t'en.

J'avais la gorge nouée, la voix fluette. Il a eu l'air d'hésiter, puis il s'est repris.

— Il faut qu'on parle, a-t-il insisté, très calme. Je vois bien que tu es perturbée et que ce n'est pas le bon moment, mais il faut vraiment qu'on parle.

Il m'a touché le bras, m'arrachant un tressaillement.

— On n'a qu'à se donner rendez-vous ailleurs que chez toi. Tu seras moins nerveuse.

— Je ne tiens pas à discuter avec toi, ni chez moi ni ailleurs.

— Je sais que tu n'en as pas envie. Mais on doit le faire. On doit parler de ça, Emma. Écoute, Harry est à Londres ce soir, pas vrai ? Il ne rentre pas avant demain matin.

— Comment tu sais ça ?

— Son personnel a besoin d'être formé. Les réceptionnistes sont disposées à te raconter tout ce que tu veux.

Je n'ai pas répondu. J'en avais moi-même fait l'expérience. Je me suis représenté Sarah en train de lui révéler toutes les informations dont il avait besoin par téléphone.

— Je serai au pub *The Crown*, au bout de la rue, ce soir à 20 heures. Viens, et on pourra discuter.

49

Emma

La première chose que j'ai remarquée, c'est que Tom s'était habillé comme pour un rendez-vous galant. Il portait un costume bleu marine qui faisait ressortir la couleur de ses yeux, et une chemise impeccable. Il était à son avantage, et j'ai d'abord cru qu'on se voyait un court moment avant qu'il se rende ailleurs. Mais je n'ai pas tardé à comprendre que c'était moi, le plat principal.

Je suis arrivée au pub avec quelques minutes de retard. Je ne voulais pas être en avance et lui donner la satisfaction de penser qu'il m'avait fait attendre, et je ne voulais pas non plus tomber sur lui dans le parking.

Le pub était très fréquenté ce soir-là. Dehors, un panneau annonçait une soirée quiz, et la salle était pleine à craquer de gens qui parlaient avec animation. Je n'étais là que depuis quelques instants lorsque Tom s'est précipité sur moi.

— Emma !

Il s'est approché pour m'embrasser sur la joue, et je suis restée droite comme un I pour ne pas le laisser croire que ça me faisait plaisir.

— Je suis tellement content que tu sois venue. Viens t'asseoir.

Il m'a guidée jusqu'au coin de la salle où se trouvaient deux fauteuils autour d'une petite table ronde.

— Je vais te chercher un verre. Qu'est-ce qui te ferait plaisir ?

— De l'eau gazeuse. Merci.

— Bien sûr, a-t-il commenté avec un sourire. Je vais te chercher ça tout de suite.

Il n'a pas tardé à revenir avec deux verres et une grande bouteille d'eau.

— Je ferais mieux de rester sobre.

La nuit que nous avions passée ensemble m'est apparue dans un flash, et j'ai rougi. J'ai pris le verre qu'il me tendait en évitant son regard.

— Comment vas-tu ? Comment tu te sens ?

— Bien, ai-je répondu avec méfiance. Merci.

— Super. Alors, je me suis dit que ce serait une bonne idée de se réunir pour discuter de toutes nos options.

Son entrée en matière m'a aussitôt agacée, mais je suis restée silencieuse. Je ne savais pas par quoi commencer.

— Alors…

Il semblait un peu perturbé, et j'ai remarqué que son front luisait d'une fine couche de transpiration.

— Tu connais la date du terme ?

— Je ne te dirai rien tant que je ne pourrai pas te montrer la preuve que Harry est le père. Et alors, il n'y aura littéralement plus rien à discuter.

Il n'a tenu aucun compte de ma remarque.

— Harry n'est pas le père. Je sais bien que ça t'arrangerait, mais ce n'est pas le cas. Allons, Emma ! Réfléchis aux probabilités. Il va falloir que tu te fasses à l'idée.

C'était mon tour de ne pas tenir compte de ses propos. Je pouvais jouer à ce jeu-là aussi.

— Donc, je suis juste venue te dire que je vais faire un test ADN afin de te rassurer…

Il m'a interrompue.

— Quand ça ? Quand est-ce que tu fais le test ?

J'ai tenté de garder un air impassible. Je ne voulais vraiment pas qu'il ait cette information. Si le test révélait que c'était lui le père, j'avais besoin de temps pour décider quoi faire.

— Je ne sais pas encore. Je vais en parler à mon médecin.

— Tu peux le faire tout de suite. J'ai fait des recherches sur Internet...

Je ne l'ai pas laissé finir.

— Je ferai le test après la naissance du bébé. Il n'y a rien à négocier. En attendant, je ne veux pas te voir. Je ne veux pas que tu traînes autour de ma maison. Je ne veux pas aller boire un café avec toi ni te retrouver au pub. Je ne voulais pas venir ici ce soir. Je veux que tu me laisses tranquille.

— Tu plaisantes, j'espère ! Tout ce que tu fais... le moindre de tes faits et gestes me regarde, maintenant.

— Pardon ?

— Tu portes mon enfant, et j'ai besoin de m'assurer que tu le maintiens en bonne santé. Je veux t'accompagner à tes rendez-vous médicaux. Les échographies. Et quand il sera né, je demanderai une garde alternée.

Je l'ai dévisagé, n'en croyant pas mes oreilles.

— Je vais exiger la garde à cinquante pour cent, au fait. J'aurais dû le faire quand on s'est séparés, avec Belinda, mais à l'époque, ce n'était pas si courant. Je ne vais pas reproduire la même erreur. Je ne vais pas accepter qu'un autre homme passe plus de temps avec mon enfant que moi-même.

— Hors de question. Oublie ça tout de suite.

— Ça ne sert à rien de discuter.

Il s'est penché en avant. Il avait l'air excité, enflammé par l'adrénaline. À croire que ce défi le faisait bander.

— Ruby et moi, on a fini de rembourser la maison. Quand elle sera vendue, j'aurai assez pour acheter une maison plus petite et je pourrai travailler à temps partiel, comme ça je serai disponible pour le bébé.

J'ai ouvert la bouche pour protester, mais il a poursuivi :

— Et j'ai assez d'économies pour m'arrêter de travailler pendant quelques années, si besoin. Alors, si tu veux travailler à temps complet, ce n'est pas un problème.

— Tu es tombé sur la tête ? Tu ne vas pas avoir mon bébé la moitié du temps !

— Après les trois premiers mois, si. C'est *notre* bébé, Emma. Il faut que tu arrêtes d'être aussi égoïste. C'est notre bébé, à toi et moi. C'est peut-être toi qui le portes, mais quand il sera né, il ne sera pas plus à toi qu'à moi.

Je savais que je ne reverrais jamais Harry s'il entendait ce que Tom était en train de dire. Il existait une chance infime qu'il reste avec moi si le bébé était d'un autre homme, mais pas si cet homme devait demander une garde alternée. Et encore moins si cet homme était Tom. Pourquoi accepterait-il ? J'avais le cœur qui battait à l'idée de perdre Harry et de voir mon bébé seulement une semaine sur deux.

J'ai pris mon sac.

— Cette conversation ne sert à rien.

— Mais si ! Je te l'ai dit : j'ai déjà traversé tout ça, avec Josh. Je ne vais pas perdre un deuxième enfant. Et quand tu vas accoucher…

— Ne va surtout pas t'imaginer que tu seras là.

— Je suis le père du bébé, a-t-il rétorqué avec calme. Et si tu crois que Harry sera là, tu risques d'avoir une mauvaise surprise.

Il m'a adressé un sourire insolent.

— L'homme qui était là lors de la conception est celui qui assiste à l'accouchement. Tout le monde sait ça.

Je me suis levée si vite que j'ai trébuché. Un jeune couple à la table d'à côté s'est retourné vers moi. Je les ai vus regarder furtivement nos verres pour voir ce que j'avais bu. J'ai serré mon sac et je suis partie en bousculant Tom.

— Laisse-moi tranquille, ai-je sifflé à son oreille. Je ne veux plus jamais te voir.

Il s'est levé aussi et m'a suivie à l'extérieur du pub.

— Quand tu te seras calmée, tu sauras que j'ai raison. Dans tous les cas, je ne t'ai pas dit ce que je voulais te dire.

J'ai ouvert la portière de ma voiture et je me suis empressée d'y monter.

Tom tenait la porte pour m'empêcher de la refermer. J'ai allumé le moteur et crié :

— Lâche cette portière !

Deux hommes qui s'apprêtaient à entrer dans le pub se sont arrêtés pour nous regarder. Tom a baissé la voix.

— J'allais te dire que, si tu veux voir l'enfant tout le temps, il y a un moyen très facile pour cela.

Ma première pensée a été qu'il voulait m'extorquer de l'argent. Je ressentais surtout du dégoût à son égard. Puis une autre pensée m'est venue à l'esprit.

Combien ça me coûterait de me débarrasser de toi ?

— Quoi ? De quoi tu parles ?

— On pourrait vivre ensemble. Toi, moi et le bébé.

50

Ruby

Je n'arrivais pas à dormir. J'avais le cœur qui battait la chamade en songeant à la voiture grise. M'avait-on réellement suivie ? Ou bien avais-je simplement paniqué et tout imaginé ? Je ne pouvais m'empêcher de repenser à la sensation d'être épiée. J'avais la désagréable impression que cela avait un rapport avec les appels que j'avais reçus. Le conducteur était-il un de ces hommes ? Il n'aurait pas pu me reconnaître : ce n'était même pas moi sur la photo. Mais je n'avais découvert le site qu'après plusieurs jours à recevoir des coups de fil. Peut-être y avait-il eu au départ d'autres photos, qui avaient par la suite été supprimées, sans que je les aie vues ? Ou bien peut-être sur un autre site ?

Avant d'aller me coucher, je laissai les lumières allumées dans toutes les pièces, et je coinçai une chaise contre la porte de ma chambre. Si quelqu'un essayait d'entrer, je l'entendrais. Je plaçai mon téléphone sous mon oreiller et n'éteignis pas la lampe de chevet. Il me fallut une éternité pour retrouver une respiration lente et me sentir en sécurité. Je restai dans le lit à réfléchir à l'état de désastre dans lequel j'avais mis ma vie. J'avais perdu Harry, et j'avais beau le détester pour ce qu'il m'avait fait subir, il me manquait. J'avais perdu ma maison, et je savais que c'était ma faute, mais cela ne me consolait pas pour autant. Même si Josh et moi étions en bons termes, je savais que nous n'aurions plus la même relation désormais. Il partirait à l'université au mois de septembre, et si je déménageais aussi, je ne le verrais que rarement. Je n'avais pas de mari, ou plus vraiment. Nous n'étions pas encore divorcés, mais notre couple était mort. C'était ma faute, je le savais, mais il y a quelque chose dans le fait d'être marié… c'est comme un ancrage, et sans cela, j'avais l'impression de n'être à ma place nulle part. J'avais été bien naïve de croire que ma place serait un jour aux côtés de Harry.

Dès que le jour fut levé, j'envoyai un texto à Sarah.

Je suis vraiment désolée, je sais qu'il est tôt, mais j'ai besoin de te parler quand tu auras une minute.

Mon téléphone sonna quelques minutes plus tard. C'était Sarah, la voix fatiguée et mal réveillée.

— Qu'est-ce qui se passe ? Ça va ?

— Je crois que j'ai été suivie hier soir.

Je l'entendis bouger, et quand elle reprit la parole, toute trace de sommeil avait disparu.

— Quoi, quand on est parties de *McCullough's* ?

— Oui. J'ai attendu un taxi, mais il n'y en avait pas. J'ai fini par rentrer à pied.

— Oh non… tu aurais dû rentrer avec moi !

— Ce n'est pas si loin, même pas trois kilomètres, mais mes chaussures me faisaient mal. Je n'aurais pas dû mettre de talons. Mais quand je suis arrivée dans Weston Road, tu sais, là où la rue devient plus étroite ? Je n'avais pas pensé qu'il ferait si sombre par là-bas. Et alors j'ai commencé à me sentir bizarre. Je sais que ça a l'air dingue, mais je suis sûre que quelqu'un faisait des tours de pâtés de maisons et repassait très lentement à ma hauteur en voiture.

— C'était qui ? Tu l'as vu ?

— Non, je ne voyais pas son visage. Quand il s'est arrêté, j'ai fait demi-tour en courant.

— À mon avis, ce n'était rien. C'était sûrement une voiture différente à chaque fois. Tu avais pas mal bu, tu étais sans doute désorientée.

Je compris que je perdais mon temps en lui racontant cette histoire.

— Moi aussi, je flippe quand je rentre toute seule la nuit, déclara-t-elle.

Elle était très sûre d'elle, mais je ne pus m'empêcher de me demander quand elle avait fait ça pour la dernière fois.

— C'est quand il n'y a personne que ça devient stressant. Et maintenant, c'est des ampoules basse consommation dans les lampadaires ; j'ai lu un article là-dessus l'autre jour. C'est sûrement ça.

— J'imagine, répondis-je, pleine de doute. Ce n'est pas mon genre d'avoir peur, pourtant.

— Tu rigoles ? rit-elle. Et la fois où l'ascenseur est tombé en panne au boulot ? Tu n'es restée coincée que cinq minutes et tu étais morte de trouille !

Le souvenir me fit grimacer.

— Ce n'était pas tout à fait pareil… J'ai cru qu'il allait tomber dans sa cage…

Sarah se mit à rire de plus belle.

— Je me souviens que Harry a dû t'expliquer en parlant très, très lentement.

Je ne pus réprimer un sourire.

— Et même comme ça, je ne comprenais pas. J'ai juste fait semblant, pour ne pas passer pour une parfaite idiote.

— Je ferais mieux d'y aller. Je dois prendre des notes à une réunion, ce matin.

— Un samedi ?

Je n'avais pas eu l'intention de dire ça, et ma voix était plus cinglante que je l'aurais voulu. Quand j'étais dans la boîte, il m'arrivait de travailler le samedi, mais le poste de Sarah n'avait jamais impliqué cela.

Elle hésita.

— Oui. C'est un conseil d'administration.

Harry programmait toujours les CA le samedi, afin de ne pas être dérangé par le reste du personnel. Il y eut un silence gêné, puis elle reprit :

— Je suis l'assistante de Harry, maintenant. Il y a eu quelques changements de postes. Je pensais que je te l'avais dit.

Je l'entendis parler à sa fille au loin, lui dire de ne pas renverser son jus d'orange, puis elle ajouta très vite :

— Je dois filer. On se reparle bientôt.

Elle raccrocha aussitôt, me laissant désemparée. Pourquoi ne m'avait-elle pas annoncé ça la veille ? Avait-elle parlé de moi à Harry ? Elle n'avait pas eu envie de discuter boutique, et je pouvais le comprendre, mais ne pas révéler qu'elle était désormais sous les ordres directs de Harry, c'était bizarre vu la situation, non ?

En prenant ma douche et en m'habillant, je repensais aux jours où je travaillais avec lui, où je le voyais à travers la vitre pendant que nous étions chacun dans notre bureau. À présent, Sarah devait être à ma table, avec la même vue sur Harry que j'avais eue autrefois.

J'avais la gorge serrée. J'avais été tellement bête ! Lui et moi, on aurait dû rester amis. Je serais encore là-bas alors, à prendre des notes pour lui, bavarder avec lui quand il n'y aurait personne autour, échanger de petits messages qui s'effaçaient à la fin de la journée, du moment qu'on pensait à fermer nos écrans. J'avais tout gâché. Nous avions tout gâché.

À cet instant, mon portable émit un tintement. Je le consultai avec méfiance. Ces hommes du site d'escorting avaient réussi à me faire redouter mon propre téléphone. C'était un mail de Tom, qui me faisait suivre des billets : une représentation de *Star Wars* avec orchestre, au Royal Albert Hall à Londres, l'après-midi du 23 décembre. C'était exactement le genre de sorties que j'aimais. Il y avait trois places.

Salut Ruby,
J'espère que tu passes un bon week-end. J'ai vu une pub pour ces billets et je sais qu'ils partent vite, alors je me suis dit que j'allais t'en prendre. Ça va te plaire. Peut-être que tu pourrais y emmener Josh et un de ses amis ? Je suis en Écosse ce week-end, chez mon frère. Il pense à toi.
Moi aussi.
Bisou.

51

Ruby

Je ne répondis pas au message de Tom, mais j'y pensai toute la journée. Acheter ces billets, c'était le genre d'attentions qu'il aurait eues quand on s'est rencontrés. Il adorait me faire des surprises. Pour mon anniversaire, ou Noël, ou notre anniversaire de mariage, il souriait pendant des semaines à l'avance, impatient de voir ma réaction. Et ses cadeaux étaient parfaits, bien choisis. La plupart du temps, un objet que j'ignorais désirer jusqu'au moment où je le découvrais dans son joli emballage devant moi. La nuit précédente, je m'étais sentie vulnérable, terrifiée. L'attention de Tom ce matin me donnait l'impression qu'il m'aimait encore. Qu'il se souciait encore de moi. Je savais que si je l'appelais pour lui dire ce qui s'était passé, il rentrerait d'Écosse en quatrième vitesse pour m'aider. Je savais, aussi, que s'il faisait ça, je me réinstallerais dans notre maison. Ce que j'ignorais, c'est si cela me rendrait heureuse. S'il me pardonnerait. Si je pourrais l'aimer véritablement à nouveau.

Je sortis marcher et me retrouvai près de la gare régionale. Sur un coup de tête, je pris le train pour Liverpool. Je savais que la ville serait bondée. J'avais eu ma dose de solitude. Mais, alors que je marchais parmi les passants affairés à leur shopping, je ne voyais que des couples. Des familles. Des mamans radieuses qui souriaient à leurs enfants. Des amoureux qui s'embrassaient. C'était trop.

J'entrai dans le café de la librairie Waterstones et je regardai la liste du Booker Prize, choisissant les livres que j'achèterais lorsque j'aurais eu ma paie, puis je me promenai jusqu'à John Lewis, un grand magasin au cœur du centre commercial de Liverpool.

Je n'avais pas eu l'intention de regarder les habits de bébé. Je n'avais pas fait ça depuis des années, depuis l'époque où je croyais avoir des chances d'être enceinte. Mais, ce jour-là, je montai l'escalator jusqu'au troisième étage comme en transe, et me dirigeai tout droit vers le rayon layette. Mon cœur réagit aussitôt. Je voulais tendre le bras, toucher ces affaires. Il y avait de minuscules bonnets de laine blancs, des robes en velours roses. Des peluches – girafes, nounours et éléphants – assises dans d'adorables berceaux. Un lapin au crochet avec un pull rayé gris clair et blanc était posé sur une couverture bleu vif. Je me sentais fondre en les regardant. Je savais que je ne devais rien acheter. J'avais retenu la leçon depuis Captain Ouaf Ouaf, le petit chien en peluche que Tom m'avait offert. C'était trop douloureux.

Une vendeuse qui mettait sur des cintres de minuscules pyjamas se tourna vers moi et sourit.

—Puis-je vous aider ?

—Non ! répondis-je un peu trop sèchement. Ce n'est pas la peine, merci. Je cherche un cadeau pour une amie.

Je pivotai pour partir. Il fallait que je sorte de là. C'était une erreur de venir. Quand j'avais donné le petit chien dans une brocante associative près de chez moi, je m'étais juré de ne plus jamais me mettre dans cette situation.

Et c'est alors que je la vis. Emma. La femme de Harry. La femme avec qui il avait choisi de vivre, la femme qui portait son bébé.

Elle regardait des petites couvertures, les caressant comme des objets précieux. Elle avait un regard lointain que je reconnaissais, que j'avais eu moi-même lorsque je croyais encore pouvoir être enceinte. Elle semblait hésiter entre les couleurs : rose, bleu, mauve et jaune.

« Prends du blanc, avais-je envie de lui dire. Tu auras tout le temps pour la couleur. »

Je restai pétrifiée alors qu'elle portait une couverture à sa joue, comme pour en apprécier la douceur. La même vendeuse qui avait voulu m'aider s'approcha d'elle en hâte, et je les vis rire ensemble puis poser les couvertures sur le comptoir pour les comparer. Je me souvins de ce qu'avait dit Sarah, que Harry craignait la faillite quand Emma aurait dévalisé tous les magasins pour bébé. Je savais exactement ce qu'elle ressentait. J'aurais voulu acheter tout le magasin.

Je me dépêchai de partir, le cœur battant. Je ne supporterais pas de voir ce qu'elle allait choisir. Je ne voulais pas me la représenter en train de montrer ses emplettes à Harry. Je savais combien son visage s'attendrirait en les regardant. Il la prendrait dans ses bras, puis l'embrasserait. Je me fis violence pour chasser ces pensées. Je devais éviter d'imaginer les détails. Mes nuits étaient déjà suffisamment hantées comme ça.

***

À peine arrivée chez moi, je me rendis dans ma chambre, fermai les rideaux, et m'allongeai sur mon lit, enroulée dans la couette. J'avais tellement d'émotions négatives qui me tournaient dans la tête… j'avais besoin de me cacher.

Je ne pense pas que j'avais auparavant considéré Emma comme une vraie personne. J'avais occulté toute pensée la concernant, et Harry y faisait rarement allusion. Ce n'était pas l'une de ces relations dont on m'avait parlé, où l'épouse était constamment critiquée par son mari et la maîtresse de celui-ci. Je crois que nous préférions tous deux faire comme si Emma et Tom n'existaient pas. À vrai dire, je ne sais pas ce qui est pire.

Au bout d'un moment, je n'en pouvais plus de songer à eux. Je sortis du lit, déterminée à aller marcher avant le dîner, à prendre l'air et, avec un peu de chance, à retrouver des pensées positives. Avant de me mettre en route, je passai dans la cuisine chercher une bouteille d'eau dans le réfrigérateur afin de l'emporter avec moi, et je m'arrêtai net.

Sur le comptoir de la cuisine trônait une tasse de café. C'était ma tasse, mon café. Je la contemplai. J'étais certaine de ne pas en avoir bu ce matin. Méfiante, je touchai la tasse. Elle était à température ambiante. Je la portai à mon nez. Aucun doute, c'était bien du café. Le pot était sur le comptoir, et il y avait une cuillère dans l'évier. Dans le frigo se trouvait une bouteille de lait en plastique que j'avais achetée la veille. Je n'avais pas ouvert cette bouteille. Je le savais. J'enlevai le bouchon vert et je constatai que l'opercule avait été ôté. Je regardai dans la poubelle. J'avais descendu le sac dans le conteneur la veille, et là, dans le sac neuf, gisait l'opercule d'aluminium. Je fronçai les sourcils. Avais-je fait ça ? Je fermai les yeux pour me concentrer. J'aurais presque pu jurer que ce n'était pas le cas.

52

Ruby

Le lundi soir, en sortant du boulot, je me sentais beaucoup mieux. Ce contrat touchait à sa fin. Ça ne me dérangeait plus que les autres passent la journée à manger des chocolats et entassent du travail sur mon bureau chaque fois que j'allais aux toilettes. Elles n'étaient personne à mes yeux, et de toute façon, j'aimais être occupée. Ma maison était en vente. Je ne tarderais pas à prendre mon envol. J'étais toujours inquiète à l'idée d'oublier ce que j'avais fait, et j'envisageais de consulter un médecin si la situation persistait. J'avais dû me préparer un café samedi matin. C'était quelque chose que je faisais chaque jour sans exception. Je détestais m'en passer, et je me sentais fatiguée et irritable tant que je n'en avais pas bu. Je ne serais pas sortie faire des courses dans cet état. Le matin même, je m'étais retrouvée à la moitié de ma tartine en me rappelant à peine l'avoir beurrée. Et quand je vivais avec Tom, parfois, j'étais stressée et je n'arrivais pas à m'endormir avant l'aube, et le lendemain je me retrouvais au travail incapable de me souvenir de certains passages du trajet. Certaines fois, on fait les choses en pilote automatique : c'était sans doute ce qui s'était passé avec le café. C'était normal avec la fatigue.

Après le travail, je sortis directement pour un long jogging. Je pris un chemin différent, par une rue parallèle au fleuve. En haut de la colline qui descendait vers la promenade, je m'arrêtai une seconde, appuyée sur un vieux muret de pierres. L'odeur du fleuve, fraîche et saline, m'emplissait les poumons. Je mis mes écouteurs et fis défiler ma playlist dans mon téléphone. « One Love », de Bob Marley, résonnait à mes oreilles alors que je courais vers le cours d'eau en contrebas. Le soleil était encore haut, le ciel d'un bleu éclatant.

Je sentais mon cœur s'alléger. Mon corps s'échauffait, et ma respiration se faisait plus régulière, et j'éprouvai une étincelle de bonheur. La course à pied, quand il y a suffisamment de vent pour me rafraîchir le visage, et que mes bras et jambes sont synchrones, me permet de lâcher prise et de tout oublier, juste un moment.

Courant toujours, je rentrai à mon appartement avec la sensation que quelque chose avait changé en moi. J'étais prête à abandonner mon passé et à aller de l'avant. Et ce n'était pas une punition, une pénitence : c'était une perspective qui me réjouissait.

J'avais trop faim pour me doucher avant de manger, alors je préparai rapidement du poulet et de la salade, et j'emportai mon assiette dans le salon. Une notification de mail fit tinter mon téléphone : c'était seulement une publicité pour un salon d'esthétique des environs qui proposait une réduction sur des soins. Je l'effaçai. Les billets que m'avait envoyés Tom étaient désormais en haut de la page. Je relus son message. Ils avaient coûté pas loin de quatre cents livres. Il n'ignorait pas combien j'aimais ces représentations. Nous n'étions jamais allés au Royal Albert Hall, nous contentant de salles plus petites à Liverpool et Manchester, mais il savait combien je rêvais d'y aller. Et trois billets. Pensait-il nous accompagner, Josh et moi ? Le spectacle avait lieu à Noël. Croyait-il que nous serions de nouveau ensemble à cette époque ?

Pour la dixième fois, je relus son message.

Je suis en Écosse ce week-end, chez mon frère. Il pense à toi.
Moi aussi.
Bisou

Le portable retentit dans ma main et me fit sursauter. C'était Tom : un appel vidéo. Je crus, paniquée, que le fait de relire son mail l'avait conjuré. Affolée, je me passai la main dans les cheveux, repoussai mon assiette, et me redressai.

— Salut, dit-il. Je voulais juste savoir comment tu allais, être sûr que tu vas bien.

— Ça va.

Je ne sais pas pourquoi je me sentais si nerveuse.

— Merci pour les billets. C'est très gentil à toi.

— De rien. Ce sera sûrement une super soirée.

Encore une fois, je me demandai s'il pensait assister au show avec moi.

— Pourquoi tu m'appelles en vidéo ?

— J'avais juste envie de te voir, chérie, sourit-il.

— Chérie ? Ça fait des années que tu ne m'as pas appelée comme ça.

Quand il sourit, il avait l'air anxieux.

— J'en suis conscient, Ruby. Je crois que je me suis un peu perdu. Je n'ai pas assez apprécié ta présence. Me retrouver ici tout seul m'oblige à réfléchir.

Je gardai le silence. Je n'étais pas habituée à cette version de Tom.

— Ça fait des semaines que je ne t'ai pas vue. Tu as l'air en pleine forme.

Dans le coin de mon écran, je voyais exactement la même chose que lui. J'avais les cheveux emmêlés et mouillés d'avoir couru, et je ne m'étais pas remaquillée depuis le matin. Je ne me donnai pas la peine de répondre, mais pris conscience qu'au moins je ne m'excusais pas pour mon apparence.

—Tu as perdu du poids, commenta-t-il avec un sourire. Ça te va bien.

En entendant son compliment, je m'illuminai aussitôt. Je ne pouvais m'en empêcher, je le faisais à tous les coups, comme par un besoin désespéré d'approbation. Il avait raison : j'avais perdu pas mal de kilos au cours des dernières semaines, bien que je ne conseille à personne de s'y prendre de la même façon.

De l'autre côté, Tom avait l'air en pleine forme. Il portait un costume bleu marine et une chemise blanche que je ne lui connaissais pas. Il avait dû faire du shopping tout seul. J'imaginai un *personal shopper* en train de lui dire que ça lui allait à merveille, de lui booster l'ego, de lui donner le sentiment d'être extraordinaire. Il s'était fait couper les cheveux, aussi, et paraissait plus jeune. Plus heureux. La différence entre nous était si criante que je tressaillis. La confiance que j'avais gagnée en courant était en train de s'évaporer.

—Tu es beau, dis-je. Tu sors ?

Il rougit de plaisir.

—Oui, juste au pub. *The Crown.* Tu n'aurais pas envie de m'y rejoindre ? Prends un taxi. Je te déposerai au retour.

—Non merci.

Il y eut un silence, alors j'ajoutai :

—J'en aurais pour trop longtemps à me préparer.

Je ne sais pas pourquoi j'avais dit ça. J'aurais pu me coller des claques. Ça laissait entendre que j'aurais été d'accord si j'avais eu plus de temps.

—Tu vas voir qui ?

Il baissa les yeux, puis répondit :

—Oh, juste des gars du bureau.

Je fronçai les sourcils, mais m'arrêtai en voyant ma caméra. Ça me rendait encore plus moche. Je savais qu'il mentait. Jamais il ne verrait des collègues un lundi soir. C'est là que l'idée me traversa l'esprit. Avait-il un rendez-vous galant ? Quand même pas ! Pourquoi me demanderait-il de venir si c'était le cas ?

Je jetai un coup d'œil à ma montre. Il était 19 h 45. Pendant un instant, j'eus envie de sauter dans ma voiture et d'aller au *Crown* pour voir avec qui il sortait.

—Je ferais mieux d'y aller. Rejoins-moi si tu veux. Ce serait super de te voir. Tu me manques, Ruby, conclut-il avec un sourire.

Soudain, c'était comme si les années entre notre rencontre et le présent avaient rétréci, disparu. C'était l'homme qui m'avait fait craquer. Je le regardai et, à ce moment, je ne me rappelai plus pourquoi je l'avais quitté. Pendant une fraction de seconde, je pensai que je pouvais me préparer et y être à 21 heures. On boirait quelques verres, on discuterait.

Bien entendu, je n'en fis rien, mais le souvenir de son sourire, des paroles qu'il avait prononcées, me resta dans la tête. Il me réconfortait, me désorientait.

53

Ruby

Le soir de ma conversation avec Tom, je me couchai de bonne heure. J'avais trop de choses à penser. Voulait-il vraiment qu'on se remette ensemble ? J'avais renoncé à l'espoir de revoir Harry un jour, mais dans mon cœur, c'était toujours lui que je voulais. Je ne pouvais pas retourner vivre avec Tom comme si de rien n'était. Au moins, il ignorait tout de Harry. Sa réaction aurait été bien différente s'il avait su. Je commençai à envisager la possibilité de revenir auprès de Tom, s'il pouvait être toujours gentil comme en ce moment.

Je m'endormis assez vite, mais me réveillai en sursaut juste avant 2 heures. J'avais entendu un bruit.

Je me redressai dans mon lit et tendis l'oreille. Il me semblait que le bruit venait de dehors. Était-ce simplement un chat dans l'allée ? Puis il y eut un choc. Pas fort, en tout cas pas assez pour réveiller toute la rue. J'agrippai mon téléphone et je me glissai hors du lit. L'appartement était sombre, silencieux. À l'aide de la lumière du téléphone, je traversai le salon sur la pointe des pieds et me faufilai jusqu'à la fenêtre, où je tirai un peu le rideau pour regarder dehors. Personne. Pas un mouvement. Ma voiture se trouvait exactement là où je l'avais laissée. Je restai quelques minutes à contempler la rue déserte. C'était une nuit venteuse, et un sac plastique voletait au gré des bourrasques, et s'abattait sur les véhicules stationnés avant de se remettre à tournoyer.

Je passai un long moment à la fenêtre. J'entendis le vrombissement étouffé d'un moteur au loin et le vent qui secouait les carreaux. La lumière était éteinte dans les maisons alentour. Tout était silencieux.

Frigorifiée et nerveuse, je repartis vers ma chambre. Pour l'atteindre, je devais passer devant l'escalier au bout du petit couloir, et par automatisme, je regardai en bas à la lumière de mon téléphone. En voyant l'enveloppe blanche sur le paillasson intérieur, je me figeai.

Je descendis à pas de loup et saisis la lettre avant de remonter en courant comme si j'avais le diable aux trousses. Le cœur battant à tout rompre, j'allumai la lampe de ma chambre et ouvris l'enveloppe.

Dedans se trouvait une autre carte, de la même taille que la première. C'était une photo de moi, assise à ma fenêtre la nuit. Les rideaux étaient écartés, la vitre ouverte, et l'on me voyait clairement à ma table, en train de taper à l'ordinateur. La pièce semblait éclairée par des bougies. Il n'y avait pas d'indication de date sur la photo. J'essayai de deviner quand elle avait été prise, mais je ne distinguais pas mes vêtements. Ça aurait pu être n'importe quel soir. Lentement, je retournai la carte et lus le message.

Je pense toujours à toi.

Après cet incident, je ne parvins plus à fermer l'œil. J'avais l'esprit qui bouillonnait de tout ce qui s'était passé. Qui m'avait conviée à l'entretien d'embauche ? De toute évidence, c'était un canular, mais pourquoi agir ainsi ? Il n'y avait rien à y gagner. Le site d'escorting m'avait terrifiée, et à présent on me glissait des photos de moi et des messages anonymes sous ma porte. C'était horrible de m'imaginer assise là, vulnérable et esseulée, sans doute en train de chercher sur Internet un endroit où aller vivre, un lieu où je serais en sécurité, pendant que quelqu'un, dehors, prenait une photo de moi pour me terroriser.

Je ne pouvais pas m'en sortir toute seule. J'avais besoin d'aide. Je faillis téléphoner à Tom dix fois, le doigt au-dessus du bouton «appeler», désirant qu'il vole à mon secours. Je savais qu'il viendrait me sauver, me ramènerait à la maison, et que je serais de retour dans mon ancienne vie. Je n'étais pas sûre d'être prête pour ça. Sarah était la seule personne qui me venait en tête. Je me demandais ce qu'elle penserait si elle savait que Tom m'avait dit qu'il m'aimait, que je lui manquais. Je supposais qu'elle me conseillerait de retourner auprès de lui, de m'estimer heureuse qu'il ne soit pas au courant pour Harry. Puis je me posai la question : lui avait-il parlé ? Ses coordonnées étaient dans notre carnet d'adresses, à la maison. Lui avait-il raconté qu'il voulait que je revienne ? Lui avait-elle donné ma nouvelle adresse ?

Elle était certainement réveillée à 7 heures, mais je ne pouvais pas la contacter si tôt. Elle serait en train de courir partout, trop débordée pour répondre. Et je devrais m'activer, moi aussi : je devais être au travail à 9 heures. J'arrivai en avance et je restai dans ma voiture en attendant d'être sûre qu'elle soit à son bureau. Alors je lui envoyai un message.

As-tu parlé à Tom depuis que je suis partie de chez moi ?

Elle répondit immédiatement :

Non, ce n'est pas moi qui cours après les hommes mariés ;)

Je ne m'offusquai pas de cette pique. J'avais trop de choses à penser. Je songeais aux photos que j'avais reçues avec leurs messages obscurs, aux appels de ces hommes répugnants, qui ne me connaissaient même pas et croyaient que j'étais prête à coucher pour de l'argent. Mon numéro figurait sur ce site ; qui l'y avait mis ?

J'avais été suivie depuis le bar à vins. Je le savais. Par moments, il m'était arrivé de me demander si j'avais tout imaginé, mais c'était prendre mes désirs pour des réalités. Je savais que quelqu'un m'avait suivie. Cette voiture grise était passée trois fois et s'était arrêtée à quelques mètres de moi. Si le conducteur était sorti, j'aurais eu de graves ennuis. Je ne l'avais pas pris personnellement, cependant, jusqu'à ce que je voie la même voiture faire des allées et venues dans ma rue plus tard cette nuit-là. Après lui avoir échappé, je ne l'avais pas revue avant d'être dans mon appartement. Personne ne m'y avait importunée. La panique m'envahit. Je n'y avais pas songé avant. Cette personne connaissait mon adresse.

Je ravalai ma fierté et j'appelai Sarah, mais elle ne décrocha pas. Je lui écrivis un texto :

> Il s'est passé quelque chose de bizarre. Quelqu'un a déposé une photo de moi par la fente de ma porte au beau milieu de la nuit. Quelqu'un me surveille.

La réponse mit longtemps à venir, et je restai dans ma voiture à regarder mes collègues entrer dans le bâtiment. Elles me dévisageaient et m'adressaient un signe de la main, mais je ne réagissais pas. Juste avant 9 heures, quand je m'apprêtais à entrer à mon tour, elle écrivit. Je voyais bien qu'elle était exaspérée.

Franchement, Ruby, chaque fois que je te parle, tu me racontes qu'il s'est passé quelque chose de bizarre. D'abord les appels téléphoniques, ensuite le mystérieux entretien, puis quelqu'un qui te suit, et maintenant ça.

Ulcérée, je rétorquai :

Je sais ! Et c'est la deuxième fois qu'on m'envoie une photo ! Qui peut bien avoir fait ça ?

Elle mit une heure à répondre. J'étais en train de taper avec frénésie à l'ordinateur pour traiter les documents du bureau quand son message arriva enfin :

Bon sang ! Je me dis toujours que les gens à qui il arrive ce genre de choses ont tendance à chercher les ennuis. Tu devrais peut-être te poser des questions ?

J'en avais les joues en feu. Puis je me souvins que je ne lui avais pas parlé de la tasse de café à moitié vide. C'était tant mieux.

54

Ruby

Je me renfermai sur moi-même. Les messages de Sarah m'avaient perturbée : si elle ne me croyait pas, personne ne me croirait. Au travail, je proférais à peine un son, me contentant d'un « bonjour » et d'un « au revoir » à des gens qui ne répondaient même pas. Le soir, en rentrant chez moi, je ne faisais rien, je restais avachie sur le canapé à visionner des films sur mon ordinateur, tout en essayant de comprendre comment je m'étais fourrée dans ce pétrin et comment je pourrais m'en sortir.

Le désir secret de revenir vers Tom se faisait plus fort. Quand j'étais au plus bas, le mercredi soir – cela faisait alors deux jours que je n'avais parlé à personne – il m'envoya un message :

> Coucou, Ruby, est-ce que tu regardes *The Bridge* ? Ça repasse sur la BBC. Je le regarde tout seul et tu me manques… C'était toujours chouette de discuter de l'intrigue ensemble. Tu remarquais toujours des choses que je n'avais pas vues ! J'espère que ça se passe bien au travail. Bisou.

J'éteignis aussitôt *The Bridge*. J'étais en train de le regarder sur mon ordinateur. Je pris conscience que Tom ne savait pas où je travaillais, n'était pas au courant que j'avais perdu mon emploi. J'avais pris soin de ne pas faire allusion à ça devant Josh, et Tom ne m'avait pas questionnée à ce sujet depuis mon départ.

Un autre message arriva. Encore Tom.

Ah, et as-tu commencé à lire *Le Chardonneret* ? Pourquoi on ne l'a jamais lu à l'époque ? Je suis plongé dedans en ce moment, j'espère qu'il te plaît. Bisou.

Je ne répondis pas. J'avais peur de l'appeler et de lui dire qu'il me manquait. C'était vrai. Ça me manquait, le confort et la sécurité de notre maison. Avoir quelqu'un à qui parler. Quelqu'un avec qui regarder la télévision et sortir de temps à autre. Et toutes ces fois où il n'était pas gentil avec moi, bon, je pensais qu'il était stressé. Je m'étais souvent demandé s'il était dépressif. Je savais qu'il voulait un deuxième enfant. Il trouvait très dur de vivre séparé de Josh. Chaque fois que celui-ci débarquait à l'improviste, Tom était tellement épanoui, comme s'il était de nouveau entier. À présent, il vivait seul, et je supposais qu'il avait du mal à s'y faire. Pourtant, l'autre soir, il semblait en pleine forme... Il paraissait heureux de me parler. Il était comme l'ancienne version de lui, l'homme dont j'étais tombée amoureuse.

***

Minuit était toujours mon moment de faiblesse. Mon cerveau était programmé pour penser que si je ne dormais pas à ce moment-là, j'étais partie pour ne pas fermer l'œil. Recroquevillée dans mon lit, je tendis la main sous mon oreiller pour prendre mon téléphone. Je fis défiler mes photos et j'en trouvai de Tom au fil des ans. Ces premières photos me faisaient encore de l'effet, quand lui et moi étions enlacés et qu'il me souriait comme s'il m'aimait. Il m'avait aimée. Je le savais. Mais ensuite, les photos récentes – qui étaient plus rares – étaient bien différentes. Son visage était marqué par le stress, et l'on voyait bien qu'il était malheureux. Je me demandais si ça avait été pareil avec Belinda, s'il était devenu plus intolérant à mesure que les années passaient. J'avais remarqué comment elle l'évitait à présent, des années après leur séparation. Même au début, elle avait toujours Josh prêt, en manteau, à côté de la porte. Ainsi, il n'avait plus qu'à courir vers la voiture de Tom. Je pensais alors qu'elle était simplement très bien organisée. Ce n'était que rétrospectivement que je supposais qu'il existait peut-être d'autres raisons à son comportement. Il était toujours tellement gentil avec moi à l'époque que je n'avais pas imaginé un instant qu'il puisse avoir des torts à se reprocher dans sa relation avec elle. Je refermai le dossier. Je ne voulais pas songer à ça, surtout pas tard le soir.

Ensuite je cherchai sur Internet une photo de Harry et j'en trouvai une dans une revue en ligne. Le cliché avait été pris lors de la création de Sheridan's. C'était quelques années avant notre rencontre, mais il n'avait pas tellement changé. Il fixait l'objectif, sans se douter qu'un jour, dans le futur, une femme découvrirait cette photo dans l'intimité caverneuse d'un appartement locatif, et qu'elle pleurerait dans son lit en la regardant.

Je tendis la main vers ma table de nuit. Dans le tiroir du bas se trouvait un foulard de soie que Harry m'avait offert. Il avait des motifs abstraits dans des tons roses et bleus éclatants, et je l'adorais. Mon téléphone éclairait ce coin de la chambre, et tout ce que je distinguais était le foulard et le visage de Harry sur l'écran.

Harry m'avait acheté ce foulard à Paris, le week-end où nous avions décidé de vivre ensemble. Nous marchions à travers la ville, tard le samedi après-midi, à la recherche d'un restaurant suffisamment éloigné du centre de séminaires afin de ne pas risquer de tomber sur l'un des autres participants. Un présentoir de foulards s'offrait à la vue dans la vitrine d'une boutique minuscule, et nous nous étions arrêtés pour les admirer. Il se tenait derrière moi, tout près. Tout mon corps était en éveil. Il s'était penché pour écarter mes cheveux d'un côté et m'embrasser dans le cou.

La propriétaire de la boutique était en train d'arranger un châle de cachemire sur un rayon près de la vitrine. Elle nous avait regardés et souri.

— Viens, avait dit Harry. Je vais te faire un cadeau.

De retour à la maison, j'avais raconté à Tom que j'étais sortie seule faire les boutiques, parce que je ne voulais pas rester avec tous les participants du séminaire. J'avais prétendu que je n'en pouvais plus de les entendre parler business, et que je m'étais offert le foulard avec mes économies, pour me récompenser de ce week-end de travail. Il n'y avait pas prêté tellement attention, n'avait pas fait de remarque sur l'argent jeté par les fenêtres. Il était un peu préoccupé, et j'avais rapidement changé de sujet, soulagée qu'il ne me questionne pas.

À présent, je tenais le foulard contre mon visage pour inhaler la fragrance de Gabrielle de Chanel que je portais à Paris. Je n'avais plus porté ce parfum depuis. Je voulais qu'il reste pour toujours associé à ce voyage, et à présent, dans le noir, les souvenirs s'amoncelaient. Harry me disant qu'il m'aimait. Qu'il voulait vivre avec moi. Harry debout derrière moi devant la vitrine de la boutique, me touchant presque, mais pas tout à fait. J'avais cru m'évanouir d'excitation. Ensuite, nous nous étions précipités au lit.

Je plaçai le foulard sur l'oreiller à côté de moi afin de pouvoir le toucher en dormant. À 1 heure, je pris mon Kindle dans le tiroir de ma table de chevet. Il s'ouvrit sur *Le Chardonneret* que Tom m'avait envoyé. Je ne voulais pas penser à Harry pendant que je lisais le même livre que Tom. Je cherchai donc *Rebecca*. Je l'avais déjà lu si souvent que je pouvais en réciter certains passages par cœur. C'était tellement réconfortant... Ma vie en ce moment n'était certes pas facile, mais au moins je n'étais pas la seconde Mme de Winter. Il ne me fallut pas longtemps pour m'endormir.

Je me réveillai quelques heures plus tard. Je ne saurais vous dire ce qui m'avait dérangée. Mon bras était sorti de sous la couverture. La nuit était douce, mais j'aimais quand même être couverte, et je la tirai de nouveau sur moi. Mon Kindle était posé, face contre le matelas, à côté de moi. Il s'était éteint.

C'est alors que j'entendis un cliquetis.

Je me redressai aussitôt, l'oreille aux aguets. Était-ce la porte d'entrée ? La panique me submergea. C'était le même bruit que lorsque je refermais la serrure de la porte. Quelqu'un s'était-il introduit dans l'appartement ?

Je restai plusieurs minutes assise dans mon lit, l'oreille tendue, à l'affût. Je me tenais si parfaitement immobile que j'entendais mon propre souffle, les battements de mon cœur. Il ne semblait y avoir aucun autre son dans l'appartement. Pas de bruits de pas. Pas de chuchotements.

J'attrapai mon téléphone et je composai le numéro des secours, sans toutefois appuyer sur « appeler ». Je m'approchai de la porte de ma chambre sur la pointe des pieds. Elle était tirée, mais pas fermée. L'avais-je laissée ainsi en me couchant ? Je n'arrivais pas à me souvenir. J'écartai le battant de quelques centimètres et je regardai dehors, le sang bourdonnant à mes tempes. Il n'y avait rien dans le petit couloir, à l'exception des patères où étaient accrochés mon manteau et deux sacs à main. Les portes de la cuisine et du salon étaient ouvertes, et la lumière du lampadaire se déversait dans l'appartement, lui donnant une atmosphère étrange.

Je ne savais que faire. Fallait-il crier : « Y a quelqu'un ? » ou « Qui est là ? » Ce qui était bien quand j'habitais avec Tom, c'est que si un rôdeur était entré par effraction dans la maison, il se serait jeté dessus comme un rottweiler. Je fis quelques pas et regardai dans l'escalier. La porte du bas était fermée. Il n'y avait rien sur le paillasson.

Deux pas de plus me permirent de voir dans la salle de bains. Elle était vide. Il n'y avait pas assez de place pour s'y cacher. Je retins mon souffle et j'avançai encore un peu vers la cuisine. La porte coulissante était ouverte, comme je l'avais laissée.

J'essayai de respirer un grand coup, mais mes poumons ne m'obéissaient pas. Je commençais à avoir la tête qui tournait, comme si j'étais mal oxygénée. Toujours sur la pointe des pieds, je regagnai le seuil du salon et l'éclairai avec mon téléphone. Personne n'était tapi dans l'ombre, accroupi derrière le canapé ou sous la table pour me poignarder ou m'attraper.

Je pivotai vivement au cas où il y aurait quelqu'un derrière moi, mais tout était calme. Je retraversai l'appartement en allumant les lumières. J'ignorais ce que j'avais entendu. Je ne cessais de me repasser le son dans ma tête. J'étais certaine que ma porte d'entrée avait cliqueté. Avais-je rêvé ? Il me semblait m'être réveillée juste avant cela. Qu'est-ce qui m'avait arrachée à mon sommeil ?

Laissant toutes les lampes allumées dans les autres pièces, je retournai me coucher, bien que je sois consciente qu'il me serait impossible de me rendormir. Je sortis mon téléphone et fis défiler les messages de Tom, où il me disait qu'il m'aimait. Que je lui manquais.

Je voulais me sentir de nouveau en sécurité. Je voulais rentrer à la maison.

55

Emma

Harry dormait à Londres ce soir-là. Aussi, après avoir vu Tom au *Crown*, j'ai trouvé la maison vide en rentrant. Toute la nuit, j'ai fulminé. J'avais toute une liste de gens à blâmer : Harry pour avoir eu une liaison, Ruby pour avoir été sa maîtresse, Tom qui me harcelait. Pour finir, c'était pourtant à moi que j'en voulais le plus. Je n'avais eu aucune bonne raison de coucher avec Tom, à moins qu'il se soit agi du baroud d'honneur de mes hormones, ce qui signifiait qu'il était fort probable qu'il était le père de mon enfant.

Le lendemain, au travail, on ne m'entendait pas beaucoup. Je sais qu'Annie se faisait du souci. En milieu d'après-midi, alors que j'avais à peine dit un mot de la journée, elle a pris les choses en main.

— Bon, allez. On va au café manger un gâteau. De toute évidence, quelque chose te tracasse.

Malgré mes protestations, je me suis retrouvée dehors, à marcher dans la rue vers un café – pas celui où m'avait emmenée Tom, Dieu merci –, consciente que toutes ces années à élever ses enfants avaient donné une certaine autorité à Annie. La pensée de mon propre enfant me traversa l'esprit. Serais-je ainsi dans dix ans ? J'avais l'horrible pressentiment que cet enfant me mènerait par le bout du nez, comme son père, quel qu'il soit.

Annie a commandé une part de gâteau et moi une salade de fruits, et nous nous sommes installées en terrasse, à l'ombre d'un parasol.

— Qu'est-ce qui se passe ? Allons, tu peux me dire...

Je me sentais affreusement mal. Comment lui avouer que, le vendredi précédent, j'avais fait un test ADN et que j'attendais de savoir qui était le père de mon bébé ? Elle serait horrifiée. C'était ma meilleure amie. On travaillait ensemble depuis des années. On partageait tous nos secrets, toutes les bêtises qu'on avait faites. Elle disait que quand elle commettait une bourde, elle pensait : « J'ai hâte de raconter ça à Emma ! » Mais là, on n'était pas devant une simple boulette. Et peut-être que si le résultat montrait que Harry était le père, je pourrais alors lui en parler, et l'on grimacerait toutes les deux, mais pas pour l'instant.

— Je suis inquiète pour le bébé. J'espère qu'il sera en bonne santé.

Elle m'a contemplée longuement, comme si elle savait que ce n'était pas ce qui me tracassait, puis m'a expliqué avec douceur et fermeté que je ne devais pas m'inquiéter si je n'avais pas de raison concrète de le faire.

— Tu es en parfaite santé, avec une bonne hygiène de vie. Tu manges équilibré. Tu ne bois pas trop. Enfin... pas en ce moment, en tout cas !

Nous avons ri toutes les deux, au souvenir de soirées où l'on était allées quand on était jeunes.

— Profite de ta grossesse. S'il y a des sujets d'inquiétude, les médecins te le diront bien assez tôt. Ça ne sert à rien d'anticiper des problèmes.

— Ça te va bien de dire ça... Tu t'inquiétais tout le temps...

Je me rappelais encore sa réaction lorsqu'elle avait mangé un morceau de cracker avec du brie, et s'était ensuite rendu compte que le fromage figurait sur la liste des aliments interdits.

— On n'est pas là pour parler de moi, a-t-elle répliqué en finissant son café. Et puisqu'on parle de toi, c'était qui ce gars chez toi, hier ?

Je m'étais doutée que je ne m'en tirerais pas à si bon compte. Depuis qu'elle était mère, Annie s'était transformée en limier. Elle était capable de flairer les ennuis à des kilomètres à la ronde. J'ai réfléchi à toute vitesse.

— Ah, lui… c'est un voisin.

— Qu'est-ce qu'il voulait ? Tu n'avais pas l'air très contente de le voir…

— Il était à un barbecue où on est allés l'été dernier, et depuis, chaque fois que je le vois, il veut bavarder. Mais je ne l'aime pas…

— Pourquoi il est venu ?

— Oh, il fait ça parfois, quand il voit que je travaille à la maison. Il demande si je veux faire une pause. Boire un café. Il m'énerve…

Elle s'est enfoncée dans son fauteuil.

— Tu as un beau gosse qui vient te voir quand tu bosses à la maison, et tu ne me l'as pas dit ? Est-ce que Harry est au courant ?

— Oui, il sait qu'il est relou… Mais je ne le laisse jamais entrer.

Je devinais à l'expression d'Annie qu'elle voyait clair dans mon jeu. Elle savait que je mentais.

— Emma, ne prends pas de risque… Tu as un mari adorable. Vous êtes heureux. Ne mets pas tout ça en péril.

C'était tellement injuste – et en même temps tellement pertinent – que je me suis mise à pleurer. Je ne savais pas si c'étaient des larmes de colère ou de culpabilité. J'ai repoussé Annie quand elle a essayé de me prendre dans ses bras.

— Je suis désolée ! Je ne voulais pas te faire de la peine.

— C'est rien, juste mes hormones…, ai-je répondu en me séchant les yeux. Elles me jouent des tours. Mais ne t'inquiète pas, je ne trompe pas Harry. Ce type est lourdingue, c'est tout.

On est rentrées au bureau en silence. Je savais qu'elle ruminait ce qui venait de se passer. J'espérais juste qu'elle ne ferait pas le lien entre Tom et le bébé que j'attendais.

***

Le soir, je suis rentrée chez moi à 18 heures. La voiture de Harry était garée dans l'allée et, quand j'ai ouvert la porte, il est sorti de la cuisine pour m'accueillir.

— Bonsoir, ma douce. Tu as passé une bonne journée ? a-t-il demandé en me serrant contre lui pour m'embrasser sur la joue.

— Oui. Bien remplie.

— Eh bien, tant mieux. Que dirais-tu d'aller t'asseoir dans le jardin pendant que je finis de préparer le dîner ?

Je suis montée pour enfiler un short et un débardeur avant de retourner à la cuisine. J'étais soudain affamée.

— Ça sent bon. Qu'est-ce qu'on mange ?

— Des spaghettis. Va te détendre dehors. Ce sera prêt dans quelques minutes.

Il m'a passé un petit bol d'olives à l'ail et au piment.

Je me suis allongée sur mon transat, savourant le soleil sur ma peau. J'avais travaillé dur, surtout pour éviter d'autres questions d'Annie. Elle n'avait cessé de me lancer des regards inquisiteurs, mais je répondais chaque fois par un sourire rapide, et me replongeais dans ma tâche. Cette nuit avec Tom avait modifié toutes mes relations.

Après le dîner, je suis restée dans le jardin avec Harry encore deux heures. Il sirotait un verre de vin en lisant un livre, et je suivais un groupe de mamans sur un forum où elles évoquaient leurs récents accouchements. C'était drôle, très drôle même par moments, mais je ne pouvais m'empêcher de me tortiller, de croiser les jambes. Ma grossesse commençait juste à ressembler à ce que j'avais pu imaginer, et je parvenais enfin à me détendre un peu.

Puis, alors que nous rentrions dans la maison pour nous coucher, Harry s'est écrié :

— Oh, un paquet est arrivé pour toi aujourd'hui !

Il est parti dans la salle à manger chercher un gros carton.

— Je me demande ce que c'est. Tu le sais ?

— Non. Tu es sûr que c'est pour moi ?

— C'est à ton nom. Tu as commandé quelque chose pour le travail ?

— Non. Je l'aurais fait livrer là-bas de toute façon. Il y a toujours quelqu'un qui peut signer. C'est arrivé quand ?

— Aucune idée. C'est le voisin qui l'a pris. Il travaillait chez lui, et il a réceptionné le colis. Il est venu le déposer quand il a vu ma voiture ce soir.

J'ai ouvert le carton. Bien obligée. Harry était à côté de moi, à se demander ce qu'il contenait. Son anniversaire était dans longtemps. Le mien aussi. Je savais que ça n'allait pas être une bonne surprise, mais je n'avais aucun prétexte valable pour ne pas l'ouvrir.

À l'intérieur se trouvait un énorme nounours blanc avec un ruban en tartan noué autour du cou.

— Waouh ! s'est exclamé Harry en le sortant du carton. Il est beau. C'est de la part de qui ?

Il l'a posé sur la table.

— Je ne sais pas. Tu crois que ce sont tes parents ?

— Non, ils viennent nous voir la semaine prochaine. Ils n'enverraient pas un cadeau par la poste. En plus, ils n'achètent jamais rien en ligne. Il n'y a pas un papier qui indique l'expéditeur ?

Il n'y avait aucun document dans la boîte, mais une enveloppe était scotchée à l'extérieur, sur le côté opposé à Harry.

— Non, ai-je répondu. C'est bizarre, je ne vois rien. Oh, bon, sûrement que quelqu'un va bientôt appeler pour nous dire que c'est de lui.

J'ai ramassé le carton.

— Harry, tu veux bien me rendre un service et me faire couler un bain ? Et tu mets l'huile relaxante que tu m'as offerte ? Je suis tellement fatiguée…, ai-je dit avec mon sourire le plus enjôleur.

— Bien sûr !

Il s'est précipité à l'étage, et j'ai arraché l'enveloppe contenant le bon de livraison du carton avant de la fourrer dans mon sac à main. Je ne l'ai ouverte qu'une fois enfermée dans la salle de bains. Une carte avec un message y était jointe.

Pour notre bébé. Bisou. Tom.

56

Emma

Le lendemain, quand j'ai ouvert les yeux, le nounours blanc était planté devant moi. Harry était à genoux à côté du lit, l'ours dans les mains. Il l'a approché de moi et m'a caressé la joue avec sa truffe. J'ai sursauté et poussé la peluche par terre. Harry riait en voyant mon expression.

— Il voulait juste te dire bonjour.

Mon estomac a fait un bond.

— Qui ça ?

— L'ours, a répondu Harry comme si j'étais cinglée. Qui voulais-tu que ce soit ?

— Désolée. Tu m'as fait peur.

Je suis allée m'enfermer dans la salle de bains pour avoir la paix. Je ne pouvais pas garder cet ours dans la maison, mais comment m'en débarrasser ? Il était gigantesque. Impossible de le perdre. Même si je persuadais Annie d'amener ses enfants et que je parvenais à les convaincre qu'ils voulaient adopter cet animal, je n'arriverais pas à faire abstraction de son existence. À oublier le fait qu'il m'était destiné.

Dès que Harry est parti au travail, j'ai appelé Tom.

— À quoi tu joues, bordel ?

— Bonjour, Emma. Comment vas-tu, aujourd'hui ?

— Comment oses-tu faire livrer des affaires chez moi ? Et ce message ! Eh bien, Harry ne l'a pas vu, malgré tes efforts. Et si tu m'expédies encore des trucs, je te les renvoie sans les ouvrir.

— J'ai juste pensé que ce serait bien de commencer à acheter des choses pour le bébé, a-t-il expliqué d'un ton calme.

J'avais envie de lui hurler dessus, mais je savais qu'il avait le pouvoir. Il pouvait débarquer ici n'importe quand et révéler ce qui s'était passé à Harry. Je sais bien que c'était Harry qui avait commencé en ayant une liaison, mais c'était moi qui étais tombée enceinte. Plus j'y pensais, plus je comprenais que Harry se contenterait de tout nier au sujet de Ruby. Elle ne travaillait même plus pour lui à présent. J'étais l'unique témoin de leur relation, et j'étais enceinte après avoir couché avec un autre homme.

À cet instant, j'aurais voulu pouvoir simplement aller à l'aéroport et prendre un vol – n'importe lequel – pour disparaître et les laisser tous derrière moi.

— Si tu ne me fiches pas la paix, je fais établir une injonction d'éloignement à ton encontre, ai-je sifflé.

— Je ne pense pas que ça marche comme ça, bébé. Tout ce que j'ai fait, c'est t'offrir une peluche pour notre bébé. Mais d'accord, si tu es superstitieuse, je n'achèterai plus rien.

J'ai poussé un soupir de soulagement.

— À la place, je vais mettre l'argent de côté.

— D'accord. Fais comme ça.

***

Ce soir-là, Harry et moi étions au lit, sur le point de nous endormir, quand son téléphone a émis une notification.

— Désolé, chérie. Je regarde au cas où ce serait le travail.

Il était toujours très ouvert avec son téléphone, et me laissait volontiers l'utiliser. Je connaissais son mot de passe. Il croyait connaître le mien, mais je l'avais changé depuis que je recevais des messages de Tom. J'avais aussi désactivé les notifications, pour éviter que Harry voie un message apparaître sur l'écran. Franchement, je vivais comme si c'était moi qui avais une liaison.

— C'est bizarre, a-t-il dit. J'ai un message de PayPal.

À cet instant, je me disais qu'il fallait que je fasse prendre ma tension. Il me restait deux jours à attendre avant les résultats du test, et chaque fois que je déplaçais cette saleté d'ours dans une autre pièce, Harry le rapportait. Ça ne semblait pas le déranger de ne pas savoir qui nous l'avait envoyé. À cette minute, il était assis sur le fauteuil et nous dévisageait tous deux. J'essayais de me détendre, prête à m'assoupir, mais mon regard ne cessait de croiser celui de l'ours. Paniquée, je me suis demandé si Tom y avait inséré un micro, et je suis retournée le mettre dans la chambre d'amis.

— C'est bizarre, s'est étonné Harry. Quelqu'un m'a fait un virement de cent livres.

— C'est sûrement une arnaque.

Je dormais à moitié, et j'avais juste envie qu'il éteigne la lampe et qu'il la ferme.

— Les journaux ne parlent que de ça, ai-je ajouté. Quelqu'un t'envoie de l'argent et prétend que c'était une erreur. Tu renvoies la somme, mais ils ont déjà annulé leur virement. Tu ferais mieux de ne pas répondre.

— Non… il y a un message. Ça dit : « Vous en aurez peut-être besoin quand le bébé sera né ! » a-t-il lu d'une voix perplexe.

J'ai ouvert les yeux d'un coup.

— Quoi ?

Je me suis redressée pour lui prendre le téléphone.

Le nom d'expéditeur était simplement *T.*

— Qui on connaît qui a un nom en T ? a demandé Harry.

Par chance, il venait d'éteindre la lumière et ne voyait pas ma tête. Je n'ai pas répondu et, peu après, il s'est endormi.

Je suis restée là des heures, à penser à Tom, exactement comme il l'avait prévu. Je savais qu'il allait continuer sans trêve jusqu'à ce que je craque.

Il n'aurait pas longtemps à attendre.

57

Ruby

La première chose que je fis ce matin fut d'écrire un mail à Gill, de l'agence immobilière, pour lui demander si elle pouvait faire poser un verrou sur ma porte d'entrée. Je lui expliquai que je m'inquiétais de la sécurité, et que j'étais prête à payer de ma poche. J'aurais pu le faire moi-même, mais je n'avais pas les outils nécessaires. Je savais que je pouvais demander à Tom la permission d'utiliser certains des nôtres, mais il insisterait pour m'aider, et je ne voulais pas qu'il voie où j'habitais. Gill répondit rapidement pour dire que, d'après les termes du bail, je ne devais pas le faire moi-même, mais qu'elle enverrait quelqu'un dès que possible.

J'arrivai au travail à 9 heures comme chaque jour et je trouvai une autre femme assise à mon bureau. Elle était très bronzée et très maquillée, ce qui ne cachait pas ses yeux rouges et gonflés. Elle avait sans doute pleuré. Elle me toisa de la tête aux pieds, et je devinai qu'elle faisait partie de la bande du bureau voisin.

— Bonjour, souris-je. Je suis Ruby Dean, l'intérimaire.

— Je suis là, répondit-elle, le regard buté.

Je la dévisageai et j'attendis une explication, mais elle ne dit rien de plus. Elle se contenta de sortir une trousse de maquillage et se concentra sur ses sourcils.

Mike, notre responsable, surgit sur le pas de sa porte et me vit plantée là. Il m'entraîna dans son bureau. En m'éloignant, j'entendis la bonne femme crier :

— Qu'est-ce qu'il fout là, cet ordinateur ?

— Je suis désolé, s'excusa Mike. Je n'avais pas réalisé qu'elle revenait aujourd'hui.

— Je croyais qu'elle avait trois semaines de vacances ?

— C'était le cas.

Il ferma la porte et chuchota :

— Elle devait se marier à l'étranger. Ils se sont soûlés et ont eu une énorme dispute. Leur hôtel les a mis dehors. Du coup, ils ont dû rentrer.

Je me mordis la lèvre pour ne pas éclater de rire.

— Donc vous n'avez plus besoin de moi maintenant qu'elle est rentrée ?

— Vous pouvez rester, si vous voulez. Mais il faudrait vous installer dans le bureau, avec les autres.

Nous regardâmes tous deux par la fenêtre qui séparait les deux pièces. La femme de la réception était là à présent, occupée à raconter son histoire à un public captivé.

— Je crois que je vais passer mon tour…

— Je ne vous en tiens pas rigueur.

Il me serra la main.

— Merci pour tout le travail que vous avez fait. J'ai vraiment apprécié. Je vais appeler Lesley et faire le nécessaire pour que vous soyez payée jusqu'à la fin de la semaine.

Je me précipitai vers ma voiture, étourdie de soulagement à l'idée de partir de là.

***

En démarrant, je ne savais pas où j'allais, mais je me surpris à prendre la direction de Nantwich, une petite ville commerçante à soixante kilomètres de chez moi. Cela faisait des mois que je ne m'y étais pas rendue, et je passai un moment à marcher dans les rues étroites, regardant les vitrines et regrettant de ne pas avoir d'argent pour faire des achats. J'étais contente de quitter ce poste, mais il fallait que je trouve un autre contrat rapidement.

En descendant la rue qui mène à la place du marché, je vis un café que je n'avais encore jamais remarqué. À l'entrée se trouvait un comptoir qui proposait des gâteaux et du pain maison, et derrière s'ouvrait le salon de thé. Il était presque désert, mais paraissait chaleureux et accueillant. Il y avait une librairie à côté, et j'entrai pour acheter le dernier Kate Atkinson dont je venais de lire la critique dans les journaux, puis j'allai m'installer au café à une table pour moi seule.

J'envoyai un message à Tom :

Des acheteurs pour la maison ?

Il répondit sans tarder :

Il y a eu des visites ces deux derniers jours. Je te dirai comment ça avance, si tu es sûre de vouloir vendre. Bisou.

Je me demandai si lui voulait vendre. S'il voulait que je revienne. Je voyais désormais l'homme que j'avais autrefois aimé. S'il restait ainsi, je savais que je pouvais être heureuse avec lui.

Un autre texto arriva.

Comment ça va, côté budget ? Dis-moi si tu as besoin de quoi que ce soit. Bisou.

Je ne savais que lui écrire. Je ne voulais pas qu'il soit au courant de mon manque d'argent, de mes inquiétudes. J'avais toujours été fière de mon indépendance financière. Ce n'était pas le moment de la perdre.

La serveuse approcha, et je passai commande, tout en réfléchissant à ma réponse. Au moment précis où elle tourna les talons, la porte s'ouvrit, et Harry entra.

58

RUBY

Je ne pouvais détacher les yeux de lui.

Il faisait la conversation à la femme derrière le comptoir. Il lui dit quelque chose, et elle éclata de rire. Il était comme ça. Tout le monde tombait sous son charme. Je restai immobile pour éviter d'attirer son attention. J'étais tellement consciente de sa présence que j'avais l'impression que mon corps entier vibrait. En alerte. Pendant un moment, j'oubliai comment il m'avait traitée ; tout ce que j'éprouvais, c'était le soulagement de l'avoir revu, qu'il soit en vie et bien portant. Puis une bouffée de colère monta en moi, et j'eus envie de l'assommer pour lui faire payer la souffrance qu'il m'avait infligée.

Il semblait choisir des boîtes de gâteaux. Je l'entendis expliquer :

— Il m'en faut vingt-quatre. Faites-moi un assortiment, et surtout mettez plusieurs éclairs, sinon ça risque de dégénérer.

Sa voix était si familière que j'en avais la gorge nouée.

Je regardai ma montre. Il était presque 14 heures. Alors je me souvins que l'un de ses fournisseurs était situé par là. Avait-il eu un repas d'affaires avec lui ? Retournait-il au bureau, avec des pâtisseries pour l'équipe, ou rapportait-il vingt-quatre gâteaux à son épouse enceinte ?

Quand il sortit son porte-monnaie pour payer, je m'empressai de détourner les yeux et me mis à contempler mon livre sur la table. Je l'ouvris au hasard et je tentai de lire ce qui était écrit. J'arrivais à peine à déchiffrer un mot. Je ne voulais pas lui parler. Je ne voyais pas ce que je pourrais lui dire en restant polie.

Alors l'air sembla se figer, et je sus qu'il était là, debout devant moi. Je ne l'avais pas entendu, pas vu, mais je savais. Je gardai les yeux rivés sur le livre.

— Bonjour, Ruby.

La nervosité dans sa voix était palpable.

— Qu'est-ce que tu fais là ? demanda-t-il.

J'étais bien obligée de l'affronter. Je ne savais pas si je devais le gifler ou l'embrasser. Je me renfonçai dans mon fauteuil pour ne pas succomber à ces deux tentations.

J'avais soudain la bouche sèche. Il me fallut un moment avant de réussir à parler.

— Bonjour, Harry. Je ne t'avais pas vu.

Ce n'était pas très convaincant.

— Je lisais mon livre…

— Ça te dérange si je m'assois ?

Je haussai les épaules.

Il tira la chaise en face de moi et s'installa, posant ses boîtes de gâteaux sur la table voisine.

— Ah, Kate Atkinson. J'aime bien.

Il me prit le livre des mains. Il était ouvert au milieu. Il lut une ou deux lignes, puis regarda la couverture.

— Ça parle de quoi ?

— Aucune idée.

Il rit nerveusement. Il ne m'avait jamais vue malpolie.

— Comment vas-tu ? reprit-il.

— Bien. Tout est au poil, merci.

La serveuse arriva avec mon chocolat chaud et mon gâteau au café.

— Ça a l'air bon. Je peux t'accompagner ?

Je lui lançai un regard furieux, mais il se tourna vers la serveuse.

— Je vais prendre un café noir et le même gâteau, s'il vous plaît.

Nous restâmes silencieux jusqu'à ce qu'elle revienne avec sa commande. Je gardais la tête baissée. Je ne voulais pas lui parler, pas même le regarder. Quand la serveuse fut de nouveau dans la cuisine, il tendit le bras pour me toucher la main. Je la retirai d'un geste brusque.

— Ruby, je suis tellement désolé…

Soudain, j'avais la gorge serrée par les larmes et je ne pouvais plus articuler un mot.

— Je sais qu'on ne peut pas être amis. Ce serait trop bizarre après ce que nous avons traversé, mais on peut quand même bavarder quand on se croise par hasard, non ?

— Ce que *nous* avons traversé ! m'écriai-je, incrédule. Nous ? Je suis la personne qui n'a plus ni emploi ni maison, grâce à ta merveilleuse idée de quitter nos conjoints. Je ne crois pas que tu aies traversé beaucoup d'épreuves, je me trompe ?

J'avais le cœur qui battait.

— Oh, attends, repris-je. Peut-être que tu ressens les premières douleurs de l'accouchement ?

Il tressaillit.

— Je suis désolé de ne pas avoir pu te parler du bébé de vive voix. Je sais que ça a dû te blesser.

— Et tu pensais que me plaquer, ça ne me blesserait pas ?

— Je suis désolé. J'ai été stupide. Et irréfléchi. Et cruel. Mais comment ça, tu n'as plus de maison ?

Je gardai le silence. Il finit par comprendre.

— Tu as quitté Tom ? Mais quand ?

— Le jour qu'on avait fixé ! À l'heure qu'on avait convenue. Tu croyais quoi ?

— Mais je t'avais dit de ne pas le faire. Pas tant que tu ne serais pas prête…

— Quoi ? La dernière chose que tu m'as dite, c'est : « On se voit vers 20 heures. Ne me laisse pas tomber ! »

En réalité, il m'avait aussi dit qu'il m'aimait. Je ne répétai pas cette phrase, j'en étais incapable, mais à la rougeur qui lui envahit les joues, je vis qu'il s'en souvenait, lui aussi.

— Mais je t'ai envoyé un mail. Je t'ai dit de ne pas quitter Tom ce soir-là.

59

Ruby

Je le regardai, perdue.

— Non, tu ne m'as rien envoyé.

— Mais si ! Je t'ai envoyé un mail avant de quitter le travail ce soir-là. Un mail très long. Je te parlais du bébé, tu te souviens ?

Il essaya une nouvelle fois de me prendre la main, mais je reculai.

— Je te demandais pardon.

— J'ai appris la nouvelle par Sarah, le lundi suivant. Je n'ai pas reçu de mail.

— Quoi ? Je l'ai envoyé à ton adresse Gmail. Tu te souviens que tu me l'avais donnée, une fois ?

Je n'avais pas oublié. Nous étions au lit quand ça s'était produit.

— Je ne l'ai pas reçu, pourtant j'ai utilisé cette adresse des dizaines de fois depuis. Mais pourquoi faire ça ? On n'échangeait jamais de mails !

— Je voulais que tu l'aies tout de suite. Je ne pouvais pas t'appeler au cas où Tom serait là, et si je te l'avais envoyé sur ton adresse professionnelle, tu ne l'aurais eu que le lundi.

Il resta silencieux un moment et but son café.

— Voyant que tu ne me répondais pas, j'ai cru que tu étais fâchée…

— Je l'étais. J'étais furieuse.

Inutile d'ajouter que c'était toujours le cas ; ça devait se voir.

— Je t'ai écrit pour te le dire, poursuivis-je.

— C'est vrai ?

— Oui, j'ai donné une lettre à Sarah. Elle l'a mise dans ton tiroir.

— Non, elle ne l'a pas fait, répondit-il d'un ton ferme. Tu ne penses pas que je l'aurais vue ? Que j'aurais répondu ?

— Je ne lui ai pas demandé si tu l'avais lue. J'avais peur d'avoir l'air pathétique…

Je lus de la pitié dans ses yeux, et détournai le regard.

— Je vais vérifier, dis-je.

Je lui envoyai un texto :

Salut Sarah, juste pour savoir si tu as pensé à déposer ma lettre dans le tiroir de Harry au bureau. Bisou.

Il ne lui fallut que quelques minutes pour répondre :

Évidemment que j'y ai pensé. Je t'ai dit que je le ferais.

Pas de doute, je l'énervais de plus en plus.

Tu sais s'il l'a lue ?

Ruby, je suis censée travailler ! Oui, il l'a ouverte quand il a repris le travail. Je l'ai vu par la fenêtre en train de la lire.

Je montrai les messages à Harry.

—Est-ce que tu l'as lue ?

—Non. Je n'ai reçu aucune lettre de toi.

Il tendit une fois de plus le bras pour me toucher la main. Je la retirai rapidement, mais pendant ce qui me parut une éternité, je pus sentir l'empreinte chaude de ses doigts sur ma peau.

—Je t'aurais appelée, si je l'avais reçue…

—Mais ça veut dire qu'elle m'a menti !

J'envoyai un nouveau texto :

Est-ce que tu as vu ce qu'il a fait de ma lettre ?

Elle répondit immédiatement :

Je suis désolée, Ruby. Il l'a lue et ensuite il l'a jetée à la poubelle. Je n'avais pas envie de te dire ça.

Il avait le visage fermé en lisant ces mots.

—Je vais lui parler. Elle te ment.

—Mais pourquoi elle ferait ça ? On est amies !

Il eut l'air gêné.

—Je sais que j'aurais dû te le raconter, mais à Noël il y a deux ans, elle m'a fait du rentre-dedans. C'était à la fête du bureau, juste avant que tu sois embauchée.

—Quoi ? Sarah t'a dragué ?

—Oui. Elle m'a proposé d'être amis et plus si affinités.

Il rit en voyant mon expression.

—Je lui ai dit que je n'étais pas intéressé, et elle a pleuré. Elle m'a demandé de n'en parler à personne.

—Mais elle est mariée !

Il y eut un silence pendant que nous prenions tous deux conscience que c'était notre cas également.

Je songeai au choc de Sarah lorsqu'elle avait appris ma liaison avec Harry. Je repensai à tout ce qui m'était arrivé : Sarah y était-elle mêlée ? Et elle m'avait écoutée sangloter à propos de Harry. Je lui avais tout raconté, et elle n'avait rien dit, elle s'était contentée d'observer, de me pousser à me confier, puis elle m'avait purement et simplement menti lorsque je lui avais demandé si elle lui avait remis ma lettre.

Il était désormais évident que je l'exaspérais. Était-ce ce qu'elle éprouvait depuis le début ?

60

Ruby

— Alors tu es allée à l'hôtel ce soir-là ? demanda Harry.

J'acquiesçai, rouge de honte.

— J'y suis restée plusieurs nuits. Presque une semaine. Le vendredi, j'étais rentrée à la maison, j'avais annoncé ma décision à Tom, et j'étais partie, comme on avait prévu, répondis-je d'une voix tremblante. Je t'ai attendu ! Je croyais que tu étais sincère quand tu disais que tu m'aimais !

— Je l'étais. Je l'étais. Écoute…

Il tendit le bras et me toucha la main d'un geste timide. Cette fois, je ne bougeai pas, mais j'avais envie de me jeter à son cou.

— Quand tu es partie ce soir-là, Jane est venue dans mon bureau. Tu te souviens, la sœur d'Emma ?

Je hochai la tête.

— J'avais eu un rendez-vous avec Rick Brown, et ça avait duré plus tard que prévu. Jane m'attendait. On devait avoir un entretien de départ. Pour une raison qui m'échappe, elle a décidé d'utiliser mon ordinateur portable en mon absence. J'ignore pourquoi. Elle n'est pas restée assez longtemps pour me le dire. Et elle a vu nos messages de l'après-midi. Et pas seulement ceux de l'après-midi, avoua-t-il. Ça faisait des mois que je ne les avais pas supprimés…

Je me sentis m'empourprer. Pendant la journée, nous utilisions la messagerie instantanée de l'entreprise, pensant que c'était sûr. Une fois un fil de conversation clos, il s'effaçait, et plus personne n'y avait accès. J'avais l'habitude de refermer les miens tout le temps, pour éviter qu'ils ne soient vus, mais je suppose que Harry n'imaginait pas que quiconque puisse regarder son ordinateur.

— Elle en a vu beaucoup ?

— Suffisamment pour savoir qu'on projetait de commencer une nouvelle vie le jour même.

— Mon Dieu…

— Eleanor est arrivée à ce moment-là, et on a fait la passation avec Jane. Ensuite, quand Eleanor est repartie dans son bureau, Jane s'est lâchée. Elle m'a dit qu'Emma venait juste de s'apercevoir qu'elle était enceinte. Je ne m'en étais pas douté, évidemment. Ça ne m'avait même pas traversé l'esprit. On pensait qu'on ne pouvait pas avoir d'enfants, murmura-t-il, les yeux baissés. On avait fait des tests des années auparavant, et les médecins nous avaient parlé d'infertilité inexpliquée. Bref, je te passe les détails. Elle m'a dit qu'Emma était enceinte, et que si je continuais à te fréquenter, elle lui raconterait tout. Je savais qu'Emma me quitterait si elle apprenait que je te voyais.

— Mais tu voulais la quitter !

— C'est vrai. Je voulais vivre avec toi. Je n'avais juste pas intégré l'hypothèse d'un bébé.

Les joues roses d'émotion, il me serra la main comme dans un étau.

— Ruby, je n'ai jamais été père. C'est quelque chose que j'ai toujours voulu. Je désirais un enfant encore plus qu'Emma. Et je t'aimais. Évidemment, que je t'aimais. Tu es merveilleuse. Mais je n'avais pas le choix.

— Et tu ne pouvais pas prendre la peine de me le dire ?

Je ne pouvais pas m'en empêcher. Je savais que j'avais l'air amère, mais je l'étais ! J'étais toujours en rage contre lui, pas tant parce qu'il n'avait pas quitté sa femme, mais parce qu'il ne m'avait rien dit. Qu'il m'avait laissée tomber.

—Pourquoi traiter comme ça une personne que tu aimes ?

—Je te l'ai dit. Je t'ai écrit. Je ne pouvais pas t'appeler : on avait établi cette règle, tu te souviens ? Je n'aurais rien fait qui puisse te mettre en difficulté. Et quand je suis revenu au travail après cette semaine d'absence, tu n'étais plus là.

—Sarah ne t'a pas expliqué pourquoi ?

Il secoua la tête.

—J'ai cru que tu étais partie pour ne pas avoir à me revoir.

Il baissa les yeux, et je sus qu'il avait honte.

—Mais il faut que tu comprennes pourquoi je ne pouvais pas partir. Je ne pouvais pas quitter Emma, pas alors qu'elle était enceinte. Quel genre d'homme fait ça ? Et quand je suis rentré à la maison, elle m'a flanqué dans la voiture et m'a embarqué pour une semaine au loin. Elle a dit qu'on ne devait pas emporter nos téléphones.

Il se racla la gorge, et je me préparai à ce qu'il allait m'assener ensuite.

—Elle a dit qu'on avait besoin de créer un lien. Qu'on avait vécu des vies parallèles. C'était vrai. Je te l'avais dit. On en a parlé souvent. Elle a dit que nous devions construire une famille maintenant, que notre enfant passait en premier. Je ne pouvais pas t'appeler. Elle était avec moi tout le temps. Et quand je suis revenu au bureau, tu n'étais plus là, et je savais que je n'avais que ce que je méritais.

—J'ai été renvoyée.

—Quoi ?

—Je me suis présentée le lundi matin, et on m'a dit que l'entreprise mettait un terme à mon contrat.

— Quoi ? Qui t'a dit ça ?

— Eleanor Jones.

Il acquiesça, soudain pâle.

— Je ne savais pas qu'elle était de mèche. Jane a dû lui parler avant de quitter le travail ce soir-là. Mais pourquoi tu ne m'as pas contacté ?

— Tu plaisantes ? Tu m'as fait faux bond. Tu ne m'as pas écrit. Quand j'ai essayé de t'appeler, ton téléphone était éteint. Quel genre de message tu attendais, exactement ?

— Mais si, je t'ai écrit un mail ! protesta-t-il, frustré. Je ne comprends pas pourquoi tu ne l'as pas reçu.

— À quelle heure tu l'as envoyé ?

— Vers 18 heures. Je me souviens d'avoir regardé l'heure en le rédigeant.

Je réfléchis.

— Tom a envoyé un texto depuis le train avant ça, et après lui avoir répondu, j'ai coupé le son de mon téléphone au cas où il appellerait. J'étais tellement nerveuse que je savais qu'il se douterait de quelque chose s'il me parlait.

— Il connaît ton mot de passe.

— Non. Bien sûr que non.

— Donc il n'a pas accès à tes mails ?

Je compris alors.

— Oh non ! Il avait mon iPad ce jour-là. Il l'avait emporté à Londres, pour s'en servir dans le train. Et si tu ouvres Gmail, ma boîte s'affiche automatiquement. Le nom d'utilisateur et le mot de passe sont sauvegardés. Je ne m'en sers jamais pour rien de privé, uniquement pour les achats en ligne, ce genre de choses. Mais il n'utilise pas Gmail. Pourquoi l'aurait-il ouvert ?

Harry ne prit pas la peine de répondre. Nous savions tous deux pourquoi Tom aurait regardé mes messages.

— Tu reçois des notifications de mail sur ton téléphone, non ?

— Oui, mais je n'ai rien reçu… Attends, j'essaie de réfléchir…

Je restai silencieuse un moment, repensant au jour où j'avais quitté Tom. J'avais mis mon téléphone en silencieux pour ne pas être distraite par des messages.

— J'ai consulté mon portable pendant que j'attendais que Tom rentre à la maison. Il n'y avait aucun message.

— Mais s'il a vu le mail avant et l'a supprimé, la notification a dû disparaître de ton téléphone, hasarda Harry. Et s'il l'avait lu dans le train et effacé aussitôt ?

— Mais ça signifierait qu'il savait que j'allais le quitter…

***

À l'instant où je le dis, je sus que c'était vrai. Toutes les pièces du puzzle se mettaient en place, le fait que Tom ne m'ait pas crié dessus, n'ait pas argumenté. Et qu'il n'ait pas demandé si je voyais quelqu'un d'autre.

Il savait.

Et depuis que je l'avais quitté, tout était allé de travers.

J'avais l'esprit en ébullition alors que je repensais à la conversation de cette soirée fatidique.

— Ça m'a étonnée qu'il ne me demande pas pourquoi je partais…

— Il pensait que tu partais pour quelle raison ?

— Je lui ai juste dit que j'étais malheureuse. C'était vrai. Il le savait. Je le lui avais dit des centaines de fois.

— Il n'a pas paru surpris ?

Je me remémorai la réaction de Tom.

— Non… Mais j'ai cru que c'était parce qu'il savait que j'étais malheureuse. Et depuis, il a été très gentil avec moi. J'ai cru qu'il avait compris la leçon quand je l'avais quitté. Que je lui manquais…

La vérité, c'est que j'étais tellement contente de quitter la maison que je n'avais pas prêté attention à sa réaction, et ensuite, dès que j'étais arrivée à l'hôtel, je n'avais plus pensé à rien d'autre que Harry.

Mais à présent je me souvenais d'avoir vu l'iPad dans sa mallette avant de quitter la maison. Il était en évidence dans son sac, comme un panneau qu'on m'agiterait sous le nez, et je n'en avais pas compris la signification. Il avait dû se régaler...

Et alors je devinai autre chose. Si Tom lisait mes mails, il était au courant pour mes recherches d'emploi. Je tressaillis. Il aurait donc vu le bail. Il savait où je vivais, où je travaillais. Il n'en avait pas dit un mot.

Je regardai Harry. J'avais vraiment envie de lui parler, de lui raconter tout ce qui s'était passé depuis que j'avais quitté la maison. Je voulais son aide. Mais pouvais-je lui faire confiance?

Je le croyais quand il me disait qu'il m'avait écrit un mail. J'aurais dû me douter qu'il le ferait. Et je pouvais comprendre qu'il soit resté avec Emma, si dur que ce soit à accepter. Mais, au fond, il m'avait laissée tomber. Il n'était pas l'homme que je croyais.

61

Ruby

Le lendemain, je me réveillai juste après 6 heures. Le soleil matinal entrait par mes fenêtres, et la pièce était déjà chaude. Pas encore prête à affronter la journée, je gardai les yeux fermés. J'avais dormi d'un sommeil lourd, et je semblais ne pas avoir changé de position de toute la nuit. J'avais les membres raides et douloureux, mais j'étais trop fatiguée pour bouger. J'étais allongée sur le côté, et pendant un moment j'eus l'impression qu'il y avait un poids sur le lit, comme si quelqu'un était allongé derrière moi, à quelques centimètres seulement. Dans ce demi-sommeil, je pensai à Harry et comment j'avais dormi dans ses bras ce week-end où nous étions à Paris. Je n'avais jamais si bien dormi. À présent, dans la chaleur obscure de mon lit, je reculai de quelques centimètres, avec le secret espoir de le trouver. Alors que je me tendais vers l'arrière, je sentis quelque chose me bloquer, et j'ouvris les yeux d'un coup. Je m'assis d'un bond. Les oreillers de l'autre côté du lit avaient glissé pendant que je dormais, et c'étaient eux qui appuyaient contre mon dos.

Dans la lumière pâle, je vis que la porte était bien fermée, une chaise coincée sous la poignée. Tout était comme je l'avais laissé la veille au soir, trop effrayée pour dormir sans protection. Je sortis de la chambre sur la pointe des pieds et regardai, penchée sur la balustrade, l'entrée en contrebas. Une autre chaise était appuyée contre la porte d'entrée. La veille, j'étais bien décidée à ce que personne n'entre sans que je l'entende. Je me sentais idiote à présent. Paranoïaque.

J'étais vraiment reconnaissante de ne pas avoir à me rendre au travail. Je me recouchai avec une tasse de café. Tout en le buvant, je songeais à Harry et me demandai s'il faisait la même chose en cet instant. Je savais qu'il était en train de penser à moi, de culpabiliser que je n'aie pas su qu'il restait avec Emma. Je savais aussi qu'en la voyant ce matin-là, en regardant son ventre qui commençait à s'arrondir de leur nouvelle vie, il n'aurait pas de vrais regrets. Contrairement à moi.

Je pris mon téléphone et me reconnectai à Instagram. J'avais envie de voir les photos qu'Emma avait postées de sa maison. Leur maison. Je vis leur cuisine : ils l'avaient fait refaire l'année précédente, et elle avait posté des photos avant/après. La table était près des fenêtres de la terrasse, et je supposai qu'il devait y être assis en cet instant, contemplant leur jardin. Il était peut-être bien tourmenté, n'empêche qu'il était là, à manger un toast sorti de ce grille-pain que je voyais sur le comptoir, à boire du café préparé avec cette cafetière à piston qui sortait presque du cadre. Je fis défiler ces photos pendant longtemps, jusqu'à avoir envie de pleurer, puis je repris mes esprits et désinstallai l'appli. Comme la fois précédente, je me promis de ne plus l'utiliser. C'était comme une drogue. Il fallait que j'arrête.

Après le petit déjeuner, je ne supportais plus d'être dans mon appartement. Je ne m'y sentais pas en sécurité. Dehors, il faisait un soleil radieux et plein de promesses d'une longue et chaude journée. Je sortis marcher le long du fleuve. Le coin était presque désert à cette heure matinale, avec seulement quelques promeneurs accompagnés de leur chien. Je gardai la tête baissée et j'enchaînai les kilomètres.

J'aurais dû savoir que Harry essaierait de m'avertir qu'il ne viendrait pas ce soir-là. J'aurais dû savoir qu'il ne me laisserait pas tomber ainsi. Je me forçai à me demander si je l'aimais encore. Je savais que je l'avais aimé. Puis je me souvins d'une phrase qu'il avait prononcée, juste avant de quitter le café.

« Ce n'est pas parce que ça n'a pas duré entre nous… », avait-il dit, serrant ma main très fort.

Lui et moi savions tous deux que c'était la dernière fois que nous nous touchions. « … Ce n'est pas parce que ça n'a pas duré que ça ne signifiait rien pour moi. Ça représentait beaucoup, Ruby. Pendant toute notre relation, tu as été le centre de mon univers. »

Je me frottai les yeux, bien décidée à ne pas me remettre à pleurer. J'avais douté de lui si longtemps… Toutes ces nuits que j'avais passées éveillée, après mon départ de chez moi, je n'avais pensé qu'à Harry. Quand je l'avais rencontré dix-huit mois plus tôt, j'avais eu l'impression qu'une lumière s'était allumée en moi et, quand il n'était pas venu ce soir-là, j'avais cru qu'il était mort. À présent, je ne savais plus.

Mais je ne voulais pas d'un homme capable de quitter son épouse enceinte. Cela, j'en avais la certitude. Nous n'aurions pas dû avoir une liaison, mais jamais je ne l'aurais approché s'il avait eu des enfants. La jalousie me transperça. Je voulais la vie d'Emma.

Normalement, j'aurais appelé Sarah pour bavarder avec elle, mais cette époque était révolue. Alors je pensai à Oliver. C'était un bon ami. J'allais lui parler, tout lui raconter, et lui demander son avis. Je lui envoyai un texto :

Coucou, tu es libre ce soir ? Bisou.

Il répondit aussitôt :

Désolé, je pars cet après-midi pour dix jours à Ibiza. Je te fais signe à mon retour. Bisou.

Mon cœur se serra. Je ne pouvais pas parler à Sarah : impossible de lui pardonner de m'avoir menti. Je devais réagir vis-à-vis de Tom, mais j'avais besoin de quelqu'un derrière moi, quelqu'un qui me soutienne.

Oliver écrivit un nouveau message :

J'ai une heure devant moi juste maintenant, si ça te dit ? Où es-tu ?

Je répondis :

Je marche au bord du fleuve, près du phare.

Je me sentais si faible en cet instant.

Tu peux venir ?

Ne bouge pas. J'arrive bientôt.

Quelques minutes plus tard, il gara sa voiture et en sortit d'un bond.

— Oh, Ruby, tu as une mine affreuse ! Qu'est-ce qui se passe ?

Il s'assit à côté de moi sur le banc et me serra dans ses bras. C'était une étreinte si confortable et chaude, si accueillante, que je fondis en larmes.

Il me toucha le bras.

— Qu'est-ce qui ne va pas ?

—Je ne sais pas par où commencer…

—Par le début. Qu'est-ce qui t'arrive ?

J'inspirai un grand coup.

—Tu te souviens que je t'avais dit que je croyais avoir rencontré quelqu'un ?

—Harry ?

Je le dévisageai.

—Je t'ai dit son nom ?

—Oui, tu l'as mentionné en passant. Mais, hier soir, je suis sorti à Liverpool et je suis tombé sur Sarah et son mari.

—J'avais oublié que tu la connaissais.

—Ils étaient à l'anniversaire de Tom l'année dernière, tu te souviens ? Elle avait l'air de t'en vouloir… Elle m'a dit que tu avais tout plaqué pour vivre avec ton patron, et qu'il t'avait larguée.

—Il ne m'a pas larguée !

—Il n'est pas venu au rendez-vous, et tu n'as plus jamais eu de ses nouvelles. Ça revient un peu au même que de se faire larguer…

—Bon, répondis-je, les joues en feu. Je l'ai croisé par hasard hier, et tu sais ce qu'il m'a dit ?

—Mon Dieu, tu ne vas pas te remettre avec lui, j'espère ? rétorqua Oliver, sourcils froncés.

—Non. Pas du tout. Sa femme est enceinte. C'est pour ça qu'il est resté avec elle.

—C'est *Les Feux de l'amour*, cette histoire…, soupira-t-il en secouant la tête. Tu vaux mieux que ça, Ruby.

Je n'en croyais rien, c'était ça le problème.

—Il m'a dit qu'il m'avait envoyé un mail pour m'avertir qu'il ne pourrait pas quitter sa femme. Je n'ai jamais eu son message. Tom avait mon iPad ce jour-là. Je pense qu'il a lu le mail de Harry et l'a effacé avant que j'aie pu le voir.

— Alors Tom savait que tu venais de te faire larguer ? Euh… pardon, se reprit-il en voyant mon expression. Je veux dire qu'il savait que le gars que tu fréquentais n'allait pas quitter sa femme ce soir-là, et pourtant il t'a laissée partir en le croyant.

— Oui, exactement. Il n'a pas dit un mot. J'ai remarqué qu'il ne m'avait pas demandé si je le quittais pour un autre. J'étais soulagée sur le moment, évidemment, mais ensuite, quand j'y ai repensé, c'est vrai que ça paraissait bizarre.

— Tu regrettes d'être partie ?

Je réfléchis un moment.

— Non, répondis-je lentement. Je n'étais pas heureuse avec Tom. Et juste quand notre relation était au plus bas, j'ai rencontré Harry. Je savais que je devais quitter Tom quoi qu'il arrive, avec ou sans Harry.

— Dis donc… Je ne me doutais pas de tout ça !

Il prit une profonde inspiration avant d'ajouter :

— J'ai toujours pensé que tu finirais par quitter Tom. Mais je ne m'attendais pas à ce que ça se passe comme ça.

— C'est vrai ?

Je me demandais s'il avait remarqué les sautes d'humeur, le fait que je souriais moins lorsque j'étais avec Tom, que j'étais tendue et avais parfois du mal à respirer. Le fait que j'avais repris goût à la vie depuis que j'avais rencontré Harry.

— Oui. J'espérais que tu le quitterais.

Je le regardai, surprise, et il rougit.

— Pour être honnête, je pensais qu'à un moment, peut-être qu'on se verrait.

Il dut lire la confusion sur mon visage.

— Toi et moi, expliqua-t-il.

J'éprouvai une bouffée de panique pure. Je n'avais jamais imaginé Oliver comme plus qu'un ami, mais si je le repoussais, je risquais de me retrouver absolument seule.

— Je ne sais pas, répondis-je. Je n'y avais jamais pensé.

— On s'entend vraiment bien, Ruby. On pourrait y aller doucement. Voir comment ça se passe.

Il se pencha vers moi, et je crus qu'il allait m'embrasser. À cet instant précis, mon téléphone émit un son de notification. Par automatisme, j'y jetai un coup d'œil.

— D'accord, dit-il. J'ai compris.

Il se leva brusquement.

— Tu espères toujours que Harry reviendra vers toi ? Tu perds ton temps !

Il monta dans sa voiture et démarra sans un mot de plus. Je le suivis du regard, médusée. Il venait de rejoindre le groupe toujours plus nombreux des personnes à éviter.

Je baissai les yeux vers mon téléphone. C'était un texto de Sarah.

Merci beaucoup, Ruby. Harry vient de me dire que Sheridan's, c'est fini pour moi.

La colère m'envahit aussitôt.

Ne rejette pas la faute sur moi ! Tu m'as menti. Tu m'as dit que tu lui avais donné ma lettre.

Quelques secondes plus tard, un nouveau message apparut.

Tu crois qu'il la voulait, ta lettre à la con ? Je te l'ai dit : il l'a lue et l'a mise à la poubelle.

L'idée me heurta. Je savais que je ne connaîtrais jamais la vérité. Sarah me mentait-elle, pour me blesser ? Ou bien Harry avait-il en effet lu la lettre avant de la jeter, à présent que je ne lui étais plus d'aucune utilité ?

Sarah devait être en rage, car un troisième message arriva :

À ton avis, qui est-ce qui t'a virée? Eleanor? Tu crois vraiment ça? Harry est son patron! Elle ne peut pas virer son assistante comme ça. Eleanor m'a raconté hier que, dès qu'il a su qu'Emma était enceinte, il lui avait demandé de mettre un terme à ton contrat. Il lui a dit que tu n'étais pas restée assez longtemps dans la boîte pour prétendre à des indemnités. Quand elle a dit que tu pourrais contester, il a répondu qu'il savait que tu ne le ferais pas. Tu n'as pas encore compris ? Il ne veut plus de toi, Ruby !

62

Ruby

Pendant un instant, je crus que mon cœur s'était arrêté, puis il cogna avec violence dans ma poitrine. J'avais le souffle coupé. J'étais tellement honteuse, tellement humiliée… Je retournai chez moi, les yeux baissés, les épaules basses. Je ne voulais croiser le regard de personne, parler à personne. J'avais besoin d'être seule, d'encaisser le coup à l'abri dans mon appartement.

Harry n'avait pas évoqué le fait de me renvoyer. Il était assis là, au café, et oui, j'avais remarqué qu'il avait pâli quand je lui avais dit que j'avais été licenciée, mais j'avais pensé que c'était de colère. Était-ce au contraire un signe de culpabilité ? Ou de peur ?

M'avait-il dit, dans ce message qu'il m'avait envoyé ce fameux soir, que je devais quitter mon poste, ou avait-il laissé ce soin à Eleanor ? Avait-il pensé à moi en ce lundi matin, alors que je me présentais au travail pour me faire jeter dehors de la sorte ? J'avais un mal fou à admettre cette idée vu sa façon de se comporter avec moi. Il ne s'était pas excusé, au café. Pas justifié. Il avait dû être drôlement soulagé que je sois assez bête pour croire qu'Eleanor avait agi d'elle-même. J'avais toujours su que je mentais bien, que je savais très bien feindre diverses émotions, ou au contraire rester impassible. Je n'étais pas consciente que Harry, lui aussi, était expert en la matière.

Je voulais m'enfuir. Je n'étais pas capable d'affronter ça. J'étais sur le point d'appeler mon père en Australie, de le supplier de m'autoriser à m'installer quelque temps dans leur maison, juste en attendant que je puisse m'éloigner d'ici, lorsque j'entendis cogner à la porte. Je me levai d'un bond.

Je courus vers le haut de l'escalier et regardai en bas, persuadée qu'une nouvelle enveloppe allait être glissée dans la fente. Il n'y avait rien. Je regardai par la fenêtre de la cuisine, située au-dessus de la porte, et vis une camionnette blanche garée le long du trottoir. Un homme en bleu de travail se tenait à côté, les yeux levés vers mon appartement. Quand je descendis, il se présenta comme Sean.

—Gill m'a demandé de passer. Vous voulez un verrou sur votre porte d'entrée ?

—Oui. Oui, merci. Est-ce que vous pourriez en profiter pour changer les serrures, tant que vous êtes là ?

—Vous avez perdu vos clés ? Je vais devoir vous facturer un supplément.

—Non. Je crois que quelqu'un s'est introduit dans mon appartement.

—C'est bizarre… Je change les serrures après chaque départ de locataires, comme ça ils ne peuvent plus entrer. Je suis passé il y a quelques semaines à peine. C'était quand vous avez emménagé, j'imagine ?

—Oui. Je suis nouvelle.

—Appelez Gill pendant que je pose le verrou. Si elle est d'accord, je change les serrures sans frais.

—Mon téléphone est là-haut. J'en ai pour une minute.

Je téléphonai à Gill depuis ma chambre.

—Sean est là, il installe un verrou sur la porte d'entrée. Merci de me l'avoir envoyé. Je lui ai demandé de changer les serrures également, mais il m'a dit de vous demander d'abord. Je suis d'accord pour payer.

— Il s'est passé quelque chose ? D'abord un verrou, maintenant les serrures… est-ce que tout va bien ?

— Je pense que quelqu'un est entré dans mon appartement mercredi soir. Je me suis réveillée et j'ai entendu la porte d'entrée.

Elle haleta.

— Mon Dieu, c'est ma pire crainte ! Bien sûr que vous pouvez faire changer les serrures.

— Merci. C'est dur pour moi, de vivre seule. Quand on a quelqu'un, on sait qu'on est protégée. C'est terrifiant de n'avoir personne…

— Votre petit ami n'était pas là quand ça s'est produit ?

— Je n'ai pas de petit ami.

— Mais vous m'aviez dit…, s'étonna-t-elle. Vous m'avez demandé un double pour votre petit ami.

— Quoi ?

— Vous m'avez envoyé un mail. Attendez, laissez-moi vérifier… Voilà. Le 27 juin. N'est-ce pas le jour où vous avez emménagé ? Vous m'avez envoyé un mail pour me demander un double pour votre petit ami.

Je me souvenais de cette date. C'était le jour où j'étais allée à Manchester pour rien. En rentrant, j'avais trouvé mes robes accrochées dans la penderie.

— Allô ? Ruby, vous êtes toujours là ?

J'essayai de me reprendre.

— Ce n'est pas moi qui ai envoyé ce mail. Avez-vous vu la personne qui est venue chercher la clé ?

— Non, je n'étais pas à l'agence à ce moment-là. Je vais me renseigner, répondit-elle, aussi paniquée que moi. Je suis vraiment désolée, Ruby. Le message était envoyé depuis votre adresse électronique. Je n'avais aucune raison de penser qu'il n'était pas de vous.

—Je sais. Ne vous en faites pas. Je vais régler ça.

J'étais pressée de raccrocher, à présent.

—Est-ce qu'on vous a volé quelque chose? Est-ce qu'il vous manque des affaires?

—Je ne sais pas...

Mais alors que je parlais, je posai les yeux sur mon lit. Le foulard que je tenais dans ma main ce soir-là, que j'avais posé sur l'oreiller à côté de moi avant de m'endormir, avait disparu.

***

Je m'empressai de raccrocher, désireuse d'avoir un moment pour réfléchir. Peu après, Sean toqua à la porte pour savoir si Gill avait donné son accord pour changer les serrures. Tout du long, je me comportai normalement, et je le remerciai lorsqu'il eut fini. À peine avait-il grimpé dans sa camionnette que je verrouillai la porte et remontai dans l'appartement en courant. Je vérifiai chaque pièce. Je ne me sentais pas en sécurité.

Malgré la chaleur, je grelottais de froid. Il s'était procuré une clé et était entré chez moi. Il avait déplacé mes vêtements et préparé un café, sachant que ça me rendrait folle. Je frissonnai.

Il s'était pointé chez moi au milieu de la nuit. Il s'était introduit dans ma chambre. Il avait volé mon foulard, sur l'oreiller à côté de moi. Qu'aurait-il fait si je m'étais réveillée?

Je pris mon téléphone et parcourus les numéros bloqués. Il y en avait tellement! Des hommes qui m'appelaient pour réclamer des rapports sexuels qui me faisaient rougir de honte. Tom était-il également derrière ça? Jamais il ne l'avouerait. Je savais désormais qu'il me haïssait. Je crois que j'en étais même déjà consciente lorsque nous étions encore ensemble. Il avait dû être furieux que je le quitte. Et il n'avait cessé d'envoyer des messages, de gentils messages, comme s'il se souciait de moi, alors même que je recevais ces appels d'inconnus. J'étais vraiment contente de ne pas lui en avoir parlé, contente qu'il n'ait jamais su à quel point cela m'avait perturbée.

Je n'avais personne vers qui me tourner. Personne à qui me confier. Tom avait réussi son travail de sape. Il m'avait coupé des gens, fait croire que je devenais folle. Il me disait qu'il m'aimait, mais intriguait pour me détruire.

Je trouvai son numéro dans mes appels récents. Je ne me faisais pas confiance pour lui parler de vive voix, alors j'écrivis un texto.

Tom, est-ce que tu travailles à la maison aujourd'hui ? J'ai besoin de te parler.

Après une hésitation, j'ajoutai « bisou » à la fin de mon message.

63

Emma

Le soir suivant, Harry est rentré plus tard que d'habitude. J'étais assise à la table, en train d'écrire un mail à un client, et il s'est penché pour me faire un petit bisou.

— Qu'est-ce que tu fabriques ? a-t-il demandé.

— Oh, rien. Je confirme juste un délai de livraison.

Je me suis empressée de baisser l'écran de l'ordinateur et me suis levée. Ce serait bien ma veine de recevoir un mail du laboratoire d'analyses médicales juste au moment où Harry était assis à côté de moi.

— Ce matin, je rentrais de Birmingham quand j'ai reçu un coup de fil de Henry Mathers, à Nantwich. Il m'a demandé si je pouvais passer discuter. Son bureau est sur la place du marché, juste à côté du salon de thé, alors j'ai acheté des gâteaux pour l'équipe. Et je ne pouvais pas t'oublier.

— Tu n'oserais pas !

Impatiente, j'ai ouvert la boîte, et contemplé la tarte aux fraises et son joli glaçage transparent, les macarons aux tendres couleurs pastel, et l'éclair au chocolat dont la crème s'échappait. Mais, au lieu d'en avoir l'eau à la bouche, je me suis détournée.

— Je pensais que c'étaient tes préférés.

— Mais oui, ai-je répondu en repoussant le carton. Ils sont magnifiques. Merci beaucoup. C'est juste cette nausée. J'ai tellement hâte que ça s'arrête enfin !

Je ne pouvais pas lui dire que ce qui me rendait malade à présent, c'était d'être harcelée par le mari de Ruby.

Je me suis levée de table pour aller chercher à boire dans le réfrigérateur. L'eau glacée semblait être la seule chose qui calmait mes nausées.

Harry s'est levé aussi, et m'a prise dans ses bras. J'ai respiré l'odeur familière et rassurante de son eau de toilette, et senti son cœur battre contre le mien. Il m'a embrassée, mais son baiser semblait machinal. Je me suis écartée pour le regarder. Il avait le visage tendu, pâle, et paraissait ailleurs. Cela me rappelait le Harry d'avant ma grossesse… mon cœur se serra. Son nouvel élan amoureux était-il déjà retombé ? Je ne supporterais pas que la situation redevienne comme avant.

— Ça va ? ai-je demandé, anxieuse. Tout va bien, au boulot ?

— Ça va, a-t-il soupiré en s'étirant. J'ai eu une grosse journée, c'est tout. Tout ce dont j'ai envie, c'est de me détendre.

— Viens t'asseoir. Tu veux une bière ?

On s'est installés à la table de la cuisine, lui avec une bière, moi avec un verre d'eau, pendant qu'il mangeait l'un de mes gâteaux. C'était inévitable. Je ne parvenais à penser qu'à mon téléphone, en mode vibreur dans la poche de mon jean, alors que j'attendais le mail qui me révélerait l'ADN de mon bébé. Je savais que le labo ne me contacterait plus à cette heure tardive, mais je n'arrivais pas à me décider à l'éteindre, au cas où. Je voulais connaître la nouvelle à la seconde où elle arriverait.

Et lorsqu'en effet mon portable a vibré, j'ai failli m'effondrer.

— C'est ton téléphone ? a demandé Harry.

Il a pris une deuxième bière dans le frigo. Il était bien loin de se douter de ce que ce message pouvait signifier pour notre couple.

J'ai gardé l'air le plus impassible possible en sortant mon téléphone. C'était un texto de Tom. J'ai aussitôt éteint l'appareil.

— C'est juste le boulot. Je n'ai pas envie d'y penser maintenant.

Il m'a jeté un regard interrogateur. Jamais je n'avais montré un tel manque d'intérêt pour mon travail. Je répondais toujours aux messages, même le soir.

— Je suis fatiguée. Ça peut attendre.

Plus tard, pendant que Harry était sous la douche, j'ai repris mon téléphone pour lire le message discrètement. Tom en avait envoyé tellement auxquels je n'avais pas répondu : il voulait venir à l'échographie avec moi, il serait présent à l'accouchement. Il m'adressait des liens vers des berceaux et des poussettes, des vêtements et des nounours, me demandait lesquels je préférais. Il voulait tout partager avec moi.

Il me disait que je n'avais pas à m'inquiéter, qu'il serait toujours à mes côtés.

64

Emma

Le lendemain, lorsque l'alarme de Harry a sonné, j'ai ouvert les yeux d'un coup. On était le cinquième jour ouvré après ma prise de sang, et je savais que je recevrais les résultats dans la journée. Bien que nous soyons allongés dos à dos, je l'ai senti tendre le bras pour éteindre l'alarme. Il avait changé les paramètres afin que le téléphone joue une chanson différente chaque matin, et les paroles faisaient toujours référence à un bébé. Ce jour-là, c'était « Baby Love ». Il a ri en l'entendant et s'est retourné pour me prendre dans ses bras. J'avais envie de le repousser, de le prévenir de ne pas trop s'investir, que le bébé n'était peut-être pas de lui, mais comment pouvais-je faire une chose pareille ? Autant préserver ce qui était peut-être son dernier matin d'ignorance. Alors je suis restée immobile, feignant le sommeil, et il a reculé doucement et s'est glissé à pas de loup hors de la pièce, me laissant un peu de temps seule avec moi-même.

Dès que j'ai entendu la porte de la salle de bains se refermer, j'ai attrapé mon téléphone à tâtons et j'ai consulté mes mails. Évidemment, il n'y avait rien. Personne ne serait au travail avant encore au moins quelques heures. Je me suis interrogée sur le personnel d'un tel laboratoire. Lorsque les employés envoyaient un mail pour dire que le père présumé n'était en fait pas le père, avaient-ils un mouvement de recul en cliquant sur « envoyer », sachant quels dégâts leur message risquait de causer ? Étaient-ils totalement dépourvus d'empathie pour la femme qui avait bien cherché ce qui lui arrivait ?

À cette pensée, je me suis dépêchée de me lever et d'enfiler ma robe de chambre. Je n'allais pas rester couchée à imaginer des inconnus en train de me juger. Il y aurait bientôt suffisamment de personnes réelles pour le faire. En bas, j'ai allumé la radio et commencé à préparer du café et des tartines pour Harry. Au moins, l'odeur ne me soulevait plus l'estomac, même si j'aurais été incapable d'en avaler une bouchée. Il semblait soucieux, lui aussi, et s'est assis à la table de la cuisine en silence pendant que je faisais semblant de rassembler mes affaires pour le travail. Je devais y être tôt ce jour-là : je savais qu'une fois que j'aurais reçu les résultats je ne serais plus bonne à rien.

Harry m'a serrée contre lui pour me dire au revoir, et m'a embrassée sur la joue. J'ai fait un mouvement pour lui rendre son baiser, mais je me suis arrêtée net. La dernière chose que je voulais, c'est qu'il se rappelle ce baiser traître. Alors je l'ai serré très fort et je lui ai dit que je l'aimais. C'est vrai. Je l'ai toujours aimé. Et ensuite je l'ai regardé s'éloigner vers sa voiture et démarrer. La prochaine fois que je le verrais, tout serait différent.

***

Le mail est arrivé juste avant 14 heures. Plongée dans mon travail, je m'interdisais d'y penser. Le résultat tomberait au plus tôt aujourd'hui : il se pouvait que je doive attendre quelques jours de plus. Annie était au téléphone avec un client, et je traitais des messages pour m'occuper l'esprit lorsqu'une notification s'est affichée en bas de mon écran. Le temps de la refermer, j'avais déjà vu les mots « Test de paternité » dans l'objet.

Mon cœur tambourinait si fort que j'avais peur qu'Annie ne l'entende, mais lorsque je me suis tournée vers elle, elle était toujours en grande conversation, et prenait des notes tout en parlant. Elle ne me prêtait pas attention. J'ai attrapé maladroitement mon téléphone. Je ne pouvais pas lire le message en sa présence. J'avais besoin d'être seule. J'ai pris mes clés de voiture ; je découvrirais le résultat dans l'intimité de ma voiture.

Annie a levé les yeux vers moi. Elle a posé la main sur le téléphone pour chuchoter :

— N'oublie pas que je pars dans quelques minutes : c'est le dernier jour d'école, et les enfants sortent plus tôt.

J'ai acquiescé et l'ai saluée de la main. Sans attendre l'ascenseur, je suis descendue à pied en tremblant. C'était le grand moment. Dans quelques secondes, je serais enfin fixée.

Je suis entrée dans ma voiture et j'ai ouvert ma messagerie. Le mail apparaissait en haut de ma boîte. J'ai inspiré profondément. J'avais envie de l'effacer sans le lire, de m'enfoncer la tête dans le sable et de faire comme si rien de tout ça ne s'était passé. J'avais envie d'aller rejoindre Harry d'un coup de voiture, de le serrer très fort et de tout lui raconter. J'avais envie de lui dire que ça n'avait pas d'importance, vraiment aucune, de savoir qui était le père. Le véritable père du bébé, ce serait lui.

Mais je ne pouvais pas m'y résoudre. Je ne pouvais pas lui faire un coup pareil.

J'ai vu Annie quitter le bâtiment en hâte puis sortir du parking. Je savais qu'un jour j'en ferais autant, je partirais précipitamment pour chercher mon enfant, et que je le ferais quel que soit le résultat du test. Cette pensée m'a donné le courage d'ouvrir le message. J'ai fait défiler l'écran à toute vitesse dans un effort désespéré pour comprendre ce qu'il disait. On aurait cru que c'était écrit dans une langue étrangère. Puis j'ai saisi qu'il était rédigé de façon à pouvoir être utilisé devant un tribunal.

J'ai relu le mail trois fois. Je ne sais pas combien de temps je suis restée assise là avant d'assimiler ce qui était indiqué. Je suis retournée au bureau pour prendre mon sac.

Il fallait que je parle à Tom.

65

Ruby

Par habitude, je me garai à ma place habituelle le long du trottoir. La voiture de Tom était là. Juste quand j'arrivais à la porte d'entrée, une BMW noire s'engagea dans l'allée, bloquant le véhicule de Tom.

Un homme d'une cinquantaine d'années en sortit d'un bond et ouvrit la portière pour un jeune couple assis à l'arrière. J'ignorais tout de ces personnes.

— Je peux vous aider ? demandai-je.

Au même instant, la porte d'entrée s'ouvrit, et Tom apparut. Il était vêtu avec élégance, en costume cravate, et souriait aux visiteurs.

— Bonjour, John, quel plaisir de vous revoir ! Vous êtes M. et Mme Sampson ? Enchanté. Entrez, je vous en prie, dit-il après leur avoir serré la main.

Je restai plantée comme une idiote pendant qu'ils échangeaient des salutations, puis le couple se tourna vers moi, comme s'il se demandait ce que je pouvais bien faire là.

— Je suis Ruby Dean.

Surpris, ils regardèrent Tom dans l'attente d'une confirmation. Il s'approcha pour m'embrasser sur la joue.

— Je vous présente mon épouse.

Tout le monde me salua très cordialement, puis ils entrèrent tous dans la maison.

—Je ne m'attendais pas à ce qu'ils arrivent aussi tôt, me chuchota Tom. Je leur fais la visite, et ensuite on pourra parler, sourit-il.

Il n'avait pas l'air conscient du genre de discussion qui l'attendait.

—Commençons par la cuisine, dit Tom aux acquéreurs potentiels.

Je ne pouvais pas supporter ça. La cuisine avait été mon domaine. Mon chez-moi, en réalité. J'avais acheté chaque article qui s'y trouvait; tout était exactement comme je le voulais. Je ne pouvais voir quelqu'un d'autre y entrer et la juger.

—Je vais patienter dans le salon. Sinon, ça risque de faire trop de monde.

Je restai sur le seuil et parcourus la pièce des yeux. Tout dans cet endroit appartenait à Tom: les appareils-photo, les livres sur la photographie. Les œuvres qu'il avait achetées et accrochées sans même songer à me consulter. Certaines me plaisaient, mais ce n'était pas la question. J'avais appris à ne jamais lui dire qu'un objet me plaisait: je savais qu'il disparaîtrait. Chaque fois que j'émettais une opinion, je me heurtais à un mur de silence, ou pire, à un ricanement. «Tu ne devrais pas le prendre pour toi, disait-il. Ce n'est pas un jugement à ton égard de dire que tu n'as pas bon goût.» Je trouvais, au contraire, que c'en était un.

Pendant qu'ils parcouraient le rez-de-chaussée puis l'étage, je m'assis à ma place habituelle sur le canapé, près de la fenêtre, et j'écoutai les murmures d'approbation et les exclamations admiratives, ainsi que les voix lénifiantes de l'agent immobilier et de Tom, qui semblaient en parfaite harmonie alors qu'ils faisaient visiter notre maison à M. et Mme Sampson. Pendant ce temps, j'avais l'estomac noué, et une phrase qui me tournait en boucle dans la tête : *Tu as essayé de me détruire.*

Quand ils partirent enfin, j'avais l'impression d'être au bord de l'explosion.

66

Ruby

La porte d'entrée se referma. Tom cria qu'il montait juste se changer, et deux minutes plus tard, j'entendis qu'il était de retour dans la cuisine.

J'étais en alerte maximale, l'oreille aux aguets pour deviner ce qu'il trafiquait. Je distinguai le bruit de la bouilloire qu'on remplit, puis un cliquètement quand on l'allumait. Je perçus le tintement de tasses sur le comptoir, celui d'une cuillère qu'on prenait dans le tiroir. C'étaient des sons tellement familiers… la bande originale de ma vie dans cette maison. Je me représentais Tom qui se déplaçait, regardait dans le jardin en attendant l'ébullition de l'eau, le dos droit, les mains appuyées sur le comptoir.

Ensuite j'entendis quelque chose de différent, et je me penchai pour mieux écouter. C'était la porte du placard qu'on ouvrait dans le cellier. Je savais que c'était celui où les alcools étaient entreposés. Il y eut un tintement de verre sur le comptoir de granit, puis un liquide qui glougloutait. Le verre fut soulevé quelques secondes et reposé. Ces bruits se répétèrent. Enfin la porte du lave-vaisselle fut ouverte et refermée.

Je fronçai les sourcils. Il buvait à cette heure-ci ? Nous rangions le vin dans le frigo ou la cave à vin. Je n'avais pas entendu le *pschitt* caractéristique d'une boisson gazeuse que l'on décapsule : ce n'était donc pas de la bière. Ce placard ne contenait que des liqueurs et des spiritueux. Que buvait-il ? Mon esprit se mit à tourbillonner : avait-il toujours picolé ainsi, en douce, sans que je m'en aperçoive ? C'était comme si l'on soulevait lentement le voile, comme si je découvrais le véritable visage de mon mari.

Il devait se demander pourquoi j'étais là. Croyait-il que ses petits messages romantiques avaient porté leurs fruits ? Croyait-il que j'avais cédé à son charme, incapable de lui résister ? Autrefois, je supposais qu'il me prenait pour une idiote ; à présent, c'était une certitude.

***

Quand il revint dans le salon, je vis qu'il avait enfilé son vieux tee-shirt gris et un jean. Il était pieds nus et semblait insouciant, heureux. Il portait un plateau avec le café. Il avait sorti la plus belle vaisselle, celle qu'on réservait aux invités. J'en étais peut-être une, désormais. Sur le plateau se trouvait une assiette de biscuits, et je compris qu'il voulait faire bonne impression, comme si un plateau bien présenté pouvait compenser le fait qu'il essaie de me rendre folle.

Il souleva la cafetière à piston pour remplir les tasses et m'en tendit une avant de s'asseoir sur le canapé en face de moi.

— Ça fait du bien de te voir, Ruby, déclara-t-il.

Comme si l'on n'avait pas de passif. Comme si l'on n'était pas en guerre.

— Comment ça va ?

Je ne dis rien. Je pris le café, surtout pour m'occuper les mains, et bus une gorgée. Il n'avait jamais su préparer un bon café, et celui-ci ne faisait pas exception à la règle. J'aurais été plus détendue avec la vodka, ou ce qu'il avait bien pu avaler pour se donner du courage. Mais la chaleur me faisait du bien, et je serrai les mains autour de ma tasse. Ce n'est qu'en cet instant que je pris conscience que j'avais les doigts glacés.

Je voulais dire quelque chose, l'accuser, mais j'avais peur de craquer.

— John a l'air de penser que ce couple va faire une offre, annonça Tom.

— C'est qui, John ? demandai-je, l'esprit ailleurs.

— Le type qui était là. L'agent immobilier. Remarque, ce n'est pas la première fois qu'il dit ça.

Je fis de mon mieux pour garder une voix polie.

— Il y a eu beaucoup de visiteurs intéressés ?

— Quelques-uns, répondit-il avec un haussement d'épaules. Certains viennent juste pour la balade. D'autres font des offres trop basses par rapport au prix de vente. Les Sampson débarquent tout juste d'Afrique du Sud où ils étaient expatriés, ils paient comptant.

Il prit un biscuit et but du café. Il avait l'air de se régaler, et je lui en voulais pour chaque bouchée qu'il avalait.

— S'ils font une offre inférieure à ce qu'on a fixé, qu'est-ce que tu en penses ? On accepte ? On descend de combien ? Cinq pour cent ?

J'acquiesçai. Plus vite la maison serait vendue, plus vite je pourrais partir d'ici. Dans mon état actuel, je l'aurais bradée à moitié prix.

Il termina son café, et je remarquai lorsqu'il posa sa tasse sur le plateau qu'il avait les mains qui tremblaient. Je me demandai si c'était l'alcool, ou s'il était nerveux. Puis il se pencha en avant et souffla de sa voix la plus sincère :

— Est-ce que c'est ce que tu souhaites réellement, Ruby ?

Je répondis avec soin, tentant de me contrôler :

— Oui. Vendons, et tournons la page.

— On n'est pas obligés, bébé. Est-ce qu'on peut en parler ? On pourrait s'accorder une seconde chance ? On est tous les deux en tort. On ne pourrait pas recoller les morceaux ? Qu'est-ce que tu en penses ?

Pendant douze ans, j'avais réussi à dissimuler mes sentiments, mais à cet instant, ce ne fut pas le cas. Il vit ma réaction et vira à l'écarlate. Il s'apprêtait à parler quand son téléphone sonna. Il décrocha sans me quitter des yeux.

— Salut, Gary.

C'était son patron.

— Oui, très bien, merci.

Il y eut un silence, puis il reprit :

— Bien sûr, tu veux qu'on voie ça maintenant ?

Il tendit le bras pour attraper un papier et un crayon sur la table basse. Je me levai et quittai la pièce. Je sentis qu'il me suivait des yeux alors que je sortais. J'entendais Tom parler, et je me dis qu'il allait être occupé un moment. Son patron n'était pas du genre concis, et Tom avait l'air de passer en revue des chiffres de vente.

J'avais tant de questions à lui poser que je ne savais pas par où commencer. Je voulais lui parler du mail de Harry qu'il avait effacé, lui demander pourquoi il m'avait caché ça, et ce qu'il avait ressenti en me voyant partir dans ma voiture remplie de sacs, sachant que j'allais me retrouver à la rue. Mais, en réalité, ce n'était pas important.

Ce dont je voulais vraiment lui parler, c'était du fait qu'il soit entré dans mon appartement. Qu'il ait essayé de me faire perdre les pédales. Et qu'il se soit introduit la nuit dans ma chambre. Qu'il ait pris mon foulard sur mon oreiller pendant mon sommeil. Quand j'y pensais, j'en avais le souffle coupé, la tête qui tournait. Je voulais lui faire payer ces coups bas, mais je savais que je ne devrais pas. J'étais trop en colère.

Pendant qu'il bavardait avec son patron comme si de rien n'était, je montai à l'étage. J'avais besoin de me calmer. De me forcer à penser de façon rationnelle. Tant que j'étais là, je devrais en profiter pour emporter d'autres affaires qui m'appartenaient. Dans deux mois, ce serait l'automne. Je ne voulais pas revenir ici avant le moment de vider complètement la maison, et la vendre pouvait prendre une éternité.

J'entendis Tom bouger en bas des marches, manifestement frustré de ne pouvoir m'intimer l'ordre de redescendre.

J'entrai dans notre chambre. Notre ancienne chambre. À présent, c'était celle de Tom, évidemment. Le costume qu'il portait plus tôt était suspendu à un cintre en bois sur la porte, et il avait envoyé valser ses chaussures en cuir noir dans un coin de la pièce. J'évitai de regarder le lit, et je filai du côté de mon armoire. Aucune de mes affaires ne s'y trouvait. Tom avait colonisé une partie de l'espace, mais le reste était vide. Je fronçai les sourcils. Qu'était-il arrivé à mes vêtements ? J'ouvris les tiroirs que j'utilisais depuis que nous avions acheté cette maison. J'avais été obligée de laisser une partie de ma garde-robe lorsque j'étais partie. À présent, tous les tiroirs étaient vides.

Je passai dans la chambre d'amis, songeant qu'il avait peut-être emballé mes affaires afin que je puisse les emporter. Je savais qu'il n'avait pas à le faire, mais peut-être avait-il cru se rendre utile. Mon cœur se serra lorsque je vis que la bibliothèque était vide, et que tous mes livres avaient disparu. J'avais sûrement eu un pressentiment, car j'avais photographié les étagères avant de partir, au cas où. Je pourrais les racheter, mais de nouveaux exemplaires ne seraient pas la même chose. Je regardai dans les valises posées à côté de l'armoire. Elles étaient vides. Je vérifiai sous le lit. Rien.

Alors je ressentis comme un coup dans le ventre. Je savais ce qui allait se passer à présent. J'ouvris grand les portes de l'armoire et enfonçai la main tout au fond de l'étagère du haut, derrière les oreillers d'appoint et le plaid en laine, à la recherche de la boîte. Elle n'était plus là.

Ma boîte à souvenirs était recouverte de cuir rouge rubis. C'était ma tante qui me l'avait offerte à ma naissance. J'étais très attachée à elle, et elle était morte d'un cancer des années auparavant. Elle avait fait graver mon prénom sur la boîte en lettres d'or, et je l'avais utilisée toute ma vie pour ranger des objets qui m'étaient précieux. Elle contenait des photos de mon enfance, de mes parents jeunes. Un fin bracelet d'argent que m'avait donné mon premier petit ami. Mon premier téléphone portable, hors d'usage depuis longtemps. Des lettres de mes amies de lycée qui étaient toutes parties dans des universités différentes. Les agendas dans lesquels j'avais noté mes cycles menstruels afin de pouvoir déterminer quand j'étais fertile. Un minuscule pyjama en velours blanc que j'avais acheté le premier jour où l'on avait décidé d'avoir un bébé. Je le tenais contre moi en imaginant ce que ce serait de tenir un enfant. Et, glissée dans une petite enveloppe, avec rien d'autre que la date, se trouvait l'échographie de mon bébé, mon unique enfant, celui que j'avais perdu quand j'avais dix-huit ans.

Je fus prise de panique. Je sortis les oreillers et les jetai sur le lit. Je vérifiai en bas de l'armoire, mais il n'y avait que le matériel de plongée de Tom et de vieilles baskets.

Je me tournai pour quitter la pièce et voir si la boîte était dans la chambre de Josh, mais Tom se tenait sur le seuil.

— Où est-elle ? Qu'est-ce que tu en as fait ? demandai-je.

67

Ruby

Pendant une seconde, il eut l'air décidé à continuer à faire comme s'il ignorait de quoi je parlais, puis il répondit d'un ton calme :

— Oh, elle est sans doute partie à la poubelle la semaine dernière.

— Quoi ?

— C'est toi qui voulais vendre la maison. Je ne t'ai pas vue t'en occuper. J'ai juste fait du tri pour qu'on ne se retrouve pas avec tout à faire à la fin.

Je m'approchai de lui. J'avais l'impression que mon cerveau allait exploser. Tout ce que je ressentais, c'était un bourdonnement et des picotements, et je crois qu'il dut voir qu'il était allé trop loin, car il recula sur le palier pour m'éviter.

— Tu l'as jetée ?

Je sais que ma voix était bizarre. Je luttais pour respirer correctement, et mon intonation était haut perchée, essoufflée.

Il haussa les épaules.

— J'ai balancé pas mal de trucs.

C'était vrai. Et tout ce qu'il avait jeté m'appartenait.

À ce moment-là, j'avais la tête qui tournait. Je fis un autre pas vers lui.

— Mais ce n'était pas juste « un truc ». C'était important pour moi.

— Tu ne la regardais jamais, de toute façon.

Il fit un nouveau pas en arrière.

— Ça encombrait inutilement l'espace, ajouta-t-il.

Je fermai les yeux un instant. Je pensai à la maison et au fait que, mis à part dans la cuisine, on n'aurait jamais deviné que je vivais là. Cette boîte était à moi, et elle avait été jetée aux ordures, comme tout ce qui m'appartenait. Cette boîte contenait mes souvenirs. Il l'avait détruite, exactement comme il avait tenté de me détruire moi.

Il fallait que je dise quelque chose. Je devais réagir. J'avais gardé le silence trop longtemps.

— Je sais que tu as effacé le mail, dis-je.

Il prit son air le plus surpris.

— Quel mail ?

Mais ça ne prenait pas.

— Tu sais très bien de quoi je parle.

Je ne prononçai pas un mot de plus et laissai le silence s'étirer, lourd.

Alors une expression sinistre, horrible, apparut sur son visage. Toute flatterie avait disparu de ses traits, et je vis clairement ce qu'il pensait de moi. Je reculai.

— Ah, le mail de Harry…

Il se mit à imiter Harry :

— « Je suis tellement désolé, Ruby, mais je ne peux pas quitter Emma. Elle est enceinte, et depuis toujours, je rêve de fonder une famille… » Ouais, je n'aurais sans doute pas dû effacer sa prose, cracha-t-il avec un ricanement. Oh, et aussi…

— Quoi ?

Il secoua la tête et me sourit.

— Tu le sauras bien assez tôt.

J'avais le cœur qui cognait. Je pensai à lui en train de lire mes mails, de suivre mes recherches d'emploi, d'éplucher mes brouillons de messages à Harry que je n'avais jamais envoyés, où je lui disais que je l'aimais, que j'avais besoin de lui et que je serais toujours là pour lui. Mais ce n'était pas ce qui m'inquiétait à présent.

Mon sang commençait à bouillir.

— Mais ce n'est pas tout, n'est-ce pas ?

— Je ne sais pas de quoi tu parles, répliqua-t-il avec un haussement d'épaules.

— Tu t'es introduit dans mon appartement, pas vrai ?

— Tu recommences à avoir des hallucinations ? demanda-t-il, les sourcils levés.

— Quoi ? Qu'est-ce que tu veux dire ?

— Comme toutes les fois où tu t'es crue enceinte…

À présent, c'était moi qu'il singeait, le visage déformé par la haine.

— « Je sais que j'ai déjà dit ça, Tom, mais je crois vraiment que je suis enceinte, cette fois-ci… »

Je sentis mon expression se déliter, et je vis qu'il jubilait. C'est là que je mesurai la profondeur de la haine qu'il nourrissait envers moi.

— Alors tu t'imagines que je suis entré dans ton appartement. Et j'ai fait quoi, là-bas ?

Je me mordis la lèvre, frustrée. Comment pouvais-je répondre : « Tu as préparé une tasse de café », ou « Tu as accroché mes robes dans la penderie », ou « Tu as pris le foulard que mon amant m'avait offert » ? Je savais bien ce qu'il répondrait.

— Ça n'a pas d'importance, répliquai-je. Je sais que c'était toi.

— Vraiment ? Vraiment ? ricana-t-il avec un sourire narquois.

— Est-ce que tu te moques de moi ?

À cet instant, je perdis mon calme.

— Tu as cru que tu pouvais me contrôler !

Il sursauta. Pendant toutes nos années de mariage, je n'avais crié que deux fois.

— Tu as cru que tu pouvais me dicter ma vie !

— Tu t'imagines vraiment que je m'intéresse à ce point à toi ? rétorqua-t-il avec mépris. Tu crois que je vais perdre mon temps à penser à toi ? J'ai d'autres chats à fouetter. Tu n'es rien. Absolument rien.

Et je savais que c'était vrai. Je ne pus me retenir. Je fis un geste pour le frapper.

Il recula hors de la chambre. Nous étions à présent tous deux sur le palier.

— Eh ! Ne fais pas ça ! protesta-t-il.

— « Ne fais pas ça ! » répétai-je en l'imitant à mon tour. « Fais ci, fais ça. Vis comme ça… »

Après une pause, je me mis à hurler :

— Arrête de me dire ce que je dois faire ! Et arrête de m'espionner !

— De quoi tu parles ? Tu es folle…

— Tu sais très bien de quoi je parle, répondis-je d'une voix plus calme. Et arrête de mettre mon numéro sur ces sites.

— J'ai fait ça pour te rendre service ! J'ai pensé que tu aimerais un peu de compagnie, maintenant que tu es toute seule.

— Fous-moi la paix…, dis-je, soudain vidée de toute énergie. Chaque seconde de ta vie, tu essaies de me contrôler.

— Tu plaisantes ? C'est toi qui es partie.

— Parce que je ne pouvais plus supporter ça.

— Non. Tu es partie pour pouvoir coucher avec un autre homme. Assume, Ruby.

C'est là que je compris. Ce n'était pas pour cette raison que j'étais partie. Je croyais être partie pour vivre avec Harry, mais en réalité c'était pour fuir Tom. Je ne connaissais pas vraiment Harry. Nous n'avions passé que deux nuits ensemble. Nous ne nous étions jamais disputés, n'avions même jamais eu de désaccord. Nous avions pris cela pour un signe de compatibilité, plutôt que comme le signe que nous ne nous connaissions pas si bien que ça.

Je restai pétrifiée par cette évidence. Je n'entendais rien d'autre que le bruit de nos respirations haletantes.

—Alors pourquoi tu m'envoyais tous ces messages ?

Il restait une part de moi qui voulait croire que Tom m'avait aimée autrefois.

—Pourquoi m'as-tu dit que tu m'aimais et que je te manquais ?

—Pauvre conne ! Tu as vraiment cru que je le pensais ? Tu crois que je veux de toi ? Incroyable…, soupira-t-il en secouant la tête avant de se pencher vers moi. Chaque petit message que je t'ai envoyé t'a rapprochée de moi.

—Pourquoi ? Dans quel but ?

—Tu t'imagines vraiment que je vais te laisser décider de la fin de notre couple ? Que tu peux partir quand ça te chante ?

Il me parlait comme si j'étais la dernière des idiotes.

—La décision ne t'appartient pas, Ruby. Elle ne t'a jamais appartenu. C'est moi qui décide si tu restes ou si tu pars.

—Je suis partie, pourtant… Et tu veux savoir pourquoi ?

Il recula d'un bond quand je lui donnai un coup dans l'épaule.

—Arrête ça !

—Je suis partie parce que je ne voulais plus être mariée avec toi. Toi, tes mensonges et ta domination. Toujours à me dire ce que je dois faire. Ce que je dois penser.

Je me tus, nauséeuse.

—Je ne pouvais plus le supporter…, conclus-je.

—Eh bien, on peut dire que ça te réussit, de vivre toute seule, Ruby. Tout ce que tu as, c'est un homme qui ne veut pas quitter sa femme pour toi. De toute évidence, même lui s'ennuie avec toi. Est-ce que tu as attendu longtemps, ce soir-là ? À quel moment as-tu compris qu'il ne viendrait pas ? C'était tellement drôle, de te voir partir avec tes petits sacs. Tu as vraiment cru que je n'allais pas remarquer que toutes tes affaires étaient dans ta voiture ? Je regrette juste de ne pas avoir vu ta tronche quand tu as pigé qu'il ne viendrait pas.

— Espèce de salaud ! hurlai-je.

Il éclata de rire, puis colla son visage au mien. Son haleine aigre empestait l'alcool.

— Tu es folle, déclara-t-il. Tu l'as toujours été.

Je reçus un postillon en pleine face et m'essuyai du revers de la main, dégoûtée.

J'en avais eu assez. Sa vue me faisait horreur. Je sentais le sang battre dans mes veines. Je me débattais, et je savais que je ferais mieux de partir, mais je voulais avoir le dernier mot.

— Plus maintenant, dis-je en tendant le bras vers lui.

Pas pour le frapper, non, pour mettre de l'espace entre nous.

Il se pencha en arrière en agrippant la rampe en haut de l'escalier. Plus tard, je compris qu'il était sur la plus haute marche, mais sur le moment je n'en avais pas conscience.

Il sembla se gonfler de rage, se dresser au-dessus de moi, terrifiant.

— Pourquoi voudrais-je de toi alors que j'ai quelqu'un d'autre ? demanda-t-il, le regard dément. Quelqu'un de beau. D'intelligent. De drôle. Ça me change !

Il m'assena un coup dans la poitrine, de toutes ses forces, qui allait faire éclore un énorme hématome.

— Et devine quoi ? ajouta-t-il, triomphant. Elle est enceinte.

— Quoi ? Enceinte !

Je n'arrivais pas à le croire.

— Oui. Elle attend un enfant de moi. Je savais que c'était ta faute si on n'arrivait pas à avoir un bébé.

Il se remit à m'imiter en riant :

— « Ce sera tellement merveilleux d'avoir un bébé dans la maison ! » Eh bien, maintenant, c'est moi qui vais vivre ça. Contrairement à toi, toute seule dans ton appartement miteux !

Je vous jure que je ne pensai pas une seconde à l'endroit où il se tenait, en haut de l'escalier. Tout ce à quoi je songeais, c'était qu'il allait avoir ce que je désirais plus que tout. Qu'il avait gâché ma vie et qu'il allait être heureux. Il avait raison : je me retrouvais les mains vides. Je sentis la rage monter en moi, et tentai de le gifler. J'avais une envie dévorante de sentir ma main claquer sur sa joue. Il le vit, et s'écarta d'un sursaut avant que je l'atteigne.

Sa main lâcha la rampe, et je le vis essayer de la rattraper. Il recula d'un pas, mais son pied ne trouva pas la marche. Je le vis trébucher vers l'arrière, agiter les bras en vain. Les yeux affolés, il tendit la main vers moi.

J'aurais pu l'empêcher de dégringoler. Vraiment.

Mais je ne le fis pas.

68

Ruby

Il sembla s'écouler une éternité avant qu'il atterrisse en bas des marches. Un craquement épouvantable se fit entendre lorsqu'il se cogna la tête contre le sol carrelé. Son corps réagit par un spasme.

Je ne voyais rien d'autre que lui. Rien du tout.

Je m'accroupis à ses côtés. Son visage était blême, ses yeux fermés. Je m'apprêtais à le bouger, pour voir s'il reprenait connaissance, mais un regard à son corps tordu m'en dissuada. En le déplaçant, je risquais d'aggraver mon cas.

Je vis du sang s'écouler de son oreille, et mon cœur se mit à battre plus vite, dans une danse affolée. Que devais-je faire ? Je savais qu'il fallait appeler une ambulance, mais il était peut-être déjà trop tard.

Alors je pensai : *Je devrais lui prendre le pouls.* Je lui touchai l'intérieur du poignet. J'avais les mains moites, et mes doigts glissèrent sur sa peau. Je ne sentais rien du tout. Je ne savais pas si je m'y prenais bien, aussi je recommençai. Rien. Son autre main était coincée sous lui.

La panique me gagna. Je pensais que les services d'urgence voudraient savoir si son cœur battait toujours. Il avait l'air endormi. Certes, il s'était de toute évidence abîmé la tête et le dos, mais ces blessures ne devraient sans doute pas m'empêcher de sentir son pouls ? J'essayai désespérément de me remémorer la formation aux premiers secours que j'avais reçue à l'école. Je me souvins que l'institutrice avait parlé de l'artère carotide, mais je ne me rappelais plus où elle était. J'appuyai doucement sur le côté de son cou. Il n'y avait pas de pouls, pas de soulèvement sous mes doigts. Je ne sentais rien d'autre que sa peau fraîche.

Éperdue, je crus que je touchais peut-être le mauvais côté de sa gorge ; peut-être qu'il fallait chercher de l'autre côté. Je reculai et, à cet instant, la lumière changea dans la pièce. Soudain, il faisait plus sombre.

Je tournai le dos à la porte. Je levai les yeux pour regarder dans le grand miroir accroché au mur de l'entrée.

Je restai pétrifiée.

Quelqu'un regardait à travers la vitre de la porte.

Elle avait tout vu.

Et je savais qui c'était.

69

Emma

Je m'apprêtais juste à toquer à la porte chez Tom lorsque je les ai entendus. Une femme criait sur un homme. Toutes les fenêtres étaient fermées, mais la vitre de l'entrée était constituée du vitrail d'origine : c'était très beau, mais pas insonorisé. Je ne crois pas qu'ils aient pensé à ce détail lorsqu'ils s'étaient installés.

La dispute semblait provenir de l'étage. Je me suis collée à la fenêtre pour mieux entendre. La femme a crié : « Espèce de salaud ! »

Eh bien, voilà qui est intéressant.

J'entendais Tom qui essayait de répondre, mais elle ne le laissait pas en placer une. Elle était folle de rage.

Et c'est alors que j'ai vu Tom debout en haut de l'escalier. Il me tournait le dos, mais c'était bien lui. Il portait un tee-shirt gris, le même que le soir où je l'avais rencontré, et un jean. Il était pieds nus, et juste avant que l'accident se produise, j'ai remarqué que le bas de son pantalon était un peu trop long.

Il a tendu le bras vers la personne avec qui il se disputait. Je ne la voyais pas. Il a fait un geste vers elle, puis agrippé la rampe, ensuite il l'a lâchée et a de nouveau tendu la main. Une main de femme l'a repoussé, et il s'est déplacé sur le côté. Elle parlait à voix basse à présent. Je ne distinguais pas les mots, mais je comprenais l'idée générale. Le ton n'était pas sympathique.

Cette fois, quand il a essayé d'attraper la rampe, il n'y est pas arrivé. J'ignore si elle a cru qu'il voulait la frapper, parce qu'elle a repoussé sa main plus fort cette fois-ci. Il a reculé d'un pas. Et alors, la scène s'est passée au ralenti, j'ai vu son pied au bord des marches, son jean trop long. Il s'est tourné pour se rattraper à la rampe et s'est pris le pied dans l'ourlet de son pantalon. Son talon a cherché une marche qui n'était pas là. Et alors il est tombé. Il a dégringolé l'escalier, et j'ai perçu un craquement quand il s'est cogné la tête contre le sol en carrelage.

J'ai retenu mon souffle. Je savais que je devrais appeler la police, une ambulance. Quelqu'un. Mais j'étais incapable de bouger.

C'est alors que je l'ai vue. C'était Ruby. L'ex-femme de Tom. L'ex-maîtresse de Harry. Enfin, j'espère. Je m'attendais à ce que ce soit quelqu'un d'autre, je pensais qu'elle n'habitait plus là. Je la reconnaissais, car je l'avais vue à l'aéroport, en train d'embrasser mon mari, le soir où j'avais couché avec le sien. Elle descendit l'escalier, pâle et déterminée. Elle semblait en état de choc, mais pas bouleversée. Elle s'est accroupie à côté de lui et a cherché son pouls, d'abord sur son poignet, puis sur le côté du cou. De toute évidence, elle n'avait pas la moindre notion de secourisme.

Et alors qu'elle était agenouillée là, en train d'établir son diagnostic foireux, ma première pensée a été : *Je pourrais réduire ta vie en miettes, Ruby Dean. Il n'y a que toi et moi qui sachions ce qui vient de se passer, et qui te croirait ? Tom est un harceleur, et toi, une femme infidèle. Maintenant, il gît inconscient en bas des marches. Qui croira à la thèse de l'accident ?*

Ruby tremblait de la tête aux pieds tandis qu'elle cherchait son pouls. Choquée, je vis combien elle était maigre à présent, bien plus mince que lorsque je l'avais vue à l'aéroport avec Harry, et combien elle semblait terrifiée en touchant Tom, comme s'il risquait de se redresser pour la frapper. J'ai tressailli. Je m'étais vue comme une victime de Tom. Je n'avais pas compris que Ruby en était une aussi. J'aurais dû deviner. J'aurais vraiment dû savoir.

En voyant Ruby et Tom ensemble, j'ai été submergée par le soulagement que toute cette histoire soit terminée. Pendant un moment, j'avais hésité entre livrer Ruby à la police et lui souhaiter de passer le restant de ses jours à croupir en prison, ou lui serrer la main pour la remercier. Et alors j'ai éprouvé la plus bizarre des sensations, comme si mon bébé me manifestait sa présence. Il était encore trop petit pour que je le sente bouger, mais dans cette fraction de seconde où je tenais le destin de Ruby entre mes mains, j'ai su que je devais faire le bon choix. Il était temps que cette guerre s'achève.

Alors que je me déplaçais pour mieux voir, elle a regardé dans le miroir accroché au mur de l'entrée. Elle a aperçu mon visage à travers la vitre et a sursauté. J'ai tapé au carreau.

70

Ruby

— Ouvre-moi, dit-elle, comme si nous étions amies.

Comme si je l'avais invitée à boire un verre ou à assister à une réunion du club de lecture. C'était la femme de mon amant, et elle m'avait pistée !

Je ne savais pas quoi faire. Je reculai et m'aplatis contre le mur, loin de Tom et loin d'elle.

Elle toqua de nouveau.

— Ruby, c'est moi. Emma.

Je savais bien que c'était elle. Et c'était pour cela que je n'allais pas la laisser entrer.

— Ouvre-moi. Je veux t'aider.

Je la dévisageai à travers le vitrail.

M'aider ?

Elle hocha la tête.

— Dépêche-toi !

J'hésitai, puis je m'approchai de la porte. Je tournai le verrou et j'écartai le battant en grand. Elle entra et referma en hâte derrière elle.

Elle baissa les yeux vers le corps de Tom, puis me regarda de nouveau.

— Il respire ? demanda-t-elle d'un ton brusque.

Je secouai la tête, incapable de proférer un son.

Elle prit un petit miroir de poche dans son sac et s'agenouilla à côté de lui. Elle plaça le miroir devant sa bouche quelques secondes, puis l'examina. Pas de buée.

— C'est comme ça qu'on fait pour vérifier que la victime respire, expliqua-t-elle. J'ai lu ça dans un livre.

Elle me disait ça comme si ça pouvait me servir pour une prochaine fois. Puis elle appuya les doigts sur son cou.

Elle le tâta à plusieurs reprises, puis essaya le poignet. Elle secoua la tête, mais son visage restait totalement inexpressif.

Elle se remit debout avec un grognement et sortit son téléphone.

Je restai pétrifiée pendant qu'elle disait :

— Une ambulance, s'il vous plaît. C'est une urgence. Il y a eu un accident.

Elle donna mon adresse, puis ajouta :

— Le mari de mon amie vient de trébucher et de tomber dans l'escalier. Il s'est pris les pieds dans l'ourlet de son jean. Il s'est cogné la tête, et il y a du sang qui coule de son oreille. Il a le dos complètement tordu. Je crois qu'il se l'est cassé. J'ai cherché son pouls, mais je ne trouve rien.

Elle fit un hoquet comme si elle pleurait, bien qu'elle ait les yeux secs.

— Je crois qu'il est mort ! conclut-elle.

À ces mots, je me mis à pleurer. De gros sanglots me secouaient. Je revivais sans cesse cet instant où j'aurais pu le rattraper par la main. Je ne sais pas à quoi je m'étais attendue, mais pas à cela. Pourtant, je savais qu'à ce moment-là ma colère était telle que j'aurais sans doute pensé « Bien fait ! » si j'avais su que, sans mon assistance, la chute serait mortelle. J'allai dans la cuisine et je m'assis à la table, pleurant à chaudes larmes sur tout ce que j'avais perdu. J'entendais Emma dans l'entrée, toujours au téléphone.

Elle m'appela :

— Ils arrivent, Ruby. Ne t'en fais pas, ils ne vont pas tarder.

Elle raccrocha et entra dans la cuisine.

— Je vais faire chauffer la bouilloire. Tu dois être en état de choc. Thé, ou café ?

J'avais encore dans la bouche le goût du café que Tom avait préparé, et ça me donnait envie de vomir.

— Je ne veux pas de boisson...

— J'en prépare quand même.

Elle me passa une boîte de mouchoirs, et j'en pris une poignée, puis elle se mit à s'affairer dans la cuisine comme si elle en était la propriétaire, et trouva les sachets de thé, les tasses et le lait. Toujours terrifiée, je m'écartais d'elle. Pourquoi était-elle là ? Avait-elle découvert pour Harry et moi ?

Pendant que la bouilloire chauffait, elle tira une chaise et s'assit à la table.

— À présent, il faut que tu m'écoutes.

Je la dévisageai, effrayée.

— Tu étais dans le salon, dit-elle. Tom était en haut. Tu attendais qu'il descende pour discuter de la vente de la maison, savoir s'il fallait ou non baisser le prix. Et c'est là que tu as entendu le fracas. La porte du salon était entrebâillée. Tu ne l'as pas vu tomber. En entendant le bruit, tu es sortie dans l'entrée, et tu l'as vu par terre, et alors tu m'as aperçue par la vitre, exactement comme ça s'est passé en vrai. Exactement pareil, tu te souviens ? Tu avais cherché son pouls et tu étais accroupie, et c'est là que tu as remarqué ma présence. Mais j'avais tout vu. Je l'avais vu tomber et je t'ai vue sortir du salon.

Je n'arrivais pas à comprendre.

— On va dans le salon maintenant.

Elle m'y emmena. Je tremblais tellement que j'avais du mal à marcher.

—Assieds-toi à ta place habituelle.

Je m'effondrai dans le canapé.

—Regarde la porte. C'est comme ça qu'elle était quand il est tombé. D'ici, tu ne vois pas l'entrée. Et c'est là que tu étais assise quand tu l'as entendu tomber.

Je crus qu'elle essayait de me piéger. J'ouvris la bouche pour parler, pour objecter, mais elle m'interrompit.

—Et il y a du café. Tu en as bu avec Tom ?

Je hochai la tête. À ce moment-là, je pensais en réalité qu'elle était folle.

—Il a fait visiter la maison à des gens, et ensuite il s'est changé et m'a préparé une tasse de café.

—Alors pourquoi était-il monté ? Trouve une idée ! me pressa-t-elle. Qu'est-ce qu'il pouvait bien chercher là-haut ?

Je comprenais à présent où elle voulait en venir, mais je n'arrivais pas à réfléchir. Je désignai mon iPad sur l'appui de fenêtre, derrière le rideau.

—Il cherchait l'iPad. On allait regarder d'autres maisons à vendre, pour comparer les prix.

—C'est super. Parfait. Il ne l'a pas trouvé, il s'est dépêché et il est tombé dans l'escalier, résuma-t-elle avec un sourire d'encouragement. Maintenant, écoute-moi bien. Toi et moi, on s'est rencontrées dans un cours de yoga, à Liverpool.

Il me fallut un moment pour enregistrer l'information.

—Quoi ?

Elle répéta :

—On s'est rencontrées dans un cours de yoga à Liverpool.

J'essayais d'encaisser le fait que Tom soit allongé par terre dans l'entrée et que la femme de Harry soit assise dans mon salon, à me parler de yoga.

—Je ne fais pas de yoga ! m'écriai-je d'une voix cinglante.

Elle soupira.

— Tu ne comprends pas. Écoute-moi. On allait au yoga dans Mathew Street. Je ne me souviens pas du nom de la salle et toi non plus. On payait en liquide. La monitrice est partie en Inde. À Goa, je pense.

Elle parlait avec une telle assurance que je me disais que ça devait être vrai. L'avais-je rencontrée avant ?

— Elle s'appelait Janie. Je t'ai ramenée chez toi deux ou trois fois, et c'est comme ça que j'ai su où tu habitais.

— En vrai, comment tu as su où j'habitais ?

— Je te l'ai dit. Je t'ai ramenée du yoga. Et aujourd'hui, je sortais et je suis passée devant ta maison, et j'ai vu le panneau « À vendre ». Je suis enceinte.

Elle me regarda en biais, et je m'empourprai.

— Comme tu le sais. Je cherche une nouvelle maison. Et j'ai vu ta voiture dehors, et je me suis dit que j'allais sonner et demander à visiter.

Je la dévisageai.

— Tu veux vivre ici ?

— Mais non, bien sûr que non ! C'est ce que je vais leur raconter, expliqua-t-elle avec un soupir, comme si j'étais idiote.

J'entendis une sirène. Elle paraissait encore loin, mais c'était difficile à estimer. La panique montait, et j'avais envie de m'enfuir à toutes jambes.

— Dis-moi comment on s'est rencontrées, insista-t-elle.

J'étais terrifiée. Allais-je être obligée de lui avouer que j'étais passée en voiture devant chez elle et que je l'avais vue embrasser Harry ?

— Je ne voulais pas…

— Oublie ça, répondit-elle d'une voix impatiente. Répète-moi ce que je t'ai raconté.

— On allait au yoga.

— Voilà. C'est bien. C'était le niveau débutant. On était nulles et on a laissé tomber. C'était dix livres de l'heure. Dans Mathew Street. Il y a deux ou trois ans. On ne se connaissait pas avant. On ne s'était pas revues depuis.

Je compris enfin. J'acquiesçai.

— Et dis-moi où tu étais quand Tom est tombé.

— J'étais ici, récitai-je d'une voix lente.

Je m'étais arrêtée de pleurer. J'avais saisi à quel point tout ceci était vital.

— Il faisait visiter la maison à des gens. Ils avaient l'air intéressés. Quand ils sont partis, il est monté dans son bureau pour chercher son iPad. On voulait regarder à combien s'étaient vendues les autres maisons du quartier. J'attendais qu'il redescende. Et je voulais aussi lui parler des dix-huit ans de Josh. Je voulais demander à Tom ce que je pourrais lui acheter.

Je m'arrêtai net, soudain consciente que Josh venait de perdre son père. Je n'avais plus d'air dans les poumons, et je sentais mes yeux s'exorbiter. Emma accourut vers moi et m'installa dans une meilleure position. Elle me répétait de respirer, que tout allait bien se passer. Je savais que c'était faux, pourtant. Pas pour Josh.

— Qu'est-ce qui s'est passé ensuite ? me chuchota-t-elle à l'oreille. Qu'est-ce que tu vas leur raconter ?

Relever la tête me demanda un effort surhumain. Elle me regardait d'un air encourageant, le visage blême mais décidé.

— J'ai entendu un grand bruit et un cri, dis-je en me souvenant de ma leçon. Je me suis précipitée dans l'entrée.

— Je sais, renchérit-elle. Je t'ai vue.

— Il était au pied de l'escalier.

Au moins, cette partie-là était vraie. Je me mis à pleurer.

— Il était tout tordu, il avait les yeux fermés et son oreille qui saignait.

— Et ensuite ?

— J'ai pris son pouls. Je savais le faire, j'avais appris à l'école.

— En vrai, bof. Mais peu importe.

La sirène résonna plus fort, et je savais qu'elle approchait de ma rue.

— C'est exactement comme ça s'est passé en vrai, sauf que tu étais dans le salon. Avec Tom, vous vous entendiez bien. Tu étais dans le salon, tu l'as entendu tomber, tu m'as vue à la porte. Tu te souviens ?

J'avais du mal à me concentrer. J'ignorais ce qu'elle faisait ici. En la voyant, j'avais cru qu'elle me traquait, qu'elle me voulait du mal, mais à présent elle m'aidait.

— Pourquoi tu fais tout ça pour moi ?

Pendant un moment, je lus de la pitié sur son visage, puis ses yeux se durcirent.

— Bonne question, Ruby. Il se trouve que ton mari a essayé de me détruire. Je te dois une fière chandelle. Je n'allais quand même pas te livrer à la police !

— Mais tu ne le connais même pas !

— Oh que si…

Elle fouilla dans son sac et en sortit une enveloppe. Dedans se trouvaient deux feuilles de papier, l'une couverte d'une écriture manuscrite, l'autre tapée. Elle me tendit le papier tapé.

— Lis ça.

En toute honnêteté, je n'avais aucune idée de ce que j'allais y voir. Pas la moindre. Je dépliai la feuille et la contemplai sans comprendre.

Sur le papier s'étalait un tableau avec des chiffres. Je vis « ADN » et « 99,99 % ». Je cillai. Je ne saisissais pas ce que j'étais en train de regarder. Puis je vis le mot : « Mère ». À côté était indiqué « Emma Sheridan ». Il fallut un long moment pour que mes yeux repèrent les mots « Père biologique ». Figurait ensuite l'inscription suivante : « Harry Sheridan ».

Je levai le visage vers elle. On ne pouvait plus faire semblant de ne pas se connaître.

— Pourquoi tu penses que j'étais là ? demanda-t-elle doucement.

Je ne devinais toujours pas. Et l'ambulance rugissait dans la rue, sirène hurlante. Des lumières bleues clignotaient à travers la fenêtre alors qu'elle se garait dans l'allée, derrière la voiture de Tom.

Avec des gestes lents, elle remit le document et l'enveloppe dans son sac avant de se tourner pour me regarder dans les yeux.

— Tu n'es pas la seule à pouvoir coucher avec le mari d'une autre, déclara-t-elle.

71

Emma

Ils ont marché. À cent pour cent. Après tout, j'étais un témoin impartial qui déclarait que Ruby se trouvait dans le salon quand Tom était tombé par accident dans l'escalier. Pourquoi est-ce que je mentirais ? Même moi, je ne savais pas pourquoi je l'avais fait. Pas vraiment.

Elle est restée dans la cuisine pendant que l'équipe médicale intervenait. Elle pleurait tellement à ce moment-là ! Bon, moi aussi, en fait. Je ne sais pas si ses larmes étaient liées au deuil de Tom, ou au choc d'avoir causé sa mort. Ce qui était le cas, indéniablement.

Pour moi, c'était son tee-shirt, je crois, qui m'avait fait craquer. C'était le même qu'il portait le soir où j'avais couché avec lui. Alors qu'il était étendu par terre dans l'entrée, j'ai eu soudain une image de lui allongé sur le lit de leur chambre d'amis. J'avais remonté son tee-shirt pour lui embrasser le torse. Je connaissais le toucher de ce tee-shirt. Celui de sa peau en dessous. J'avais senti son cœur battre contre ma bouche, et j'avais deviné qu'il était aussi terrifié qu'excité. Je ressentais la même chose. Et, à présent, je prenais conscience que son cœur ne battrait plus. C'est ça qui m'a fait pleurer.

Les policiers ont été très gentils avec nous. Bien plus qu'on ne le méritait. L'équipe médicale est partie dès que la police est arrivée. Ils avaient établi que Tom était décédé. Il était mort sur le coup, quand sa tête avait heurté le carrelage. Ils nous ont dit que plus d'un millier de personnes meurent chaque année au Royaume-Uni d'une chute dans les escaliers. Ces accidents sont souvent liés à l'alcool, et ils avaient perçu une odeur suspecte sur Tom. Ruby leur avait confirmé qu'elle pensait l'avoir entendu dans la cuisine, se servir en douce pendant qu'il préparait le café, et les policiers avaient trouvé des traces de vodka sur un verre dans le lave-vaisselle.

Les policiers appelèrent un entrepreneur des pompes funèbres puis une équipe de police scientifique qui scella la maison. Un photographe arriva pour prendre des clichés avant qu'on emmène Tom, mais j'étais dans le salon et Ruby dans la cuisine, en train de faire chacune une courte déposition. J'ai dit au policier qui m'interrogeait que j'étais enceinte, et il s'est précipité pour me faire un thé bien chaud et bien sucré. J'ai dû me forcer à l'avaler, et quand j'ai vomi, ils ont tous pensé que c'était parce que Tom était mort.

Ruby avait l'air d'être en état de choc quand elle est revenue dans le salon. Elle était si pâle que j'ai cru qu'elle allait s'évanouir. Elle m'a regardée comme si elle me reconnaissait à peine, ce qui n'était pas étonnant, en fait, mais pendant qu'on attendait l'arrivée des pompes funèbres, elle m'a laissée m'asseoir à côté d'elle et la prendre dans mes bras. Une fois que Tom a été emmené, les policiers ont fermé la maison et gardé les clés. Ils ont dit qu'elle pourrait les récupérer quelques jours plus tard, et elle semblait trop abasourdie pour répondre. On est restées devant la maison après. Nos voitures étaient garées l'une à côté de l'autre, et l'on a passé un moment assises dans la sienne, ne sachant que faire. On a échangé nos numéros, comme si l'on était des personnes normales, comme si l'on n'avait pas de passif. Comme si l'on n'avait pas chacune couché avec le mari de l'autre, et maquillé la mort de Tom. Elle retournait à son appartement, a-t-elle dit. Elle paraissait n'avoir personne qu'elle pouvait appeler. Personne à qui parler. C'était exactement pareil pour moi.

Il s'est écoulé deux semaines avant que j'aie de ses nouvelles.

***

Elle m'a envoyé un message de bonne heure un vendredi matin, deux semaines après la mort de Tom. Je m'accordais un week-end prolongé et j'étais toute seule à la maison. Harry était parti au travail. Est-ce qu'elle le savait ? J'étais juste en train d'essayer mon nouveau pantalon de sport ; il y avait une séance de yoga prénatal à la salle de gym en ville ce matin-là, et je m'étais dit que j'allais tester. J'avais la ferme intention de devenir une de ces mamans parfaites, sveltes et détendues, qu'on voit dans les pubs. Et oui, quand je l'ai enfilé, j'ai pensé à Ruby et moi à notre cours de yoga fictif, mais d'un autre côté, je pensais à elle tout le temps.

Salut, c'est moi. Tu serais disponible pour discuter ?

Quand j'ai vu le message, j'ai eu les jambes si flageolantes que j'ai dû m'asseoir sur le lit. Était-il arrivé quelque chose ? Allait-elle me prévenir que la police allait débarquer chez moi ?

J'ai respiré un grand coup. Si la police devait venir, il fallait que je le sache. J'ai commencé à écrire :

Est-ce que quelqu'un se doute de quelque chose ?

Mais j'ai pris conscience de l'implication si jamais nos messages étaient lus par des tiers, alors j'ai remplacé ça par un sympathique :

Salut, ça va ?

Elle a dû en déduire que j'avais envie de faire amie-amie. Elle a aussitôt répondu :

Bien, merci. Je me disais juste que ce serait sympa de boire un café.

Ah, il fallait prendre une décision... Je pouvais, malgré la fatigue, aller faire la position du chien tête en bas en attendant le réconfort d'un smoothie aux germes de blé. Ou bien, je pouvais affronter la maîtresse de mon mari – devrais-je dire la veuve de mon amant ? – et parler de la façon dont on avait collaboré pour dissimuler les circonstances de sa mort. C'était un choix difficile, mais je finis par répondre :

Je serai à l'*Oval Café* à 11 heures.

72

Emma

Je suis arrivée en avance et me suis installée avec un verre d'eau dans le coin au fond du café. Il y avait juste assez de clients pour qu'on ne nous remarque pas, mais suffisamment peu pour que personne ne s'assoie près de nous. Les portes-fenêtres étaient ouvertes, et la plupart des gens s'étaient massés sur la petite terrasse. Au comptoir s'étalaient toutes sortes de gâteaux. En temps normal, je m'en serais donné à cœur joie, mais ce jour-là j'avais l'estomac noué et je n'aurais rien pu avaler. Je vis une petite voiture noire remonter la rue, puis ralentir et se garer. Je la reconnus aussitôt. Elle était stationnée devant leur maison cet après-midi-là, deux semaines plus tôt.

Mon cœur s'est serré quand elle est descendue de son véhicule. J'avais l'impression de la voir pour la première fois. Ma rivale. La femme qui avait eu une liaison avec mon mari. Elle paraissait plus jeune que dans mon souvenir, plus semblable à la vieille photo que j'avais vue sur le manteau de leur cheminée, celle où le fils de Tom était petit. Elle avait les cheveux ondulés à présent, et j'y discernais des mèches plus claires qui brillaient au soleil alors qu'elle traversait la rue.

Elle est entrée dans le café et a regardé autour d'elle. Je lui ai fait signe, sans grande conviction, en me demandant ce qui m'avait pris de venir.

— Bonjour, a-t-elle dit.

Elle est devenue rouge comme une tomate, et j'ai songé : *Bien fait pour toi, il y a de quoi avoir honte.* J'ai dû chasser l'idée que je n'étais pas une oie blanche, moi non plus.

— Je peux t'offrir un verre ? a-t-elle demandé.

— Non, merci. Ça va.

Elle a commandé un café au comptoir, et a attendu qu'on le lui serve avant de revenir à ma table. Elle s'est assise à côté de moi. Je savais qu'elle avait choisi cette place afin que nous puissions toutes deux observer la pièce et voir si quelqu'un nous avait remarquées. Personne ne nous regardait, cependant. On avait juste l'air de deux amies qui prennent un verre. Les apparences peuvent être tellement trompeuses…

Ruby a mélangé son café jusqu'à me donner envie de lui arracher la cuillère des mains. Elle a levé les yeux et, devant mon expression, s'est empressée de reposer l'ustensile.

— J'ai quelque chose à te dire.

Mon cœur s'est mis à cogner.

— Est-ce qu'ils ont regardé dans son téléphone ?

— Non, pourquoi ? a-t-elle répondu, perplexe.

— Tu es sûre ? Absolument certaine ?

Chaque nuit depuis que Tom était mort, je m'étais réveillée vers 3 heures et j'étais restée allongée dans mon lit à me ronger les sangs à cause de son téléphone. Je n'y avais pas songé sur le moment, mais depuis, ça m'obsédait. Je savais qu'il était protégé par un mot de passe, mais la police pouvait contourner ça, non ? Et quand ils l'auraient examiné, ils se rendraient compte que la personne à qui il envoyait des messages menaçants était la même que celle qui prétendait avoir été témoin de son accident. Puis ils viendraient m'arrêter. Chaque nuit, je paniquais à l'idée que mon bébé allait naître en prison et que Harry devrait s'en occuper seul. On ne se remettrait jamais de cette épreuve, et quand je serais enfin libérée, le bébé resterait avec lui.

— Oui. Je l'ai emporté..., a-t-elle avoué en rougissant de plus belle. En fait, je l'ai écrabouillé cette nuit-là, près du fleuve, et j'ai jeté les morceaux. Ne t'en fais pas, personne ne peut plus rien découvrir maintenant.

J'étais euphorique de soulagement.

— Oh, Dieu merci. Dommage que tu ne me l'aies pas dit avant.

— Je suis désolée. J'aurais dû. Je n'y ai pas pensé. J'attendais les résultats de l'autopsie.

Elle avait les yeux cernés. Je me doutais qu'elle avait aussi peu dormi que moi ces derniers temps. J'avais la bouche sèche.

— Tu les as eus ?

— Mort accidentelle, a-t-elle répondu avec un hochement de tête.

J'ai pris soin de ne pas croiser son regard. Nous connaissions toutes deux la vérité sur ce point.

— Les funérailles auront lieu lundi. On a dû attendre les résultats avant qu'ils nous restituent le corps, a-t-elle expliqué d'une voix étranglée. Tom est mort du choc à la tête, quand il s'est cogné contre le carrelage. Il avait le cuir chevelu ouvert et une fracture du crâne.

Elle s'est tue brusquement et s'est mise à contempler sa boisson. J'ai gardé le silence.

— Il s'était aussi cassé plusieurs côtes dans sa chute, et avait deux vertèbres brisées au bas du dos.

Elle a sorti un mouchoir pour s'essuyer les yeux.

— Il avait beaucoup d'alcool dans le sang. Trois fois la limite autorisée au volant. Il avait dû boire toute la journée.

J'ai repensé à cet après-midi où je m'étais agenouillée à côté de lui pour voir s'il était en vie. Je n'avais pas remarqué sur le moment, mais le soir venu, Harry s'était glissé dans le lit près de moi en rentrant de Londres. Il avait bu quelques verres dans le train avec un de ses collègues, et quand il s'était penché pour m'embrasser, son haleine m'avait fait penser à celle de Tom. Je m'étais levée d'un bond pour courir vers la salle de bains. J'ai frissonné rien que d'y repenser.

— Il buvait beaucoup, en temps normal ?

— Ouais. Il disait que ça l'aidait à se détendre. Mais ça ne m'aidait pas, moi. J'étais sur des charbons ardents, à me demander sans cesse quelle dispute il allait bien pouvoir inventer.

J'ai vu son expression alors qu'elle se remémorait ces tristes souvenirs. Pendant un instant, j'ai oublié ce qu'elle m'avait fait et je lui ai touché le bras.

— Est-ce qu'il te battait ? Il était violent ?

Elle est restée longtemps silencieuse, pâle, les yeux baissés.

— Quand je vivais avec Tom, il y avait toujours une menace qui planait dans l'air, et c'était horrible de vivre comme ça. Il ne me frappait jamais, mais il employait toutes les autres façons qui existent de faire souffrir quelqu'un.

J'ai tressailli.

— Depuis, je ne fais plus confiance aux gens. À personne. Je suis devenue hypervigilante. Et… pas tout à fait entière, a-t-elle soufflé d'une voix brisée. Pendant longtemps, j'ai eu l'impression de ne pas exister.

Je savais, oh, que je savais ce qui l'avait sauvée. Qui l'avait sauvée. Il fallait que je change de sujet, et vite.

— Tu étais consciente qu'il avait picolé, ce jour-là ?

— Je n'y ai même pas pensé quand je suis allée à la maison. Il était censé travailler de chez lui, et je n'imaginais pas qu'il buvait pendant ses heures de boulot.

Elle a froncé les sourcils, comme si cela expliquait bien des événements passés.

— Quand je suis arrivée, il était très sympa. Je n'ai même pas songé qu'il pouvait être en train de boire. Mais ensuite, je l'ai entendu dans la cuisine quand les acquéreurs étaient partis, et je me suis dit qu'il était en train de se servir un verre. Deux, même. Le policier a examiné le verre, tu te souviens ? Et quand je...

Elle a dû se reprendre.

— Quand il m'a crié dessus, il a collé son visage au mien, a-t-elle précisé en plaçant sa paume à quelques centimètres à peine de son nez. À ce moment-là, j'ai senti son haleine.

Je n'ai pu m'empêcher de tressaillir.

— Ça devait être tellement flippant...

Elle a haussé les épaules, mais j'ai vu qu'elle avait les yeux pleins de larmes.

— J'étais habituée...

Elle est restée sans rien dire un moment, puis elle a parlé d'autre chose.

— Je pensais qu'il s'en sortait. Je pensais qu'il allait mieux, a-t-elle confié en s'essuyant les joues. Tu sais, il était très gentil avec moi depuis que j'étais partie. Vraiment adorable. Il me soutenait, m'aidait. Il était exactement comme avant, il y a des années. Je pensais qu'il voulait que je revienne vers lui. J'ai même envisagé de le faire. Je me sentais céder. J'étais tellement triste toute seule. Mais, ce jour-là, j'ai compris ce qu'il manigançait.

— C'est-à-dire ?

— Il essayait de m'attirer à lui pour pouvoir me larguer. Il voulait être celui qui mettrait un terme à notre relation. Il m'a annoncé que sa petite amie était enceinte. Je n'avais pas deviné que c'était de toi qu'il parlait..., a-t-elle conclu d'une voix tremblante.

— Je n'étais pas sa petite amie, ai-je objecté d'un ton définitif.

Elle n'a pas réagi, comme si ça lui était égal.

— Et quand je l'ai quitté, il m'est arrivé un tas de trucs bizarres. Je pensais que quelqu'un s'introduisait dans mon appartement. Je ne voyais pas comment c'était possible, et l'intrus ne dérangeait presque rien, mais j'avais cette impression... Et aussi une nuit, pendant que je dormais. Et puis j'ai découvert qu'il avait mis la main sur le double des clés en se faisant passer pour mon petit ami.

— Ça a dû être terrifiant !

— Oui. C'est en partie à cause de ça que j'avais envisagé de retourner avec lui. Pour être en sécurité. Pendant les dernières semaines, j'ai cru qu'il était mon ami. Comment ai-je pu croire ça, alors qu'il ne l'avait pas été pendant des années ?

Sa voix était devenue plus aiguë.

Je n'aurais peut-être rien dû dire, mais je n'ai pas pu m'en empêcher.

— Ruby, pendant des semaines, il m'a raconté qu'il voulait vivre avec moi. Former une famille, avec le bébé. Il était persuadé que je lui appartenais.

On a cessé de parler un moment.

Finalement, elle m'a posé une question :

— Et le bébé est vraiment de Harry ?

— Oui, Dieu merci...

— Je ne savais pas que tu couchais encore avec lui, a-t-elle avoué, complètement défaite. Harry avait prétendu le contraire.

J'ai levé les yeux au ciel.

— Évidemment. Pas toi ? Avec Tom ?

Elle a mis du temps à répondre.

— Ça ne s'était plus produit avec Tom depuis longtemps. Je crois que le fait d'essayer de faire un bébé n'arrangeait rien. À la fin, il voyait ça comme un signe d'échec. Et j'avais appris que si je le désirais, il me repousserait. À chaque fois.

Elle a secoué la tête comme pour chasser cette pensée.

— Et puis, un jour, il a dit quelque chose. Il pouvait se montrer tellement cruel…

— Qu'est-ce qu'il a dit ?

Les yeux brillants de larmes, elle a fait « non » de la tête.

— Désolée, je ne supporte pas d'y penser.

— Vas-y, il faut que ça sorte. Ne laisse pas ça pourrir en toi. Il ne peut plus te faire de mal, maintenant.

Elle a respiré un grand coup.

— C'était le Noël d'il y a deux ans, et on s'était disputés. Il trouvait toujours cette période stressante. Et après, j'ai voulu qu'on se réconcilie. Je n'en pouvais plus de l'atmosphère tendue qui régnait dans la maison, surtout à Noël. Alors je l'ai sollicité… tu sais… au lit. Et il a reculé. Physiquement. C'était un réflexe, je ne pense pas qu'il y ait réfléchi, il a juste eu l'air dégoûté. Il m'a dit que je ne l'excitais plus. Que je l'attirais quand j'étais plus jeune. Et que ce n'était pas tellement mon apparence, même si ça jouait, évidemment. Que c'était ma personnalité. Il a dit qu'il n'avait plus aucun respect pour moi, que s'il avait su que j'allais devenir comme ça, il ne m'aurait pas épousée. Qu'il ne serait pas sorti avec moi. Ne m'aurait même pas parlé la nuit où on s'est rencontrés.

Après une pause, elle a ajouté :

— Ce qui est drôle, c'est que j'ai ressenti exactement la même chose pour lui.

Elle m'a dévisagée, bouche bée, puis elle s'est mise à rire, mais une minute plus tard, elle pleurait. Elle a pris son sac et foncé aux toilettes. Quand elle est revenue, elle avait le visage rouge et avait essuyé les traînées de mascara sous ses yeux. J'ai pensé qu'elle ne dirait rien de plus, mais elle a bu son café et ensuite elle a continué à me raconter.

— Après ça, j'ai pris la pilule. Je savais que je ne voulais plus d'enfant de lui. Je ne le lui ai pas dit. J'étais tellement malheureuse, mais je n'arrivais pas à trouver le courage de partir. J'avais fini par croire que j'étais en train de disparaître. Qu'un jour je me regarderais dans le miroir et que tout ce que j'y verrais, ce serait un fantôme.

Elle m'a regardée, et je suis prête à jurer qu'à ce moment-là elle avait oublié que j'étais la femme de Harry.

— Et quand j'ai commencé à fréquenter Harry, eh bien… il m'a ramenée à la vie.

Je n'ai pu retenir un commentaire :

— Eh bien, c'est super, mais c'était à mes dépens.

Elle s'est effondrée. Je me suis levée d'un bond pour aller nous chercher d'autres boissons. J'avais besoin de mettre de la distance avec elle. J'étais horrifiée par ce qu'elle m'avait confié sur Tom, mais je ne voulais pas faiblir.

Ce n'est pas ton amie, me suis-je répété. *Elle avait une liaison avec Harry. Ne va pas te sentir désolée pour elle maintenant.*

Mais quand je me suis retournée et que je l'ai vue, si frêle, détruite même, je n'ai eu aucun mal à comprendre comment elle avait craqué pour Harry. Il est gentil, à l'écoute, pas désagréable à regarder. Je crois que c'est là que j'ai saisi qu'elle avait une bonne raison d'entamer une liaison. Harry, lui, n'en avait pas.

Quand je me suis rassise, elle a enroulé ses mains autour de sa tasse de café, comme si la chaleur la réconfortait.

— Est-ce que Harry est au courant de ce qui est arrivé à Tom ?

— Je ne lui ai rien dit, ai-je répondu vivement. Et toi ?

— Bien sûr que non…

— Il ne m'en a pas parlé. Je me suis arrangée pour qu'il ne voie pas la nouvelle dans les journaux.

Il n'y avait eu qu'une brève dans la presse régionale, sans photo. Ça disait qu'il était mort en tombant dans l'escalier sous l'emprise de l'alcool, et mettait les lecteurs en garde contre ce genre d'accidents. Mon nom n'apparaissait pas. L'article mentionnait juste qu'une amie de la famille avait été témoin de la scène. Je ne me serais pas décrite exactement en ces termes.

—Je me demandais s'il en avait entendu parler au travail, mais je ne crois pas.

Ruby a haleté, et j'ai bien vu qu'elle essayait de prendre son courage à deux mains.

—Il faut que je te pose une question. Mais c'est personnel…

—Vas-y.

—Quand as-tu couché avec Tom ?

Prise de court, je n'ai pas répondu tout de suite.

—Tu te souviens quand tu es allée à Paris avec Harry ? Je t'ai aperçue avec lui à l'aéroport. En train de l'embrasser.

J'étais contente de la voir se sentir coupable.

—Ça faisait un moment que je m'en doutais, mais quand je vous ai surpris ensemble… eh bien, ce n'était pas très mystérieux, ce qui se passait. Je suis allée chez Tom pour lui révéler que tu le trompais avec Harry.

Je lui ai assené mon légendaire regard de défi.

—Et on a couché ensemble.

Il y a eu un silence de mort, puis elle a demandé :

—J'ai quitté la maison quelques semaines après ce voyage. Alors tu savais depuis tout ce temps ?

—J'avais deviné avant. Je ne suis pas débile, Ruby.

—Et Tom savait aussi… je ne m'en doutais pas.

—S'il l'a su, c'est uniquement parce que je le lui ai dit.

Une bouffée de honte m'a envahie, mais je l'ai vite étouffée.

—Je pense qu'il n'avait pas le moindre soupçon. Je suis désolée, mais si tu couchais avec mon mari, j'aurais dû me laisser faire ?

—Non, non, bien sûr.

Elle s'est passé une main sur les yeux.

— Et maintenant tu es enceinte, a-t-elle repris. Pourquoi tu avais les résultats de ton test ADN sur toi ?

— J'étais venue pour prouver à Tom que Harry était le père. Je ne voulais pas lui parler. J'avais imprimé le mail et je m'apprêtais juste à le glisser sous la porte. Tom ne voulait pas me lâcher. Il était persuadé que le bébé était de lui. Il voulait annoncer à Harry qu'il n'était pas le père et le regarder souffrir. Il voulait aussi la garde partagée du bébé. Il semblait décidé à ne pas perdre un autre enfant, comme il avait l'impression d'avoir perdu Josh. J'aurais été en contact avec lui toute ma vie, et cette perspective me terrifiait. Quand j'ai enfin reçu les résultats, je suis venue directement, avec un petit mot pour lui dire de ne plus m'approcher.

J'ai repensé aux premiers temps de ma grossesse, à la prise de sang, aux rognures d'ongles de Harry que j'étais allée repêcher dans la poubelle de la salle de bains, épouvantée à l'idée que le bébé soit de Tom. Je me sentais encore euphorique de soulagement chaque fois que je pensais aux résultats. La nuit suivant la mort de Tom, alors que je n'arrivais pas à dormir, j'ai songé qu'il aurait quand même pu rendre visite à Harry et lui dire que j'avais couché avec lui. Il aurait pu lui donner la copie des résultats du test ADN pour lui prouver que j'avais eu des doutes sur la paternité du bébé. Mais, même s'il l'avait fait, et même si j'avais dû avouer que j'avais couché avec Tom, au moins l'enfant était de Harry. N'empêche, j'avais eu chaud. J'en étais consciente.

— Comment tu t'es rendu compte que Tom était au courant pour Harry et toi ?

Elle a passé un long moment sans répondre, et j'ai dû la regarder avec insistance pour la secouer. Alors elle a parlé à voix basse.

— Le jour avant… enfin, le jour avant que je te voie, je suis tombée par hasard sur Harry dans un café à Nantwich. Il sortait d'un rendez-vous avec un client et il achetait des gâteaux pour son équipe. On a discuté, bu un café. On a mis les choses au point. On ne se reverra pas.

J'ai soupiré de soulagement, en me souvenant de ce soir-là et de la distance que j'avais ressentie entre nous. Alors c'était pour cette raison que Harry semblait perdu dans ses pensées…

—Je suis contente que tu me l'aies dit.

—J'ai été bête. Je crois que je voulais échapper à mon couple, et que je l'ai pris pour un sauveur.

Je l'ai regardée, sourcils levés.

—Je sais… Je suis désolée. Je suis tellement désolée…

—Mais je ne comprends pas. D'accord, tu es tombée nez à nez avec Harry, mais en quoi ça t'a permis de savoir que Tom était au courant de votre liaison ?

Soudain, Ruby a eu l'air d'un lapin surpris par des phares. J'en ai eu l'estomac noué. Je savais qu'elle s'apprêtait à me faire une horrible révélation.

—Ce n'est pas grave ! ai-je dit pour me rétracter, mais elle m'a coupé la parole.

—Non. Il faut que tu saches. Harry et moi, on projetait de s'installer ensemble.

—Quoi ?

Elle s'exprimait d'une voix hachée.

—Je suis tellement désolée… C'était un fantasme, pour moi en tout cas. J'étais folle de croire que je le connaissais assez pour m'engager comme ça. Je me suis emballée.

Elle s'est tue longtemps, puis elle a dit :

—Je suis vraiment navrée de t'avoir fait ça. J'ai honte de moi.

Je me suis forcée à garder un visage impassible. Je ne voulais pas qu'elle devine combien ça me faisait mal à l'intérieur.

—C'était quand ?

Mais je le savais. Pourtant, je voulais qu'elle me réponde.

— Le 21 juin, a-t-elle murmuré.

Elle n'avait pas besoin de préciser que c'était le jour où j'avais appris que j'étais enceinte. Le jour où Harry était rentré tard, avec un énorme bouquet de pivoines. J'avais été tellement bête de croire qu'il les avait achetées spécialement pour moi. Quand il avait parlé à Jane, il était 17 heures passées, et tous les fleuristes du coin étaient déjà fermés. Le bouquet ne m'était pas destiné. Il avait dû l'acheter plus tôt, avant de savoir que j'étais enceinte. J'ai senti monter la colère. Il avait acheté mes fleurs préférées pour Ruby, pour fêter le fait qu'il me quittait.

J'ai regardé Ruby. Elle était écarlate, se tordait les doigts, la totale.

Je ne voulais pas connaître la réponse, mais j'étais bien obligée de demander :

— Vous êtes restés ensemble combien de temps ?

Je me souvenais de Noël dernier, quand il était distant, et des vacances au printemps, où il passait beaucoup de temps au téléphone « pour le travail ». Et je me suis souvenue combien de fois j'avais dû le séduire pour le ramener vers moi pendant toutes ces années de mariage, persuadée qu'il était un trophée. Qu'il était ce que je méritais. Alors qu'il n'était rien de tout ça.

Elle a repris son souffle, et je me suis agrippé les mains.

— Dix-huit mois.

L'esprit en déroute, j'essayais de calculer.

— Dix-huit mois, mais ce n'est pas le moment où tu as commencé à travailler pour lui ?

Elle a baissé les yeux, en véritable incarnation de la culpabilité.

— Si. Ça a démarré presque au moment où on s'est rencontrés.

Et, en un instant, la lumière s'est éteinte dans mon couple.

73

Emma

J'ai quitté Ruby très vite après ça. Je supportais à peine de la regarder. J'avais mal, comme si on m'avait assené un coup de poing dans le ventre.

Dix-huit mois de mensonges et de dissimulation. Leur liaison avait commencé à l'instant où ils s'étaient rencontrés.

Et je l'avais su. Je le *savais*, qu'il avait le béguin pour elle. J'en avais été consciente. Et aujourd'hui, en la regardant, en constatant combien elle était encore vulnérable – on la voyait tressaillir à un bruit soudain, on percevait un désir désespéré d'être aimée, comme si c'était imaginable qu'on devienne amies –, j'ai su que Harry avait eu besoin de ça. Il m'avait dit une fois lors d'une dispute partie en vrille, des années auparavant, que j'étais trop forte. Je n'avais pas compris, pas pensé que ce puisse être un défaut. Ma force, je l'avais construite, convaincue que c'était une ressource, mais désormais je savais qu'il avait dû adorer que Ruby ait besoin de lui. Il avait toujours été conscient que je pouvais m'en sortir sans lui : je n'en avais certes pas envie, mais j'en étais capable.

Il avait raison.

Dans notre chambre, j'ai aperçu les draps emmêlés, dans lesquels nous avions passé des heures à faire l'amour la nuit précédente, et soudain tout a été clair. Quand j'avais vu Harry avec Ruby à l'aéroport, je n'avais désiré qu'une chose : me venger d'elle. Mais pourquoi l'accabler, elle ? C'était lui qui m'avait trahie. Cette nuit avec Tom, où chacun de nous voulait se venger de son conjoint, rapprochés par un horrible mélange de réconfort et de revanche, j'étais obsédée par Ruby.

J'avais tort.

Et depuis j'avais pensé que c'était évident que Harry et moi étions destinés à être ensemble. Nous n'arrêtions pas de nous toucher. J'avais récompensé son infidélité par de l'amour et de l'affection, et plus de parties de jambes en l'air que nous n'en avions eues pendant des années.

Sur la commode se trouvait ma nouvelle tenue de yoga, brillante, douce et pleine d'espoir. Je l'ai attrapée, l'ai serrée contre mon ventre. Je sentais la différence à cet endroit, à présent. Je pouvais presque la voir. Dans quelques semaines, je percevrais les premiers mouvements. Un frôlement. Harry et moi lisions mes livres de grossesse, et la veille au soir encore, alors que nous étions allongés dans le lit à évoquer l'avenir, il avait remonté mon haut de pyjama pour m'effleurer avec ses cils.

— Ça fera comme ça, avait-il dit. J'ai hâte !

Et, comme une idiote, je m'étais tournée pour l'embrasser, et je lui avais fait l'amour comme s'il était unique au monde. Précieux. J'étais tellement soulagée de l'avoir récupéré que je n'avais pas pris conscience que lorsque quelque chose de précieux se brise, on ne peut pas le réparer sans que la différence se voie, même si on le veut très fort. Ça ne sera plus jamais pareil. On voit toujours les lignes fines et ténues qui partent de la cassure ; elles deviendront plus profondes, courront plus loin, et les dégâts seront irrémédiables.

***

J'étais assise dans le salon, à guetter son arrivée, quand il est rentré du travail. J'avais eu une journée chargée. Quand j'avais quitté Ruby, j'avais appelé ma sœur, Jane, depuis ma voiture. Elle était venue directement chez moi, et je lui avais tout raconté. Ou presque. Elle avait tressailli quand je lui avais parlé de la liaison de Harry avec Ruby. J'avais été gratifiée de sa réaction lorsque je lui avais dit que j'avais couché avec Tom. Je ne lui ai pas révélé que je pensais que Ruby aurait pu sauver Tom. Je ne savais toujours pas ce que j'en pensais moi-même. À présent, Jane m'attendait chez elle. Je lui avais dit que je ne tarderais pas.

Ma voiture était pleine de valises. Nous avions entassé tout ce dont nous pensions que je pourrais avoir besoin. Mes vêtements, mes chaussures, mon sèche-cheveux. Ma nouvelle tenue de yoga et mes livres de grossesse. Mon blender pour les fameux smoothies aux germes de blé. Un de mes tests de grossesse positifs. J'avais passé à la déchiqueteuse les résultats du test ADN que j'avais apportés chez Tom ; je n'en avais plus besoin désormais.

J'avais ouvert un nouveau compte en banque et j'y avais transféré la moitié de nos économies. Je ne voulais prendre aucun risque. Dans un dossier, j'avais réuni tous les documents dont j'aurais besoin : mon certificat de naissance, notre contrat de mariage, le prêt de la maison, l'assurance, mon passeport. Toutes ces choses qui peuvent s'avérer utiles quand on quitte son mari.

La voiture de Harry s'est garée dans l'allée. J'étais totalement incapable du moindre mouvement. J'ai entendu sa clé tourner dans la serrure, sa voix qui m'appelait. Il y a eu une pause, et j'ai su qu'il se demandait pourquoi je ne répondais pas. Il a ouvert la porte du salon et m'a vue assise là, sur le canapé à côté de la fenêtre.

— Emma ?

Il est entré dans la pièce et est venu s'agenouiller près de moi.

— Tu vas bien, ma douce ?

Malgré tout ce qui s'était passé, j'avais les yeux qui piquaient. Il avait l'air tellement inquiet. Comme s'il m'aimait. J'ai regardé son visage, cet homme avec qui j'avais cru vieillir un jour. Cet homme en qui j'avais eu une confiance aveugle.

— Le bébé va bien ?

Et j'ai su que s'il n'y avait pas eu de bébé, il n'aurait pas été là. Il aurait été avec une autre femme, à projeter de faire un bébé avec elle. S'il n'y avait pas eu de bébé, je serais seule en cet instant, et cela ne l'empêcherait pas de dormir. Je savais ce que je valais à ses yeux, désormais.

— Harry.

C'était difficile de parler, tant j'avais la bouche sèche. J'ai pris le verre d'eau que j'avais préparé pour ce moment, et j'ai bu une gorgée.

— Harry, je ne crois plus en notre relation.

74

Ruby

Je ne retournai pas dans la maison avant le jour des funérailles, quand tout le monde eut quitté la réception. Je n'y avais pas remis les pieds depuis la mort de Tom. Je restais dans mon appartement, et curieusement, rien n'était venu m'effrayer pendant toute cette période. Au début, personne n'était autorisé à y entrer, et ensuite, je ne parvenais pas à me résoudre à y aller. J'étais trop superstitieuse. Ce ne fut qu'après la crémation que je réussis à croire qu'il était vraiment parti.

***

Je fus la dernière à quitter l'hôtel après la réception funéraire. Il y avait eu beaucoup de monde, et j'étais épuisée, rompue, d'avoir parlé à tant de gens, dont beaucoup que je ne connaissais pas. Le frère de Tom était présent avec sa femme ; ils se montraient gentils mais semblaient ne pas savoir quoi me dire, et je me demandais ce que Tom leur avait raconté à mon propos après mon départ. Ils n'avaient pas gardé contact avec moi depuis que je l'avais quitté, et je n'avais pas imaginé les revoir de sitôt. Ils parlèrent à Josh et à quelques cousins lointains, mais ne restèrent pas longtemps, car ils repartaient en Écosse l'après-midi même. Je les entendis organiser la venue de Josh chez eux en voiture début septembre, et fus heureuse qu'ils soient là pour lui. Il y avait aussi quelques voisins et des collègues de Tom, qui chantaient ses louanges comme s'il était mort en martyr.

Peut-être était-ce le cas.

Belinda, l'ex-femme de Tom, était là avec son époux, Martin. Elle avait les yeux aussi secs que moi. Contrairement à Josh. Lui n'avait pas les yeux secs, et j'avais le cœur brisé en le regardant passer de table en table pour évoquer le souvenir de son père avec les invités. Il m'évitait, et je me demandais s'il avait peur de craquer en me parlant, ou s'il avait deviné que je n'étais pas vraiment en deuil. Je n'avais toujours pas évoqué avec lui la mort de Tom. J'avais appelé Belinda le jour où le drame s'était produit, et elle l'en avait informé. Elle m'avait rappelée quelques jours plus tard pour savoir comment j'allais, et m'avait dit que Josh avait beaucoup de mal à encaisser le choc. Ça avait été une très dure journée.

C'est en assistant aux funérailles de Tom que je pris conscience du peu d'amis que j'avais. La plupart avaient disparu au fil des ans. Tom se plaignait d'eux, surtout s'ils voulaient me voir seule. Quand je recevais un coup de fil, il se montrait froid par la suite, puis disait que ça ne l'aurait pas dérangé si ça avait été quelqu'un d'autre, mais que cette personne en particulier devrait être évitée. Ma meilleure amie de la fac, Chris, avait dit au début de ma relation avec Tom qu'il était en train de m'isoler. Je ne l'avais pas crue, et après un moment je ne l'avais plus revue. Peut-être qu'à présent je pourrais trouver le courage de lui écrire, de lui dire qu'elle avait raison.

Mon père était là. Je l'avais appelé en rentrant à mon appartement ce jour-là. Je ne savais pas quoi faire d'autre. J'avais tenu bon pendant le trajet en voiture. J'avais dit bonjour à la fleuriste et acquiescé lorsqu'elle avait fait remarquer que c'était agréable d'avoir une journée ensoleillée. Elle m'avait dit que j'étais un peu pâle, et j'avais souri, incapable de répondre. Je m'étais dépêchée de monter, puis j'avais appelé mon père à Melbourne. Il était 3 heures du matin là-bas, et j'avais d'abord entendu la colère de ma mère, puis la voix douce et familière de mon père qui me demandait comment j'allais. Quand je m'étais mise à pleurer, je n'avais plus pu m'arrêter. Le problème, c'est que je devais m'en tenir à l'histoire sur laquelle je m'étais mise d'accord avec Emma. Je ne pourrais jamais révéler à quiconque la vérité sur ce qui s'était passé.

Ce soir-là, mon père me parla pendant des heures, jusqu'à ce qu'il fasse nuit ici et jour là-bas. Il resta au téléphone jusqu'à ce que je m'endorme, et quand je me réveillai le lendemain matin, j'avais un message qui m'attendait, me disant qu'il était déjà dans l'avion. Ma mère était restée en Australie comme prévu : mon père m'avait dit qu'elle rentrerait dans un mois, comme si c'était une promesse, pas une menace. Apparemment, elle avait besoin du soutien de ma sœur pour encaisser la mort de Tom. Fiona me confia que si elle ne partait pas bientôt, on aurait d'autres funérailles au programme.

Quand on arriva à la maison, il me proposa de venir dormir chez eux, mais j'avais envie d'être seule, et je retournai à mon appartement. J'avais trop peur de craquer et de tout lui avouer.

Sa présence à la réception funéraire fut une bénédiction. Il parlait de Tom aux invités, comme s'il l'avait apprécié. Quand tout le monde fut arrivé, eut été accueilli et eut un verre entre les mains, il me prit à l'écart.

— Ça va aller, ma grande. Et bientôt, tout sera fini.

Je savais ce qu'il voulait dire : il ne parlait pas seulement des funérailles, mais aussi de mon mariage. Je savais ce qu'il pensait de Tom. Contrairement à ma mère, qui l'encensait, mon père semblait s'être lassé de lui au bout de deux ans. C'était toujours nous qui leur rendions visite, jamais l'inverse. Je crois qu'elle se sentait menacée dans son statut de matriarche si elle devait venir chez moi. Cependant, si nous organisions une fête, elle voulait toujours être invitée. Elle détestait rater un événement.

Au début, mon père paraissait heureux de passer du temps avec Tom, mais au bout de quelques années je remarquai qu'il trouvait toujours une excuse pour sortir s'occuper du jardin. Il revenait peu avant qu'on parte, et disait au revoir d'un air troublé. Un jour où j'étais venue seule, je l'avais questionné sur le sujet.

— Tu n'aimes pas Tom ?

— Bien sûr que si, avait-il répondu, le regard fuyant.

— Ces derniers temps, on dirait que tu n'as pas très envie de le côtoyer.

— Mais si !

— Tu quittes la pièce aussi vite que tu peux, avais-je insisté avec un regard noir. Il est toujours sympa avec toi. Pourquoi tu ne peux pas lui parler ?

— Mais si, je l'aime bien… c'est juste que…

J'avais attendu, sachant qu'il ne laisserait pas un tel silence entre nous. Il avait fini par avouer :

— Il paraît un peu autoritaire. Je n'aime pas ça, ma puce.

Je sais à présent qu'il parlait aussi de son propre couple.

— C'est faux ! avais-je protesté, scandalisée. Il est très intelligent, ça d'accord, mais il n'a pas l'habitude de donner des ordres !

— Il aime que tout soit comme il veut, avait rétorqué mon père doucement.

Rouge de honte et regrettant d'avoir mis le sujet sur le tapis, j'avais répliqué :

— Eh bien, n'est-ce pas le cas de tout le monde ?

— Mais les choses ne sont jamais comme tu veux toi, pourtant, si ?

Ma mère était alors entrée dans la pièce et l'avait entendu.

—Tu plaisantes? s'était-elle écriée. Elle a tout ce qu'elle pourrait désirer. Regarde la maison qu'ils ont!

Ma mère était en rage au sujet de ma maison depuis le début, parce que sa sœur m'avait fait un legs que j'avais utilisé pour en payer une partie. Elle avait laissé à ma mère des objets de valeur sentimentale, mais celle-ci s'en fichait royalement. Elle faisait partie des premiers adeptes d'eBay, et ces souvenirs étaient en vente avant même que ma tante soit enterrée.

—Et sa voiture! Je dirais au contraire qu'elle a tout ce qu'elle veut.

Elle m'avait lancé un regard dur, et avec le recul, je prenais conscience qu'elle était jalouse de la vie que je menais. Une vie que j'avais pourtant désespérément cherché à fuir.

—Elle n'est pas aussi bête qu'elle en a l'air! C'est elle qui tire les ficelles!

Mais ce n'était pas vrai. Ça ne l'avait jamais été. Même lorsque lui prétendait que c'était le cas, c'était un mensonge.

***

Tout l'après-midi à la réception, je dus faire comme si Tom était un homme merveilleux. «On avait des désaccords, mais je suis tellement triste de le perdre», répétai-je en boucle. J'avais préparé la phrase bien à l'avance, sachant qu'autrement je risquais de chercher mes mots. «Oui, c'était un choc terrible», et «C'est une telle tragédie de mourir si jeune», puis j'enchaînais avec: «Si vous voulez bien m'excuser… je dois parler à sa famille…» et je m'éloignais jusqu'à ce que quelqu'un d'autre vienne me présenter ses condoléances.

Oliver assista aux funérailles. Il s'était absenté pendant deux semaines et n'était pas au courant de la mort de Tom jusqu'à ce qu'un autre voisin l'en informe à son retour. Il m'avait aussitôt appelée pour me proposer son aide pour l'organisation des obsèques. De toute évidence, il avait dépassé notre conversation au bord du fleuve : il me parla d'une femme qu'il avait rencontrée en vacances et qu'il devait revoir bientôt. Ils avaient l'air de s'entendre vraiment bien, et il espérait qu'il en sortirait quelque chose. Au début, il gardait une attitude polie, mais il ne tarda pas à se détendre et à redevenir l'ami que je connaissais depuis si longtemps.

Sarah ne donna pas signe de vie. Dans un moment de tranquillité, Oliver me raconta qu'en lisant ses mails professionnels, à son retour de vacances, il avait trouvé un message d'elle qui lui disait qu'elle avait démissionné de Sheridan's. Elle voulait savoir s'il y avait des postes vacants dans sa boîte. Je lui demandai s'ils avaient évoqué la mort de Tom, mais il n'avait pas eu le temps de la rappeler, et elle n'y avait pas fait allusion dans son message. Il n'avait pas l'air pressé de la contacter, mais peut-être que je prenais mes rêves pour la réalité. Je n'avais vraiment pas envie que Sarah se penche de plus près sur les circonstances de l'accident.

Oliver vint à mon secours plusieurs fois durant la réception.

— Je n'arrive pas à croire que quelqu'un que tu ne connais ni d'Ève ni d'Adam puisse se permettre de te demander de lui raconter avec précision les circonstances du décès ! Comme si ta vie était une série télé et qu'il avait loupé un épisode, me chuchota-t-il alors que nous venions de quitter un type qui n'avait travaillé que quelques mois avec Tom, mais qui semblait avide de connaître tous les détails glauques de sa mort. Comment tu fais pour ne pas te mettre en colère ?

— Je passe mon temps à me répéter que je ne reverrai jamais ces gens.

— Ton amie est là ?

— Laquelle ?

— Emma. La femme qui était avec toi quand il est tombé dans l'escalier.

Oliver me prit par l'épaule, et je me tournai un moment vers lui, en quête de réconfort.

— Ça a dû être horrible, souffla-t-il.

— Oui…

Je repensai à Emma devant la porte, à la panique que j'avais ressentie, persuadée qu'elle m'avait traquée.

— Je n'ai jamais eu si peur de toute ma vie. Elle n'a pas pu venir aujourd'hui.

Je n'avais même pas songé à le lui proposer. Je savais qu'elle ne voudrait pas être là.

— C'est une très bonne amie, on dirait.

— La meilleure de toutes, répondis-je en me souvenant de ce qu'elle avait fait pour moi.

Et de ce que je lui avais fait.

— Je n'avais jamais entendu son nom avant. Comment l'as-tu rencontrée ?

Sans hésiter une seconde, je lui sortis mon discours bien rodé.

— Oh, dans un cours de yoga.

Je revoyais le visage d'Emma, si sérieux avec ses joues rouges alors qu'elle me faisait répéter mon texte. Elle avait tellement insisté qu'une part de moi avait fini par croire que c'était vraiment ainsi qu'on s'était connues.

— Mais on était complètement nulles, alors on a arrêté d'y aller.

Oliver paraissait sceptique. Je n'avais jamais été vraiment du genre à pratiquer le yoga.

— Tu vas faire quoi, maintenant ? Maintenant que tout est fini ?

— Je ne sais pas…

Soudain, tous les rêves que j'avais eus semblaient s'effondrer. Je n'arrivais pas à imaginer de futur. J'avais l'impression que je parcourrais le monde en quête de salut, ou que je m'installerais ailleurs, mais que ce serait exactement comme ici, du moins pour tous les aspects importants. Je n'arrivais pas à me représenter un avenir heureux, où je reverrais Josh et pourrais lui parler de son père sans être submergée par la culpabilité. Je ne pouvais envisager non plus de retomber un jour amoureuse. Comment accorder ma confiance ? Et je savais que si je rencontrais quelqu'un de gentil, un homme bien, il faudrait que je garde mes distances. Je n'étais pas prête à être de nouveau avec quelqu'un.

Bientôt, les gens commencèrent à partir au compte-gouttes. Je remarquai qu'ils préféraient aller saluer Josh que moi, et je m'en réjouissais pour lui, et pour le répit que cela m'accordait. Il avait le visage cramoisi, les yeux humides. Il se tenait sur le pas de la porte, et étreignait tous ceux qui partaient. J'avais l'impression qu'il était devenu un homme du jour au lendemain, et qu'il avait dû le faire sans l'aide de son père.

Je ne supportais pas d'être témoin de son chagrin. J'allai trouver le gérant pour régler la facture, et quand je revins, Josh était parti. Je sortis sur le parking et j'aperçus Belinda qui démarrait, Josh à ses côtés. Je ne savais pas s'ils m'avaient vue ou non ; en tout cas, ils ne tournèrent pas la tête quand je leur fis signe.

Mon père arriva derrière moi et me tapota le bras.

— Tout se passe bien ?

— C'est Josh… Il est parti sans me dire au revoir, avouai-je avec un froncement de sourcils.

Il eut l'air un peu gêné.

— C'est difficile pour lui, tu sais. Il est au courant que tu avais décidé de divorcer de son père. Peut-être qu'il croit que tu n'es pas vraiment triste qu'il soit mort.

Je tressaillis. S'il savait…

— Ça va aller, me rassura-t-il. Il a juste besoin de temps.

— Merci du fond du cœur d'être venu, dis-je en serrant mon père très fort. Sans toi, je ne m'en serais pas sortie.

C'était sincère. Il était certes sous la coupe de ma mère, mais il n'avait pas son pareil en temps de crise.

Il me rendit mon étreinte.

— Tu veux venir à la maison avec moi ? Tu es la bienvenue.

— Il faut que je rentre chez moi, répondis-je en secouant la tête.

Pendant un moment, je ne savais pas si j'avais voulu parler de la maison que j'avais partagée avec Tom, ou de mon appartement. Je finis par me décider.

— Je vais à la maison.

— Tu veux que je t'accompagne ?

— Pas la peine, merci. Il faut que j'affronte ça toute seule.

75

Ruby

Une fois partie, je conduisis sans but pendant une heure environ, absorbée par mes pensées. Je finis par m'arrêter sur le parking du phare et m'asseoir sur un banc pour contempler le fleuve. Le soleil était haut dans le ciel, et les éoliennes tournaient. C'était une vision paisible, mais je ne m'étais jamais sentie si déchirée. Voir Josh pleurer m'avait fait prendre conscience de la gravité de mes actes. Et, bien que je me sois repassé la scène un nombre incalculable de fois, je savais que dans ce moment de rage j'avais souhaité qu'il tombe. Pas forcément pour qu'il meure, mais pour que ça lui serve de leçon. Il ne pouvait pas me traiter ainsi impunément. Ce n'était pas possible. Et me torturer à propos du bébé. Il savait très bien que c'était le meilleur moyen de me faire du mal.

Assez. Il fallait que je cesse de ressasser.

Je pris une profonde inspiration. Soudain, j'avais le courage de retourner prendre possession de ma maison. Elle m'appartenait autant qu'à lui. J'étais contente à présent que nous n'ayons pas déposé la demande de divorce. Je n'en avais pas les moyens, et Tom jouait un autre jeu. Cela me facilitait la tâche ; s'il l'avait su, il aurait détesté ça.

En chemin, je dus m'arrêter pour prendre de l'essence. Depuis que j'étais partie de la maison, j'étais inquiète chaque fois que j'allais à la station-service, paniquée à l'idée de n'avoir bientôt plus un sou vaillant. À présent, la situation venait de s'inverser. Depuis la mort de Tom, j'avais découvert qu'il était à la tête de substantielles économies qu'il m'avait cachées, et comme nous étions toujours mariés et n'avions pas fait modifier nos testaments, cet argent était désormais à moi. Son patron m'avait également appelée pour m'informer que son assurance-vie allait me verser une somme importante. Il avait transmis mes coordonnées au courtier qui s'en occupait. Je repensais à mes difficultés financières même quand nous étions ensemble, à sa façon de me faire culpabiliser si je dépensais le moindre penny, de m'obliger à contribuer à la moitié des factures alors même que mes revenus étaient nettement inférieurs aux siens. Souvent, je me retrouvais à découvert, et il comblait le trou. Je devais toujours le rembourser.

À Paris, j'avais essayé d'en parler à Harry, pour lui expliquer que je serais fauchée les premiers temps. Nous discutions de la caution d'un futur appartement locatif, et j'insistais pour payer ma part.

—Je vais avoir l'argent de la maison, avais-je précisé, mais ça prendra quelques mois. Je n'ai pas les moyens de mettre une telle somme pour une caution…

—Aucune importance. Je suis sérieux, chérie. S'il y a bien une chose qui ne m'inquiète pas, c'est ça.

Il m'avait regardée, soucieux.

—Mais comment ça, il a des économies et pas toi ? Ce n'est pas normal. Vous êtes mariés. Tout devrait être en commun.

Je ne savais pas par où commencer. J'avais déjà fait allusion au fait que ça n'allait pas dans mon couple, mais le problème était que je pensais que Harry ne connaissait rien à la domination et à la possessivité. Dans sa vie privée, il ne fréquentait personne de manipulateur, qui lui disait qu'une chose était vraie alors que lui-même savait au fond de son cœur qu'il n'en était rien. Et il ignorait qu'avec le temps, c'est facile de se retrouver écrasé, qu'il devient impossible alors de savoir ce qui est bien ou mal, réel ou inventé. Du moins, c'est ce que j'avais songé sur le moment.

Bien sûr, la réalité était qu'il trompait sa femme. Qu'il mentait facilement, sans culpabilité. Il avait menti à Emma chaque jour qu'avait duré notre liaison. Il m'avait menti sur ses relations sexuelles avec elle, sur son désir d'enfant. Il avait menti, aussi, quand il avait affirmé ne pouvoir vivre sans moi.

Après avoir fait le plein, je remontai en voiture avec une sensation de courage et de détermination, et j'empruntai les rues familières. C'était la première fois depuis des années que je me sentais libre. Depuis la fac, en fait. Depuis la veille de mon anniversaire de mes vingt-trois ans, quand j'avais rencontré Tom dans un bar. J'étais tout de suite tombée amoureuse de lui. Depuis mon plus jeune âge, ma mère m'avait toujours fait culpabiliser. Tom n'avait eu qu'à reprendre le flambeau. Il m'avait fallu des années pour comprendre qui il était vraiment. Je savais que ce chemin de découverte ne s'arrêterait pas simplement parce qu'il était mort.

Cette fois, je me garai dans l'allée. La voiture de Tom était toujours là, et je dus me ranger derrière, mais c'était tout de même une petite victoire. Vous n'imaginez sans doute pas ce que ça représentait pour moi. La dernière fois que je m'étais garée là, c'était le jour où j'avais quitté Tom, mais avant cela… Eh bien, je ne me souviens pas d'un seul jour où j'y avais été autorisée.

Quand je sortis de mon véhicule, c'était comme si l'on m'avait retiré un poids des épaules. Je me sentais plus légère. Pleine d'espoir. Le soleil brillait, radieux, et je tournai mon visage vers ses rayons. On était début août, il faisait beau et chaud. C'était une parfaite journée d'été. Parfaite de bien des manières. Je me dis que je pourrais m'installer dehors pendant une heure ou deux avec un gin tonic et un livre, et profiter à nouveau de mon jardin. Savourer la vie.

J'ouvris la porte et j'entrai. Appuyée dos au battant, je contemplai ma maison. À moi. Je levai les yeux vers le haut de l'escalier, où nous avions eu cette dispute, puis le carrelage noir et blanc où des traces de son sang étaient encore visibles. Je me détournai et vis le miroir où j'avais aperçu le visage d'Emma, et me hâtai de regarder ailleurs. Il n'y avait que des affaires de Tom sur le portemanteau. J'enlevai ma veste et l'accrochai à une patère, puis m'arrêtai net.

Il y avait quelque chose de différent dans l'air. En inspirant, je sentais un changement. Je le percevais sur ma peau également. Je me frottai les bras avec vigueur, mais la chair de poule revint aussitôt. Je retins mon souffle et restai figée. Je ne voyais rien de particulier. Je n'entendais rien d'autre que les battements précipités de mon cœur.

Mais je savais. Avec certitude.

Il y avait quelqu'un dans la maison.

76

Ruby

Avec d'infinies précautions, je sortis mon téléphone de mon sac et le serrai de toutes mes forces dans ma main. Je pris aussi mes clés de voiture, afin de pouvoir m'enfuir au besoin.

J'entrai dans la cuisine et je regardai autour de moi. Personne. La porte de derrière était fermée, et tout semblait pareil que lors de mon dernier passage. Les tasses à café étaient toujours sur l'égouttoir, et je savais que Tom les avait touchées, avait bu dans l'une d'elles. Je fermai les yeux. Il faudrait que je m'en débarrasse. Je ne supporterais pas de les avoir là, avec tous ces souvenirs.

Sans bruit, je me tournai vers la salle à manger adjacente. La porte était grande ouverte. J'essayai de me rappeler la dernière fois que j'avais été là, le jour de la mort de Tom, mais impossible de savoir si je l'avais laissée fermée ou non. La pièce était baignée de soleil, et des poussières dansaient dans l'air. Les fenêtres donnant sur la terrasse étaient fermées, et je voyais à la position des poignées qu'elles étaient verrouillées. Personne ici non plus.

Je tordis le cou pour regarder en haut des marches. S'il y avait quelqu'un dans l'une des chambres, je ne voulais pas me retrouver coincée là-haut. Je tendis l'oreille si fort que j'avais l'impression que mes tympans allaient éclater, mais je n'entendis pas un son.

L'esprit affolé, je tentai de comprendre pourquoi j'avais pensé qu'il y avait quelqu'un dans la maison. Puis je pris conscience d'une légère odeur. Les roses qui se trouvaient dans l'entrée ce jour-là étaient toujours là, leurs pétales secs et bruns sur les bords, leurs feuilles racornies. Et personne n'avait vidé la poubelle de la cuisine ni lavé la vaisselle depuis des semaines. La dernière fois que j'avais été là, en état de choc après la mort de Tom, je n'avais pas songé à nettoyer la cuisine. C'était le cadet de mes soucis.

Je poussai un soupir de soulagement. C'était donc ça, qui n'était pas comme d'habitude. J'avais juste besoin de faire le ménage et d'aérer la maison pour chasser l'odeur de renfermé. Bientôt, elle me semblerait à nouveau mienne. J'ouvris la porte du salon et je restai pétrifiée sur le seuil.

Josh était assis sur le canapé.

***

— Josh ! Tu m'as fichu la frousse ! Qu'est-ce que tu fais là ? m'écriai-je en m'approchant pour l'embrasser.

Il me sourit. Il avait l'air détendu, étalé sur le canapé, son téléphone comme toujours vissé dans la main.

— Je voulais te voir. Je n'ai pas eu l'occasion de te parler à l'enterrement.

Il avait les yeux rouges, et je devinai qu'il avait eu peur de craquer si on s'adressait la parole.

— Ce n'était pas tellement l'endroit pour une vraie conversation, n'est-ce pas ? Je ne savais pas que tu avais la clé, dis-je en m'installant sur l'autre canapé.

C'était toujours Tom ou moi qui allions le chercher pour le ramener à la maison ; il n'avait jamais eu besoin d'avoir sa propre clé. Quand il voulait sortir tard avec l'un de ses amis, il restait dormir chez lui.

—Si, papa m'en a donné une pour mettre sur ma clé de voiture.

Je souris. Je supposais qu'on ne pourrait plus échanger trois phrases sans qu'il évoque son permis de conduire.

—J'avais oublié que tu conduisais ! Mais comment tu as su que j'étais là ?

—Je me doutais que tu reviendrais. C'est ta maison, maintenant. Je me suis dit que j'allais t'attendre. Comment ça va, toi ?

—Fatiguée, mais sinon, ça va. Ne t'inquiète pas. Je suis contente que tu sois là. Je voulais te parler.

Il eut aussitôt l'air nerveux.

—À quel sujet ?

—Au sujet de la voiture de ton père.

Il se leva et regarda par la fenêtre le véhicule dans l'allée.

—Qu'est-ce qu'elle a ?

—Je me disais que tu serais peut-être content de l'avoir. Je doute que tu puisses la conduire à cause du prix exorbitant de l'assurance, mais tu pourrais la vendre si tu veux. Et garder l'argent pour la fac ou pour une année de césure, si ça te dit.

—Mais elle n'est pas à toi ?

—Techniquement, si, parce que notre argent était en commun.

Enfin disons que mon argent à moi était en commun.

—Je n'en veux pas, repris-je. Elle est trop grosse, je n'ai pas envie de la conduire.

Ce n'était pas la vraie raison. Je savais que, dans un espace aussi restreint, je sentirais la présence de Tom et que le stress me ferait suffoquer.

—Je préfère que tu l'aies.

—Sérieusement ?

Je hochai la tête.

— Et dans son testament, comme nous n'étions pas divorcés, je reçois la maison et les économies. Son assurance-vie est partagée entre toi et moi, expliquai-je. Mais je ne trouve pas ça juste.

Il se retourna d'un geste brusque pour me dévisager.

— Je vais tout diviser en deux. Tu ne pourras toucher ta part qu'à ta majorité, mais tu auras les intérêts du capital. Ta maman s'en occupera. Et dis-lui qu'elle continuera à percevoir la pension alimentaire jusqu'à ce que tu finisses tes études.

— Tu es sûre ? demanda-t-il d'une voix tremblante.

— Évidemment. Tu es son fils.

Il fondit en larmes. Il me tournait le dos, et je me collai derrière lui pour l'enlacer. Dans son costume guindé, son contact ne m'était pas familier. J'avais l'habitude de le sentir en uniforme scolaire, en jean ou dans sa tenue de rugby couverte de boue. Malgré sa haute taille, il ressemblait à un enfant dans des vêtements d'adulte.

— Ça va aller, répétai-je. Tout va s'arranger.

Il finit par se calmer. Son téléphone émit un son.

— C'est maman, expliqua-t-il en s'essuyant les yeux. Il faut que j'y aille. On se reparle bientôt.

Devant la porte d'entrée, il s'arrêta.

— Oh, j'ai failli oublier, dit-il en cherchant quelque chose dans la poche de sa veste.

Il en tira un sac en papier rayé.

— Tiens, c'est pour toi.

Je plongeai la main dans le sac et j'en sortis mon foulard, le bleu et rose aux motifs abstraits, avec son toucher si doux, si soyeux. Celui que Harry m'avait offert parce qu'il m'aimait. Celui que Tom m'avait volé au beau milieu de la nuit parce que j'aimais Harry.

J'avais la bouche tellement sèche que c'était difficile de parler.

— Où as-tu trouvé ça ?

— Papa me l'a confié. Je lui ai dit que j'étais allé chez toi, et il m'a demandé de te le donner la prochaine fois que je te verrais. Tu l'as oublié ici quand tu es partie. Il savait que tu y tenais beaucoup.

Je repris mon souffle. Je savais que je ne l'avais pas laissé ici. Et Tom le savait très bien, lui aussi.

77

Ruby

Oliver sortit de sa maison au moment où Josh partait. Il serra le garçon dans ses bras, et ils restèrent un moment à parler. Je ne les rejoignis pas : j'avais peur que Josh ne craque de nouveau.

Je montai dans le bureau et me postai près de la fenêtre, afin de pouvoir les observer sans être vue. Oliver dit quelque chose qui fit rire Josh. Je levai mon foulard vers ma figure et j'inspirai. Je sentais le parfum que j'avais porté à Paris, le week-end où Harry et moi avions décidé de vivre ensemble.

Oliver et Josh discutèrent un moment, puis Josh esquissa un geste en direction de la rue. Ils descendirent l'allée ensemble, et je supposai qu'ils allaient regarder la voiture de Josh.

Alors qu'ils s'éloignaient, je remarquai que, de dos, Josh ressemblait à Tom comme deux gouttes d'eau. Il mesurait désormais la même taille, avait la même carrure, bien que Tom se soit un peu épaissi avec les années. Mais à présent, en contemplant Josh depuis l'étage, je voyais à quel point père et fils se ressemblaient. C'était curieux que ça ne m'ait pas frappée plus tôt. Je me demandai laquelle des voitures était la sienne. Je ne l'avais pas vue lorsqu'il m'avait rendu visite à l'appartement. Je me serais attendue à ce qu'il se gare dans notre allée, tout fier de me montrer qu'il avait été capable de faire une marche arrière sans cogner son pare-chocs contre le muret de brique.

Ils traversèrent la route. Juste après la maison d'Oliver, à l'angle de la rue, une voiture était garée. Josh sortit son bip, et les phares clignotèrent.

Je retins mon souffle. J'avais déjà vu cette voiture. Elle ressemblait à celle qui m'avait dépassée cette fameuse nuit où je rentrais à pied du bar à vins, la nuit où j'étais certaine d'avoir été suivie. Elle s'était arrêtée juste devant moi, du côté le plus sombre de la chaussée, et j'avais été terrifiée. Je savais qu'il m'arriverait quelque chose d'horrible si le conducteur en sortait.

Il fallait que je sois sûre. Je fouillai frénétiquement dans le bureau de Tom jusqu'à trouver ses jumelles. Je les lui avais offertes un Noël où j'étais en panne d'inspiration. Il avait remis ça sur le tapis chaque année par la suite, comme un signe que je ne le connaissais pas. Il avait raison. Je ne le connaissais pas vraiment, et à présent je ne le connaîtrais jamais.

Je tirai une chaise jusqu'à la fenêtre et, en équilibre précaire, fis la mise au point sur l'arrière du véhicule gris.

La plaque d'immatriculation se fit peu à peu plus nette, et je distinguai les lettres MW. Je retins mon souffle et j'abaissai un peu les jumelles. Il était bien là, ce pot d'échappement double.

C'était comme si mon cerveau ne parvenait pas à assimiler ce que mes yeux lui montraient. Je restai plusieurs minutes à regarder, vis Oliver donner une tape dans le dos de Josh et faire demi-tour vers chez lui. Je regardai Josh démarrer sa voiture et s'éloigner prudemment. Une fois qu'Oliver fut rentré dans sa maison, je descendis et sortis dans le jardin jeter le foulard à la poubelle. Je ne voulais plus jamais le revoir. Je l'avais cru acheté avec amour… eh bien, regardez comment l'histoire avait fini. Et il avait été touché, manipulé, par quelqu'un qui me haïssait.

Quand je revins dans la maison, je frissonnais de froid, bien que la journée soit toujours chaude. Je m'assis dans la cuisine, unique pièce où je me sois jamais sentie vraiment chez moi, et serrai les bras sur ma poitrine, repensant à la voiture grise. Tom l'avait-il empruntée à Josh, ou était-ce le jeune homme qui m'avait suivie cette nuit-là ? Tom avait-il vraiment donné mon foulard à Josh pour qu'il me le rende, ou était-ce Josh qui me l'avait volé au beau milieu de la nuit ?

Comment savoir ? Je ne pouvais pas poser la question à Josh, sous peine de passer pour une folle, et dans tous les cas je savais bien que je ne pourrais pas prendre sa réponse pour argent comptant.

Tom aurait adoré mon dilemme. Il pouvait reposer en paix ; moi non.

78

Ruby

Il me fallut une bonne semaine pour remettre la maison en état, et pendant que je frottais les sols et les boiseries, et lessivais les tapis et les rideaux, je ne pouvais penser à rien d'autre que Tom, et comment il s'était procuré un double des clés de mon appartement pour me tourmenter, et à Josh et sa voiture.

Quand tout fut rangé, j'envoyai un message à Josh pour lui demander de venir prendre tout ce qu'il voulait. Il était déjà passé chercher la voiture de son père : le lendemain du jour où je la lui avais proposée, quand j'étais rentrée de faire les courses, elle n'était plus là. Il m'avait laissé un petit mot pour dire qu'il allait la vendre et utiliser l'argent pour une année de césure. Dans mon message, je lui disais que ce serait une bonne idée de se faire accompagner par son beau-père, Martin, au cas où il y aurait des choses lourdes à soulever. Je ne voulais pas être seule avec Josh. Avant cela, je n'avais jamais considéré qu'on ne pouvait plus accorder sa confiance à quelqu'un dont on avait douté pendant une fraction de seconde.

Martin arriva le premier et gara sa grosse Land Rover derrière ma voiture. Je sortis l'accueillir, et il me fit la bise. C'était la première fois.

— Tu tiens le coup ? s'enquit-il d'un air compatissant.

Voilà une question à laquelle il n'était pas facile de répondre honnêtement.

— Oh, comme ci, comme ça, soupirai-je avec un haussement d'épaules. Est-ce que Josh vient ?

— Oui, je pensais qu'il arriverait avant moi. Il n'aura pas la place de se garer dans l'allée, cela dit. Il faudra qu'il se mette le long du trottoir.

Je me demandai si c'était prémédité, s'il avait choisi d'arriver tard pour ne pas avoir besoin de se garer à côté de la maison. Au cas où je regarderais sa voiture d'un peu trop près. Où je le mettrais devant les faits. Mais lorsque Josh remonta l'allée d'un pas joyeux, tout bronzé après quelques jours à Brighton avec ses amis, cette pensée me parut presque absurde.

— Je me suis arrêté pour acheter ça, dit-il en me fourrant un bouquet dans les mains.

Il se pencha pour m'embrasser. Je restai figée, incapable de l'enlacer comme je l'aurais fait en temps normal.

— Merci. Je vais chercher un vase, répondis-je.

Je n'avais aucune intention de garder ces fleurs dans ma maison.

— Tu es certaine que tu ne veux pas conserver le matériel électronique ? demanda Josh.

— Je ne veux rien du tout. Prends tout ce qui t'intéresse. Le reste partira pour une association.

Il semblait perplexe.

— Je repars de zéro, expliquai-je.

Il hocha la tête, puis disparut dans le salon.

Je restai un moment avec Martin dans l'entrée.

— Je sais comment il était, me dit-il doucement. Tom, je veux dire. Belinda m'a tout raconté. Elle m'a confié qu'elle se sentait asphyxiée à la fin de leur relation, comme si elle était enfermée dans une pièce minuscule.

Je frissonnai. J'avais parfois éprouvé la même sensation.

— Et j'ai vu comment tu te comportais en sa présence. Aux anniversaires de Josh ou pour les trajets. Tu étais tellement différente quand on te voyait toute seule. Tu n'avais jamais l'air détendue quand vous étiez ensemble. En tout cas, pas ces dernières années. Belinda avait remarqué, elle aussi. Elle s'inquiétait pour toi, et quand tu l'as quitté, eh bien, on n'était pas étonnés.

J'avais la gorge nouée par les larmes.

— Je peux te parler ? chuchotai-je.

La porte entre l'entrée et le salon était entrouverte, et je ne voulais pas risquer d'être entendue de Josh.

Martin jeta un bref coup d'œil à la porte avant de se tourner de nouveau vers moi.

— Ça t'embête si je fais un tour dans le jardin ? demanda-t-il. Je vais peut-être prendre quelques-unes des plantes de la terrasse, si tu ne les veux pas.

Après être sortis et avoir refermé la porte de la cuisine derrière nous, nous nous assîmes sur le banc de la terrasse, à l'abri des oreilles indiscrètes.

— Qu'est-ce qui se passe ?

Je me serrai les doigts très fort. Je ne pouvais pas lui raconter la vérité, que je me sentais responsable de la mort de Tom mais n'avais aucun regret. Qu'est-ce que cela voudrait dire sur moi ? Alors je parlai d'autre chose :

— C'était gentil de la part de Tom d'acheter une voiture à Josh. Je ne savais pas qu'il avait eu son permis avant qu'il vienne me rendre visite à l'appartement.

Martin parut désorienté.

— Oui, il apprécie vraiment la liberté de pouvoir aller où bon lui semble.

— J'imagine qu'il ne la quitte pas des yeux, hein ?

Martin rit.

— Il passe presque tout son temps libre dedans. Soit à la conduire, soit à l'astiquer.

— J'imagine qu'il ne l'a jamais…

Je fis une grimace, consciente que ça allait sembler bizarre.

— J'imagine que Tom ne l'a jamais empruntée ?

— Tom ? Pourquoi aurait-il emprunté la voiture de Josh ?

Je secouai la tête.

— J'ai besoin de savoir s'il l'a fait ou pas…

— Tu ne peux pas poser la question directement à Josh ?

— Non. Je ne veux pas.

Il parut surpris.

— Je vais demander à Belinda. Elle saura peut-être.

Il sortit son téléphone de sa poche et s'éloigna de quelques mètres pour appeler. Je l'entendis répéter « Je ne sais pas » plusieurs fois, puis il me regarda et hocha la tête. Il raccrocha et revint vers moi.

— J'avais complètement oublié. Josh est parti à Londres quelques jours, et Tom a emmené la voiture au garage pour la révision. J'étais vraiment débordé, c'était la fin de l'année scolaire, et c'est à peine si je me suis aperçu que Josh n'était pas là.

— Tu te souviens de la date exacte ?

— C'était il y a un mois. Mi-juillet. Mon école fermait le vingt, et c'était avant ça. Josh a fini les cours une dizaine de jours avant moi.

Je poussai un profond soupir de soulagement. J'avais été suivie la nuit du douze. Ça correspondait au moment où Tom avait la voiture. Soudain, je me sentais coupable d'avoir soupçonné Josh.

— Alors c'était Tom… cette voiture m'a suivie jusque chez moi, une nuit.

Je lus la confusion sur les traits de Martin.

— La voiture de Josh, je veux dire.

— Quoi ? Et tu penses que c'était Tom ?

Il comprit enfin.

— Oh, non, tu as cru que c'était Josh ? Il n'aurait jamais fait un truc pareil. Il t'aime.

— Je sais.

Et c'était vrai que je savais que Josh m'aimait. Je l'avais toujours su.

— Mais j'ai reconnu la voiture, et je me demandais pourquoi Josh aurait fait ça.

— Tu as dû avoir une sacrée frayeur.

— J'étais terrorisée…

— Ce salopard ! Belinda m'a dit qu'il a vraiment insisté pour prendre la voiture. Elle pensait que Josh aurait dû l'amener lui-même à la révision pour voir comment ça se déroule.

Il y eut un moment où il me sembla que Martin prenait conscience que cet homme que j'avais quitté, qui m'avait suivie la nuit pour me terrifier, était aussi celui qui était mort de façon accidentelle pendant que j'étais dans la maison. Puis, en une fraction de seconde, il abandonna l'idée.

— Allez. Vidons cette maison, pour que tu puisses prendre un nouveau départ. Tu le mérites.

— Tu ne dis rien à Josh, d'accord ?

— Non. Je ne dirai rien à personne. Tom est mort. Ça ne sert à rien de remuer le passé. Josh aimait son père, je ne veux pas ternir l'image qu'il a de lui.

Il se leva.

— Bon, qu'est-ce que je peux faire pour me rendre utile ? Josh prend les appareils photo de son père et tout le matériel électronique. Qu'est-ce que tu avais l'intention de faire de ses vêtements ?

Je frissonnai. Je ne supportais pas l'idée d'y poser à nouveau les yeux.

— Et si je les apportais à une association ? proposa-t-il. Je peux le faire tout de suite, si tu veux. Qu'est-ce que tu vas faire du reste ?

— J'ai contacté un hébergement pour femmes victimes de violences, et ils m'ont dit qu'ils prendraient tout ce dont je ne veux pas. Les meubles. La batterie de cuisine. Ils peuvent vendre ce dont ils n'ont pas besoin. Ils envoient deux gars demain matin tôt avec un camion de déménagement.

— Tu ne gardes rien du tout ?

Je secouai la tête.

— Non. Je ne veux pas de souvenirs.

— Je te comprends, répondit-il vivement. Et c'est une excellente idée, de tout donner à un centre d'hébergement. Ils ont besoin de ça. Je vais m'occuper des vêtements, alors.

Je restai dans la cuisine à tout ranger dans les cartons que j'avais apportés. Au bout d'une heure, Josh entra dans la pièce.

— J'y vais, dit-il. Merci de m'avoir laissé prendre tout ça.

J'avais du mal à le regarder en face. J'avais honte d'avoir douté de lui. Je m'approchai pour le serrer dans mes bras.

— Ne dis pas de bêtises. Ça t'appartient. Et c'est ce que ton père aurait voulu.

— Merci aussi pour l'argent.

— Ça t'appartient aussi, répétai-je.

— Ça ne t'embête pas que je prenne la voiture de papa, hein ? Un de nos voisins m'a dit qu'il était intéressé pour l'acheter.

— Bien sûr que non.

J'étais soulagée qu'elle disparaisse. Chaque soir avant que je le quitte, je voyais cette voiture remonter l'allée et j'avais le cœur serré. J'étais devenue très intuitive, et je connaissais son humeur à l'instant même où il sortait du véhicule. J'étais contente de ne plus l'avoir sous les yeux.

— Tu pars combien de temps ? demanda-t-il.

— Je ne sais pas du tout.
— Mais tu donneras des nouvelles ?
Il ne faisait pas semblant. Je pouvais être sincère avec lui.
— Bien sûr. Je t'aime, Josh.

79

Ruby

Les employés que le centre d'hébergement pour femmes avait envoyés pour tout emballer arrivèrent de bonne heure le lendemain matin. Pendant qu'ils transportaient les cartons et les meubles vers le camion, je m'assis dehors, sur le muret de la terrasse, et j'écrivis une carte pour dire au revoir à Oliver. Je ne supportais pas d'assister à la dissolution de ma maison. Je ne voulais pas de ces souvenirs-là. Quand à midi ils m'appelèrent pour me dire qu'ils avaient terminé, je vins les saluer, mis la carte dans la fente de la porte d'Oliver, puis rentrai dans la maison.

Elle était vide à présent; même les rideaux avaient été embarqués. Il ne restait plus rien qui nous ait appartenu. Je fis un dernier tour à l'intérieur. Tout semblait clair, lumineux, sans la moindre trace de notre vie à deux. Je repensai au jour où nous avions visité la maison, à tous les espoirs et les rêves que j'avais eus pour notre avenir. C'était notre première maison. Nous l'avions achetée après un an de relation, et nous étions mariés juste avant d'emménager. Tom me tenait par la main alors que nous faisions le tour et choisissions notre chambre, celle de Josh. Ces premiers temps étaient heureux, et même avec le recul, je ne sais pas si c'était là le vrai Tom, ou si l'homme qu'il était devenu était celui qu'il avait toujours été, au fond de lui.

J'appelai un taxi, puis j'ouvris la porte de l'appentis et je vis mon sac à main et la valise que j'y avais laissés, pour éviter que les déménageurs les emportent par mégarde. Le soleil brillait, inondant la petite pièce de lumière, et je fus aussitôt ramenée au jour où j'avais quitté Tom. Il s'était passé tant de choses pendant ces quelques mois ; je n'étais plus cette femme-là. Je ne savais pas qui j'étais, là était le problème. Et quand je finirais par le découvrir, je ne savais pas ce que je pourrais révéler aux gens que je rencontrerais.

Je mis mes affaires à côté de la porte d'entrée et glissai les clés dans une enveloppe. Tout ce que j'avais avec moi désormais, c'étaient quelques vêtements, mon passeport et mon portefeuille. Un carton de papiers était stocké chez mes parents. Rien d'autre n'avait d'importance.

On klaxonna dehors. Le taxi était arrivé. Ma voiture n'était plus là, vendue au garage du coin, mais quand je levai les yeux et vis le véhicule noir, garé le long du trottoir à la place où j'avais toujours dû me stationner, ça me rappela tellement ces années à vivre avec Tom que je me levai d'un bond, prête à partir à l'autre bout du monde. Le chauffeur vint chercher ma valise.

— On s'offre des vacances ? s'enquit-il.

Je ne savais que dire. J'ignorais où j'allais, pour combien de temps.

— Oui, finis-je par répondre. Je m'en vais pour un moment.

***

Avant d'aller à l'aéroport, je demandai au chauffeur de s'arrêter à l'agence immobilière pour y déposer les clés de ma maison. C'étaient eux qui s'occuperaient de la vente pour moi. Garé en double file, il me pria de faire vite, aussi j'entrai dans les petits locaux en courant. Dehors, le soleil était vif, et quand je pénétrai dans la réception fraîche et sombre, il fallut un moment à mes yeux pour s'adapter. À cet instant, j'entendis une voix familière.

—À quel moment vous allez pouvoir mettre le panneau «À vendre»? Je voudrais que la vente se fasse au plus vite.

Je m'arrêtai net.

Assise à un bureau en face de l'un des agents immobiliers se trouvait une femme que je connaissais. Une femme que j'avais trahie et qui m'avait sauvée quand j'en avais le plus besoin. Elle était pâle, tendue. Elle avait les mains posées sur son ventre. Il était encore plat, mais je savais qu'il s'arrondirait vite. Je m'empourprai de gêne. Elle leva le menton, et m'adressa un léger signe de tête avant de se détourner.

Je tentai de sourire, n'y parvins pas, et tendis l'enveloppe à la dame assise derrière l'autre bureau. Je ressortis de l'agence à toute vitesse pour me précipiter dans le taxi, comme si Emma allait se lancer à mes trousses.

—C'est bon, ma petite dame? demanda le chauffeur. C'est parti pour l'aéroport de Manchester?

—Oui. Merci.

—À quelle heure est votre vol?

—Oh, j'ai quelques heures devant moi…

Je fis semblant de dormir sur la route vers l'aéroport pour dissuader le chauffeur de me parler. Je n'arrêtais pas de penser à ce que j'avais entendu. Emma vendait leur maison. Est-ce que Harry et elle prenaient aussi un nouveau départ?

Une heure et demie plus tard, nous étions à l'aéroport. Je descendis du taxi, payai le chauffeur et j'entrai avec mes bagages dans le terminal.

J'étais juste en train de regarder les vols en partance l'après-midi même, essayant de décider où aller, lorsque mon téléphone sonna. Je ne voyais personne à qui j'aurais eu envie de parler en cet instant.

Le temps de le dénicher, tout au fond de mon sac, il était redevenu silencieux.

Sur l'écran s'affichait un numéro que je reconnaissais. C'était un numéro que je m'étais inlassablement répété le jour où j'avais quitté Tom. Pourquoi Harry m'appelait-il ? Alors il y eut un bip. J'avais un message vocal.

Dès que j'entendis sa voix, je sentis mes jambes flageoler et je trouvai un siège non loin.

« Ruby, c'est moi. Je suis tellement désolé, ma douce. J'ai fait une énorme erreur en ne prenant pas ce nouveau départ avec toi. Je t'en prie, peux-tu me pardonner ? Est-ce qu'on peut se voir aujourd'hui ? J'ai tellement de choses à te raconter. J'ai juste envie d'être avec toi... »

Sa voix se fit plus douce, et mon corps réagit automatiquement.

« ... Quand je t'ai vue au café ce jour-là, j'ai su que je ne pouvais pas te perdre. Je devais être fou de te quitter. Je t'aime, Ruby. Appelle-moi. Je t'en prie. »

J'écoutai le message en boucle, me remémorant sa voix alors qu'il me parlait dans le noir, dans notre lit à Paris, de ses projets pour notre future vie ensemble. Toutes les promesses que nous nous étions faites. Pendant un moment, j'éprouvai la même sensation que toujours, que Harry était un trophée à peine hors d'atteinte, et j'eus un déchirement de déception de ne pouvoir être avec lui.

Mais alors je me souvins de l'humiliation d'avoir été rejetée, et le fait que je n'avais même pas imaginé qu'il puisse en être responsable. J'avais confiance en lui. Et pourtant, il l'avait fait. Je le savais à présent. Je pense que je l'avais su avant même que Sarah me le dise. C'était sa décision : il voulait me faire sortir de sa vie. Puis, quand il avait compris que je n'avais pas reçu son mail, il m'avait menti et avait prétendu n'être au courant de rien, pour sauver la face. Je ne pouvais plus lui faire confiance désormais.

Et je pensai au visage d'Emma à l'agence immobilière, courageuse, fière, et si triste, et au fait qu'elle avait été dévastée quand je lui avais révélé combien de temps avait duré ma liaison avec son mari. Elle m'avait soutenue. Jamais je ne pourrais l'oublier. Je ne la trahirais pas une seconde fois.

Je commençai à taper un message pour expliquer à Harry qu'il m'avait fait trop de mal. Plus rien n'était possible. Mais, alors que j'avais le doigt au-dessus du bouton « envoyer », je sus qu'il fallait que je cesse de le considérer comme un ami. Il était tout le contraire. Je me souvenais à quel point j'avais espéré qu'il arriverait à l'hôtel cette nuit-là. Il m'avait écrit un unique mail et n'avait même pas guetté de réponse. Il ne m'avait pas accordé la moindre pensée.

Je connaissais la torture de l'attente, de ne pas savoir ce qui se passait, ce que me réservait l'avenir, alors j'effaçai son message, je bloquai son numéro et j'éteignis mon téléphone. Puis je me tournai à nouveau vers le panneau des départs pour décider où aller.

Remerciements

Un immense merci à ma fantastique éditrice, Danielle Perez, pour ses conseils avisés, et à mon merveilleux agent, Kate Burke, pour ses encouragements et son soutien. Vous avez toutes deux beaucoup apporté à mon travail, et c'est toujours un plaisir de travailler avec vous.

Pour chacun de mes romans, Fiona Collins a été ma première lectrice. Je ne saurais assez la remercier pour son amitié et son regard critique. Elle est tout ce dont un écrivain a besoin, aussi bien dans les bons que les mauvais moments. Avec elle, travailler à la maison devient amusant.

Merci à Caz Finlay d'être une si excellente amie. Elle fait ses premiers pas sur le chemin de l'édition et je sais qu'elle rencontrera un énorme succès.

Merci à Richard Hill pour son soutien et pour les discussions sur l'intrigue qui ont occupé toutes nos soirées.

Merci aussi à Kourtney O'Dwyer, qui à l'occasion de la Bouchercon de Toronto, a fait une donation pour avoir son nom dans mon roman.

Et pour finir, mille mercis à Rosie et Louis pour leur amour et leurs encouragements. Vous êtes tout pour moi.

Achevé d'imprimer en mai 2022
Par CPI Firmin-Didot à Mesnil-sur-l'Estrée
N° d'impression : 170190
Dépôt légal : juin 2022
Imprimé en France
38122050-1